Yvi Lips



# Verführerische Abgründe

## Sein erster Schritt

**Yvi Lips**

# Verführerische Abgründe

## Sein erster Schritt

**ELYSION-BOOKS TASCHENBUCH**

1. Auflage: April 2024

VOLLSTÄNDIGE TASCHENBUCHAUSGABE

ORIGINALAUSGABE

UMSCHLAGGESTALTUNG:
Ulrike Grabowski

PRINTED IN GERMANY

Buch ISBN 978-3-96000-305-2
ebook ISBN 978-3-96000-306-9

www.Elysion-Books.com

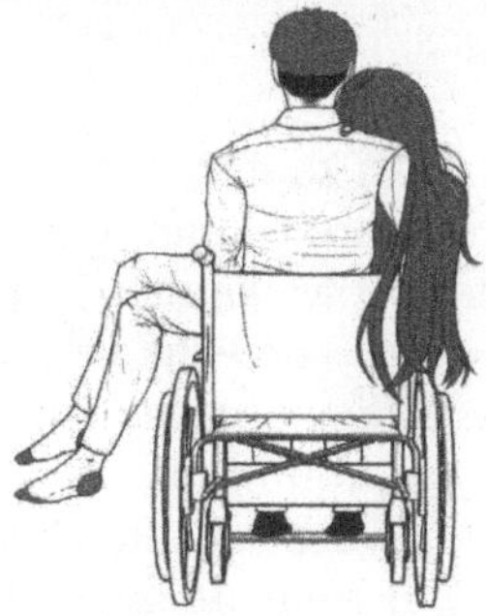

# Kapitel 1

»Ich werde diesen Krüppel nicht heiraten!«

»Lisa, er kann dich hören. Wir sollten in Ruhe darüber reden. Überlege doch, was du nicht nur ihm damit antust. Du liebst ihn doch.«

»Pah, Liebe. Er hat mir ein Leben geboten, wie ich es immer wollte. Partys, Shopping in jeder Metropole und Urlaube mit der High Society. Aber was soll ich denn jetzt mit ihm anfangen? Er kann ja nicht mal alleine aufs Klo gehen. Soll ich ihn etwa pflegen? Niemals! Dazu bin ich zu jung. Ich will mein Leben genießen.«

Ich höre Lisas Pfennigabsätze über den Linoleumboden klappern. Habe ich mich wirklich so sehr in ihr getäuscht? Ist sie so berechnend? Nur einen Tag vor dem Unfall sind wir aus Mailand gekommen. Sie war glücklich und hat mir während des Flugs nicht nur gesagt, sondern auch gezeigt wie sehr sie mich liebt. Nie wäre ich auf die Idee gekommen, dass sie das nur wegen der teuren Tasche und diesen dummen High Heels mit den roten Sohlen gemacht hat. Lisa ist alles für mich. Stopp! Sie *war* alles für mich. Jetzt hinterlässt sie Leere, die jedes Gefühl von Liebe in Schmerz verwandelt. Ich habe ihr die Welt zu Füßen gelegt. Und jetzt lässt sie mich einfach sitzen? Ich bin ihr vollkommen egal. Das zeigt sie in beeindruckender Weise, weil sie weiß, dass ich höre, wie sie über mich redet. Ich fühle mich so elend. Sie hat mich weggeworfen wie eine alte Handtasche. Bin ich denn wirklich nichts mehr wert?

Ich schlage auf die Matratze des Krankenhausbettes. Mein Kiefer verkrampft sich aus Wut und Verzweiflung. Verdammtes Herz! Nie wieder werde ich einer Frau vertrauen. So wie Lisa mich mit einem ordentlichen Fick in der Privatmaschine für Schuhe und die Tasche bezahlt hat, konnte ich mir doch jede

Frau kaufen. Bei denen weiß ich wenigstens, was ich von ihnen erwarten kann. Ich habe Geld, wer braucht da Gefühle.

»Das kann sie doch nicht machen? Sie lässt Leonard im Stich, obwohl er gerade jetzt ihre Hilfe braucht?« Ich höre Marias Stimme vor meiner Zimmertür. Kann sie nicht einfach den Mund halten? Ich brauche auch das nicht. Wer will schon Hilfe? Die kann ich mir kaufen. Ich will einen Menschen, der zu mir steht. Jemanden, der mir Mut macht und mit dem ich einen Weg finde, diese beschissene Situation zu akzeptieren. Alles andere kann man bezahlen. Schließlich habe ich meine Millionen nicht als Langstreckenläufer gemacht. Ich brauche einen Schreibtisch, ein Büro und gute IT. Und wenn ich durch diesen dummen Unfall in eine Tüte pissen muss, dann ist es eben so. Ich werde Personal finden, das mir auch dabei behilflich ist.

Solange ich Geld habe, stehen mir auch als Krüppel die Türen der Welt offen. Außerdem kann ich so auch noch die Behindertenabgabe für die Firma sparen. Wie geil ist das denn?

Ich merke nicht, wie mir die Tränen über die Wangen laufen, wie ich schluchze und meine Hände sich in die Laken klammern.

*Ich bin Leonard Herzbach, Geschäftsführer der Werbeagentur Mogula. Niemand kann mir das Wasser reichen. Ich bin stark und unabhängig, frei und kreativ ... und verdammt verloren! – Nein, hör auf so einen Mist zu denken. Du bist ein Mann und die Frauen liegen dir zu Füßen. – Füße, auf denen du nicht mehr gehen kannst!*

Ich brülle wütend auf. »Halt‘s Maul!«, schreie ich, so laut ich kann. »Halt‘s Maul! Halt‘s Maul! Halt‘s Maul!«

»Leonard? Was ist denn los?« Maria steht mit aufgerissenen Augen neben mir. Meine Wut steigt ins Unermessliche, als ich in ihrem entsetzten Gesicht Lisas wunderschöne türkisgrüne Augen sehe. Augen, die mich noch vor wenigen Tagen lustverhangen angeschaut haben. Diese Augen sind das Tor zur Hölle. Sie haben mich in ihren Bann gezogen, nur um mir im nächsten Moment den Dolch in den Rücken zu stoßen. Ich will sie nicht mehr sehen. Keinem aus dieser Familie will ich je wieder begegnen.

Meine Hände ballen sich zu Fäusten. Will sich dieser Backfisch auch noch über den Krüppel lustig machen? Kommt sie an mein Bett, um mich mit ihrem übermäßigen Wohlwollen zu verhöhnen.

»Verschwinde.« Dieses Wort kommt als Knurren aus meinem Mund. Soll sie doch Angst haben. Ich werde jedem das Fürchten lehren, der mich unterschätzt, der mich nur auf meine Gehfähigkeit reduziert.

Party und Urlaub. Ich bin eine wandelnde Geldbörse für Lisa gewesen. Vielleicht bin ich ja auch selbst schuld. Ich habe sie einfach zu sehr verwöhnt, ihr jeden Wunsch von den Augen abgelesen. Türkisfarbenen Augen.

Und das ist ihre Dankbarkeit. Mit dem Unfall ist ihre vermeintliche Liebe einfach so verpufft.

»Ich werde nicht verschwinden.«

»Willst du mich auch ficken, damit du eine neue Handtasche bekommst? Da muss ich dich leider enttäuschen, Schätzchen. Ich habe gerade einen Schlauch in meinem Schwanz, damit ich mich nicht anpisse. Und wirst du geil?«

»Das bist nicht du, Leonard. Wie kannst du so etwas sagen?« Ich schließe die Augen, als sich meine Matratze bewegt. Sie setzt sich doch tatsächlich auf mein Bett. Es reicht! Ich will allein sein. Mein Oberkörper protestiert, als ich mich zu ihr umdrehe. Das Korsett drückt hart auf die Prellungen.

»Was ist so schwer, daran zu verstehen, dass du gehen sollst. Nimm deinen Vater mit. Ihr bekommt kein Geld von mir. Du brauchst weder zu betteln, noch mir meine Windeln zu wechseln. Auch mein Urinbeutel ist noch nicht voll. Für was könntest du sonst nützlich sein?«

Ihre Augen werden immer größer. »Aber Leonard ...«

»Halt deine Klappe und geh endlich. Ich bin mit eurer Familie fertig. Wag dich nicht mehr hierher.«

Langsam steht sie auf. Ihre Finger zucken in meine Richtung. Will sie noch immer nicht aufgeben? Aber dann verschränkt sie ihre Hände vor der Brust. »Ich will dir nur sagen, dass ich nicht so denke wie meine Schwester. Sie hat kein Recht, so über dich zu reden.«

»Du hast gesagt, was du sagen wolltest. Da hinten ist die

Tür.«

Sie steht noch immer mit hängenden Schultern da und knetet ihre Hände.

Was muss ich noch tun, um endlich meine Ruhe zu haben?

»Raus!« Meine Stimme überschlägt sich beinahe.

Maria dreht auf dem Absatz um und rennt aus dem Zimmer. Bevor die Tür ins Schloss fällt, höre ich noch ihr Schluchzen. Warum heult sie? Hat sie etwas anderes erwartet? Denkt sie, ich falle auf die Nächste aus der Familie herein?

Lisa ist weg, dann holt sich die kleine Schwester ihren Anteil vom Dukatenesel? Sie sind doch alle gleich. Als wenn ich so dumm bin, erneut einer Frau auch nur so weit zu trauen, wie ich spucken kann. Soll sie sich doch einen anderen Idioten zum Ausnehmen suchen. Ich werde in Zukunft Gegenleistungen einfordern, die jede geldgierige Schlampe an ihre Grenzen bringt. Der Krüppel soll Feiern finanzieren und mit Champagnerflaschen um sich werfen? Dann kann die Dame der Nacht auch dafür leiden. So leiden, wie ich jetzt. Verraten und wertlos!

Ich schlage auf mein Kissen, presse es mir auf den Mund und schreie meinen Frust heraus, bis ich heiser bin. Leonard Herzbach ist ein Krüppel! Ein Behinderter! Was soll ich nur machen? Ich will keine Pfleger oder Pflegerinnen, die mir mein Leben lang den Urinbeutel wechseln. Ich bin ein erfolgreicher Geschäftsmann und stehe mit beiden Beinen im Leben. Ein sarkastisches Schnauben kommt über meine Lippen. Mit beiden Beinen im Leben stehen, was für eine beschissene Metapher.

Meine Hände tasten nach der Fernbedienung fürs Bett. Ich schiebe mich in eine sitzende Position und schlage die Decke weg. Da sind sie, diese nutzlosen Dinger, die mir der Unfall vom Rest meines Körpers abgetrennt hat. Sie liegen da, auf dem weißen Laken, als sei nichts geschehen. Ich muss sie einfach nur über die Bettkante schwingen und hier herauslaufen. Zurück in mein Leben. Ich streich über meine Oberschenkel. Es fühlt sich an, als würden meine Handflächen über haariges Pergament fahren. In meinen Beinen kommt die Berührung nicht an. Frustriert presse ich die Lippen zu einem schmalen Strich zusammen. Die Wut steigt wieder in mir auf, siedend heiß und brennend. Das Leben ist ein Scheiß Verräter!? Verdammt!

»Warum ich?« Mit Fäusten schlage ich auf meine nutzlosen Beine ein, schreie sie an, schreie Lisa an, schreie die ganze Welt an.

Eine Schwester stürmt ins Zimmer. Diese Dame scheint so routiniert zu sein, dass sie nicht mal das Wort an mich richtet. Ich bin eine Nummer mit einer Diagnose, menschlich nicht mehr vorhanden, da der Behandlungsstatus im Vordergrund steht. Auf meiner Akte steht geschrieben: Nervenleitfähigkeit irreversibel eingeschränkt. Mein roter Stempel, der mich nun mein ganzes Leben lang begleiten wird, irreversibel eingeschränkt. Ein Mensch mit Handicap. Ein Behinderter. Oder wie Lisa schon wundervoll geschrien hat, ein Krüppel.

Die Schwester zieht eine Spritze aus ihrer Tasche und injiziert eine klare Flüssigkeit in meinen Infusionsbeutel. Dabei nuschelt sie etwas von, zur Ruhe kommen und psychologischer Betreuung. Sie hat gut Reden. Das einzige Problem, das sie mit ihren Beinen hat, ist die Cellulite, die ihre weiße Hose ausbeult.

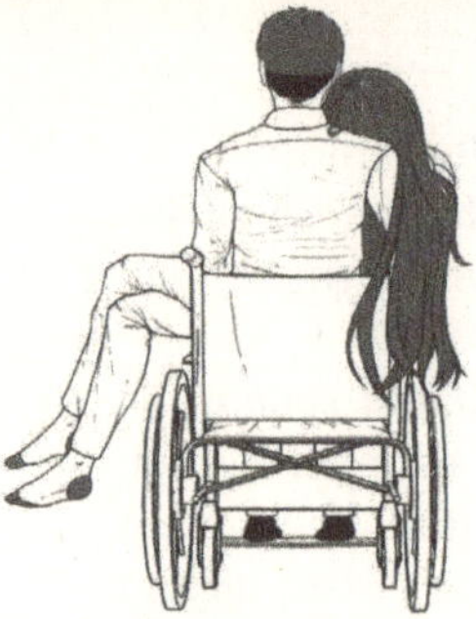

# Kapitel 2

Zwei Wochen später kann ich schon das erste Projektmeeting ansetzen. Ich habe noch immer Schmerzen durch die Prellungen am Oberkörper und das Korsett zur Stabilisierung meines Rückens bringt mich um, aber das soll mich nicht aufhalten. Ich will endlich raus aus dem Krankenhausbett und mein Leben wieder aufnehmen. Auch wenn die Ärzte protestieren, unterschreibe ich den Wisch, dass ich auf eigene Gefahr hin das Krankenhaus verlasse. Tom hilft mir in den Rollstuhl und wir fahren gemeinsam in seinem Familyvan zu Mogula.

»Hast du dir das Ding gekauft, weil ihr noch mehr von deiner Sorte in die Welt setzen wollt?«

Tom zuckt mit den Schultern. »Leila ist ein Sonnenschein. Ich kann mir nichts Schöneres vorstellen, als ihr Vater zu sein, und mit der richtigen Frau ist das Familienleben eine echte Bereicherung.«

Seine Worte versetzen mir erneut einen Schlag. Die richtige Frau. Er glaubt daran, dass es sowas geben kann. Tom ist ein Träumer. Nina ist jetzt noch wundervoll. Solange er in seine Rolle passt. Vater, Liebhaber, Versorger. Aber wie würde sie reagieren, wenn er das nicht mehr könnte?

»Wir fahren in drei Monaten in den ersten Urlaub mit Leila. Ich bin so gespannt, wie sie auf das Meer reagiert. Sie liebt Wasser.« Tom plappert von seiner heilen Welt und ich starre aus dem Fenster, um den Neid abzuschütteln, der an mir hochkriecht. Ich wollte auch eine Familie mit Lisa gründen. Sie war zwar immer skeptisch gewesen, weil sie ihre Figur durch die Schwangerschaft nicht ruinieren wollte, aber wir hätten einen Weg gefunden. Ich schüttle den Kopf, um diese Gedanken loszuwerden. Sie sind längst nicht mehr wichtig. Es wird keine

Kinder mit türkisfarbenen Augen geben, die mich nach der Arbeit zuhause begrüßen. Ich habe nur noch Mogula. In dieses Baby werde ich meine Zeit und Mühen investieren, damit das Unternehmen noch mehr wachsen kann. Lange genug habe ich die Firma führungslos gelassen. Wenn ich wieder arbeiten kann, werde ich mich schneller erholen. Ich liebe meinen Job und gemeinsames Brainstorming mit meinem Team hat mich schon immer von allen Sorgen abgelenkt.

Wie falsch ich doch gelegen habe. Diese Sitzung ist ein einziges Desaster.

»Ich brauche einen Werbespot, der die Generation Z anspricht.« Ich starre Mayer, unseren Marketingexperten wütend an. »Mit rosa Plüschhasen bekommen Sie heute keine Zwanzigjährige mehr vom Sofa. Wir müssen die jungen Singlefrauen erreichen. Wenn sie einmal mit einem Waschmittel zufrieden sind, dann werden sie für den Rest ihres elenden Daseins nicht mehr wechseln. Egal, ob sie die vollgekotzten Strampler oder die Socken ihres übergewichtigen Fabrikarbeiters waschen.«

Ich rolle hinter meinem Platz an der Stirnseite hervor und halte auf Mayer zu. »Und was denken Sie, mit welchem Produkt eben dieser Fabrikarbeiter wäscht, wenn seine Frau bemerkt, dass sie sich mehr vom Leben wünscht und ihn von heute auf morgen verlässt?«

Ich hebe die Augenbrauen und warte auf eine Antwort. Aber Mayer schaut mich nur erschrocken an. Es macht keinen Sinn, weiter auf ihn einzureden. Er ist so unsicher im Umgang mit mir, dass er seinen Schneid verloren hat, genauso wie alle anderen. Selbst in der Firma versuchen sie mich in Watte zu packen. Nur kein ernstes Gespräch, keine Diskussion. Es könnte den Chef an sein Trauma erinnern. Er könnte zusammenbrechen unter der Last seines schrecklichen Schicksals. So ein Bullshit! Dabei habe ich die Streitgespräche mit Mayer immer als Höhepunkt meines Tages erlebt. Er ist normalerweise einer meiner fähigsten Mitarbeiter, immer mit mir auf Augenhöhe und dieser blöde Rollstuhl hat ihn zu einem Duckmäuser mutieren lassen.

Ich starre ihn an, warte auf irgendetwas. Er sinkt immer

weiter in sich zusammen.

»Darf ich Ihnen einen Kaffee bringen? Dann können Sie uns Ihr Konzept noch genauer vorstellen, Herr Herzbach.« Xenia, meine Sekretärin legt ihre Hände auf die Knie und beugt sich zu mir vor. Was bin ich? Ein Kleinkind, dem man erklären muss, dass es jetzt keinen Lolly haben kann? Ich koche innerlich. Meine Hände ballen sich zu Fäusten. Wie gern würde ich ihr die Überheblichkeit aus dem Gesicht wischen. Mir fehlen nur die Nervenblitze in den Beinen. Mein Kopf ist völlig intakt. Der Kopf, der diese Firma aufgebaut und zu ihrem Erfolg geführt hat. Warum nimmt mich denn nur niemand mehr ernst?

Ich besinne mich auf meine Stellung, ignoriere Xenia und rolle zurück auf meinen Platz. Alle sehen mich an, als sei ich eine tickende Zeitbombe, und sie haben Recht. Ich bin kurz davor, die Fassung zu verlieren. Ist es denn so schwer, mich zu behandeln, wie sie es noch vor einem Monat getan haben? Zwei Wochen auf der Intensivstation und zwei ohne die ganzen Schläuche, länger haben sie nicht gebraucht, um mich mit einem Stempel zu versehen.

»Xenia, bring jedem einen Kaffee, der einen haben will. Und jetzt reden wir über die Kampagne, ansonsten suche ich mir Mitarbeiter, die mit einem sitzenden Chef umgehen können.«

Zwei Stunden später sehe ich aus dem bodentiefen Fenster in meinem Penthousebüro und bin erschöpft. Das war die schwerste Sitzung meines Lebens gewesen. Hätte ich meinem Team einen waschenden Nudisten als Hauptdarsteller in dem Clip vorgestellt, hätten sie diese Idee auch noch gelobt. Jeder behandelt mich wie ein rohes Ei und gefährdet damit die Firma.

Ich lasse den Blick über die Geschäftsgebäude schweifen. Viele Büros sind hell erleuchtet und ich sehe die Angestellten geschäftig durch die Zimmer eilen. Auch auf den Straßen unter mir muss alles schnell gehen. Die Ampelphasen reichen geradeso aus, dass die Businesspeople von einer Straßenseite zur anderen hetzen können, bevor die Fahrzeuge in allen Abstufungen von Grau und Beige, sich wieder in Bewegung setzen. München ist eine schnelle Stadt. Sie hängt Menschen gnadenlos ab, die der Geschwindigkeit nicht standhalten. Anscheinend sehen mich selbst die Menschen, denen ich ihren Wohlstand garantiert habe, nicht mehr auf der Überholspur, sondern mit einem Defekt auf dem Pannenstreifen. Haben sie Recht?

Ich kann nicht mehr durch die Büros rennen und mir schnell Antworten oder neue Pitches abholen, während ich den Kunden am Telefon habe. Auch die Grünphasen der Ampeln reichen für mich nicht mehr aus. Noch bin ich zu unbeholfen im Umgang mit meinem fahrbaren Untersatz. Aber ist das ein Grund aufzugeben?

»Herr Herzbach, Ihr Vater möchte Sie sprechen.« Die Stimme von Xenia reißt mich aus meinen Gedanken.

»Ja, stell ihn durch.«

»Nein, er ist hier.«

Erschrocken fahre ich zu meinem Schreibtisch herum und starre auf das rote Licht der Sprechanlage. Mein Vater kommt nie hierher. Er brüstet sich immer damit, dass Mogula das einzige seiner Unternehmen ist, um das er sich keine Sorgen machen muss und es deshalb nur zu den Firmenfeiern aufsucht. Was macht er jetzt hier?

»Herr Herzbach? Möchten Sie Ihren Vater empfangen?«

Ich schüttle die böse Vorahnung ab. »Natürlich Xenia, schicken Sie ihn herein.«

Ich habe noch nicht ganz ausgesprochen, da wird schon die Tür aufgerissen und kracht scheppernd gegen den Türstopper. Wäre dieses Stück Gummi nicht gewesen, hätte mein Vater sicherlich ein Loch in den Putz geschlagen. So ist mein Vater, energisch und stets mit einer Prise Aggressivität in seiner Aura. Als Kind habe ich mich bei ihm immer gefühlt wie ein Reh im Angesicht eines Wolfes. Ich durfte keine Schwäche zeigen, sonst wäre ich verloren gewesen. Noch heute verberge ich meine Gefühle hinter einer Maske aus Gleichgültigkeit, wenn er in meiner Nähe ist. Genau wie jetzt.

Ich straffe die Schultern und richte meinen Rücken kerzengerade auf. Meine angeknacksten Rippen protestieren, aber ich ignoriere sie. Es ist schon schlimm genug, dass ich nicht auf Augenhöhe mit ihm sein kann.

»Nimm Platz, Vater. Was führt dich zu mir?« Natürlich setzt er sich nicht, genießt den Vorteil, dass er von oben auf mich herabsehen kann. Innerlich fluche ich, aber nach Außen gebe ich mich gelassen und lehne mich zurück. Wie gern würde ich die Füße auf meinen Schreibtisch legen, um ihm zu zeigen, dass er mich nicht einschüchtern kann. Leider bin ich nicht mehr in der Lage mit einer solchen Respektlosigkeit aufzuwarten.

»Ich habe nicht viel Zeit, Junge.«

Ich runzle die Stirn, wegen dieser unpassenden Anrede. Junge? Hat er mich jemals Junge genannt?

»Der Vorstand hat eine Entscheidung bezüglich der Geschäftsführung von Mogula gefällt.«

Ich beuge mich nach vorn und starre ihm in die Augen. Das hat nichts anderes zu bedeuten, als dass er eine Entscheidung gefällt hat. »Wir setzen Benedikt als zweiten Geschäftsführer ein. Er ...«

Ich lasse ihn nicht aussprechen. »Das kann nicht dein Ernst sein. Dieser Idiot hat bereits zwei deiner Unternehmen gegen die Wand gefahren und jetzt willst du ihn auf Mogula loslassen? Das ist meine Firma. Ich habe sie groß gemacht.«

»... und jetzt sitzt du im Rollstuhl und brauchst Unterstützung.«

Ich kralle mich an der Tischkante fest. »Wie kommst du denn auf diese Idee? Ich kann nicht laufen. Nicht mehr und nicht weniger. Wie soll das denn meine Arbeit beeinflussen?«

Jetzt setzt sich mein Vater doch. »Wie willst du denn so zu Presseterminen, zu Geschäftsessen, zu Promo-Events? Du hast ja nicht mal eine Begleiterin. Lisa ist abgehauen, weil sie dich für schwach hält und genau das werden auch unsere Geschäftspartner denken. Benedikt kann dich bei all diesen Terminen vertreten und du kannst weiterhin der Kopf der Firma bleiben.«

»Wie oberflächlich kann man sein, Vater? Schämst du dich dafür, dass ich im Rollstuhl sitze? Deshalb bin ich nicht mehr der geeignete Sohn, der im Namen der Firma in die Kameras winken kann?«

Er verdreht genervt die Augen. »Jetzt tu doch nicht so. Noch vor wenigen Wochen hättest du genauso entschieden. Es geht dabei nicht um dich, sondern nur um die Firma!«

»Wenn es dir um die Firma geht, dann gib mir eine Chance zu beweisen, dass ich weiterhin die richtige Wahl sein kann. Gib mir ein halbes Jahr mit meinem Team. Wir gehen in direkte Konkurrenz mit Benedikt. Wer in dieser Zeit den größeren Fisch an Land zieht und mehr Aufmerksamkeit in der Presse einfährt, bekommt den alleinigen Sitz in der Geschäftsführung.« Ich beuge mich vor und verenge die Augen zu Schlitzen. »Teilen liegt mir nicht. Da komme ich ganz nach dir, Vater!«

Unvermittelt lacht er auf, erhebt sich wieder und beginnt im Raum auf- und abzugehen. »Ich mag diesen Durchsetzungswillen, aber ich glaube, dass du dir zu viel zumutest. Benedikt kann dich unterstützen, damit du mehr Zeit für die Reha hast.«

»Benedikt wird alles kaputtmachen, was ich hier erarbeitet habe. Das ist mein Verdienst. Nur wegen meiner Arbeit erhältst du mit diesem Baby Tantiemen in Millionenhöhe. Warum soll ich das jetzt nicht mehr schaffen?«

»Es tut mir leid, es sagen zu müssen, aber niemand will einen Behinderten auf dem roten Teppich sehen, kein Kunde will mit einem Rollstuhlfahrer seinen Geschäftsabschluss feiern. Mir wäre es lieb, wenn du im Hintergrund bleibst und Benedikt die Außenwirkung der Firma übernimmt.«

»Hörst du dich eigentlich selber reden? Was bin ich für dich? Der Krüppel, den man in den Keller sperren muss, wenn Besuch kommt, damit man sich nicht für ihn schämen muss? Verdammt! Ich bin es: Leonard. Der Sohn, der dir die Konten füllt, und du schämst dich für mich?«

»Schau mich nicht so an! Ist es denn so verwunderlich? Nicht mal deine Freundin wollte bei dir bleiben. Jeder wird es wissen, wenn du mit Hostessen bei Festen auftauchst. Alle werden über den defekten Mann tuscheln, der es nicht mal mit Geld schafft, eine Frau zum Bleiben zu bewegen. Wer soll dich denn ernst nehmen?«

Nun brülle ich. Die Ader an meinem Hals pocht, als würde sie gleich platzen. »Ich will mich ernst nehmen. Probiere es doch aus. Was hast du zu verlieren? Gib mir ein verdammtes halbes Jahr. Ich verspreche dir, dass du dich danach bei mir entschuldigen wirst.«

Mein Vater sieht mich mit schiefgelegtem Kopf an. Ich fühle mich wie eine Laborratte. Er schätzt offensichtlich ein, ob er mich aussortieren muss und es auf einen Verlust ankommen lassen soll.

»Okay, du bekommst ein halbes Jahr. Wer in dieser Zeit mit seinem Team den größeren Fisch an Land zieht, bekommt den alleinigen Geschäftsführungsposten. Ich richte euch beiden das gleiche Budget ein. Macht was draus. So lange übernehme ich die Verwaltung der Bestandskunden und die Leitung der allgemeinen Prozesse. Benedikt und du, ihr seid beide für die nächsten sechs Monate Projektmanager. Nicht mehr und nicht weniger.«

Ich schlucke schwer. Mit diesen Worten hat mein Vater mir die Firma abgenommen. Ich bin raus, bis ich mich bewähre. Als ob ich das in den letzten fünf Jahren nicht oft genug getan hätte.

»Ich gehe jetzt. Such dir dein Team zusammen. Es ist nicht viel Zeit. Den Vertrag findest du morgen früh auf deinem neuen Schreibtisch in der Projektleitung. Ich sage Xenia Bescheid, dass sie ab Montag für mich arbeitet. Bis dahin solltest du umgezogen sein.«

Bevor ich antworten kann, fällt die Tür ins Schloss und ich starre auf das Türblatt. Wie hat diese Verhandlung so in die Hose gehen können? Ich beuge mich nach vorn und stütze den Kopf in die Hände. Zwei Säulen meines Lebens sind schon weggebrochen. Lisa ist abgehauen und an ein ausschweifendes Leben, wie ich es bisher gelebt habe, ist nicht mehr zu denken. Ich habe nur noch meine Arbeit, meine Firma, mein Können. Sollte ich mir das auch noch nehmen lassen? Wer wäre ich dann noch? Ich muss kämpfen, auch wenn die ganze Welt sich gegen mich verschworen hat. Aber jetzt schreit alles in mir nach Flucht. Die Wände meines Büros wollen mich zerquetschen. Ich muss hier raus!

Heine Hand zittert, als ich den Knopf der Gegensprechanlage betätige. »Xenia, ich brauche einen Fahrer zum La Fajette.«

»In Ordnung, Herr Herzbach. Sie werden in zehn Minuten vor dem Eingang abgeholt.«

»Sagen Sie Tom Bescheid. Er begleitet mich.«

»Sofort.« Xenia unterbricht die Verbindung und ich werfe mir meinen Mantel über. Tom, Alkohol und die Mädchen dieses Stripschuppens. Das ist es, was ich jetzt brauche. Einfach abschalten. Morgen werde ich mir einen Plan zurechtlegen.

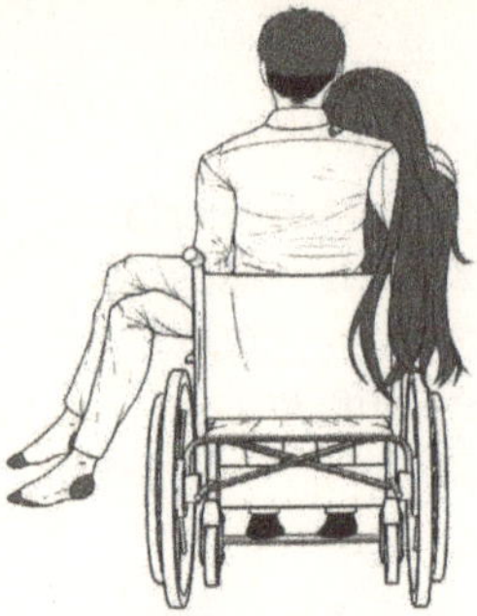

# Kapitel 3

Tom wartet schon im Foyer. Natürlich ist er schneller als ich. Früher habe ich auch die Treppe genommen. Zwei Stufen gleichzeitig. Heute quäle ich mich mit dem verfluchten Rollstuhl in den Aufzug. Jemand muss der Hausverwaltung sagen, dass die Musik in dem verspiegelten Kasten zum Selbstmord einlädt, besonders, wenn der Passagier seinen defekten Körper von allen Seiten präsentiert bekommt. Langsam lasse ich die Luft aus meinen Lungen entweichen. Du kannst es jetzt nicht ändern. Freue dich auf einen schönen Abend mit deinem besten Freund.

»Hey, du Verrückter. Als Xen mir gesagt hat, dass du unbedingt eine Auszeit im La Fajette brauchst, wollte ich es ihr nicht glauben. Dieser Schuppen? Fahr doch lieber in die Reha? Du bekommst ein paar Wochen im Bayerischen Wald von Papa Staat finanziert?«

»Wenn ich Urlaub machen will, dann zahle ich ihn selbst. Der Bayerische Wald hat wenig Vielversprechendes für mich zu bieten. Ich stehe nicht so sehr auf Kühe und Schweine.« Ich rolle Richtung Ausgang. »Heute bist du meine Reha. Ich brauche unbedingt Ablenkung, sonst töte ich noch jemanden.«

»Oh Mann, da werde ich wohl alle scharfen Gegenstände vor dir in Sicherheit bringen müssen, damit meine Überreste morgen nicht aus der Isar gefischt werden.«

»Du bist witzig. Wie soll ich dich denn ans Isarufer transportieren?«

»Keine Ahnung. Aber du bist Leonard Herzbach. Dir fällt immer etwas ein.« Tom grinst mich an. Seine Gegenwart tut mir gut. Ich weiß, er wird mich nie wie einen Krüppel behandeln. Die Oberflächlichkeit gehört zu den Speichelleckern meines Vaters und die gilt es ab morgen auszusortieren, wenn ich mir mein Team zusammenstelle, mit dem ich Vater und Benedikt den Wind aus den Segeln nehme. Schlimm genug, dass ich mich schon wieder beweisen muss. Als wenn ich ihnen nicht schon während der letzten fünf Jahre die Taschen bis oben hin mit Geld vollgeschaufelt hätte.

Draußen parkt der Firmenwagen direkt vor dem Eingang. Ich weiß, es wird schwer werden, einigermaßen würdevoll einzusteigen. Tom öffnet die Tür. »Brauchst du Hilfe?«

Allein diese Frage ... Aber er meint es ja gut. Tom kann ich vertrauen. »Ich schaff das schon. Halt einfach die Tür fest.«

Ich rolle so nah wie möglich heran und haue die Bremse rein. Fußstützen hochklappen, linke Lehne runter. Ich stütze mich ab und schiebe meinen Hintern in die Limousine. Anschließend ziehe ich meine Beine hinterher. Das hat doch super geklappt. In meiner Fantasie bin ich unzählige Male abgerutscht und auf den Bordstein geknallt, aber nichts davon ist passiert. Stolz schaue ich auf. Tom hebt den Daumen und bringt den Rollstuhl zum Kofferraum. Mein Blick fällt auf zwei junge Mädchen aus der Buchhaltung, die vor dem Gebäude stehen und immer wieder die Köpfe zusammenstecken. Sie kichern und die Blonde hat dabei nicht einmal den Anstand so zu tun, als würden sie nicht über mich reden. Immer wieder starrt sie zu mir herüber. So ein Miststück. Sie verdankt mir ihren Job. Ich kann mich zwar nicht mehr an ihren Namen erinnern, aber sobald ich wieder die Geschäftsführung innehabe, wird sie die Fristlose erhalten. Mobbing von Behinderten. Damit kann sie es vergessen, jemals wieder in einer renommierten Firma Fuß zu fassen. Ich grinse sie an und weiß, dass meine Augen dabei bösartig funkeln. Diesen Blick habe ich perfektioniert. Entsetzen huscht über ihr Gesicht und sie zieht ihre Freundin schnell mit sich in die Dunkelheit davon.

Tom steigt neben mir ein und wir fahren zum La Fajette. Es ist nicht die nobelste Absteige, aber ich weiß, der Club hat eine Rampe vor dem Eingang. Damit bleibt mir wenigstens etwas Würde.

Tom steuert einen Tisch direkt an der Bühne an. Er stellt einen der opulenten samtgepolsterten Stühle zur Seite und lässt sich selbst in einen anderen fallen. Er lehnt sich zurück und stöhnt. »Das ist eine tolle Idee. Ich muss das jetzt Nina beibringen.« Er zückt sein Telefon und wählt Nina unter »Traumfrau« an. Keine zwei Minuten dauert das Gespräch. »Ich soll dir liebe Grüße sagen und du sollst aufpassen, dass ich ordentlich Hunger habe, wenn ich nach Hause komme.« Er zwinkert mir zu und ich weiß, dass diese Aussage zweideutig ist.

Ich grinse und bestelle uns zwei Bier.

Die erste Tänzerin kommt auf die Bühne. Sie lehnt sich lasziv an die Stange und wartet auf ihren Einsatz. Sobald der Bass der Musik durch mich vibriert, bewegt sie ihren schlanken Körper fast wie eine Schlange. Sie windet sich um die Stange, hält sich nur mit ihren Oberschenkeln an dem glatten Metall fest. Ihre Muskeln sind dabei angespannt, aber ihre roten Lippen lächeln die Kunden verführerisch an. Dabei fällt mir auf, ihr Blick wandert immer über mich hinweg. Sie überspringt mich regelrecht. Den Krüppel will sie nicht anmachen. Ich bin für sie unsichtbar.

Ich bestelle mein zweites Bier. Es ist nur ein Wirbel in mir defekt. Das Ding ist so groß wie ein Golfball und deshalb soll ich nicht mal in einem Schuppen wie diesem noch etwas wert sein? Ich bin hierhergekommen, um die Schmähungen meines Vaters zu vergessen, die Blicke meiner Angestellten. Und jetzt ist es hier das Gleiche?

Ich stürze das Bier in einem Zug herunter und ordere das Nächste.

Die Stimme des Betreibers klingt blechern über die alte Lautsprecheranlage. »Unser heimlicher Star, Natalie, wird euch gehörig einheizen. Viel Spaß dabei.«

Eine wunderschöne Blondine betritt die Bühne. Sie hat einen Bikini an, der wirklich nur das Nötigste bedeckt. Der wenige Stoff funkelt und projiziert Lichtflecken im ganzen Raum. Diese Frau ist ein Edelstein. Viel zu schön für eine Bruchbude wie diese. Ich ziehe ein Bündel Geldscheine aus meiner Hosentasche und halte ihr einen davon hin. Sie kommt auf allen vieren zu mir herübergekrochen. Ihre Brüste wackeln vor meinem Gesicht. Ich stecke ihr den Schein unter das schmale Bändchen, das die beiden Dreiecke zusammenhält. Sie lächelt strahlend, doch dann fällt ihr Blick auf die Räder rechts und links von mir. Ihr Lächeln verrutscht für eine Sekunde. Das reicht, damit ich das Mitleid in ihrem Blick erkenne. Die Bierflasche kracht lauter auf den Tisch, als ich es beabsichtigt habe. Sie zuckt zurück, steht auf und tanzt weiter. Ganz so, als wäre nichts geschehen.

Ich trinke das dritte und vierte Bier, während Natalie weitertanzt. Jetzt vermeidet auch sie, mich anzuschauen. Das werde ich ihr nicht durchgehen lassen. Nicht ihr, wo mein Geldschein noch immer zwischen ihren Brüsten steckt. In meinem Kopf verschwimmt das Gesicht von Natalie mit dem von Lisa. Das Wort Krüppel hallt in meinem Geist. Das Bier macht sich langsam bemerkbar. Damit schwindet auch die Kraft, mich zu beherrschen. Ich winke eine Bedienung heran. »Ich will einen Labdance mit Natalie. «

Sie wirft einen erschrockenen Blick auf mich. »Das kostet einhundert Euro. Natalie ist unsere teuerste Tänzerin.« Fast kommt es mir so vor, als wolle sie mir sagen, dass für mich ja auch eine von den billigen Schätzchen reichen würde, weil ich ja sowieso keinen mehr hochbekomme.

Ich reiße zwei Fünfziger aus dem Bündel und knurre: »Natalie!«

Die Bedienung zieht kurz die Augenbrauen nach oben, nimmt dann aber das Geld und zeigt auf eine Tür links von der Bühne. Ich nicke ihr zu.

»Was dagegen, wenn ich etwas Spaß habe?«

Tom lacht. »Warum sollte ich. Es ist dein Abend.«

Er klopft mir auf die Schulter. Ich rangiere durch die Tischgruppen und komme trotz meines angetrunkenen Kopfes gut durch.

Natalie wartet bereits auf mich. »Du wolltest mich also ganz für dich allein, mein Kleiner? Meinst du, dass du das schaffst?« Sie beginnt, sich zu bewegen. Ihre Hüften schwingen sexy zu der langsamen aber viel zu lauten Musik. Der Raum ist nur wenig beleuchtet.

Ich rolle neben einen Tisch und stelle die Bremse fest.

Natalie kommt zu mir herüber und reibt ihren runden Arsch über meinen Schwanz. Ich warte, dass er sich regt. Früher wäre das Ding schon hart wie Stein gewesen und hätte sich auf seinen

Einsatz gefreut. Jetzt regt sich nichts.

*Ich werde diesen Krüppel nicht heiraten.* Lisas Worte schlagen plötzlich auf mich ein. Ich kralle meine Hände in die Armlehnen.

»Ist alles in Ordnung bei dir? Da scheint wohl ein bisschen mehr defekt zu sein.« Sie kichert.

Was soll das? Ist diese Schlampe lebensmüde? Niemand macht sich über mich lustig. Ich kann es nicht mehr schlucken. Meine Wut bricht aus mir heraus.

Sie sitzt seitlich auf meinem Schoß und schaut mich mit schief gelegtem Kopf an. Ich packe zu. Meine Finger umschließen ihren Hals. Ihren Kopf presse ich an meine Schulter. Ihre Hände krallen sich um meine Handgelenke. Sie röchelt.

»Es gibt keinen Grund, sich über mich lustig zu machen. Ich muss dich nicht ficken können, um dich zum Schreien zu bringen.«

Sie hält ganz still, aber ihre Augen sind panisch aufgerissen. Mit der freien Hand greife ich in meine Tasche und ziehe die Geldrolle hervor. Es müssten noch ungefähr eintausend Euro sein. Ich werfe das Geld auf den Tisch.

»Das wird wohl reichen, damit ich mir deine Angst und Unterwerfung kaufen kann.«

Ihre Augen heften sich an die Rolle. Ihre Pupillen weiten sich. Ich bemerke genau, wann das Geld gewinnt. „Kann ich das als Zustimmung deuten?“

Sie nickt und sofort dränge ich meine Hand zwischen ihre Beine und ramme drei Finger auf einmal in ihre trockene, enge Fotze. Sie schreit. Ob vor Schmerz oder vor Lust ist mir egal. Meine Hand an ihrem Hals drückt fester zu. Sie soll still sein. Sicherlich bringe ich ihr kein Mitleid entgegen. Nur ihre Selbstgefälligkeit werde ich zerstören. Ich will sie brechen. Ich, Leonard Herzbach, habe Macht. Und auch Lisa wird das noch zu spüren bekommen. Wie von Sinnen ramme ich meine Finger in die wimmernde Frau. Sie windet sich auf mir. Inzwischen ist sie so nass, dass ihr Saft über meine Finger fließt. Gut so! Ich zeige diesem Körper, wie er sich zu unterwerfen hat.

Ich lasse ihren Hals los. Sie schnappt nach Luft. Selbst in

dem gedämpften Licht sehe ich die Abdrücke auf ihrer Haut, die mein Griff hinterlassen hat. Ich packe ihre Haare und reiße ihren Kopf nach hinten.

»Bettle, flehe, du Miststück. Ich will es hören.«

»Ich ...«

Sie kann nur noch schreien, als ich sie zwinge, ihren Körper so zu verdrehen, dass mein Mund an ihre Nippel gelangt. Durch unseren Kampf hat sich der Mikro-Bikini verschoben. Die dunkelroten Stifte ragen mir hart entgegen.

Mein Daumen presst sich fast brutal auf ihre Klit, während ich auch den vierten Finger in sie schiebe. Gleichzeitig nehme ich ihren Nippel zwischen meine Zähne. Ich bin nicht vorsichtig, nicht zärtlich.

Ich markiere sie, zeige ihr, dass dieses Fleisch mir gehört.

»Ich komme!« Ihre Stimme ist rau und zittert.

»Nein!« Mein Befehl lässt sie zusammenfahren.

»Kann nicht stoppen.« Sie keucht, wie nach einem Marathon. Ihr Fleisch krampft um meine Hand. Die nasse Höhle zerquetscht mich fast, bevor sie rhythmisch an mir saugt.

»Ich habe *Nein* gesagt!« Ich ziehe meine Hand heraus und verreibe ihren Saft in ihrem Gesicht. Dann schlage ich ihr fest auf die Wange und zwinge sie dann mir in die Augen zu schauen.

»Du hast nicht gehorcht. Ich entscheide, wann du kommen darfst. Wir machen weiter, bis du weißt, wer hier der Boss ist. Knie dich auf die Lehne, sofort!«

Unbeholfen steht sie auf. Ihr Blick zuckt zum Geld.

»Denk nicht mal daran! Die Kohle gibt es erst, wenn ich mit dir fertig bin.«

Blitzschnell greife ich nach ihrem runden Busen. Eindeutig Silikon, aber die Sensibilität der Nippel hat durch den Eingriff anscheinend nicht gelitten. Ich quetsche die harten Spitzen zwischen Daumen und Zeigefinger, ziehe sie dann ohne Gnade an mich heran. Sie beißt sich auf die Unterlippe und atmet stoßweise. An ihren Wimpern hängen Tränen, aber ihre Augen mit dem verlaufenen Mascara betteln um mehr. Sie kniet sich auf die Lehnen meines rollenden Gefängnisses. Ihre Beine sind gespreizt. Meine Hände krallen sich in das Fleisch ihrer

Pobacken. Unerbittlich ziehe ich sie an mich heran. Ihre geschwollenen Schamlippen glänzen. Ich greife mir beide und ziehe sie auseinander, lege das rosa Fleisch und ihre Klit frei. Ihr Loch pulsiert.

Ach, plötzlich ist der Krüppel doch zu etwas zu gebrauchen? Ich hole sie an ihren Schamlippen zu mir heran, bis ihre Fotze direkt vor meinem Mund schwebt. Dann sauge ich ohne Vorwarnung und mit aller Kraft ihre Klit in die Mundhöhle. Meine Zunge schlägt auf sie ein. Ich kenne keine Gnade. Natalie schreit und bettelt, dass sie kommen darf, aber ich habe nicht vor, sie so schnell zu erlösen. Aber wieder kommt sie in einem gewaltigen Orgasmus, ohne meine Erlaubnis abgewartet zu haben. Das kann ich ihr nicht durchgehen lassen. Sie muss bestraft werden, leiden, wie sie es noch nie erlebt hat.

Sie zuckt, versucht, von mir wegzukommen, aber ich umklammere ihren Arsch wie ein Schraubstock. Meine Zähne schaben über die nasse, harte Perle. Ihr Loch schmatzt und ihr Saft läuft über mein Kinn und tränkt mein Hemd. Sie bettelt, fleht, schreit. Es tut gut. Ich bin der Boss. Meine Macht über sie beflügelt mich.

»Du darfst kommen!«

Sofort wirft sie in einem kehligen Stöhnen den Kopf in den Nacken. Ihre Bauchmuskeln ziehen sich zusammen. Ich lasse sie los. Natalie schlägt hart auf dem Boden auf. Sie reibt über ihre Muschi und zuckt in den letzten Zügen ihres Orgasmus. Dann bleibt sie schwer atmend liegen.

Ich nehme die Geldrolle und ziehe mir einen Fünfziger heraus. »Für die Reinigung. Du hast mein Hemd versaut.«

Den Rest werfe ich neben sie auf den Boden und rolle aus dem Zimmer.

Tom grinst mich an. »Hat Natalie dir ordentlich eingeheizt?«

Ich zucke mit den Schultern und nehme einen großen Schluck von meinem Bier, während ich ihren Namen schon wieder vergesse.

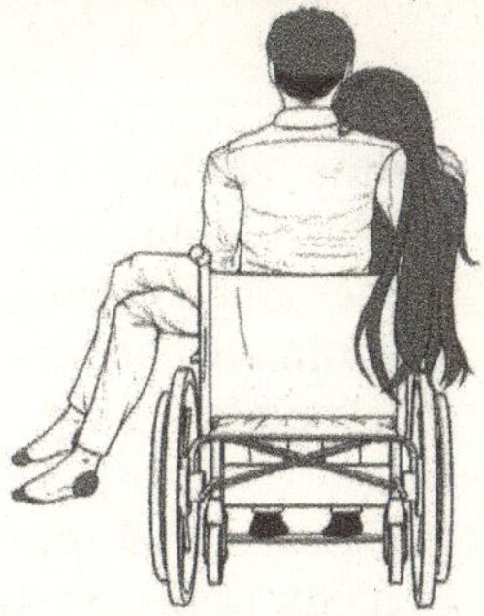

# Kapitel 4

**Maria**

Heute Morgen ist die Welt wieder in Ordnung. Meine Bilder sind wieder farbenfroher. Schwarze dicke Linien werden durch strahlendes Apfelgrün ersetzt. Gesichter lächeln mich aus den abstrakten Werken an. Und wo noch vor wenigen Monaten langsam gezogene Pinselstriche die Monotonie meines Alltags zeigten, kleckse und spritze ich das Glück heute regelrecht auf die Leinwand. Alles in mir lacht und das bricht heraus, während meine Leidenschaft für die Kunst mich erfüllt.

Es gibt im Moment keine Sorgen. Auch wenn wir seit Tagen nichts mehr von Lisa gehört haben, wissen wir doch, dass sie sich melden wird, wenn sie etwas braucht. Lisa ist nicht der Mensch, der allein aus einer schwierigen Situation kommt. Sie weiß, welche Menschen immer wieder springen, wenn sie nach ihnen ruft, und wir gehören dazu. Aber bisher ist alles still.

Der Duft nach Pancakes zieht mich in die Küche. Die Normalität des Anblicks meiner Mutter am Herd und meines Vaters, der in der Zeitung liest, treibt mir fast die Tränen in die Augen. Viel zu lange habe ich auf eine richtige Familie verzichten müssen.

Als Vater vor drei Jahren seine Elektrofirma schließen musste, weil wegen Corona die Aufträge ausblieben, brach für ihn eine Welt zusammen. Diese Firma war sein Lebenswerk gewesen. Er hatte sie sich selbst erarbeitet und jeden Cent in Maschinen und Werkzeuge investiert. Seine Mitarbeiter waren Freunde und meine Mutter hat die Buchhaltung gemacht.

Am Tag, als er die Kündigungen übergeben musste, ist er erstmals in die Kneipe am Eck gegangen und hat sich den Kummer von der Seele gesoffen. Mutter und ich haben ihn am späten Abend abgeholt und nach Hause gebracht, weil er nicht mehr allein laufen konnte.

Von diesem Tag an ging er immer öfter ins Eck. Es gab immer einen Grund, sich die Sorgen wegzutrinken. Eine Absage bekommen, ein Schnaps richtet es. Die Hypothek fürs Haus nicht mehr zahlen können, wir trinken einen mehr, dann vergessen wir es. Die Frau, die sich eine Vollzeitstelle in einer Packerei suchen muss, um das Leben zu finanzieren, wir sehen es nicht, wenn der Kopf vom Alkohol benebelt ist.

Mutter stumpfte mit jedem Tag mehr ab. Wenn Vater nach ihrem harten Arbeitstag wieder einmal vollgekotzt im Flur lag, machte sie nur noch einen großen Schritt über ihn hinweg und ging schlafen. Nicht, ohne vorher die Tür zum Schlafzimmer abzuschließen.

Meine Familie zerfiel, bis Leonard Vater die Stelle als Hausmeister bei Mogula anbot. Es war keine hochbezahlte Arbeit, aber für meinen Vater bedeutete es die Welt, dass jemand ihn beschäftigen wollte, obwohl er nicht mehr der Jüngste war. Er machte eine Wendung um 180 Grad. Nach einem Jahr ständigem Komasaufen, ging er nun zu den anonymen Alkoholikern und machte sogar einen vierwöchigen stationären Entzug. Er wollte gut genug für Mogula und auch für seinen zukünftigen Schwiegersohn und Boss sein. Nie sollte Leonard es bereuen, ihn eingestellt zu haben.

Ich setze mich zu meinem Vater an den Tisch. »Du bist noch zuhause?«

»Ich habe diese Woche Urlaub und kann die Zeit ganz mit deiner wundervollen Mutter verbringen.« Er zwinkert ihr zu und sie errötet doch tatsächlich.

Sie sind wie Teenager, die die Finger nicht voneinander lassen können. Ich muss nicht fragen, was sie machen, während ich im Supermarkt an der Kasse sitze. Grinsend schüttle ich kurz den Kopf und versuche, die Gedanken zu vertreiben, die mir durch den Kopf huschen. Da ich diese Phase in meiner Jugend übersprungen habe, ist ihre Flirterei für mich noch weniger nachvollziehbar, auch wenn ich mich über ihre neu entfachte Liebe sehr freue.

»Ich gehe mal zum Briefkasten.«

»Das ist nett von dir.« Mutter schaut nicht von der Pfanne

auf.

Ich schlurfe nach draußen und schaue die Post durch. Eine Rechnung vom Energieversorger, ein Umschlag von Mogula, einmal Werbung vom hiesigen Möbelhaus und ein Brief für unseren Nachbarn gegenüber. Ich seufze. Der Postbote wird es wohl nie lernen. Wir sind die Familie Müller.

Herr Miller von gegenüber mäht seinen akkuraten Rasen. Ich winke ihm zu und das Röhren des Motors erstirbt.

»Wieder mal das i und das ü verwechselt?«

Ich nicke. »Inzwischen könnten wir fast einen Sammelbriefkasten aufstellen.«

Er lacht sein meckerndes Lachen. »Das würde dem armen Kerl manches Kopfzerbrechen ersparen.«

Ich gebe ihm seinen Brief und öffne unsere Post beim Zurückgehen. Vielleicht kann ja das Meiste davon gleich draußen in der Papiertonne bleiben. Bei dem Brief von Mogula zögere ich kurz. Eigentlich geht es nur Papa etwas an, was darin steht. Aber es könnte auch wieder nur die Information zum Datenschutz sein, die gefühlt jeden Monat verschickt wird. Warum soll ich die mit hereinbringen, wenn wir alle kaum ein Wort von den ganzen Paragraphenmurx verstehen?

Kurzentschlossen öffne ich den Umschlag und überfliege den Text. Dann bleibe ich mitten auf der Straße stehen und lese noch einmal. Ich kann nicht glauben, was dort steht. Und doch sind die Worte ganz eindeutig, schwarze Schrift auf weißem Papier. Das Logo von Mogula prangt farbenfroh in der Ecke. Was für ein Hohn.

Sehr geehrter Herr Müller,

wir kündigen ihnen hiermit aus persönlichen Gründen fristgerecht zum 31.07. dieses Jahres. Eine Zusammenarbeit ist uns aufgrund privater Vorkommnisse nicht mehr möglich. Ihnen wird eine Abfindung für den Verlust ihres Arbeitsplatzes in Höhe von 15.000 Euro mit der letzten Entgeltabrechnung ausbezahlt.

Alle weiteren Informationen zur Beendigung Ihres Beschäftigungsverhältnisses erhalten sie zu gegebener Zeit in einem gesonderten Schreiben.

Mit freundlichen Grüßen
Leonard Herzbach

Das hat er nicht wirklich getan?!

Wie kann Leonard Vater dafür bestrafen, dass Lisa ihn so emotionslos abserviert hat? Mein Vater kann doch nichts für die Handlungen meiner Schwester!

Mein Blick wandert von dem Brief zu unserem Küchenfenster. Vater zieht Mutter gerade auf seinen Schoß und küsst sie. Ich bekomme einen Stich ins Herz. Soll das alles wieder vorbei sein?

Wenn Papa diesen Job verliert, reißt ihm das doch wieder die Beine weg und noch einmal verkraftet das unsere Familie nicht. Das Lachen meiner Mutter übertönt sogar den Rasenmäher von Herrn Miller. Sie quietscht wie ein junges Mädchen.

Entschlossen zerknülle ich den Brief und gehe zurück ins Haus. Ich werde dafür sorgen, dass Leonard diese Kündigung zurücknimmt. Papa wird nie etwas davon erfahren. Ich kann nicht zulassen, dass sein Glück erneut zerstört wird.

Leonard muss mich anhören. Er war doch bisher immer ein so liebenswerter Mann. Sein Lächeln hat sich auch in mein Herz gestohlen, obwohl es immer nur Lisa gegolten hat. Sie war seine Prinzessin, sein größter Schatz.

Ich kann ja verstehen, dass er alle Erinnerungen an sie aus seinem Leben tilgen will. Dazu gehört auch ihr Vater. Aber Papa ist Hausmeister, nicht sein Sekretär. Er wird Leonard sicherlich nicht oft auf den Fluren über den Weg laufen. Die Firma ist groß. Kann er es denn nicht überleben, wenn Papa mal an ihm vorbeigeht oder im Foyer seine Arbeit macht? Es muss doch einen Weg geben, mit dem er leben und Papa seinen Job behalten kann.

Innerlich verfluche ich Lisa. Sie weiß gar nicht, was alles durch ihren Egoismus zerstört wird. Dabei hat sie immer betont, wie sehr sie in Leonard verliebt ist. Und nur, weil er nicht mehr auf seinen Beinen stehen kann, ist er jetzt weniger attraktiv für sie? Nur deshalb ist sie in der Lage ihre Liebe einfach abzuschalten?

»Ich gehe auf den Dachboden«, rufe ich noch schnell im Vorbeigehen in die Küche. Ich will nicht, dass meine Eltern mein Gesicht sehen, denn ich bin mir sehr sicher, dass Mama mir meine Emotionen sofort an der Nasenspitze ansieht. Was soll ich ihr sagen, wenn sie mich fragt, warum ich so erschrocken aussehe? Die Angebote vom Möbelstore waren enttäuschend? Dass ich nicht lache!

»Willst du denn keine Pancakes?«

»Heb mir einfach welche auf, okay?«

Ich warte nicht auf ihre Antwort und werfe die Bodenklappe hinter mir zu. Meine bunt gefleckte Trittleiter steht in der Mitte des sonnendurchfluteten Raumes. Ich lasse mich darauf sinken wie auf einen Hocker. Die Bilder um mich herum verhöhnen mich nun mit ihrer Fröhlichkeit. Es zuckt mir in den Fingern, sie sofort wieder gegen die Dunkleren auszutauschen, damit mein kleines Reich zu meiner Stimmung passt.

Ich schließe die Augen und lege den Kopf in die Hände. Leonards Gesicht taucht vor mir auf. Ich sehe sein verschmitztes Grinsen, während er Lisa neckt, sein Staunen, wenn er in ihren Augen versinkt. Augen, die meinen so ähnlich sind, aber er hat es nie bemerkt. Ich war unsichtbar für ihn. Einfach nur die kleine Schwester.

Ob er mich trotzdem empfangen wird, damit ich ihm unsere Situation erklären kann? Im Krankenhaus hat er mich brüsk rausgeschmissen. Ich sehe noch immer sein hasserfülltes Gesicht vor mir und höre sein Brüllen. Es macht mir Angst, mich erneut dieser Situation auszusetzen. Aber mir bleibt keine Wahl. Ich muss mit ihm reden, so schnell wie möglich. Aber es darf mich niemand von Papas Kollegen sehen. Sie würden ihm sicherlich sofort mitteilen, dass sie mich gesehen haben. Wie soll ich diesen Besuch erklären? Keine Lüge, die mir durch den Kopf huscht, klingt auch nur halbwegs glaubwürdig.

Ich straffe den Rücken und stoße die Luft aus. Es muss heute sein, bevor mich der Mut verlässt. Nach den offiziellen Arbeitszeiten. Leo ist immer lang im Büro. Ich straffe die Schultern. Trübsal blasen bringt mich nicht weiter. Noch ist nichts verloren und ich werde für das Glück meiner Familie kämpfen wie eine Löwin.

Von neuer Energie durchflutet, stoße ich eine Leinwand von ihrem Stativ und stelle eine Unberührte darauf.

Meine Gedanken fliegen. Ich überlasse mich dem Sog. Der Pinsel zeigt mir, welches Bild entstehen will.

Erst, als das Licht langsam schwächer wird, erkenne ich, dass es jetzt an der Zeit ist unter die Dusche zu springen und mein Vorhaben umzusetzen.

Ich werfe einen letzten Blick auf das Gesicht von Leonard, das mir liebevoll von der Leinwand entgegenschaut. Ich weiß, dass dieser Leonard noch da ist, ganz tief unter der Verzweiflung und dem Hass auf die Welt verborgen.

»Alles wird gut.«

# Kapitel 5

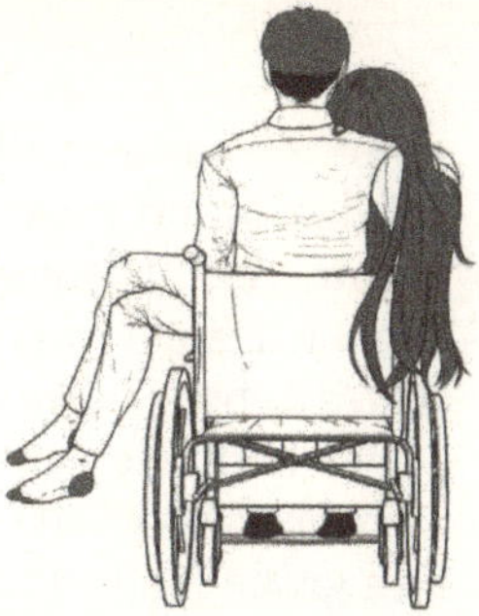

»Herr Herzbach? Besuch für Sie.« Leonards eisblonde Sekretärin wirft mir einen mitleidigen Blick zu. Ich runzle die Stirn. Warum hat sie denn Mitleid mit mir? Sie weiß nicht, wer ich bin, hat nicht nach dem Grund meines Besuches gefragt.

Sie trippelt auf ihren roten High Heels zu der Tür hinter ihrem Schreibtisch und hält sie mir weit auf. Kurz bevor ich den Raum betrete, kommen mir Zweifel. Ich zögere. Die Frau hat wohl wenig Geduld. Sie schiebt mich vorwärts und schnaubt undamenhaft. Mit einem lauten Knall schlägt sie die Tür hinter sich zu. Ich sehe Leonard, wie er sich damit müht, den Rollstuhl in meine Richtung zu bewegen. Es tut mir weh, ihn so zu sehen. Ich bewundere ihn, seit Lisa ihn zum ersten Mal mit zu uns nach Hause gebracht hat. Damals war ich gerade achtzehn Jahre alt geworden und träumte noch von einer Zukunft als Malerin. Träume, die wohl jedes Mädchen irgendwann mal hat. Träume, die mit jeder weiteren Absage von einer bezahlbaren Kunsthochschule verpufft sind. Inzwischen habe ich mich damit abgefunden und arbeite noch immer im Supermarkt. Ein Job, der mich nur über Wasser halten sollte, bis das Studium beginnt, aber jetzt schon seit drei Jahren meinen beruflichen Alltag bestimmt. Er macht mich nicht besonders glücklich, lässt mir aber nicht genügend Freizeit, um darüber nachzudenken, was mir im Leben fehlt.

Leonard hingegen hat sich seine Träume erfüllt. Er ist glücklich mit seiner Arbeit und ermöglichte meiner Schwester ein Leben, von dem sie zuvor wohl nicht einmal zu träumen gewagt hat. Vom ersten Augenblick an habe ich mich in ihn verliebt. Zuerst so, wie es kleine Mädchen tun. Ich habe Fotos von ihm unter meinem Kopfkissen versteckt und sie heimlich nachts geküsst. Wie gern wäre ich an Lisas Stelle gewesen. Er sollte mir verliebt über die Wange streichen, mir seine Lippen auf den Mund pressen und mir sagen, dass ich die Frau seiner Träume bin. Niemals hätte ich Leonard gehen lassen. Deshalb kann ich nicht verstehen, wie sie ihn im schwersten Moment seines Lebens fallenlassen konnte.

Sie wirft vier Jahre Beziehung einfach weg und sieht sich nicht mehr nach dem Mann um, der vor dem Unfall angeblich ihre große Liebe gewesen war. Genau deshalb bin ich nun hier, stehe auf dem spiegelnden Marmorboden in diesem ultramodernen Büro und fühle mich völlig fehl am Platz.

»Was machst du hier?«

Seine Stimme schleicht über meine Haut wie ein lauerndes Tier. Wie soll ich ihm nur sagen, was ich von ihm brauche, nachdem meine Schwester ihn so beschissen behandelt hat. Es ist eine dumme Idee gewesen, hierher zu kommen. Ich hätte ihm einen Brief schreiben oder ihn anrufen sollen. Mist! Warum muss ich immer so mit der Tür ins Haus fallen? Ich knete meine Finger und mache noch einen Schritt zurück. Soll ich weglaufen? Nein! Er ist die einzige Chance, meine Familie zusammenzuhalten. Warum soll er auf Briefe oder Anrufe von mir reagieren, wenn ich jetzt wie ein aufgeschrecktes Huhn vor ihm flüchte.

Ich räuspere mich und spreche dann viel zu schnell. »Nimm die Kündigung von meinem Vater zurück.«

Leonard lacht laut auf. Ich höre den Sarkasmus in dem Ton. »Das ist nicht dein Ernst, oder? Ihr wollt weiterhin das Geld der Firma abgreifen, obwohl Lisa mir deutlich genug zu verstehen gegeben hat, dass sie mit mir nichts mehr zu tun haben will? Warum sollte ich mir das antun? Warum sollte ich mich selbst foltern, wenn ich deinen Vater in meiner Firma glücklich arbeiten sehe, während mein Leben mit Füßen getreten wird?«

»Aber er kann doch nichts dafür. Wir wollen kein Geld abgreifen. So ist das nicht.«

Er fährt auf mich zu und bleibt ganz nah vor mir stehen. Seine Knie berühren mich fast. »Wie ist es dann, Maria? Warum kommst du zu mir und gehst nicht zum Arbeitsamt, um deinem Vater einen neuen Job zu besorgen?«

Ich beiße mir auf die Unterlippe. Wie soll ich ihm sagen, dass

Vater diesen Job liebt? Auch wenn ich tatsächlich sofort eine neue Beschäftigung für ihn finden würde, wäre es doch wieder ein Rückschlag.

»Er muss diesen Job behalten, um nicht wieder sein Selbstbewusstsein zu verlieren. Du weißt doch, wie es ihm gegangen ist, bevor du ihm den Job bei Mogula gegeben hast. Ich will Papa nie wieder so sehen müssen. Vielleicht können wir einen Deal machen. Ich schwöre, dass ich alles dafür geben werde. Bitte, Leonard. Ich will nichts geschenkt.«

Ich sehe ihm ihn die Augen, erwarte tausend Fragen auf seiner Miene. Stattdessen finde ich kalte Berechnung. »Was bietest du mir an?«

Ich straffe die Schultern und atme tief durch. Meine Antwort ist vage. Ich weiß nicht, worauf er hinaus will. Soll ich ihn bezahlen, für ihn unentgeltlich arbeiten? Aber was er auch fordert, es ist egal. Es gibt kaum etwas, dass ich nicht tun würde. »Ich bin bereit, alles zu geben, was in meiner Macht steht.«

Nur für einen kurzen Moment huscht Verwunderung über sein Gesicht, dann schiebt er den Rollstuhl zurück und lenkt ihn hinter den Schreibtisch. Von dort aus taxiert er mich lange, ohne ein Wort zu sagen. Ich spüre seinen Blick über meinen Körper wandern. Mein Hals wird eng und ich atme gepresst. Der Puls rast in meinen Adern und mein Herz überschlägt sich fast. Wie lange kann ich das noch aushalten, ohne zu hyperventilieren?

Leonard drückt auf einen Knopf an der Telefonanlage. »Xenia, du kannst nach Hause gehen. Ich brauche dich heute nicht mehr.«

»Gut, Herr Herzbach, dann wünsche ich ihnen einen schönen Abend.« Im gleichen Moment höre ich die Schritte der Sekretärin und eine weitere Tür fällt ins Schloss.

»Du siehst ihr ähnlich, weißt du das?« Seine Stimme klingt belegt.

»Nur die Augen. Sonst ist Lisa viel schöner als ich.«

»Stell dich vor meinen Schreibtisch. Ich will dich ansehen.«

»Was soll das, Leonard?« Er antwortet nicht. Trotzdem durchschreite ich den Raum, bis ich die Tischkante an meinem

Oberschenkel spüre.

»Eine Idee wächst gerade in meinem Kopf. Ich glaube nicht, dass sie dir gefallen wird, aber ich werde sie genießen. Jetzt stell dich da hin.« Irritiert tue ich, was er mir sagt. Es macht mich ganz wahnsinnig, dass er mich noch immer so intensiv mustert.

»Es ist mir nie aufgefallen, dass du zu einer Frau geworden bist. Neben Lisa bist du irgendwie immer verschwunden.«

Seine Worte tun mir weh. Sie schneiden tief, weiß ich doch, dass Lisa strahlend und wunderschön ist, während ich nicht ganz so gute Gene von unseren Eltern mitbekommen habe.

»Sag mir Maria, hättest du mich nach dem Unfall verlassen?«

»Nein.« Ich muss über diese Antwort nicht nachdenken. Sie kommt ganz leicht über meine Lippen und steht zwischen uns im Raum.

»Könntest du mit einem Krüppel zusammensein?«

»Für mich bist du kein Krüppel. Allein dieses Wort ist abstoßend. Du kannst nicht laufen. Das ist alles.« Mein Ausbruch scheint ihn zu überraschen und dann legt sich ein berechnendes Lächeln auf seine Lippen.

»Beweis es!«

Ich reiße die Augen auf. »Wie soll ich das denn beweisen?«

»Du brauchst etwas von mir und ich bin bereit, es dir zu geben. Aber du musst es dir verdienen. Ich kann dir versprechen, dass ich es dir nicht leicht mache.«

»Ich verstehe nicht. Was soll ich tun?«

Er legt den Kopf schief. »Sieh es als einen Handel. Dein Vater kann seine Stelle behalten und dafür heiratest du mich anstelle deiner Schwester. Du wirst mir gehören, alles tun, was ich dir sage. Wenn du es ein halbes Jahr mit mir aushältst, dann wird dein Vater befördert und ich werde in seiner Personalakte den Vermerk eintragen lassen, dass er unkündbar ist. Nach sechs Monaten steht es dir frei, zu gehen. Ich werde es dir nicht verübeln, denn ich würde auch nicht länger bleiben wollen.«

Mein Kopf ist wie leer gefegt. Habe ich ihn wirklich richtig verstanden? »Du willst mich heiraten?«

Er nickt ruhig, als würde er mir gerade vorschlagen, eine Hausratversicherung abzuschließen. Dabei redet er davon, mir meinen zweitgrößten Traum zu erfüllen. Ich habe schon so lange davon geträumt, seine Frau zu werden, an Lisas Stelle zu sein.

Meine Stimme zittert. »Was bedeutet es, dass ich dir gehören soll?«

Er legt das Kinn auf die verschränkten Finger, während seine Ellenbogen auf der Tischplatte ruhen und grinst. »Das ist der schöne Teil des Handels. Du widersprichst mir und dein Vater fliegt. Du weigerst dich, meinem Befehl Folge zu leisten, dein Vater fliegt. Du gehst vor Ablauf der Zeitspanne, auch dann sitzt dein Vater auf der Straße.«

Die Freude über das Angebot erlischt augenblicklich. »Du willst mich, anstelle von Lisa bestrafen? Nicht wahr?«

»Ich will dich anstelle der ganzen Welt bestrafen. Außerdem brauche ich jemanden, den ich in der Hand habe, der meinem Vater glaubhaft versichert, dass ich noch immer ein Mann bin, der von Frauen bewundert wird. Dieses »Nein« könnte sogar er dir glauben.«

Ich muss nicht über seinen Vorschlag nachdenken, denn es bleibt mir keine Wahl. Ohne diese Sicherheit für Vater wird meine Familie zusammenbrechen. Dafür bin ich bereit, fast alles zu erdulden, auch wenn sechs Monate sehr lang werden können. Es ist Leonard, der da vor mir sitzt. Er ist ein Traummann. Wie schlimm kann es schon werden, seine Frau zu sein? Lisa hat in seiner Gegenwart immer gelächelt. So sieht keine Frau aus, die Angst haben muss.

»Wird es einen Vertrag geben? Ich möchte ausschließen, dass ich mit einem Messer im Rücken in der Isar lande.«

»Warum denken immer alle, dass ich sie in irgendwelchen Flüssen entsorge?«

Ich weiß nicht, was für eine Antwort er von mir darauf erwartet. Deshalb schweige ich. Auch Leonard schaut mich eine Weile wortlos an. Ich frage mich, was ihm durch den Kopf geht. Dann betätigt er erneut eine Taste an der Sprechanlage. Er schildert einem Unbekannten sein Vorhaben und auch meine Bedingung, dass der Mensch an der anderen Seite der Leitung einen Vertrag in Form eines Ehevertrags aufsetzen soll, der meine Sicherheit garantiert. Er beendet das Gespräch und lehnt sich zurück. »Solange wir auf den fertigen Vertrag warten, würde ich mir gern etwas genauer anschauen, was ich gerade durch den Handel bekommen habe. Zieh dich aus.«

Ich fühle, wie mir das Blut ins Gesicht schießt. Mir wird heiß. Das habe ich bestimmt falsch verstanden.

»Was hast du gesagt?«

»Du hast mich schon richtig verstanden. Ich will dich nackt sehen.«

»Aber ... hier ... warum?« Ich stammele. Damit habe ich nicht gerechnet. Ach was, ich habe mit all dem hier nicht gerechnet. Die Situation ist so surreal, dass ich wie in eine Art Schockstarre verfalle und ihn einfach nur anschaue und gelegentlich blinzle.

»Willst du jetzt schon den Vertrag brechen? Dann können wir ihn auch gleich vergessen. Ich habe keine Lust darauf, zu betteln. Ich befehle und du tust. Das ist der Deal. Dabei gibt es kein *Aber*!« Er wendet sich wieder der Anlage auf dem Schreibtisch zu. Sein Finger schwebt bereits über der Taste, die über die Zukunft meines Vaters entscheidet. Mein Magen macht einen Salto und mein Mund spuckt die Worte aus, bevor mein Kopf sein Veto einlegen kann: »Nein, warte. Ich tu's ja!«

Leonard verschränkt die Arme vor der Brust und lehnt sich zurück. Er hebt abwartend eine Augenbraue. Sein Blick ruhte auf mir wie der Fokus einer Kamera. Ich schluckte und streifte mir wenig elegant die Sneakers mitsamt den Socken von den Füßen.

»Mach es langsam und schau mich dabei an.« Seine Stimme verursacht mir eine Gänsehaut und mein Magen verknotet sich. Sicherlich glühen meine Wangen hochrot, ganz so als hätte ich gerade einen Marathon hinter mir. Mein Herz rast nämlich genauso. Ich atme tief durch. Nur für Dad. Für ihn kannst du das Maria, für ihn und Mum. Ich greife an den Reißverschluss meiner Jacke und ziehe ihn ganz langsam herunter. Dabei verhaken sich unsere Blicke.

Seine Augen sehen mich fast unbeteiligt an, ganz so, als würde er nicht wissen, welche Überwindung es mich kostet, hierzubleiben und seinen Anweisungen Folge zu leisten. Nur eine Tatsache hält mich zurück. Das ist Leonard, der dort sitzt.

Ich will ihn schon immer, auch wenn er bisher nie Notiz von mir genommen hat. Doch jetzt stehe ich im Zentrum seiner Aufmerksamkeit. Auch wenn ich weiß, dass er mich nur für Lisas Verrat demütigen will, fühle ich mich wie in einem Rausch der Gefühle. Seine Blicke auf meinem Körper. Wie oft habe ich davon geträumt. Ich will ihm gefallen. Ich, die unscheinbare Maria will die Blicke dieses Mannes genießen.

Langsam ziehe ich meine Jacke aus, lasse sie achtlos fallen. Meine Finger zittern, als ich die Knöpfe meiner Bluse öffne. Ich streiche den zarten Stoff über meine Schultern. Meine eigene Berührung verursacht mir eine Gänsehaut. Ich schließe kurz die Lider, nur um sie sofort wieder aufzureißen. Sein Befehl lautet ihn anzusehen. Ein Muskel an seiner Wange zuckt, als ich mich aus meiner Jeans schäle.

Weiße Baumwollunterwäsche, wie sexy. Unsicher stehe ich da und sehe Leonard in die Augen. Seine Miene gibt nichts preis.

Ich nage an meiner Unterlippe. Die Unsicherheit ist überwältigend. Was sieht er in mir? Gefalle ich ihm? Er sagt nichts und in mir wächst die Angst. Wird er unseren Deal platzen lassen, weil ich keine Femme Fatale wie Lisa bin? Ich besitze nicht mal aufregende Unterwäsche. Wieso auch?

»Du bist noch nicht fertig. Ich habe nackt gesagt!« Ich hole zitternd Luft und nestelte an meinem BH herum. Das Ding klemmt.

**Leonard**

Maria zittert am ganzen Körper. Sie sieht mich an, als wäre sie das Reh im Scheinwerferlicht und ich ein heranrasendes Auto. Gut so. Sie soll Angst haben. Ich bade regelrecht darin. In diesem Moment spielen meine Beine keine Rolle. Sie braucht etwas und ich kann es ihr geben. Ich habe Macht über sie.

Etwas ungeschickt rolle ich hinter meinem Schreibtisch hervor, auf sie zu. Mein Blick hält ihren gefangen. Sie ist schön, auf eine unschuldige Art. Wann habe ich zuletzt Baumwollunterwäsche an einer Frau gesehen? Ich kann mich nicht erinnern. Es muss ewig her sein. Aber gerade diese Unschuld zieht mich an. Ich will sie besitzen. Ich schnaube.

Wieder macht mir dieser unsägliche Körper einen Strich durch die Rechnung. In meinem Kopf weiß ich genau, wie ich sie benutzen will, aber in meiner Hose regt sich kaum etwas. Trotzdem gebe ich nicht auf. Keine Schwäche zeigen.

»Knie dich vor mich!« Sie sinkt vor dem Rollstuhl auf die Knie. Ich beuge mich nach vorn, greife um sie herum und öffne mit geübten Handgriffen den Verschluss ihres BHs. Schnell ziehe ich ihn aus und werfe ihn zur Seite. Sie soll keine Möglichkeit bekommen, sich erneut vor mir zu verstecken. Sie gehört mir. Und sobald dieser Vertrag unterschrieben ist, habe ich den ersten Schritt getan, um allen um mich herum zu zeigen, dass meine Durchsetzungskraft nicht an meine Beine gebunden ist. Ich brauche ein Projekt, das Benedikt auf seinen Platz verweist, eine Frau, die in der Öffentlichkeit klar macht, dass ich das Sagen in unserer Beziehung habe und ein paar Paparazzifotos, die mich mit einflussreichen Leuten zeigen, schon habe ich mein Leben wieder. Aufgeben ist keine Option. Da kommt mir Maria gerade Recht. Sie ist perfekt. Ansehnlich, unterwürfig und ich habe sie in der Hand.

»Zeig mir deine Brüste!« Meine Stimme ist hart. Sie soll wissen, dass ich sie nicht schonen werde. Sie ist die Schwester von Lisa. Schon allein deshalb kann sie nicht mit Milde rechnen. Das weiß sie und trotzdem unterwirft sie sich.

Sie lässt die Arme an den Seiten hinabgleiten und strafft ihren Rücken. Zum Vorschein kommen weiße Brüste mit zartrosa Spitzen, die förmlich darum betteln, verwöhnt zu werden. Unter meinem Blick richten sich die Knospen auf, ziehen sich zu harten Perlen zusammen. Einfach köstlich! Ich will mehr von ihr, der Frau, die im nächsten halben Jahr mein Besitz sein wird.

»Zieh das Höschen aus und setz dich auf den Schreibtisch.«

»Aber ...« Ich ziehe eine Augenbraue nach oben. Das reicht, um sie gehorchen zu lassen. Schnell springt sie auf, schlüpft aus dem Panty und schiebt ihren runden Hintern auf die Glasplatte des Besprechungstisches. Ich stoße einen Stuhl zur Seite und fahre ganz dicht an sie heran.

»Wie ist es? Willst du von dem Krüppel begafft werden?« Sie wendet den Kopf ab und beißt wieder auf ihrer Unterlippe herum, aber zu meiner Verwunderung nickt sie.

Ich lasse mir nichts anmerken. Sie soll nicht wissen, dass diese Antwort mich verwirrt. Hat sie nur genickt, weil sie denkt, dass ich ihre Zustimmung erwarte?

»Stell die Füße auf die Tischplatte und spreize die Beine. Ich will alles von dir sehen.«

Sie schnappt nach Luft und ballt die Fäuste. Ihre Überwindung und die Scham in ihrem Gesicht machen mich unglaublich geil. Ich hätte nie gedacht, dass ich auf so etwas stehe, ein Mädchen unscheinbar, verschreckt. Mein Blick fällt auf meinen Schritt. Nichts. Das Ding will einfach nicht. Aber ich weiß, dass ich auch ohne meinen Schwanz eine Frau dominieren kann. Auch Maria wird mich anbetteln.

Das letzte Sonnenlicht fällt durch die Fensterfront hinter ihr und lässt ihren Körper leuchten. Sie ist schön. Wieso ist mir das nie aufgefallen? Immer ist sie hinter Lisa verschwunden. Wie ein Stern am Nachthimmel, der hinter der Sonne leuchtet. Lisa war meine Sonne. Heiß, wie eine Supernova. Ihr Strahlen stellte alles andere in den Schatten. Ihre Oberschenkel hätten nicht gezittert. Sie hätte sich in dieser Situation schon längst selbst gestreichelt, um mich richtig anzufeuern. Ihre Zunge wäre gierig über ihre rotgeschminkten Lippen gefahren und sie hätte mir eine ihrer hübsch gemachten Brüste entgegengehalten, damit ich an der Spitze saugen könnte. Genauso liebe ich meine Frauen, wild, stark, leidenschaftlich. Sie nehmen sich, was sie wollen und was sie brauchen. Warum schafft es dieses Mädchen nun, dass ich mir die schweißnassen Hände an meiner Hose abwischen muss, nur weil sie mir den Blick auf ihr feuchtes Geschlecht gewährt?

Ihre Brüste sind klein und straff. Sie bewegen sich mit ihren schnellen Atemzügen auf und ab. Ein unbeschreiblicher Anblick, der mein Herz zum Rasen bringt.

Wie von selbst legt sich meine Hand auf ihr Knie. Sie zuckt kurz, dann schließt sie die Augen, obwohl ich ihr befohlen habe, mich anzusehen. Aber ich will diesen Genuss nicht aus ihrem Gesicht vertreiben. Sie will mich. Der Rollstuhl schreckt sie nicht ab und das gibt mir das Gefühl grenzenloser Macht.

Ihre Haut ist weich und meine sonnengebräunte Hand ein

aufregender Kontrast zu dem elfenbeinfarbenen Ton. Ich streiche über die Innenseite ihres Oberschenkels. Sie stöhnt leise. Ist sie doch ein kleines Luder, das sich hinter der Maske der Unschuld vom Lande versteckt? Zuzutrauen wäre es ihr. Meine Hand wandert über ihren flachen Bauch zu einer ihrer Brüste. Die Halbkugel passt perfekt in meine Hand. Ich umfasse sie fest und lasse dann meinen Daumen über die Brustwarze gleiten. Sie schreit auf, biegt den Rücken durch. Sie presst die Augen noch fester zusammen. Anspannung liegt in ihrem Gesicht.

Mein Finger gleitet über ihre Schamlippen. Ich schiebe sie auseinander, ohne das Spiel mit ihrer Brustspitze zu unterbrechen. Sie ist so nass. Ein Finger wandert durch die glitschige Geilheit. Ihr Unterleib zuckt.

Sie wimmert meinen Namen.

»Sag mir, was du willst.« Meine Stimme ist nun rau.

»Ich weiß es nicht, aber bitte ... Ich will mehr!«

Ich grinse. Dieses halbe Jahr kann ein riesiger Spaß werden.

»Dein Wunsch ist mir Befehl!« Ich nehme ihre Klitoris zwischen Daumen und Zeigefinger drücke sie sanft. Maria wirft den Kopf hin und her. Sie keucht und murmelt unverständliche Worte. Ich rolle ihr pulsierendes Lustzentrum zwischen meinen Fingern. Ihr Becken zuckt.

Ich konzentriere mich ganz auf das Geheimnis zwischen ihren Beinen. Sie streichelt nun selbst ihre Brüste, lässt sich vollkommen gehen. Immer wieder stöhnt sie meinen Namen. Ihre Beine sind so weit gespreizt, wie es ihr möglich ist.

Ich ziehe sie weiter zu mir her und lege meine Lippen um ihre Klit. Sie schreit, sobald ich sauge, hart und unerbittlich. Dann spannen sich ihre Bauchmuskeln an und sie wirft den Kopf in den Nacken.

Ihr Fleisch pulsiert unter meinen Lippen.

Aber ich bin noch nicht mit ihr fertig. Wenn ich sie schon nicht mit meinem Schwanz ficken kann, dann werde ich es eben mit meinen Fingern tun. Ich will sie betteln hören. Sie soll mich anflehen. Und endlich fühle ich ein Ziehen in meinen Lenden. Ein erstes Gefühl. Stolz durchströmt mich.

Ich stoße zwei Finger in sie. Ihr Unterleib bäumt sich auf und ich verharre, als ich den Widerstand spüre. Das darf nicht wahr sein. Ich will sie für die Lüsternheit und den Verrat ihrer Schwester bestrafen, aber sie ist noch Jungfrau? Ich spüre es ganz deutlich.

Vorsichtig ziehe ich mich aus ihr zurück.

Das kann ich nicht tun. Ich werde nicht länger als ein halbes Jahr bei ihr bleiben, da darf ich ihr nicht das Wichtigste stehlen, dass sie einem Mann schenken kann. Schließlich hat sie sich nicht dafür aufgespart, dass ich über sie herfalle. Nicht mal ich bin so ein Arschloch.

Ohne ein weiteres Wort wende ich den Rollstuhl und verlasse den Raum.

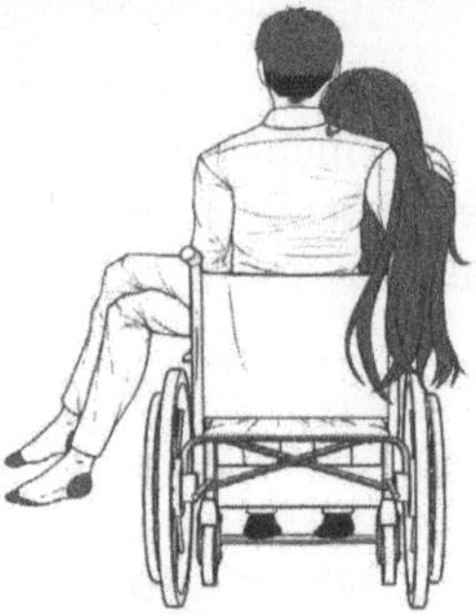

# Kapitel 6

**Maria**

Ein dumpfer Knall reißt mich aus der Ekstase. Ich werde aus den Sternen gezogen, um auf den Boden der Tatsachen zu prallen.

Ich bin allein in dem Büro, liege mit schamlos geöffneten Beinen auf diesem Tisch und um mich herum dreht sich die Welt. Mein Herzschlag poltert in meinem Brustkorb, weil er nicht weiß, ob er noch vor Lust rasen soll oder vor Enttäuschung. Leonard ist weg. Er hat mich einfach zurückgelassen. Habe ich etwas falsch gemacht? Ich weiß es nicht. Für mich war es überwältigend, von ihm beachtet zu werden. Monatelang habe ich davon geträumt, dass Leonard Herzbach mich berührt. Aber niemals hätte ich erwartet, dass es so sein würde. Es hat mich mitgerissen, wie eine Flutwelle. Meine Welt ist explodiert in Glück und Leidenschaft.

Doch warum ist er gegangen? Bin ich ihm nicht wichtig genug, um sich nach dem Orgasmus noch weiter mit mir zu beschäftigen? Das wird es sein. Ich bin ein Handel – eine Ware. Daran werde ich mich gewöhnen müssen. Mit aller Kraft verbanne ich den Schmerz und die Enttäuschung in den hintersten Teil meines Herzens. Diese Gefühle haben hier keinen Platz, sonst kann ich den Deal nicht durchhalten. Sonst werde ich schon in den ersten Wochen daran zerbrechen und es ist fraglich, ob mich jemand dann wieder zusammensetzen kann.

Ich seufze und rutsche von der Tischplatte. Was habe ich erwartet? Er wird Lisa nicht so schnell vergessen. Sie ist seine große Liebe und ich ein notdürftiger Ersatz, der für Pläne herhalten muss, die mir noch nicht klar sind. Ich werde das Spiel mitspielen und mich nach diesen sechs Monaten zurückziehen, um meine Wunden zu lecken. Das ist nicht wirklich ein Plan, aber es hilft, dass ich nicht verzweifle. Mir bleibt schließlich keine Wahl, wenn ich meine Familie vor dem Zusammenbruch retten will. Dad braucht diesen Job.

Ich verfluche Lisas Egoismus und sammle meine Kleider ein. Nur wegen ihr muss ich meine Würde herunterschlucken. Nur wegen ihr bin ich in dieser Situation. Das tut weh. Weil ich auch niemandem erzählen darf, warum ich so handle. Niemand weiß, dass ich mich verkaufe. Aber ich werde mich nicht unterkriegen lassen. Diese kurze Zeit werde ich überleben.

Entschlossen ziehe ich mich an und gehe nach Hause.

Am nächsten Tag finde ich einen großen gelben Umschlag in unserem Briefkasten. Der Vertrag ist in zweifacher Ausfertigung und kommt einem Ehevertrag gleich. Der Notar hat schnell gearbeitet. Das muss ich ihm lassen.

Meine Augen huschen über die erste Seite.

Der Vertrag wird zwischen Leonard Herzbach und Maria Müller für den Zeitraum von sechs Monaten geschlossen. Er beginnt mit der Eheschließung am 31. Juli dieses Jahres um 16:00 Uhr in den Räumlichkeiten von Mogula Enterprises unter Ausschluss der Öffentlichkeit statt. Trauzeugen stehen zur Verfügung.

Ich reiße die Augen auf. Das ist heute. Ich ziehe mein Handy aus der Tasche und schlucke. In nicht mal vier Stunden werde ich heiraten und weder meine Freunde noch meine Eltern wissen davon. Ich habe kein Kleid und keine Brautjungfern und wem sollte ich einen Strauß zuwerfen? Ich seufze. Eigentlich sollte das der glücklichste Tag meines Lebens sein. Ich habe ihn mir immer wie in einem Märchenbuch ausgemalt, wenn ich dem Prinzen meines Herzens das Jawort gebe. Traurig lese ich weiter.

Ein Brautkleid ist bereits für die Schwester der Braut angefertigt worden und steht für diese Zeremonie als Leihgabe zur Verfügung. Es bleibt während der gesamten Vertragslaufzeit und auch darüber hinaus Eigentum des Ehemannes.

Tränen steigen mir in die Augen. Ich will nicht in Lisas Kleid heiraten. Das ist so falsch. Eine Träne kullert über meine

Wange. Ich wische sie wütend weg. Sei stark. Diese Ehe dauert nur sechs Monate. Danach kannst du dich neu verlieben und mit diesem Mann deine Traumhochzeit feiern. Meine Gedanken sprechen mir Mut zu. Aber warum geht es mir dadurch nicht besser?

Weil Leonard dein Traummann ist und du mit ihm diese Märchenhochzeit feiern wolltest.

Ich hasse die Stimme in meinem Kopf, die mich noch tiefer in meine Verzweiflung reißt.

Halt die Klappe! Es ist keine Hochzeit aus Liebe, sondern ein Geschäft. Doch meine innere Stimme lacht mich aus, weil sie weiß, dass ich selbst nicht daran glaube.

Im Anschluss der Trauung wird es eine Pressekonferenz geben. Die Braut erklärt sich bereit währenddessen nur vorteilhaft über die Verbindung als solches und ihren Ehemann als Person zu sprechen. Auch im Verlauf der Ehe und darüber hinaus wird die Ehefrau keine Äußerungen tätigen, die ein negatives Bild auf Herrn Herzbach als Privatperson oder seine berufliche Reputation legen.

Natürlich! Ich bin das Aushängeschild seiner Männlichkeit. Das kleine Mädchen, das ihn anhimmelt und der Welt erzählt wie wundervoll das Leben an seiner Seite ist. Sechs Monate, Maria. Das schaffst du.

Den Rest des Vertrages überfliege ich. Dort sind alle Bedingungen aufgeführt, die ich mit ihm besprochen habe. Der sichere Job für meinen Vater und auch die Beförderung sind ganz klar fixiert. Mehr brauche ich nicht zu wissen. Das ist mein Antrieb. Ich unterzeichne den Vertrag und schiebe ihn in meine Handtasche.

»Du siehst aus, als hättest du den Leibhaftigen gesehen.« Dad knufft mich freundschaftlich in die Seite und grinst dabei schief.

»Vielleicht habe ich das.«

»Komm mit in die Küche. Wir trinken einen Tee und du erzählst Mum und mir, welche Laus dir über die Leber gelaufen ist.«

Ich seufze und folge ihm. Schließlich kann ich es nicht vor ihnen verheimlichen. Auf keinen Fall will ich, dass sie morgen aus der Zeitung von meiner Hochzeit erfahren.

»Schatz, mach Tee. Unserer Maria geht es nicht gut.«

»Was ist denn mein Schatz?« Mit geübten Handgriffen füllt sie den Wasserkocher und hängt Teebeutel in drei Tassen. Ich beobachte sie dabei und bekomme einen Kloß im Hals, als ich daran denke, dass ich ab heute Abend wohl nicht mehr hier wohnen werde. Das ging auch ganz eindeutig aus dem Vertrag hervor. Ich werde bei Leonard in der Vorstadtvilla einziehen und bin gezwungen meinen Job zu kündigen oder zu pausieren, je nachdem was meinem jetzigen Arbeitgeber lieber ist. Ich werde Leonard gehören und muss für ihn zu jeder Tages- und Nachtzeit zur Verfügung stehen.

Eine Tasse wird vor mich gestellt und Mum zieht geräuschvoll den Stuhl nach hinten. Ich sehe sie an und suche nach Worten. Dann legt Dad seinen Arm um ihre Schulter und sie lehnt sich mit dem Rücken an seine Brust. Dieses Bild gibt mir Kraft, zeigt mir, für was ich mich in diese Abhängigkeit begebe. Für was ich zu Leonards Sklavin werde.

Ich räuspere mich und umfasse die Tasse mit dem Teddybärmotiv, die ich zu meinem sechsten Geburtstag bekommen habe. Sie erdet mich. Die Wärme an meinen Händen ist wohltuend. Das hier wird immer mein Zuhause bleiben und in einem halben Jahr bin ich wieder zurück. Bei der Tasse, Mum und Dad und meinem Leben. »Ich habe mich in den letzten Wochen mit Leonard getroffen.«

Mum lächelt. »Das ist doch schön. Wie geht es ihm?«

»Gut. Er vergräbt sich wieder in seiner Arbeit. Ihr kennt ihn ja. Aber was noch wichtiger ist, wir haben beschlossen zu heiraten.« So jetzt ist die Katze aus dem Sack, direkt und ohne Umschweife.

Ich beiße mir auf die Unterlippe und hebe vorsichtig den Blick. Meine Eltern schauen mich erschrocken an, aber dann zeigt sich ein Lächeln auf ihren Gesichtern, dass sich bald zu einem ausgewachsenen Strahlen ausweitet.

»Du wirst ihn heiraten? Das ist ja wunderbar. Wir lieben Leonard. Warum hast du nichts gesagt?«

Mum hechtet regelrecht über den Tisch, zieht mich an sie und drückt mir einen Kuss auf die Wange. Ich spüre ihre

Vorfreude. Sie ist fast greifbar. »Wann soll die Hochzeit sein? Wie viel Zeit haben wir, um die Vorbereitungen zu unterstützen?«

Ich rücke ein Stück von ihr ab und ihre Stirn legt sich in Falten. Das schlechte Gewissen nagt an mir. Ich kann ihnen nicht sagen, warum ich sie enttäusche, aber ich werde es mit meinen nächsten Worten tun. Mein Magen schlingert. Ich schlucke schwer. »Sorry Mum, aber ich werde heute schon heiraten.« Ich zwinge mich zu einem Lächeln. »Leonard kann es nicht erwarten. Es soll eine kleine Zeremonie werden, nur er und ich. Ihr braucht euch keine Mühe machen.«

Enttäuschung verdunkelt die Augen meiner Mutter und ich schaue eilig weg. Ihr Lächeln zittert, als sie antwortet: »Aber natürlich, mein Kind. Es ist ja eure Hochzeit, nicht wahr?« Sie nimmt einen schnellen Schluck und steht dann auf. Ich weiß, dass sie nur vorgibt, in der Küche etwas zu tun zu haben. Sie wischt geschäftig über die spiegelblanke Arbeitsfläche.

Der Kloß in meinem Hals wird noch größer. Ich muss mich anstrengen, an ihm vorbei zu atmen. »Ich gehe nochmal ins Atelier. Vielleicht nehme ich eins meiner Bilder mit zu Leonard.«

»Du kommst nicht mehr nach Hause richtig?«

Mein Vater hat die Situation wieder einmal genau erfasst. »Ich komme euch besuchen, so oft ich kann, aber natürlich leben Leonard und ich nach der Hochzeit zusammen bei ihm. Ich freue mich schon auf das große Haus.«

Dad legt seine Hand auf meine. »Und wo wirst du zeichnen?«

Ja, wo werde ich zeichnen? Ich glaube nicht, dass Leonard Herzbach in seinem Haus aus Glas und weißen Wänden irgendwo einen Platz hat, an dem ich mich mit Farben austoben darf.

Nein, ich darf nicht zulassen, dass Dad Traurigkeit in mir erkennt. Ich bin eine glückliche Braut. Das Lächeln in meinem Gesicht fühlt sich täuschend echt an. Es verbirgt die Angst. Nur ein halbes Jahr, dann komme ich wieder hierher und alles ist wie zuvor, rede ich mir selbst Mut zu. »Leonard wird mir sicherlich ein Plätzchen zeigen, an dem ich herumklecksen darf.

Er liest mir jeden Wunsch von den Augen ab. Ich könnte nicht glücklicher sein.« Dad drückt meine Finger kurz und zieht seine Hand dann zurück.

»Dann los mit dir, Engelchen. Such dir dein kleines Stück Heimat aus, das du mit in dein neues Leben nehmen willst.« Ich nicke ihm zu und stehe auf. Mum dreht sich nicht zu mir um, als ich die Küche verlasse.

Ich renne die Treppe nach oben und werfe die Klappe zum Dachboden hinter mir zu. Jetzt kann ich die Tränen nicht mehr zurückhalten. Meine Welt verschwimmt und ich lasse mich auf den Boden sinken. Ich habe meine Eltern noch nie zuvor angelogen. Verdammt! Wenn ich mir vorstelle, dass ich der ganzen Welt die glückliche Ehefrau vorspielen muss, obwohl ich mir sicher bin, dass er mich gar nicht will, ich nur ein Notnagel für ihn bin, wird mir schlecht. Kann ich das wirklich?

Ich stoße geräuschvoll die Luft aus. Ich muss es schaffen. Vielleicht finde ich ja sogar heraus, warum sich Leonard so sehr verändert hat. Das kann nicht allein daran liegen, dass Lisa ein Arschloch ist.

**Leonard**

»Wir werden in den südlichen Flügel umziehen.« Ich stehe vor meinen wichtigsten Mitarbeitern und hoffe, dass sie keine weiteren Fragen stellen. Aber natürlich wären sie nicht meine besten Leute, wenn sie sich so einfach mit einem Befehl abspeisen lassen würden.

»Warum sollen wir umziehen, Chef? Und dann auch noch von den modernen Büros hier in die alten Räume da drüben. Es gibt doch auch hier einen Aufzug.« Mayer hat wohl so viel Selbstbewusstsein wiedergefunden, um meine Entscheidungen in Frage zu stellen. Sehr gut! So brauche ich mein Team. Trotzdem muss ich ihnen jetzt reinen Wein einschenken und hoffen, dass sie mein Team bleiben, wenn sie die Wahrheit über unseren Umzug erfahren. Ich seufze und rolle hinter den Meetingtisch.

»Ihr seid die Besten und ich habe euch noch nie so dringend gebaucht, wie ich es heute tue. Ich hatte am Freitag eine Unterredung mit meinem Vater. Er denkt, dass ich nicht mehr zu seiner Elite gehören kann. Das Ding unter meinem Hintern macht mich anscheinend nicht mehr tragbar für eine Führungsposition. Er hat mich zum Projektmanager degradiert. Mir bleiben sechs Monate, um ihn davon zu überzeugen, dass ich nichts von meinem Biss verloren habe, nur weil meine Füße nicht mehr funktionieren. Ich kann wieder zum Geschäftsführer werden, wenn wir gemeinsam ein Projekt umsetzen, das alle aus den Socken haut. Leider bekommt mein Bruder Benedikt dieselbe Chance. Auch er darf sich ein Projektteam wählen und um die Geschäftsführung kämpfen.« Ich stemme die Hände auf die Tischplatte und beuge mich vor. »Ich werde meine Firma nicht aufgeben. Mogula ist mein Baby. Ich habe dieses Unternehmen zu dem gemacht, was es heute ist. Dafür will ich kämpfen.«

Mayer meldet sich zu Wort. »Sehe ich es richtig, dass wir hier sind, weil wir Ihr Projektteam werden sollen?«

»Genau. Mit euch will ich allen beweisen, wozu Mogula mit mir in der Lage ist. Wir sind ein Team. Es gibt kein *Herr Herzbach* mehr. Ich bin Leonard. Ab heute sind wir alle gleich. Was sagt ihr? Seid ihr dabei?«

Nadja, die zweite Kreative, und Zuständige für allgemeine PR, räuspert sich. »Aber wenn wir versagen, wird Ihr Bruder uns feuern, weil wir Ihr Projektteam waren, nicht wahr?«

Bevor ich antworten kann, wird die Tür aufgeschlagen und Benedikt schreitet herein, als wäre er schon der Geschäftsführer. Er lehnt sich mit verschränkten Beinen vor meinen Tisch. Sein überhebliches Grinsen würde ich ihm gern aus dem Gesicht wischen.

»Das ist richtig, Olga.«

»Ich heiße Nadja.«

Benedikt verdreht genervt die Augen. »Wie dem auch sei. Ich bin hier, um Ihnen genau das zu sagen. Sie sind raus, wenn Sie sich auf die Seite meines Bruders stellen. Sehen Sie ihn sich doch mal an. Wie soll er einen Großauftrag bekommen und die Geschäftsführung zurückerhalten? Er kommt ja nicht einmal auf eine Bühne. Wie soll er dann präsentieren? Niemand will einen Gehbehinderten in der Geschäftswelt.«

»Mach, dass du dieses Büro verlässt. Sofort!« Meine Stimme

ist gefährlich ruhig, aber in mir tobt ein Sturm. Ich will ihn schlagen, aber er ist mir zum ersten Mal im Leben körperlich überlegen. Trotzdem macht es mich fuchsteufelswild und mein Wille, gegen ihn zu siegen, wächst ins Unermessliche. Wie kann er es wagen, mich vor meinen Mitarbeitern so bloßzustellen?

Er kommt um den Tisch herum und setzt sich vor mich auf die Tischplatte. Mit verschränkten Armen beugt sich zu mir herunter, wie zu einem kleinen Kind. »Was willst du dagegen tun, Brüderchen? Willst du mir nachlaufen?« Er schlägt sich die Hand auf den Mund. »Ach herrje. Ich vergaß. Das geht ja nicht.«

»Du vergisst, dass du auch nur ein einfacher Projektmanager bist. Auch du musst arbeiten, um dich zu beweisen. Etwas, dass du noch nie in deinem Leben getan hast. Ich kenne das Business, habe Kontakte und mein Einfluss ist unbestritten. Du siehst, auch in dieser Position habe ich die bessere Ausgangssituation.«

Ich lenke Benedikts Blick auf den Brieföffner, den ich direkt unter seinen Eiern palziert habe. Eine falsche Bewegung und es könnte ziemlich wehtun.

Kurz entweicht die Überheblichkeit aus seinem Blick, dann schiebt er sich mitsamt dem Tisch zurück und außerhalb meiner Reichweite. Er steht auf, ohne mich noch eines Blickes zu würdigen. Scheinbar gelangweilt schlendert er durch den Raum. »Ich habe natürlich schon mein eigenes Team. Sie brauchen also nicht zum Betteln kommen. Machen Sie Ihre tägliche Arbeit, halten Sie sich aus diesem Wettkampf raus und Ihnen wird nichts geschehen.«

Ich knurre. »Ich habe nicht vor zu verlieren, Benedikt. Das hier ist meine Firma. Ich habe sie aufgebaut. Jeden dieser fähigen Köpfe habe ich eingestellt und wir sind gemeinsam durch dick und dünn gegangen. Haben dieses Unternehmen groß gemacht. Das lasse ich mir von einem Emporkömmling wie dir nicht wegnehmen. Mogula wirst **du** nicht ruinieren.«

Er dreht sich zu mir um. »Wie willst du es verhindern?«

Die jüngste Marketingplanerin und Assistentin in meinem Wunschteam steht auf. Der Stuhl schrammt über den Parkettboden. Das Geräusch verursacht mir eine Gänsehaut.

»Es tut mir leid, aber ich kann mich nicht in einen solchen Streit reinziehen lassen. Das hier ist mein erster Job nach dem Studium und ich kann es mir nicht leisten, ihn zu verlieren. Es ist schwer, in dieser Branche Fuß zu fassen.«

Benedikts Grinsen wird noch breiter. Er stößt sie unsanft zur Seite und öffnet die Tür. »Viel Spaß noch, lieber Bruder.« Mit einem letzten Blick in die Runde verlässt er den Raum. Alle schweigen und starren auf Miriam und ich weiß, wenn sie durch diese Tür geht, habe ich das gesamte Team verloren.

»Ich kann dich verstehen, Miriam. Jeden, der Angst um seinen Arbeitsplatz hat und deshalb gehen will, kann ich verstehen. Auch wenn ich mir erhofft habe, dass gerade ihr an unseren Erfolg glauben könnt. Ich stehe zu meinem Wort. Wir haben diese Firma gemeinsam groß gemacht. Es ist unser aller Verdienst. Wollt ihr euch das wirklich nehmen lassen? Wollt ihr meinem Bruder den Posten des Geschäftsführers kampflos überlassen?«

Ich schiebe den Rollstuhl in die Mitte des Raumes. »Miriam, habe ich nicht auch an deinen Pitch geglaubt und wir haben die Japaner damit umgehauen? Mayer, sind es nicht deine Ideen, die aus jedem einfachen Konzept ein Feuerwerk machen? Nadja, du hast mit deinem Weitblick Umsetzungsstrategien erarbeitet, die immer innovativ und besonders sind. Ich kenne und schätze euch. Ihr seid etwas Besonderes, so wie es jeder Mitarbeiter von Mogula ist. Aber nur mit euch kann ich es schaffen. Wollt ihr wirklich unter einem solchen Chef arbeiten? Ist Benedikt das, was ihr an der Spitze von Mogula wollt?«

Sie hat die Hand bereits auf der Türklinke, drückt sie aber nicht herunter. »Oh Mann, Sie verstehen es, jemandem ein schlechtes Gewissen zu machen.« Sie dreht sich mit zusammengepressten Lippen zu mir um. »Wenn die Sache schief geht, dann will ich ein erstklassiges Arbeitszeugnis und ein persönliches Empfehlungsschreiben.«

Erleichterung fließt durch mich hindurch. »Natürlich Miriam. Ich werde alles tun, was in meiner Macht steht, damit ihr keine Nachteile dadurch habt, dass ihr mich unterstützt. Wir sind ab heute ein Team. Alle gemeinsam. Ich bin Leonard und nicht euer Boss, sondern ein Kollege, der mit euch am gleichen

Strang zieht. Diesen Stuhl«, ich schlage auf die Räder des Rollstuhls, »den gibt es nicht. Ich bin immer noch derselbe Mensch, wie vor dem Unfall und ich verlange, dass ihr mich genauso behandelt. Dann können wir ein Großprojekt an Land ziehen, wie Mogula es in seiner Firmengeschichte noch nicht erlebt hat.«

»Wir sind dabei.« Dieser Satz macht die Runde. Auch Miriam setzt sich wieder an ihren Platz. Vor Erleichterung sacken meine Schultern nach unten. Ich habe nicht einmal bemerkt, dass ich sie angespannt habe.

»Dann räumt eure Büros und zieht in den Südflügel. Dort können wir die Türen verriegeln und Berater zum Hintereingang hereinbringen. Das Wichtigste ist absolute Verschwiegenheit.«

»Wann haben wir das erste Projektmeeting in den neuen Räumlichkeiten?«

»Morgen. Heute werde ich heiraten und meinem Vater beweisen, dass ich alle Bereiche meines Lebens vollkommen im Griff habe. Mitleid ist für andere da. Ich brauche es nicht.«

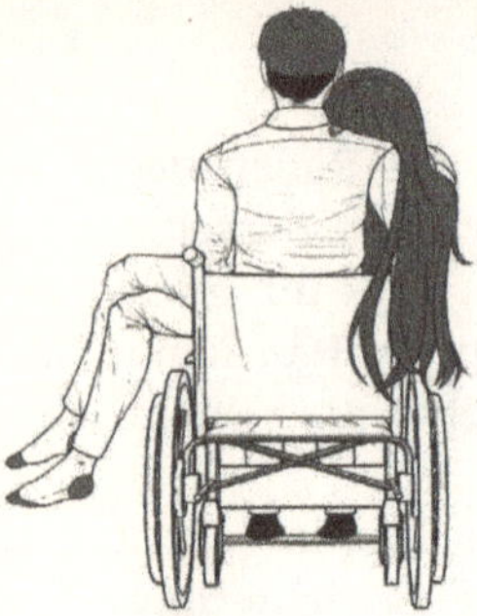

# Kapitel 7

**Maria**

Viel zu schnell höre ich lautes Hupen vor unserem Haus. Ich weiß, dass es mir gilt, schiebe die Jalousie vom Dachfenster zur Seite und sehe eine weiße Limousine in unserer Auffahrt stehen. Ich nehme mir irgendein Bild, ohne es anzusehen, und gehe die Treppe hinunter.

Mum und Dad sitzen noch immer in der Küche. Ich schaue sie nicht an. »Ich komme bald vorbei und besuche euch. Versprochen.«

Das Schluchzen von Mum treibt mich aus der Tür. Ich steige neben dem Fahrer ein, obwohl der Platz im hinteren Teil einem kleinen Zimmer gleichkommt. Ich brauche keinen Luxus. Ich bin Maria. Das Mädchen, das einen Job im Supermarkt hat und auf dem Dachboden malt. Ich werde niemals wie Lisa sein, die den Luxus als ihr Recht ansieht.

Der Fahrer hebt nur kurz eine Augenbraue, fährt dann aber los, ohne einen Kommentar zu seinem Beifahrer abzugeben. Soll er sich doch denken, was er will. Ich bin kein Ehrengast. Für mich ist es vielmehr so, als würde ich zu meiner eigenen Hinrichtung fahren. In den nächsten sechs Monaten wird mich der Mann, den ich liebe, benutzen und erpressen. Meine Mutter wird sich verraten fühlen und mein Vater wird niemals erfahren, was ich für ihn opfere.

Ich sehe die Stadt an mir vorbeiziehen und viel zu schnell sind wir im Geschäftsviertel. Die Limousine fährt in die Tiefgarage und hält dort direkt vor dem Aufzug.

Der Fahrer steigt aus und öffnet mir die Tür, während ich noch den Riemen meiner Handtasche suche. »Dritte Etage. Sie werden erwartet.«

Das sind die ersten Worte, die er spricht und dabei schaut er mich nicht einmal an.

»Danke«, murmle ich und steige aus. Das Bild fest an meiner Seite. Ich klammere mich an dieses Stück Heimat wie an eine Rettungsleine.

Ich steige in den Fahrstuhl und erkenne die Ironie der vollverspiegelten Kabine, die mir eindringlich mein blasses Gesicht und die dunklen Augenringe zeigt. Wenigstens spielt keines dieser aufdringlich fröhlichen Lieder. Aber auch die Stille ist laut in meinem Kopf, denn sie lässt den Gedanken freien Lauf und steigert damit meine Angst ins Unermessliche.

Die Fahrstuhltüren öffnen sich und ich werde regelrecht überfallen. Mindestens fünf Frauen und ein Mann, der in einem Paillettenkleid steckt, reden gleichzeitig auf mich ein. Sie ziehen mich in einen Büroraum, in dessen Mitte ein Friseurstuhl steht. Auf Tischen an der Wand davor sind Spiegel aufgestellt und unzählige Tiegel, Döschen und Paletten mit allen Farben, die der Schminkkasten hergibt, stapeln sich dort.

An einer Kleiderstange hängt etwas, das in einem weißen Sack steckt. Ich schlucke. Lisas Kleid. Ein durchsichtiger Fetzen, der nur an den peinlichen Stellen mit etwas Stickerei versehen ist. Sie hatte uns Fotos von der Anprobe in Los Angeles geschickt. Mum und ich hatten schmunzelnd den Kopf über sie geschüttelt und heute würde ich mich darin zum Gespött der Leute machen.

Ich werde sofort hinter einen Paravent geschubst.

»Zieh deine Sachen aus. Wir haben kaum Zeit, um das Hochzeitskleid an deine Maße anzupassen.« Die üppige Blondine bleibt einfach vor mir stehen. Soll ich mich etwa vor ihr ausziehen?

Die Antwort kommt, bevor ich fragen muss. »Hopp, hopp. Denkst du, ich habe noch nie eine nackte Frau gesehen? Mädchen, ich arbeite sonst hinter den Laufstegen dieser Welt. Da ist kein Platz für Prüderie.«

»Ich wäre trotzdem gern allein, bis ich die Unterwäsche an habe, die ich unter meinem Brautkleid tragen soll.«

Sie lacht auf. »Unter diesem Kleid trägst du doch keine Unterwäsche.« Sie huscht aus meinem Sichtfeld und kommt dann mit etwas zurück, dass einer Damenbinde ähnelt, nur etwas länger ist und seine gebogene Form hält. »Das ist deine Unterwäsche. Damit bedeckst du deinen Schambereich. Mehr kann unter diesem Kleid nicht getragen werden.«

Meine Augen sind sicherlich so groß wie Untertassen, denn die Blonde lacht schon wieder. »Verstehst du jetzt, warum es überhaupt keinen Sinn macht, dass du dich zierst? In diesem Kleid kannst du nichts verstecken.«

»Ich gehe davon aus, dass ihr nicht irgendwo ein Kleid versteckt habt, das mit etwas mehr Stoff aufwarten kann?«

Sie blinzelt mir einfach zu und legt den Kopf schief. Damit erübrigt sich die Antwort. Wenn Leonard wüsste, wie sehr er mich jetzt schon demütigt, würde er sich sicherlich unbändig freuen. Mit hochrotem Kopf ziehe ich mich aus und klemme mir das Ding zwischen die Beine. Es ist ein seltsames Gefühl, aber wenigstens verdeckt es, was es soll. Mit vor der Brust verschränkten Armen drehe ich mich um. Zwei Mädchen öffnen den Kleidersack und holen den Hauch von Nichts heraus. Ob ich ein anderes Kleid bekomme, wenn sie merken, dass meine Hüften breiter sind als die von Lisa? Vielleicht reißt ja sogar die Naht. Oh ja bitte, das wäre toll.

Meine Hoffnungen werden jäh zerstört, als sie mir in das Kleid helfen und ich merke, dass der durchsichtige Stoff ebenso elastisch wie eine Damenstrumpfhose ist. Er passt sich jeder Kurve meines Körpers an. Nur dort wo Lisas Busen gewesen wäre, erscheinen die Stickereien viel zu groß. Ich habe einfach nicht genug Material an meinem Körper, um die Cups auszufüllen.

»Das ist mit wenigen Handgriffen erledigt. Arme hoch!« Sie zieht den Stoff an meiner Brust straff und steckt ihn mit Nadeln fest. Sie ist so schnell, dass ich befürchte, sie wird mir mindestens eine Spitze direkt ins Fleisch rammen. Aber anscheinend versteht sie wirklich etwas von ihrem Job. »Ich mache nur ein paar wenige Stiche. Die kann man im Nachgang wieder lösen und das Kleid in seinen ursprünglichen Zustand zurückversetzen.«

Ich runzle die Stirn und Blondie zuckt mit den Schultern. »Anweisung von Herrn Herzbach.« Mir versetzen ihre Worte einen Stich. Noch deutlicher kann er nicht zeigen, dass er noch auf die eigentliche Besitzerin des Kleides wartet. Denkt er wirklich, Lisa kommt zurück und zieht dann das Kleid an, in dem er ihre Schwester geheiratet hat? Wir reden hier von Lisa. Sie würde niemals etwas Gebrauchtes tragen. Sie ist nicht so wie ich.

Kaum ist mir das Kleid auf den Leib geschneidert, schiebt mich Blondie auf den Stuhl und die blaue Diskokugel stürzt sich auf meine Haare, während die Mädchen sich an meinen Nägeln und meinem Gesicht zu schaffen machen. Alle zupfen, pinseln und tupfen gleichzeitig. Ich fühle mich gefesselt, denn überall hält mich jemand fest. Sie plappern alle durcheinander, aber außer ein paar Ahs und Ohs kann ich nichts verstehen. Ich fühle mich wie inmitten eines Bienenschwarms. Wie sehr wünsche ich mir jetzt meine Mutter an meine Seite oder auch meine beste Freundin Claire. Wir haben uns schon im Kindergarten geschworen, dass wir uns gegenseitig als Trauzeuginnen unterstützen. Claire will im nächsten Jahr heiraten und wird mir sicherlich nie verzeihen, dass ich sie ausschließe. Ob sie mich dann weiterhin an ihrer Seite haben will? Wieder will die Enttäuschung mich verschlingen.

»Nein, Mädchen, nicht weinen, sonst ruinierst du das Make-up.« Die Stimme schreit mich regelrecht an. Ein toller Start in die Ehe. Ich blinzle die aufsteigenden Tränen weg und straffe die Schultern. Mein Rücken schmerzt inzwischen und der Steg zwischen meinen Beinen drückt unangenehm. Als ich gerade sagen will, dass ich eine Pause brauche, treten meine Folterknechte von mir weg.

Blondie steht neben mir und seufzt theatralisch. »Nun schau dich an. Da haben wir doch einen wunderschönen Schwan aus dir gezaubert.« Sie zieht mich auf die Beine. Zum ersten Mal sehe ich mich im Spiegel und erkenne mich selbst nicht wieder.

»Bin das ich?« Zaghaft berühre ich die aufwändige Frisur. Winzige Edelsteine funkeln im Schwarz meiner Haare und eine Tiara wirkt wie eine zarte Krone. Meine Augen sind dunkel umrahmt und falsche Wimpern lassen sie ungemein groß wirken. Die Lippen haben sie mir in einem dunklen Rotton geschminkt.

Wäre dieses Kleid nicht, könnte ich mich fast schön nennen.

Aber mit diesem Hauch von Nichts bin ich einfach nur eine herausgeputzte Nackte. Blondie packt meine Hand und strahlt mich an. »Deinen Zukünftigen wird es umhauen, wenn er dich so sieht.«

»Das glaube ich auch«, gebe ich etwas verzweifelt zurück. Aber sie scheint es nicht zu merken. Sie drückt mir einen Strauß dunkelroter Gerbera in die Hand. »Du musst nur noch den Gang hinuntergehen und dann bist du in wenigen Minuten mit dem begehrtesten Junggesellen der Stadt verheiratet.« Mit Nachdruck schiebt sie mich zur Tür.

»Oh, einen Moment noch.« Ich eile hinter den Paravent, nehme mein Bild und meine Handtasche an mich. Fest presse ich mir beides wie einen Schutzschild an die Brust. Es sind Überreste meines alten Lebens. Ich kann sie nicht zurücklassen. Dann haste ich den Gang mit den Neonleuchten und dem grauen Kunstfaserteppich hinunter. Je schneller ich diese Farce hinter mich bringe, desto besser. Mit Schwung reiße ich die Tür auf. Vier Personen wirbeln herum. Ich kenne nur Leonard. Die anderen drei sind mir völlig unbekannt. Ich fühle mich so fehl am Platz. Sie alle tragen ganz normale bürotaugliche Kleidung. Selbst mein zukünftiger Ehemann hat auf eine Krawatte verzichtet. Ein weißes Shirt blitzt unter seinem dunkelgrauen Sakko hervor. Ich will mich umdrehen und flüchten, meine eigenen Klamotten anziehen und dann vergessen, dass ich jemals so vorgeführt wurde. Aber Leonard fährt auf mich zu und hält mir seine Hand entgegen.

»Einen Moment noch.«

Ich seufze und stelle das Bild hinter meiner Tasche auf einem der Konferenzstühle ab. Man hat sich nicht einmal die Mühe gemacht, sie aus dem Raum zu bringen. Sie wurden an der Seite aufgereiht, um etwas Platz zu schaffen. Wie romantisch. Wir heiraten in einem Konferenzraum, der auf jeglichen Schmuck verzichtet, mit einem Beamer an der Decke und einem Whiteboard an der Wand. Keine Blumen, keine Musik und keine lieben Menschen. Das ist schlimmer als eine Vegas-Hochzeit. Dort singt einem wenigstens noch ein Pseudo-Elvis ein Ständchen und überall ist romantische Deko.

Ich ziehe den gelben Umschlag mit den Papieren hervor und

übergebe ihn an Leonard. »Damit auch alles seine Richtigkeit hat.« Dann mache ich den Fehler und schaue ihn an. Als sich unsere Blicke treffen, setzt mein Herz einen Schlag aus und galoppiert dann davon, wie ein ausbrechendes Pferd. Seine braunen Augen ziehen mich in ihren Bann. Sie sind so warm. Ist es Anerkennung, die ich darin sehe? Ich runzle die Stirn. Versuche, noch mehr in seinem Blick zu erkennen. Doch Leonard wendet sich abrupt ab und der Moment ist ebenso schnell vorbei, wie er gekommen ist.

Leonard lehnt sich in seinem Rollstuhl zurück und nimmt den Umschlag an sich, ohne mich noch einmal anzusehen.

»Danke. Ich mag es, wenn man Geschäfte ordnungsgemäß abschließt.« Er prüft die Unterschriften auf allen Seiten und die Wärme, die seine Augen mir gerade noch geschenkt haben, verschwindet vollständig aus mir. Ich gehe einen Schritt zurück. Seine Miene zeigt nur noch berechnende Kälte, als er das Dokument an die Frau abgibt, die an der Position meiner Trauzeugin steht. Sie schiebt es in eine Mappe und klatscht fröhlich in die Hände.

»Sehr gut! Wir können beginnen.«

Die Zeremonie läuft wie ein Film vor mir ab. Der Mann hinter einem der Konferenztische spricht angenehm tief. Seine Stimme streicht über mich hinweg, aber ich verstehe die Worte nicht, sehe nur, dass er mich immer wieder anlächelt. Mein Kopf ist in Watte gepackt. Ich kann mich nur immer wieder fragen, ob ich hier gerade den schrecklichsten Fehler meines Lebens begehe. Leonards Welt ist nicht meine. Er wird sehr schnell merken, dass ich ein schlechter Ersatz für Lisa bin. Trotzdem habe ich keine Wahl und unterschreibe die Heiratsurkunde. Ich kenne die Frau nicht, die ihre Unterschrift neben meine setzt und damit unsere rechtmäßige Trauung bezeugt, doch sie strahlt mich so freundlich an, als würde sie alles über mich wissen. Vielleicht ist das auch so. Sicherlich hatte sie mich und meine Vergangenheit für Leonard in allen Einzelheiten geprüft. Schließlich sollte nichts seine reine Weste beschmutzen, auch keine unstandesgemäße Ehefrau.

Leonard nimmt meine Hand. Ich zucke zusammen, weil er mich mit dieser Berührung aus meinen Gedanken reißt. Er tut so, als hätte er nichts bemerkt und schiebt mir einen Ring über den Finger. Dabei muss er merken, dass meine Hände unkontrolliert zittern. Wahrscheinlich hat er nur Mitleid mit mir, als er sich seinen Ring selbst an den Finger steckt. Aber für mich ist es ein eindeutiges Zeichen, dass er meine Unzulänglichkeit erkennt und sich selber die Peinlichkeit ersparen will, dass ich den Ring fallen lasse.

Es gibt weder ein Eheversprechen noch eine kurze Ansprache. Ich sitze auf einem Stuhl neben Leonard und warte, dass es vorbei ist. Ich muss mich nicht lange gedulden. Nach geschätzten zehn Minuten erklärt der Standesbeamte die Trauung für beendet.

»Sie dürfen die Braut jetzt küssen.« Mein Blick ruckt zu meinem Ehemann, aber er lacht nur sarkastisch auf und gönnt mir keinen Blick. »Das heben wir uns für die Fotografen auf. Bei ihnen ist dieses Schauspiel an der besseren Adresse.« Damit rollt er zu einer Seitentür. »Willst du nicht mitkommen? Du bist schließlich die Hauptattraktion, Frau Herzbach.«

Der Name fühlt sich falsch an und doch ist er alles, was ich mir immer gewünscht habe. Aber nicht so. Nicht mit diesem miesen Gefühl in mir drin. Ich wollte glücklich sein. Mit dem früheren Leonard. Ich trete an seine Seite, nicht ahnend, was gleich über mich hereinbrechen würde. Unsicherheit macht sich in mir breit. Was ist hinter dieser Tür?

»Setz ein Lächeln auf, Schatz. Ich erwarte eine perfekte Vorführung von dir. Denk an den Vertrag und was damit verbunden ist, dass ich mit dir zufrieden bin.« Während ich noch über die Bedeutung der Worte nachdenke, öffnet er die Tür und schiebt mich vorwärts. Hinein in ein Blitzlichtgewitter. Es wirft mich fast zurück. Hätte Leonards Hand an meinem Hintern mich nicht gestützt, wäre ich sicherlich umgefallen.

»Sehr geehrte Damen und Herren, darf ich ihnen die Liebe meines Lebens vorstellen? Das ist Maria Herzbach, meine Ehefrau.« Seine Stimme ist laut und übertönt sogar die Fragen der Reporter, die wie Gewehrsalven auf uns abgefeuert werden.

»Wo ist Lisa? Warum haben Sie eine andere Frau geheiratet?« Die Frage lässt mich schlucken. Was wird er darauf sagen? Aber Leonard strahlt alle Bedenken weg. »Lisa war oberflächlich und nur an meinem Geld interessiert. Ich habe in Maria eine Frau gefunden, die liebevoll und warmherzig ist. Sie ist mein Zuhause in jeder Hinsicht.«

Mir klappt der Mund auf. Hat er das gerade wirklich gesagt?

»Frau Herzbach, wie haben Sie sich kennengelernt?«

»Sag es ihnen, Liebes.« Leonard nimmt meine Hand.

»Ich ... ich kenne Leonard schon viele Jahre.« Hilfesuchend schaue ich Leonard an. Diese Situation überfordert mich maßlos. Er nickt mir zu. »Für mich war es Liebe auf den ersten Blick.«

»Herr Herzbach, war es bei Ihnen auch Liebe auf den ersten Blick?«

Leonard lacht leise und wirft mir dann einen Blick zu, der mir die Knie weich werden lässt. Ich weiß, dass er die Liebe nur für die Presse spielt. Trotzdem stolpert mein Herz für einen Moment. »Ich habe etwas länger gebraucht. Erst nach meinem Unfall habe ich erkannt, wie sehr ich Maria liebe und brauche.«

»Wie sehen Ihre Pläne aus? Geht es auf Hochzeitsreise?«

»Nein, Mogula steht für uns beide im Vordergrund. Maria wird mit mir gemeinsam ein Projekt betreuen, das für das Unternehmen ein Quantensprung sein wird. Dafür habe ich mich sogar für gewisse Zeit aus der Geschäftsführung zurückgezogen und sie vertrauensvoll in die Hände meines Vaters gelegt.«

»Ich habe gehört, dass ihr Vater Ihnen die Geschäftsführung von Mogula entzogen hat, weil er Sie nicht mehr für fähig hält eine Firma zu leiten, seit sie auf dieses fahrende Hilfsmittel angewiesen sind.« Ein Reporter mit einer Hakennase und dem alles durchdringenden Blick eines Adlers schiebt sich aus der zweiten Reihe nach vorn. Leonard presst meine Hand zusammen und ich sehe, wie seine unbekümmerte Fassade bröckelt. Kann es wirklich wahr sein, dass sein eigener Vater ihm so etwas angetan hat? Er wurde nicht nur von Lisa, sondern auch von seiner Familie verraten?

Auch wenn diese Hochzeit ein Geschäft ist, habe ich doch unterschrieben, dass ich alles tun werde, um Leonard im besten Licht erscheinen zu lassen. Ich muss improvisieren, um der Menge ein Schauspiel zu liefern, das sie nicht an Leonard zweifeln lässt. Mit Schwung setze ich mich auf seinen Schoß und hauche ihm einen Kuss auf die Lippen. Sofort klicken die Fotoapparate wieder wie wild. Sehr gut. Zärtlich streiche ich über seine Wange und öffne mein Herz. Nur so weit, dass ich den Riss nachher wieder flicken kann. Denn ich weiß schon jetzt, dass ich mich damit selbst martere. Die folgenden Worte sind keineswegs gespielt. Sie entspringen meinem Herzen und ich sage sie aus dem Brustton der Überzeugung, ohne den Blick von Leonards Augen abzuwenden.

»Ich kann Ihnen versichern, dass Leonard Herzbach in keiner Weise eingeschränkt ist. Im Gegenteil, welche Frau würde sich nicht wünschen, in den Armen ihres Mannes nach Hause gefahren zu werden, wenn die High Heels ihr mal wieder jeden weiteren Schritt unmöglich machen.« Ich lehne mich an ihn und lächle zu ihm auf, als wären wir wirklich das verliebte Paar kurz nach ihrer Hochzeit. »Mogula ist in den Händen von Leonard ebenso sicher, wie ich es bin. Er liebt diese Firma und auch mich hat er mit dieser Liebe angesteckt. Gemeinsam werden wir für einen weiteren grandiosen Erfolg arbeiten. Ich freue mich darauf.«

Ich drehe mich zurück zu der Pressemeute und Hakennase ist verschwunden. Zurück bleiben die Menschen, die vor Verzückung glasige Augen haben. Mein Schauspiel scheint sie überzeugt zu haben.

Leonard sieht mich unterdessen an, als würde er sich fragen, welches Spiel ich spiele. In Gedanken antworte ich ihm: Genau das, was du in deinem Vertrag von mir verlangt hast.

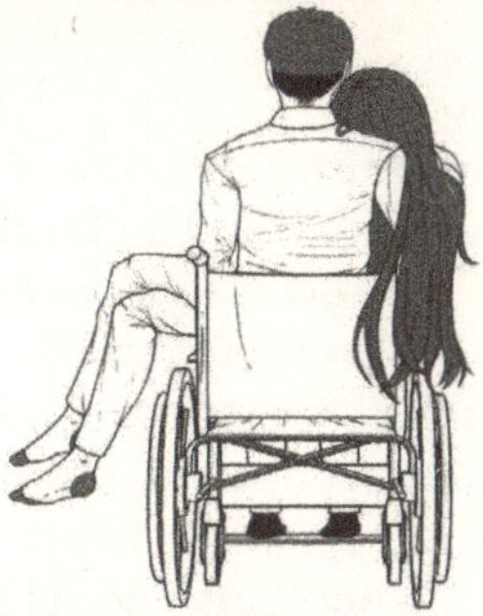

# Kapitel 8

**Leonard**

Sie sitzt auf meinem Schoß in diesem Kleid, das keines ist. Meine Hand liegt auf der Haut ihrer Hüfte, die durch den Stoff, wenn man das so nennen will, in keiner Weise bedeckt wird. Sie ist warm und weich. Ich möchte die Augen schließen und das Gefühl noch mehr auskosten. Bilder von ihr auf diesem Glastisch blitzen vor meinem inneren Auge auf. Sie verfolgen mich seit gestern, lassen mich nicht mehr los. Ihr Stöhnen hat mich angestachelt. Irgendwann hatte ich sogar vergessen, dass ich sie unterwerfen wollte. Irgendwann wurde ich zu einem Mann, der dieser unschuldig wirkenden Frau Lust schenken wollte. Doch die Erkenntnis, dass sie tatsächlich unschuldig ist, dass sie sich für einen anderen Mann aufgespart hat, reißt mich auch jetzt wieder auf den Boden der Tatsachen zurück. Wie kann ich ihr das nehmen, was sie sich für ihre wahre Liebe aufgespart hat. Denn eins ist mir vollkommen klar: Ich werde nie wieder einen Menschen so nah an mich herankommen lassen, dass er mir wehtun kann. Lisa hat mein Herz zerfetzt. Sie hat mich fast zerstört. Diese Macht soll keine Frau je wieder über mich bekommen. Ich bleibe mein eigener Herr.

Ich weiß nicht, ob die Worte, die sie an die Pressemeute richtet, ehrlich gemeint sind oder ob sie damit nur das tut, was wir vertraglich vereinbart haben. Natürlich spielt sie ihre Rolle gut, sehr gut sogar. Sie hat Angst, dass ich ihren Vater sonst auf die Straße setze. Ich wende den Blick von ihr ab und zwinge jegliches Gefühl in mir zurück. Es ist ein Schauspiel, das mir die Firma sichern soll. Nicht mehr und nicht weniger. Maria ist dafür nur ein Zahnrad im Getriebe meiner Anstrengungen.

»Maria und ich werden uns nun zurückziehen und unseren ersten Tag als Mann und Frau genießen. Ich hoffe, Sie haben dafür Verständnis.« Als Unterstreichung meiner Worte lege ich meine Hand an Marias Wange und küsse sie. Was eigentlich nur ein kurzer Kuss werden sollte, überrollt mich wie eine Flutwelle. Kaum berühren sich unsere Münder, blende ich die ganze Welt aus. Sie schmiegt sich noch enger an mich und ein leises Seufzen streicht über mein Gesicht. Ich lege meinen Kopf schief, um ihr noch näher zu kommen. Ihre Lippen öffnen sich und meine Zunge findet ihren Weg zu ihrer. Vorsichtig streichen sie übereinander, testen aus, lernen sich kennen. Ihr Geschmack macht mich süchtig. Meine Hand schiebt sich in die kunstvolle Frisur am Hinterkopf, um sie noch näher an mich zu ziehen, um mit ihr zu verschmelzen. Lisa hätte mich schon längst von sich gestoßen, wenn ich den Fehler gemacht hätte, ihre Haarpracht durcheinanderzubringen. Lisa ... Der Gedanke an meine Ex schickt einen scharfen Schmerz durch mich hindurch und sofort schiebe ich die Frau auf meinem Schoß von mir. Ich wende mich ab und schenke den Reportern ein anzügliches Lächeln. Eine Dame im weißen Hosenanzug mit einem Presseausweis von Frau Aktuell presst sich ihr Diktiergerät an die Brust und seufzt. Ich kann die Herzen in ihren Augen förmlich fliegen sehen. Sehr gut. Ich zwinkere ihr zu.

Maria erhebt sich. Ich zwinge mich, nicht zu ihr zu schauen, obwohl alles in mir sie mit den Augen verschlingen will. Die Tür hinter mir wird geöffnet und ihre Stimme streicht über mein Ohr. »Kommst du, Leo? Unser Leben wartet auf uns und die Dame muss sicherlich noch einen Bericht schreiben.« Kaum hörbar setzt sie hinzu. »Ich wäre untröstlich, wenn sie vor lauter Verzückung einen Herzstillstand erleiden würde.«

Jetzt will ich mich doch zu ihr umdrehen. Ist sie etwa eifersüchtig? Aber sie packt die Griffe des Rollstuhls und zieht mich zurück. Anschließend schmettert sie die Tür ins Schloss und wirft mir ihren Strauß auf den Schoß.

Bis ich den Rollstuhl gewendet habe, hat sie schon den Raum durchquert und hält ihre Handtasche und eine verdeckte Leinwand an sich gepresst. »Ich gehe mich umziehen und dann kannst du mir erklären, wie der Abend weitergehen soll.«

Bevor ich noch etwas sagen kann, ist sie schon verschwunden und ich bleibe mit offenem Mund zurück.

»Die Kleine hat Feuer. Pass nur auf, dass du dir an ihr nicht die Finger verbrennst«, sagt Tom und ich höre die Belustigung in seiner Stimme.

»Ach halt doch den Mund. Sie wird ihre Rolle spielen, bis ich die Firma wieder übernommen habe und dann kann sie ihr Feuer an einen anderen Mann verschwenden. Ich habe genug von Frauen.«

Tom gluckst. »Euer Kuss hat aber sehr echt ausgesehen. In den Youtubecharts ist er ganz oben eingeschlagen und auch auf TikTok wird er gehypt. Bist du dir sicher, dass das nur gespielt war?«

»Genau das war der Plan. Die Welt soll sehen, dass dieser Rollstuhl mich an nichts hindert. Und vielleicht erkennt Lisa dann, was sie verpasst.«

»Würdest du sie nach diesem Verrat wirklich zurückhaben wollen?« Tom lehnt sich an den Tisch, vor dem ich gerade noch geheiratet habe, und wir reden über meine Ex. Das ist eine merkwürdige Situation, aber ich habe sie ja selbst heraufbeschworen, indem ich Lisa erwähnt habe.

Über die richtige Antwort auf Toms Frage grüble ich eine Weile nach. Ich sehe wie mein bester Freund mich beobachtet und dabei sein Kiefer malt. Er hat Lisa noch nie gemocht. Natürlich wäre er froh, wenn mein »Nein« wie aus der Pistole geschossen käme. Aber so ist es nicht. Ich kann die letzten fünf Jahre nicht so einfach wegwischen. Sie war alles für mich. Deshalb antworte ich ihm ehrlich mit: »Ich weiß es nicht.«

**Maria**

Ich lehne mit dem Rücken an der Tür und kann die Tränen nicht mehr zurückhalten. Kann ich das wirklich ein halbes Jahr durchhalten? Ich liebe ihn. Dieser Kuss, unser erster richtiger Kuss, hat mir das noch einmal deutlich gezeigt. Mein Herz ist ihm entgegengeflogen, doch bevor es sich in seiner Brust festsetzen konnte, hat er mich auch schon zurückgestoßen. Und natürlich habe ich jedes Wort durch diese verdammte Tür gehört. Er liebt Lisa. Nach allem, was sie ihm angetan hat, schlägt sein Herz immer noch für sie. Was habe ich denn da für eine Chance? Ich kann ihn nicht für mich gewinnen. Und erst jetzt verstehe ich, dass ich genau das die ganze Zeit gehofft habe. Ich war so naiv zu glauben, dass er sich in mich verlieben würde, wenn ich erst einmal seine Frau bin. Aber ich muss den Kopf aus den Wolken bekommen. Das wird nicht passieren. Lisa wird immer zwischen uns stehen.

*Werd erwachsen, Maria! Die Welt ist nicht rosarot, wie in deinen Liebesromanen. Manchmal ist sie weiß. Kalt und farblos. Damit musst du dich abfinden!*

Ich recke das Kinn und wische mir die Tränen aus dem Gesicht. Zurück bleibt eine schwarze Spur Kajal auf meinem Handrücken. Jetzt kann Blondie nicht mehr darüber schimpfen. Die Hochzeit ist vorbei und die Presse hat ihre Fotos. Ich haste voran und kann es kaum noch erwarten, endlich wieder ich selbst zu sein.

Die Meute sitzt zusammen und trinkt Kaffee aus Pappbechern. Eilig fahren sie auseinander, als ich hereinstürme und ohne einen Gruß hinter dem Paravent verschwinde. Bevor Blondie bei mir ist, habe ich mich schon aus der Ganzkörperstrumpfhose gepellt und die verstärkte Damenbinde zwischen meinen Beinen in den Mülleimer geworfen.

»Lass dir doch helfen. Du machst das Kleid noch kaputt.«

Ich werfe es ihr zu und wende ihr den Rücken zu. Schon wieder laufen mir die Tränen über die Wangen und ich will nicht, dass jemand sie sieht. Schnell streife ich mir meinen Slip und den BH über und hoffe, dass sie mich in Ruhe lässt. Anscheinend hat sie verstanden, dass ich sie nicht brauche. Und sie hat ja schließlich auch alles zurückbekommen, was ihr so wichtig war. Jetzt kann sie die Nähte wieder lösen und das Kleid für seine eigentliche Besitzerin aufbewahren. Für die Braut, die hier eigentlich sitzen sollte. Sie würde den Trubel genießen, mit der Presse spielen und sich für die Fotos in Pose werfen. Sie ist alles, was ich nicht bin und auch nie sein werde.

*Unzureichend*, ruft die Stimme in mir, die mich noch mehr am Boden sehen will. Ich bringe sie zum Schweigen, setze mich auf den Stuhl und ziehe mir die Haarnadeln aus der Frisur. Eine nach der anderen lasse ich neben meinen Tränen auf den Boden fallen, bis zum Schluss die Tiara folgt.

Ich stütze die Ellenbogen auf die Knie, lege mein Gesicht in die Hände. So bleibe ich sitzen und frage mich, wie ausgerechnet ich in diese Situation gekommen bin. Einen Mann zu heiraten, den ich liebe, aber dessen Herz mir nie gehören wird.

Ein Brummen aus meiner Handtasche lenkt mich von meinem Selbstmitleid ab. Ich ziehe mein Handy heraus und werde blass. Hinter dem grauen Rechteck, das mir den Anruf von Claire anzeigt, sehe ich 138 neue Nachrichten. Ich schlucke und nehme den Anruf an.

»Ja.«

»Warum hast du mir nichts gesagt? Ich bin deine beste Freundin, oder nicht?«, kreischt sie ins Telefon.

»Du meinst die Hochzeit, nicht wahr?«

»Musst du da noch fragen? Du bist überall in Social Media und sogar im Fernsehen. Hast du geglaubt, dass du **das** vor mir geheimhalten kannst?«

Ich schüttle den Kopf, auch wenn sie mich nicht sehen kann. »Es tut mir leid, Claire. Das kam alles ganz spontan. Leonard hat darauf bestanden, es ganz klein zu halten.«

»Aber ich bin deine beste Freundin! Hätte ich nicht wenigstens ein gemeinsames Kreischen verdient? Du hast deinen Traummann geheiratet.«

Bei diesen Worten breche ich schon wieder in Tränen aus und schluchze unkontrolliert ins Telefon. »Es ... es tut mir leid.«

Auf der anderen Seite wird es ganz still.

»Claire?«

»Wo bist du, Maria? Gib mir einen Augenblick. Ich komme zu dir.«

»Nein, das geht nicht. Leonard will nach Hause.« Ich schniefe und wische mir schon wieder mit dem Arm übers Gesicht. Inzwischen brennt der Mascara in meinen Augen und ich blinzle wie wild.

»Sag mir nicht, was geht und was nicht. Ich höre, dass du mich brauchst. Also, wo bist du?«

»Ich bin bei Mogula.«

»Ihr habt in seiner Firma geheiratet?« Ich höre das Entsetzen in ihrer Stimme und weiß schon jetzt, dass es alles von mir abverlangen wird, sie anzulügen. »Egal. Ich bin in fünfzehn Minuten da und dann möchte ich eine Erklärung für diese furchtbare Hochzeit.«

Bevor ich noch etwas sagen kann, legt sie auf. Ich stöhne und schiebe das Handy zurück in die Tasche. Wie soll ich ihr das Ganze nur erklären? Ich ziehe meine Jeans und meine Bluse an und trete hinter dem Sichtschutz hervor. Als ich mein verschmiertes Gesicht im Spiegel sehe, erstarre ich.

»Könnt ihr aus mir wieder einen Menschen machen?«

»Setz dich, Mädchen«, sagt der Paillettenmann und sieht mich mitleidig an. Jetzt hat auch er verstanden, dass heute kein Freudentag für mich ist. »Darf ich dir ein leichtes Make-up auftragen?«

»Besser nicht. Wenn Claire mich nachher in die Mangel nimmt, fließen bestimmt wieder Tränen. Die ganze Arbeit wäre umsonst. Mach einfach alles weg, ja?«

Er nickt mir zu und macht sich an die Arbeit.

Nach wenigen Minuten bin ich wieder ich selbst – mit rot geränderten Augen und tiefen Schatten darunter, aber ich erkenne mich wenigstens wieder.

»Danke«, nuschle ich und verlasse das Zimmer, um meinem Mann zu erklären, dass meine beste Freundin gleich wie eine Naturgewalt über ihn hereinbrechen wird.

Ich finde Leonard noch immer ins Gespräch mit seinem Freund vertieft in dem Besprechungsraum.

»Darf ich euch kurz unterbrechen?«

Leonard ruckt bei meiner Frage herum und sieht mich an, als hätte ich einen kapitalen Fehler begangen. Tom ist derjenige, der mich anlächelt. »Klar doch.«

»Meine beste Freundin hat aus den Medien erfahren, dass ich geheiratet habe, und ist nun auf dem Weg hierher. Ich wollte fragen, ob es okay ist, wenn ich später nach Hause komme. Ich muss ihr einiges erklären.« Leonard sieht mich einfach nur an. Was mache ich, wenn er *Nein* sagt? Im Vertrag steht, dass ich seinen Anweisungen folge leisten muss. Meine Hände schwitzen und ich wische sie an meiner Jeans ab. Ich will meine Freundin nicht verlieren. Das kann er mir doch nicht antun.

»Jetzt lass sie doch nicht so lange zappeln, Leo.« Tom rempelt ihn an der Schulter an.

»Also schön. Aber du weißt, dass du zu absoluter Verschwiegenheit verpflichtet bist. Ein falsches Wort und der Vertrag ist nichtig, haben wir uns verstanden? Und überlege dir gut, wie du in der Öffentlichkeit auftrittst. Du bist jetzt nicht mehr Maria Müller, sondern Frau Herzbach. Dein Ruf muss tadellos sein.«

Seine Miene drückt eindeutiges Misstrauen aus. Wieder tut es weh. Muss mein verdammtes Herz nicht langsam gelernt haben, dass ich von diesem Mann keine Freundlichkeit zu erwarten habe?

»Ich weiß sehr gut, was ich unterschrieben habe.« Ich funkle ihn wütend an. Ich bin vielleicht naiv, aber nicht dumm.

Hinter mir wird die Tür aufgerissen. Erschrocken springe ich einen Schritt zur Seite, aber ich hätte besser stehenbleiben sollen, um Claire den Weg abzuschneiden. Sie rennt nämlich schnurstracks an mir vorbei, auf Leo zu. Sie stemmt die Hände in die Hüften und schaut auf ihn hinab.

»Du hast alles kaputtgemacht!«, wettert sie los, ohne mich auch nur eines Blickes zu würdigen. Dann knallt sie Leonard unser Album auf den Schoß. Ich erbleiche. Warum hat sie denn das Ding mitgebracht?

»Seit wir fünfzehn sind, planen wir unsere Hochzeit. Ich sollte ihre Trauzeugin sein und das hier sind meine Arbeitsanweisungen, um Marias Hochzeit zur schönsten Erinnerung in ihrem Leben zu machen, und du wagst es, sie hier zu einem Jawort zu nötigen? Wo sind die Blumen, ihre Familie und Freunde? Warum spielt nicht ihre Lieblingsmusik und am wichtigsten – Weshalb, zum Teufel, steckst du sie in ein solches Kleid? Ich hätte es ihr vom Leib gerissen, wenn sie es nicht schon losgeworden wäre.« Claires Schultern heben und senken sich unter ihrem schnellen Atem. Sie ist völlig außer sich.

Leonard schaut unbeteiligt an ihr vorbei zu mir. »Es wird wohl das Beste sein, wenn du mit ihr sprichst, meine Liebe. Wir sehen uns dann spätestens 22 Uhr zuhause. Ich warte auf dich. Schließlich ist es unsere Hochzeitsnacht, nicht wahr?«

Er hält Claire das Album entgegen. Aber sie geht einen Schritt zurück und zischt: »Ich brauche das Ding nicht mehr.

Wenn sie dich nicht so sehr lieben würde, könnte ich ja noch guter Hoffnung sein, dass sie dich irgendwann abserviert und dann doch noch ihre Traumhochzeit feiert, aber sie vergöttert dich regelrecht. Was für eine Schande!«

Leonards Blick zuckt zu mir und ich merke, wie mir Hitze in die Wangen steigt. Musste sie ihm das sagen? Mir wäre es lieber gewesen, wenn Leonard weiterhin an eine rein geschäftliche Vereinbarung geglaubt hätte. Ich senke den Blick, weil ich gerade nicht dazu fähig bin, ihn anzuschauen. Was denkt er jetzt von mir?

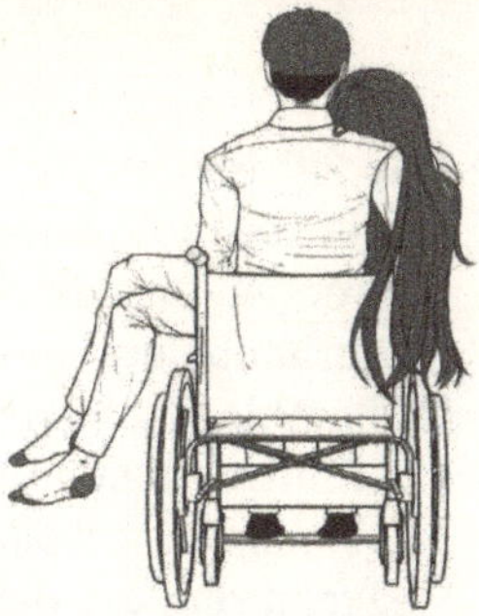

# Kapitel 9

**Leonard**

Die Offenbarung ihrer Freundin trifft mich wie ein Vorschlaghammer. Maria ist in mich verliebt. Hat sie das Ganze nur geplant, um mich anstelle von Lisa einzufangen? Geht es ihr in Wahrheit gar nicht um ihren Vater, sondern nur um sich selbst? Zorn steigt in mir auf. Wieder eine Frau, die mich für ihre Zwecke missbraucht. Was soll auch anderes passieren, wenn man sich Ersatz für ein Miststück in der gleichen Familie sucht. Aber das werde ich ihr vermiesen. Sie denkt, dass sie den verletzten Krüppel einfach übertölpeln kann? Da hat sie sich gewaltig geirrt. Sie wird sich noch wünschen, mich nie kennengelernt zu haben.

»Geh nur, mein Schatz. Wir reden über unsere große Liebe, wenn wir uns wiedersehen. Es wird mir ein Vergnügen sein« Dabei betone ich das Wort **mir** so sehr, dass sie weiß, ihr wird unser nächstes Treffen wahrscheinlich nicht so sehr gefallen.

»Danke, Leo«, flüstert sie und zieht ihre Freundin hinter sich aus dem Raum.

Ich drehe mich zu Tom herum und fletsche regelrecht die Zähne. »Ich muss ins La Fajette, jetzt!«

Tom runzelt die Stirn. »Aber du hast heute geheiratet. Wenn dich jemand sieht, wie du in den Club gehst?«

»Und wenn jemand sieht, wie meine liebende Ehefrau einen Cocktail mit ihrer besten Freundin schlürft, anstatt mit mir das Bett zum Quietschen zu bringen?«

»1:0 für dich. Also lass uns zwischen Plastiktitten und überteuertem Bier Ruhe finden. Nina hat so etwas bereits geahnt, weil du doch keinen Junggesellenabschied hattest. Ich muss ihr also nicht Bescheid geben. Diese Frau ist ein wandelndes Orakel.« Tom seufzt und ich nicke entschlossen.

Wir fahren den Aufzug nach unten. Die weiße Limousine, die Maria abgeholt hat, steht noch immer in der Tiefgarage und der Fahrer ist in sein Handydisplay vertieft. Ich schlage auf die Motorhaube und er zuckt zusammen. Sofort wirft er das Handy in die Ablage und steigt aus.

»Sind die beiden Damen nicht mit dir gefahren?«

»Nein, sie wollten nicht. In einem Twingo sind sie weggefahren. Ist das ein Problem?« Er sieht von Tom zu mir und wieder zurück. Tom rempelt mich schon wieder an und ich schnaube. »Nein, kein Problem. Damit haben Sie ja Zeit, uns ins La Fajette zu fahren.«

»Aber natürlich.« Er öffnet die hintere Tür, steht dann aber unbeholfen da, weil er nicht weiß, was er mit mir anstellen soll. »Aus dem Weg!«, schimpfe ich und rolle ihm fast über die spiegelnden Lackschuhe. Inzwischen habe ich schon Routine mich aus dem Rollstuhl ins Auto zu hieven. Tom klappt den Stuhl zusammen und nimmt ihn mit in den großen Innenraum, als er auf der anderen Seite einsteigt.

»Du solltest dir auch eine Limo kaufen. Da ist genügend Platz für das Teil hier.« Er klopft auf die Lehne des Rollstuhls.

»Da habe ich eine bessere Idee. Ich kaufe mir ein neues Auto, das ich selbst fahren kann.«

Tom reißt die Augen auf. »So einen Behindertenschlitten mit elektrischem Greifarm für den Rolli und einem Handgaspedal? Die Dinger finde ich total cool.«

Ich grinse breit. »Nicht wahr? Ich wäre der Hingucker auf jeder Party.« Meine Miene wird ernst. »Auf keinen Fall will ich auf Dauer auf die Hilfe eines Fahrers angewiesen sein. Mein Vater soll bloß nicht glauben, dass ich nicht allein zurechtkomme.«

»Und was ist mit Maria? Ich habe das Gefühl, dass du es mit ihr ganz gut erwischt hast.«

»Du und deine Gefühle. Sie ist eine ebensolche Schlange wie jede andere Frau auf diesem Planeten.« Ich sehe sofort, dass Tom etwas erwidern will, aber ich hebe die Hand, um ihm das Wort abzuschneiden. »Okay, deine Nina ist ausgenommen. Aber lass uns heute nicht mehr über Maria reden. Sie ist unwichtig. Mittel zum Zweck. Wenn ich Mogula wiederhabe, werde ich sie vergessen.« In meinen Gedanken schieben sich ihre verweinten Augen vor die strahlenden von Lisa. Warum beschäftigt mich Maria so sehr, dass ich das La Fajette brauche, um mich von ihr abzulenken? Warum will ich die Tränen aus ihren Augen streichen und ihr sagen, dass alles gut wird? Diese Anwandlungen müssen aufhören, und zwar sofort. Keine Frau bekommt mehr Macht über mich, ob ihre Augen nun türkis leuchten oder nicht.

Im Laden ist es dunkel. Nur die Bühne erstrahlt im Licht der Scheinwerfer. Es ist fast wie ein Deja-vu, als ich mir den Weg durch die Tische bahne und den Stuhl zur Seite stelle, um mit dem Rollstuhl an den Tisch zu fahren. Es ist heiß hier drin. Ich öffne die oberen Knöpfe meines Hemdes und betätige dann die Bremsen des Rollstuhls.

Tom ist an meiner Seite und starrt auf die kleine Rothaarige, die sich, in ein schwarzes Lackkleid gekleidet, an der Stange räkelt. Ihr Ausschnitt ist so tief, dass der obere Ansatz ihrer Brustwarzen sichtbar ist. Es wirkt, als könnten die Brüste jeden Moment aus dem Kleid herausspringen. Tom leckt sich über die Lippen. Nina wird heute Abend sicherlich viel Spaß mit ihm haben, denn mein Freund ist seiner Frau absolut treu.

Ich sehe die Beule in seiner Hose und Neid überfällt mich. Zwar spüre ich ein leichtes Kribbeln, aber auch an diesem Abend bewegt sich nichts, obwohl ich den Anblick absolut köstlich finde.

»Setz dich gefälligst hin, bevor du mir noch ein Auge ausstichst«, motze ich mit einem betont belustigenden Unterton. Er kann ja nichts dafür, dass bei ihm noch alles in Ordnung ist. Tom grinst und lässt sich auf den Stuhl mir gegenüber fallen. »Habe ich dir schon einmal gesagt, dass ich diesen Schuppen liebe?«

»Ungefähr jedes Mal, wenn wir hier sind.«

»Dann ist es ja gut, denn ich liebe diesen Schuppen.« Er beugt sich zu mir rüber. »Und Nina liebt ihn auch. Wenn du verstehst, was ich meine.« Tom wackelt mit seinen Augenbrauen.

Ich schüttle grinsend den Kopf und er bestellt uns zwei Bier. Ich massiere meine Oberschenkel und sehe dem Lackmädchen zu, wie sie kopfüber, sich nur an den Kniekehlen an der Stange haltend, langsam ihr Oberteil aufschnürt. Tom legt sich die Hand auf die Brust, als die runden Kugeln herausploppen. Ich bin ein wenig enttäuscht, denn ich erkenne sofort, dass auch diese Brüste nicht das Werk von Mutter Natur sind. Warum müssen nur alle Frauen an sich herumschneiden lassen und finden das dann auch noch schön?

»Du bist es wirklich?« Die Stimme hallt so laut durch den Gastraum, dass sich alle umdrehen. Ich muss das nicht, denn ich weiß, zu wem sie gehört. Natalie schwingt sich auf meinen Schoß und legt mir ihren Arm um den Nacken.

»Hi«, haucht sie mir entgegen. Sie krault fast liebevoll meinen Nacken.

»Hallo Natalie, nett dich wiederzusehen.«

»Du erinnerst dich an meinen Namen.« Ihre Nase streift über meinen Halsansatz bis zu meinem Ohr. Dabei inhaliert sie meinen Duft und seufzt genüsslich auf.

»Du überraschst mich. Nach unserem Kennenlernen war ich davon überzeugt, dass du mich hassen würdest. Schließlich habe ich mich nicht gerade freundlich dir gegenüber benommen.«

Sie sieht mich an, als habe ich den Verstand verloren. »Das war die heißeste Nummer meines ganzen Lebens. Noch nie hat ein Kerl mir solche Orgasmen beschert. Dafür kann ich dich doch nicht hassen. Im Gegenteil, ich möchte vor dir kriechen und dich anbetteln, mich noch einmal mit deiner Zunge zu ficken.« Tom spuckt das Bier in hohem Bogen von sich. Seine Augen sind riesig, als er zwischen Natalie und mir hin und her schaut. Die Stripperin reckt angriffslustig das Kinn. »Ja, da guckst du, Bürschchen. Der Kerl fickt mit Zunge und Fingern besser als ein Schwanz es jemals könnte.«

Ich muss mich zusammenreißen, um mir nicht wie ein Gorilla auf der Brust rumzutrommeln. »Kommst du wieder mit ins Separee? Ich verzehre mich nach einer weiteren Runde.«

Ich packe ihr Bein und lasse meine Hand zwischen ihre Schenkel gleiten. Sie wirft den Kopf in den Nacken und stöhnt kehlig auf. Ihre Haut ist kühl und glatt, aber ich merke, dass mir etwas fehlt. Auch wenn es total irre ist, weil die Frau auf meinem Schoß ein Sexmonster ist und jeder andere Mann sich ein Bein ausreißen würde, um zwischen ihre Schenkel zu kommen, kann ich nur an weiße Baumwollunterwäsche und das Gefühl feiner Härchen unter meinen Handflächen denken. Maria ist so real, so echt. Ich will sie berühren und hasse sie dafür, dass sie sich in meine Gedanken geschlichen hat.

Zärtlich knabbere ich Natalie am Hals. »Leider, meine Schöne, habe ich heute geheiratet und ich kann meine Frau nicht schon am ersten Abend unserer Ehe hintergehen. Das verstehst du doch, oder?«

Sie zieht einen Flunsch und zuckt mit den Schultern. »Darf ich dir wenigstens sagen, dass ich deine Frau beneide. Sie hat nicht nur einen Sexgott abbekommen, sondern auch noch einen anständigen Kerl.«

Sie steht auf und zieht ihren kurzen Rock über die Pobacken »Solltest du doch irgendwann das Verlangen haben, mich noch einmal zu benutzen, dann weißt du ja, wo du mich finden kannst. Und nachher auf der Bühne zeige ich dir, was du verpasst hast.« Sie beugt sich vor und haucht mir einen Kuss auf mein Schlüsselbein. Dann geht sie mit wiegenden Hüften an den gaffenden Gästen vorbei, schenkt aber keinem von ihnen auch nur einen Blick.

Tom beugt sich zu mir herüber. »Hast du mir etwas verschwiegen?«

»Nichts Wichtiges.« Ich grinse breit.

»Was soll das denn heißen? Diese Frau hätte sich sofort von dir vernaschen lassen. Hier, vor aller Augen, wenn du es gewollt hättest.«

Ich zucke nur mit den Schultern und freue mich auf ihre Show. Wie gern hätte ich ihr noch einmal meine Macht demonstriert. Warum also hat sich eine unscheinbare Schwarzhaarige in meine Gedanken geschlichen und alles zunichtegemacht? Es brodelt heiß in mir. Wenn ich Natalie schon nicht zeigen konnte, wer das Sagen hat, dann würde genau diese Schwarzhaarige es heute Nacht ausbaden müssen.

**Maria**

Ich sitze vor meinem Kaffee und starre auf die Tischplatte.

Bisher habe ich genau fünf Brandlöcher und zwölf Messerschnitte gefunden. Direkt vor meiner Hand hat jemand ein Herz in die Tischplatte geschnitzt. Diese Hinterlassenschaft verhöhnt mich gerade. Nicht mal hier bin ich vor Liebesbezeugungen sicher.

Das kleine Diner direkt um die Ecke von Claires Wohnung ist nicht gut besucht und so besteht kaum Gefahr, dass mich jemand erkennt.

»Willst du jetzt endlich reden oder kriechst du noch unter den Tisch, um die festgeklebten Kaugummis zu zählen.« Claire kennt mich besser als ich mich selbst. Wie soll ich sie nur anlügen? Das kann ich nicht und ich will es auch nicht. Aber ich muss.

Langsam hebe ich den Kopf und befürchte, dass sie mir alle Antworten durch meine Augen aus dem Kopf saugt. Aber als ich ihre enttäuschte Miene sehe, breche ich innerlich zusammen. Sie hat so Recht. Ich bin die schlechteste Freundin, die man nur haben kann. Viel früher hätte ich sie einweihen sollen. Bevor ich zu Leonard gegangen bin und für meinen Vater gebettelt habe. Jetzt bleibt mir nichts übrig, als um ihr Verständnis zu bitten.

»Es tut mir leid.«

Sie fällt mir ins Wort. »Ich will keine Entschuldigung, sondern eine Erklärung für den Scheiß!«

Ich werfe den Kopf in den Nacken und versuche verzweifelt, die Tränen zurückzuhalten, die schon wieder in mir aufsteigen. Ich will vor Claire nicht heulen. Sie soll sich keine Sorgen machen. Mir bleibt keine Wahl als so nah wie möglich an der Wahrheit zu bleiben, um mir morgen auch noch im Spiegel in die Augen sehen zu können.

»Okay, ich kann dir nicht viel sagen, weil ich einen Ehevertrag unterschrieben habe, der mir untersagt über Dinge, die meine Ehe und Leonard betreffen auch nur ein Sterbenswörtchen zu verlieren.« Sie will mich schon wieder unterbrechen, aber ich komme ihr zuvor. »Claire bitte. Das fällt mir schwerer, als du denkst. Ich kann dir nur so viel sagen, dass ich diese Entscheidung Leonard so schnell zu heiraten aus freien Stücken gefällt habe. Mir blieb keine andere Wahl und ich werde es auch nicht bereuen. Meine Gefühle für ihn hatten mit der Hochzeit nichts zu tun. Er braucht mich und ich brauche ihn.«

»Das hört sich ja sehr romantisch an.« Sie hebt die Augenbrauen und wartet auf eine Antwort von mir, aber ich weiß nicht, was ich dazu sagen soll oder sagen darf.

»Ist das alles? Deine Antwort ist schweigen?«

»Es ist alles, was ich dir dazu sagen kann, auch wenn es mir das Herz bricht. Ich hab dich lieb, Claire und wenn ich könnte, würde ich jetzt mit dir und Eiscreme auf dem Fußboden in meiner neuen Küche sitzen, die ich übrigens noch nie gesehen habe, und dir alles haarklein berichten, aber ich darf nicht. Zuviel hängt daran. Für mich ist diese Situation schlimm genug. Kannst du denn nicht einfach meine Freundin sein und mich zum Lachen bringen. Ich habe für einen Tag genug geheult.«

Ich sehe, dass sie mit sich ringt. Claire ist der neugierigste Mensch der Welt und für sie muss es schrecklich sein nicht alle Informationen zu bekommen, um eine Sache von allen Seiten beleuchten zu können. Dann sacken ihre Schultern nach unten und sie legt ihre Hand auf meine nervös zuckenden Finger.

»Ausnahmsweise werde ich nicht weiterbohren. Aber ich verspreche dir, wenn der Kerl dir wehtut, dann bekommt er es mit mir zu tun, ob er nun ein Herzbach ist oder nicht.«

Ich lege meine freie Hand auf ihre.

»Danke«, sage ich und es ist viel zu wenig. Ihr Vertrauen ist alles, was es braucht. Mir fällt ein Stein vom Herzen, weil ich meine Freundin heute nicht verloren habe.

Sie legt den Kopf schief und grinst mich an. »Jetzt will ich aber alles über diesen Kuss wissen, der gerade viral geht. Wie war es? Und erzähl mir nur nicht, dass auch das der Schweigepflicht unterliegt, sonst erwürge ich dich auf der Stelle.«

Ich muss trotz meiner brennenden Augen lachen. »Nein, ich glaube, das darf ich dir erzählen, denn er hat ja keinen Mundgeruch oder etwas anderes, was man daran aussetzen könnte.«

»Maria!«

Ich pruste los und dann sprudeln die Worte aus mir heraus. »Es war unglaublich. Seine Lippen waren genauso, wie ich es mir immer vorgestellt habe, wenn ich mein Kopfkissen abgeknutscht hab. Mein ganzer Körper stand in Flammen und mein Herz hat mir fast den Brustkorb zertrümmert. Ich wollte ihn überhaupt nicht mehr loslassen, aber diese blöden Kameras waren unerbittlich.«

Claire seufzt. »Ich weiß, was du meinst. Wenn ich Daniel küsse, vergesse ich auch immer alles um mich herum.« Sie tätschelt mir den Handrücken und entzieht mir denn ihre Hand, um einen großen Schluck Kaffee zu trinken. »Dann sollten wir sehen, dass wir dich pünktlich zu Papi nach Hause bringen, damit ihr da weitermachen könnt, wo ihr aufgehört habt. Heute ist deine Hochzeitsnacht. Bye, Bye Jungfräulichkeit!« Sie wackelt über dem Tassenrand mit den Augenbrauen.

*Ja, wenn er nicht wieder flüchtet, sobald es ernst werden soll.* Natürlich spreche ich diese Worte nicht aus. Aber bereits in meinen Gedanken hinterlassen sie einen schalen Geschmack. Und wieder frage ich mich, was ihn in die Flucht geschlagen hat.

Unterdessen plappert Claire weiter und endlich ist die Spannung zwischen uns verflogen. Es war schon immer so, dass Claire redet und ich ihr zuhöre. Und gerade heute bin ich sehr dankbar darüber.

# Kapitel 10

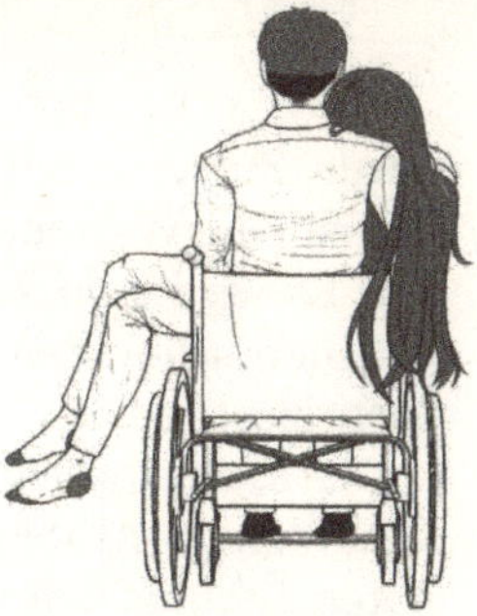

**Leonard**

Ich komme nach Hause und mich umfängt Dunkelheit und Stille. Seit meinem Unfall fehlt das Leben in diesem Haus. Es ist mit Lisa verschwunden. Routiniert schalte ich das Oberlicht an und töne die bodentiefen Fenster ab. Das Weiß der Räume sticht in meinen Augen. Lisa hat sie eingerichtet. Der einzige Farbtupfer ist ein künstlicher Farn, der auf dem schneeweißen Kaminsims steht, natürlich in einem weißen Topf. Selbst die Kissen und Decken auf der unbequemen Designer-Couch bestechen durch das Fehlen jeglicher Farbe. In diesem Raum hat Lisa gestrahlt. Sie war der Farbklecks, den der Farn niemals übertrumpfen konnte. Vielleicht hat die Farblosigkeit ihr deshalb so sehr gefallen. Jetzt ist es einfach nur leer.

Ich denke nicht weiter darüber nach. Die Lust auf Kaffee treibt mich in die Küche. Vier Bier sind wahrscheinlich doch etwas zu viel gewesen. Schließlich wollte ich nachher noch mit meiner Frau reden. Meine Frau. Wie sich das in meinem Kopf anhört. Ich bin ein Ehemann und bekomme das nicht in mein Hirn. Vielleicht liegt es daran, dass ich zur falschen Frau *ja* gesagt habe. In meinem Kopf ist noch immer Lisa. Sie lacht, ist laut und überschwänglich. Ganz anders als ihre ruhige Schwester. Wie wird Maria in der weißen Umgebung wirken? Ich kann mir nicht vorstellen, dass sie es schafft, den Raum auch nur ansatzweise so auszufüllen, wie es Lisa ohne jegliche Anstrengung gelungen war. Maria bleibt im Hintergrund. Deshalb habe ich sie auch übersehen. Sie ist ein Pastellton, der leicht übermalt werden kann.

Mein Blick fällt auf die Uhr an der Wand über der Sitzecke. Die projizierten Zeiger schieben sich auf 22 Uhr zu. Ich hatte Maria gesagt, dass ich sie um diese Uhrzeit zuhause erwarten würde. Zuhause. Ich schaue mich um. Das hier ist kein Zuhause. Das ist eine Wartehalle. Doch ich weiß nicht, auf was ich warten soll. Es wird kein Zug kommen, der mich hier herausholt und an einen schöneren Ort bringt – einen Ort voller Lachen und Ausgelassenheit.

Die Kaffeemaschine zischt und rattert. Der Duft von frisch gemahlenem Arabica steigt mir in die Nase und als ich den ersten Schluck nehme, fällt ein Stück der Anspannung von mir ab. Ich rolle an den weißen polierten Glanzküchentisch. Die wuchtigen Metallträger unter der Tischplatte machen es mir unmöglich den Rollstuhl darunter zu fahren. Ich muss mich seitlich an den Tisch stellen. Nichts hier drin ist auf meine neuen Bedürfnisse ausgerichtet. Niemand hat damit gerechnet, dass ich einmal Räder unter meinem Hintern haben würde.

Die Klingel schreckt mich auf. Sie ist zu früh.

Ich lasse die halb volle Tasse auf dem Tisch stehen, rolle zur Tür und sehe sie durch die Sicherheitskamera. Maria hat die Arme um ihren Oberkörper geschlungen. Unsicher wackelt sie von einen Fuß auf den anderen. Ein roter Twingo steht in meiner Einfahrt und wartet. Das ist Claire, die Furie, die sich davon überzeugen will, dass das Monster ihre Freundin auch wirklich ins Haus lässt.

Ein Monster mit Beinen, die untätig an seinem Körper hängen. Ich nehme die Gegensprechanlage von der Wand. »Du bist zu früh.«

Ich sehe, wie sie sich versteift und mich durch die Kamera direkt ansieht. »Ist das ein Problem? Muss ich jetzt draußen stehen, bis dein Timer dir erlaubt, auf den Knopf zu drücken? Mach jetzt auf, sonst fahre ich zu meinen Eltern. Dort muss ich nicht um Einlass betteln.«

Ich betätige den Türöffner. Sie winkt ihrer Freundin zu und stößt gleichzeitig die Tür auf. Ich warte, bis sie den langen Flur passiert und das Wohnzimmer betritt. Dann dränge ich sie mit dem Rollstuhl an die Wand. »Rede nie wieder so mit mir. Hast du verstanden?« Ich ziehe sie an ihrer Bluse zu mir herunter, sodass sie seitlich auf mir zu sitzen kommt. Sie schnappt nach Luft und schaut mich an, wie die Maus die Schlange.

Ich umfasse ihren Hals mit einer Hand und sie klammert

sich an mein Handgelenk. »Deine Freundin hat dich heute verraten, Maria. Von wegen selbstlose Tat, um deinem Vater den Job zu retten. Du wolltest dir den Mann schnappen, den deine Schwester zufällig gerade freigegeben hat. Um was zu tun? Was willst du wirklich? Ist es mein Geld oder willst du mal sehen, wie es sich in den Schuhen deiner Schwester läuft? Bist du neidisch, kleines Mädchen?« Ich halte sie fest und sie bleibt ganz still. Nur die Hand an meinem Handgelenk zittert. »Ich muss dich enttäuschen. Ich werde dich niemals lieben können, weder auf die eine noch auf die andere Art. Du hast dich einem defekten Mann an den Hals geschmissen. Ich kann dir nicht zeigen, wie ich deine Schwester auf allen vieren genommen habe, bis sie vor Lust geschrien hat, und ich werde dich auch nicht im Arm halten, bis du eingeschlafen bist. Das ist kaputt und niemand kann es reparieren.«

Ihr Mund ist leicht geöffnet und ihre Brust hebt und senkt sich viel zu schnell. Ich sehe ihre steifen Nippel, die sich durch den Stoff drücken. Ich kann nicht anders. Ihr Körper lehnt an meinem Oberarm. Ich greife um sie herum und streiche mit meiner Fingerspitze über einen der kleinen Hügel. Ihre Augen schließen sich. Sie zuckt merklich in meiner festen Umarmung. Ich will sie bestrafen, aber gleichzeitig schreit alles in mir danach, diesen Kuss zu wiederholen. Kann ich beides haben? Ich weiß es nicht, will es aber auf jeden Fall probieren.

Langsam senke ich meinen Mund auf ihren. Schon längst drückt meine Hand an ihrem Hals nicht mehr zu. Die Finger wandern zu ihrem Nacken und ich presse Maria an mich, wie ein Ertrinkender eine Rettungsinsel.

Meine Zunge streicht über ihre Unterlippe und sie wimmert. Ich spüre ihre Hand an meinen Rippen. Federleicht liegt sie dort, aber ich fühle die Berührung, als wäre sie tonnenschwer. Die Hitze verbrennt mich regelrecht und dann kann ich nicht mehr an mir halten und presse meinen Mund hart und unerbittlich auf ihren. Unsere Zähne schlagen aufeinander, als sie ihren Mund öffnet, um meiner Zunge Einlass zu gewähren. Es ist ein Kampf, ein Ringen. Es gibt keine Sanftheit. Ich will ihr zeigen, dass ich die Oberhand habe. Sie ist mein Besitz, dieser unscheinbare Ersatz. Aber dann tut sie etwas, mit dem ich nicht gerechnet hätte. Sie legt ihre Hände um meinen Nacken und zieht mich noch näher an sich heran. Mit ihrer Leidenschaft überrennt sie mich. Die kleinen Laute, die sie ausstößt, schicken Schauer über meinen Rücken. Dieses Mädchen ist eine Sirene. Sie windet sich aus meiner Umklammerung. Ohne den Kuss zu unterbrechen, setzt sie sich breitbeinig auf meinen Schoß. Ihre Hand wandert in mein Haar. Es ist ein köstlicher Schmerz, als ihre Nägel über meine Kopfhaut kratzen. Ich will mehr von ihr.

In wilder Gier reiße ich ihre Bluse auf. Die winzigen Perlmuttknöpfe hüpfen lautstark über die Fliesen. Ich küsse und beiße mich an ihrem Hals hinab und gebe ihr Zeit das störende Kleidungsstück loszuwerden. Sie beugt sich nach hinten und streckt mir ihre Brüste entgegen, die zu meinem Verdruss noch immer bedeckt sind. Ich hasse weiß. Es muss weg. Ich greife um ihren Körper und nestle an dem Verschluss.

»Verdammt!«, zischt sie. Ich bin ihr wohl nicht schnell genug, denn sie zieht sich das Ding kurzerhand über den Kopf und wirft es von sich. Ihre Hände klammern sich an die Lehnen und sie drückt den Rücken durch. Noch nie hat etwas so köstlich ausgesehen. Ich würde sie gern foltern, sie langsam quälen, aber dazu fehlt mir die Kraft. Ich stürze meinen Mund auf ihre Brüste, sauge an ihren Nippeln, umkreise sie mit meiner Zunge und lasse meine Zähne immer wieder darüberkratzen. Meine Arme umschlingen ihren Rücken und pressen sie noch fester an mich. Sie stöhnt und schreit. Ihr Becken zuckt auf mir vor und zurück. Ich spüre die Reibung. Es ist köstlich. Und da merke ich, dass sich etwas regt. Nur ein leichtes Zucken, aber ich habe es gefühlt. Freude mischt sich mit Lust. Ich muss sie schmecken. In meinem Kopf rasen die Gedanken. Wo, in dieser verfluchten Wohnung ist etwas, auf dem ich sie ablegen kann. Mir fällt nur mein Bett ein. Ein Krankenbett. Höhenverstellbar. Aber eben doch ein Krankenbett. Wird es ihre Lust wegwischen, im Bett eines Versehrten abgelegt zu werden?

Mir bleibt nur der Versuch. Ich muss sie haben.

»Halt dich fest, okay?«

Sie lehnt sich an mich und ich stöhne verzweifelt auf, als ich ihre weiche Haut an meiner Wange spüre. Mit schnellen

Schwüngen schiebe ich uns in mein Schlafzimmer. Ich umfasse ihre Taille und setze sie auf das Bett. Die Fernbedienung fährt sie in die perfekte Höhe. Sie schaut zu mir herunter und beißt sich auf die Unterlippe. Kein Kommentar zu dem Bett kommt über ihre Lippen. Ohne, dass ich etwas sagen muss, löst sie ihren Gürtel und streift sich die Jeans von den Beinen. Ihr weißer Slip ist durch ihre Lust ganz nass. Ich umkreise die feuchte Stelle. Sie stößt einen tiefen Laut aus und lässt sich nach hinten auf die Ellenbogen fallen.

Ihre Oberschenkel zittern, als ich darüberstreiche, das straffe Fleisch massiere. An ihr ist etwas dran. Das gefällt mir. Sie präsentiert mir ihre köstlichen Rundungen und ich möchte mich an sie schmiegen. In ihrer Weichheit schwelgen.

Ohne Vorwarnung umschlingt sie mit ihren Füßen die Lehnen des Rollstuhls und zieht mich zu sich heran. Ich schlucke, als mir der schwere Duft ihrer Lust in die Nase steigt. Ich muss sie kosten. Jetzt. Mit einem beherzten Ruck ziehe ich ihr das Höschen aus und spreize ihre Beine, bis sich ihre Schamlippen teilen und den Blick auf die köstliche Versuchung in ihrem Inneren freigeben. Ihr Eingang pulsiert erwartungsvoll und die kleine Perle wartet nur darauf, von mir verwöhnt zu werden.

Ich senke meine Zunge auf das empfindliche Nervenbündel, schmecke ihre Süße und kann mich nicht mehr zurückhalten. Auch Maria scheint von dem Ansturm der Empfindungen, überrollt zu werden. Ihr Becken zuckt unkontrolliert. Sie richtet sich auf und packt meinen Hinterkopf, um mich fester an sich zu pressen. Meine Zunge liegt auf ihr und sie reibt sich daran. Maria ist schamlos in ihrer Gier und reißt mich mit sich. In einen Strudel, der nur aus Leidenschaft besteht. Nur sie und ich in alles überwältigender Lust.

Ich sauge ihre Klit in meinen Mund und lasse meine Zunge fest darüberstreichen. Gleichzeitig schiebe ich einen Finger vorsichtig in ihre Öffnung, suche und finde den Punkt, der bei jeder Frau den Wahnsinn hervorholt. Hier bildet Maria keine Ausnahme. Sie schreit ihre Lust heraus und krallt sich in meinen Haaren fest. Mein Finger schmatzt in ihr, so nass ist sie. Und dann spannt sie alle Muskeln an. Ihre Scheide quetscht meinen Finger. Ihr Unterleib zuckt und dann fühle ich das Pulsieren ihres Orgasmus an meinem Mund. Ich schmecke ihn auf meiner Zunge und rieche ihn. Sauge die Luft ein, weil ich diesen Duft nie wieder vergessen will.

*Das ist deine Frau. Du könntest diesen Genuss haben, so oft du willst. Du musst nur bei ihr bleiben.*

Dieser Gedanke bringt mich sofort wieder auf den Boden der Tatsachen zurück. Ja, sie ist meine Frau. Aber sie ist es nicht, weil wir uns lieben und auf eine gemeinsame Zukunft hoffen. Es ist Berechnung und Taktik. Genau das sollte es auch für mich bleiben. Obwohl die Leidenschaft dieser Frau ein Genuss ist, darf ich nie vergessen – es ist für die nächsten sechs Monate und keinen Tag länger.

Langsam ziehe ich mich aus ihr zurück. Sie atmet noch immer schwer und ihre Augen sind geschlossen.

»Das war unglaublich.« Ich kann nicht heraushören, ob sie die Worte zu mir oder zu sich selbst gesprochen hat. Trotzdem zaubern sie mir ein kleines Lächeln ins Gesicht. Sie räkelt sich wie eine zufriedene Katze in meinem Bett. Ihre Füße liegen noch immer auf meinen Schultern.

Ich lasse das Bett wieder herunter und stelle ihre Beine auf dem Boden ab. Sie öffnet ein Auge und schaut mich wachsam an.

»Ich mache uns einen Kaffee und dann zeige ich dir dein Zimmer. Willkommen zuhause.«

Sie seufzt und ich höre die Laken hinter mir rascheln, während ich mich in die Küche schiebe und mich an dem lauten Gerät zu schaffen mache.

Ich habe sie nicht einmal gefragt, wie sie ihren Kaffee trinkt. Also hole ich Milch aus dem Kühlschrank, aber an den Zucker komme ich nicht ran. Er steht in einem der Hängeschränke.

Auf nackten Füßen tapst Maria durch das Wohnzimmer und hebt ihre zerstörte Bluse auf. Sie zieht sie an und verknotet sie über der Brust, weil keine Knöpfe mehr da sind, die sie schließen könnte.

»Du musst mir nachher zeigen, wo der Staubsauger ist, damit ich die Knöpfe aufräumen kann.«

»Das macht morgen die Putzfrau.«

Sie verdreht die Augen und setzt sich an den Küchentisch. Mit gerunzelter Stirn schaut sie auf das Stahlgestell, das mir vorhin schon mächtig an den Nerven gezerrt hat. »Das ist blöd. Du kannst dich ja gar nicht zu mir setzen.« Zielstrebig gießt sie einen Schluck Milch in ihren Kaffee und verstaut den Tetra-Pack wie selbstverständlich wieder im Kühlschrank. »Gibt es hier keinen Tisch, an dem wir zusammensitzen können?«

Ich überlege kurz. »In deinem Zimmer gibt es einen kleinen Tisch mit ganz normalen Tischbeinen.« In Gedanken füge ich hinzu, dass dieses Zimmer mit all meinen Möbeln eingerichtet ist. Lisa hielt sie für nicht modern genug, deshalb wurden sie in dieses Zimmer verschoben und die Tür blieb verschlossen. Damit verschwanden auch die warmen Brauntöne der Holzmöbel.

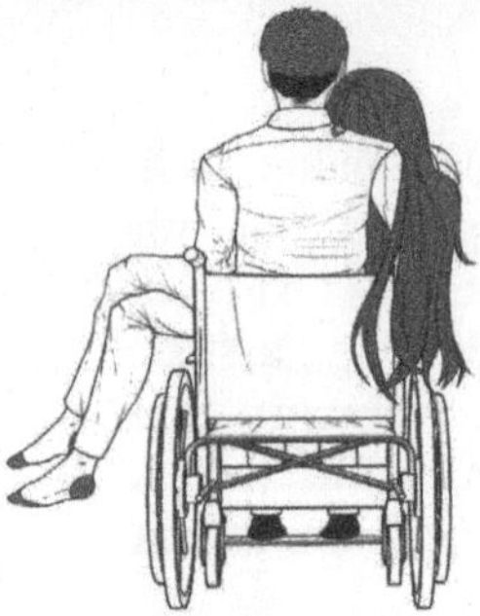

# Kapitel 11

**Maria**

Ich bemühe mich zu lächeln, obwohl die Unsicherheit mich erdrückt. Was war da gerade eben passiert? In einem Moment hatte ich noch Angst, er würde mir wehtun, im nächsten fallen wir übereinander her. Ich habe Claire geschworen, auf mich aufzupassen, und werfe sofort alle Vorsichtsmaßnahmen über Bord, sobald seine Hände mich berühren? Aber wie soll ich auch widerstehen, wenn seine Augen sich in ihrer Wildheit verdunkeln und sein Blick reicht, um meine Gier zu weckt. Noch nie hat ein Mann mich so irritiert. In seiner Nähe strömen so viele widersprüchliche Gefühle auf mich ein. Da sind Lust und Angst, Stolz und Unterwürfigkeit, Hass und Liebe – alles gleichzeitig. Eigentlich viel zu viel. Und wieder hat er mich nach diesem intimen Erlebnis einfach liegen lassen. Ganz so als müsste er vor mir fliehen. Als würde er sich für seine Leidenschaft schämen. Deshalb schirme ich alles von mir ab und bemühe mich um Normalität. Er ist mein Mitbewohner und wir müssen miteinander klarkommen – in diesem Reinraum mit eigener Putzfrau. Fehlt nur noch die Desinfektionsstation am Eingang.

»Ich möchte mein Zimmer sehen. Wäre das okay?«

Er nickt und rollt aus der Küche. Ich trage unsere Tassen hinter ihm her, zu einer Tür ganz hinten im Flur. Leonard beugt sich vor. Das Türblatt schwingt auf und der Bewegungsmelder lässt warmes Licht aufleuchten. Sofort fällt ein Teil der Anspannung von mir ab. Ich sehe Farben, ganz so, als habe dieser Raum auf mich gewartet. Er rollt hinein und ich folge ihm staunend. Das Zimmer ist groß. Es gleicht einer Suite in einem Hotel. Doch dieser Raum hat Charakter. Er erzählt eine Geschichte.

Direkt links neben der Tür steht ein Tisch in einem dunkelbraunen Ebenholzton mit drei passenden Stühlen. Weinrote Polster liegen auf den Sitzflächen. Ich platziere die Kaffeetassen auf der Tischplatte und stelle ganz automatisch einen Stuhl zur Seite, damit Leonard sich daransetzen kann. Dann gehe ich durch den Raum, lasse meine Finger über die kinnhohe Kommode gleiten. Über ihr hängt ein vergoldeter Blumenfächer an der Wand.

Meine Füße werden von dem weichen burgunderfarbenen Teppich fast verschluckt. Die Fasern kitzeln zwischen meinen nackten Zehen. Es fühlt sich an, als würde ich barfuß über eine Blumenwiese gehen. Ich schließe kurz die Augen und genieße dieses Gefühl, aber dann ist die Neugier größer. Hier gibt es noch so viel zu entdecken. Direkt vor mir befindet sich eine Glastür. Ich öffne sie und schlage eine Hand vor den Mund. Mit großen Augen drehe ich mich zu Leonard um. »Das ist ein Wintergarten mit Kamin.«

Er grinst. »Das hast du gut erkannt.«

Auch wenn ich merke, dass er sich über mich lustig macht, kann er damit meine Freude nicht zerstören. Die Rattanmöbel mit den Fellimitaten sind viel zu heimelig. Und der derbe Dielenboden zaubert eine Natürlichkeit in den kleinen Anbau, die nur noch durch die zahlreichen tropischen Pflanzen übertroffen wird. Vor der Schiebetür sind naturweiße Vorhänge angebracht. Sie wehen leicht in einer sanften Brise, die die Nachtluft durch einen Spalt in der Tür hereinweht.

»Durch die Schiebetür gelangst du direkt in den Garten mit Naturteich. Wenn dich die Frösche stören, musst du leider Fenster und Türen bis zum Winter geschlossen halten.«

»Ich liebe Frösche.« Fröhlich drehe ich mich um und erstarre. Das Lächeln auf meinen Lippen schwindet. Wie in Zeitlupe gehe ich auf das Doppelbett zu, steige darauf und lasse meine Fingerspitzen wenige Zentimeter über der Leinwand verharren, die dort hängt. Ehrfurcht jagt mir einen Schauer über den Rücken.

»Ist alles in Ordnung?«, höre ich Leonard fragen und ich kann nur nicken.

Hier, über dem Bett, in dem ich schlafen soll, hängt ein

Originalbild von Anselm Kiefer. Auch ohne seine Signatur hätte ich seine ausdrucksvolle Art, die Welt zu zeigen sofort erkannt. Er ist mein Idol. Ein Kunstgott. Ich drehe mich zu Leonard um. »Du versteckst einen Anselm Kiefer in deinem Gästezimmer? Weißt du überhaupt, was der wert ist?«

Er zuckt mit den Schultern, als wäre meine Aufregung ihm völlig unverständlich. »Ich habe den Maler vor einigen Jahren bei einem Galadinner kennengelernt. Wir haben uns gut unterhalten und einige Wochen später kam dieses Bild mit einem Boten. Die Widmung steckt an der Rückseite im Rahmen.«

Er hat es geschenkt bekommen? Und was noch wichtiger ist, er kennt den Künstler persönlich? Vorsichtig hebe ich das Bild an und fische mit spitzen Fingern den Brief heraus.

»Ein junger Mann, der einen alternden Künstler zu unterhalten weiß. Das findet man selten. Sie haben mich zu diesem Bild inspiriert, denn ich sehe auch in Ihnen einen starken Strom, der hoffentlich nie versiegen wird. Anselm«

Ehrfürchtig streiche ich mit dem Zeigefinger über die Zeilen.

»Komm jetzt her und trink deinen Kaffee. Er ist bestimmt schon ganz kalt.«

Ich klemme den Brief behutsam wieder hinter das Bild und springe vom Bett. Plötzlich kommt mir meine Situation gar nicht mehr so schlimm vor. Ich darf in diesem Zimmer leben. Hier kann ich Kraft tanken, wenn der Tag mich zerquetscht oder Leonards Stimmungsschwankungen mich wahnsinnig machen.

»Hinter dieser Tür befindet sich dein eigenes Badezimmer. Wenn du allerdings ein Bad genießen willst, musst du die Badewanne im Hauptbad nutzen. Bei dir gibt es nur eine Dusche.«

Ich nicke, kann aber mein Glück mit dieser kleinen Oase, die nun mein Reich sein soll, überhaupt nicht fassen. »Danke, dass ich nicht in diesem Labor hausen muss.« Ich zeige mit dem Kopf auf die Zimmertür, ziehe einen Stuhl zu mir und setze mich. In diesem Raum kann ich endlich wieder atmen. Ein ungläubiges Lächeln huscht über sein Gesicht, dann umfasst er mein Kinn und sieht mich eindringlich an. »Du bist die bezauberndste Lügnerin, die ich je kennengelernt habe.«

»Aber ...«

Er legt mir seinen Zeigefinger auf die Lippen. »Sag nichts. Ich weiß es ja und habe mich darauf eingelassen. Ich muss nur darauf acht geben, dass ich nie vergesse, wer du bist, Maria Müller.«

»Herzbach«, flüstere ich.

**Leonard**

Kann sie dieses Staunen spielen? Kann es wirklich wahr sein, dass sie meinen Geschmack dem modernen Chic von Lisa vorzieht? Ich liebe diesen Raum und den Wintergarten hat Lisa nur nicht angerührt, weil keiner unserer Gäste ihn jemals zu Gesicht bekommen wird. Sonst wäre er auch schon weiß und würde nur aus Marmor und Metall bestehen. Auch wenn wir dieses Gästezimmer hatten, wollte sie nie, dass jemand bei uns übernachtete.

Der Besuch könnte sie ja am Morgen zu Gesicht bekommen, wenn sie noch kein Make-up aufgelegt hatte. Und nun steht ihre Schwester vor mir, die nicht das winzigste bisschen Schminke auf ihrer Haut hat und mich mit ihrer Natürlichkeit umhaut.

»Können wir kurz die Regeln unseres Zusammenlebens besprechen und dann sollten wir schlafen. Morgen liegt ein langer Arbeitstag vor uns. Ich habe beschlossen, dich in dem Projekt in der Dokumentation und im Sekretariat einzusetzen. Selbstverständlich wirst du mit mir gemeinsam die repräsentativen Termine besuchen.«

Maria nimmt einen weiteren Schluck Kaffee. »Warum das Ganze? Warum musste ich deine Frau werden?«

»Natürlich, ich habe dir noch nicht gesagt, dass mein Vater mir wegen des Rollstuhls die Firma weggenommen hat. Ich habe nur eine einzige Chance, sie zurückzugewinnen. Ich brauche einen Auftrag, der größer ist als der von meinem Bruder Benedikt.«

»Lass mich raten. Du hast sechs Monate Zeit, dich zu beweisen?«

Ich nicke. »Ich brauche Menschen um mich herum, denen ich vertrauen kann. Deine Loyalität ist mir sicher, auch wenn ich sie mir erkauft habe.«

Die Farbe weicht ihr aus dem Gesicht.

»Was passiert mit meinem Vater, wenn du es nicht schaffst?«

»Davon gehen wir einfach nicht aus, okay?«

»Das macht alles nicht leichter. Du hättest mir sagen sollen, dass auch mit der Hochzeit sein Job nicht sicher ist.«

»Und was hättest du dann getan? Hättest du dich anders entschieden? Dich vielleicht meinem Vater oder Benedikt an den Hals geworfen?« Ich presse die Lippen zu einem Strich zusammen, weil mir wieder klar wird, dass sie sich nur an mich verkauft hat. Ich war einfach der erste Bieter, sonst hätte sie sich vielleicht anders entschieden.

Sie lässt resigniert die Schultern sinken. »Denk von mir, was du willst, aber ich bin zu dir gekommen, weil ich an dein gutes Herz geglaubt habe. Obwohl dein Vater der Eigentümer von Mogula ist, stand ich in deinem Büro.«

»Ist ja auch egal. Lass uns nicht darüber streiten. Es ist wie es ist. Hier im Haus erwarte ich von dir, dass du mich nicht störst. Es gibt keine Herrenbesuche und keine Partys, außer die, zu denen ich dich einlade. Im Schrank hängt eine Kleiderkollektion, aber du kannst dir auch gern noch weitere Klamotten, Schuhe, Taschen und sonstiges Schischi kaufen, damit du dich wohlfühlst.« Ich schiebe ihr die Platin Amex zu, die vor wenigen Wochen Lisa noch zum Glühen gebracht hatte. »Der Pin wurde auf dein Geburtsdatum geändert, aber da ich nun nicht mehr über die finanziellen Möglichkeiten eines Geschäftsführers verfüge, bitte ich dich, den finanziellen Rahmen nicht auszureizen.«

Sie sitzt einfach nur da und starrt mich an. Ich schiebe mich zur Tür. »Gilt das Gleiche auch für dich? Sind wir uns in diesem halben Jahr treu? Keine anderen Frauen, die sich morgens aus dem Haus schleichen?«

Ich lache sarkastisch auf, drehe mich aber nicht um. »Was sollten die denn von mir wollen, Maria? Ich kann nicht ficken. Sie würden sehr enttäuscht wieder von dannen ziehen.«

Während ich die Tür hinter mir zuziehe, höre ich sie sagen: »Wenn du dich da mal nicht täuschst, Herr Herzbach.«

Ich fahre in mein Zimmer und schalte die Stehlampe ein, die

nicht so grell ist wie das Oberlicht. Nach diesem unerwartet angenehmen Abend platze ich vor Neugier. Natürlich habe ich die eingepackte Leinwand und das Album von Claire mit zu mir genommen. Beides lehnt an meinem Schreibtisch. Sie hätte es jederzeit sehen können, aber ich bin froh, dass sie zu abgelenkt gewesen war.

Vorsichtig löse ich den Bastfaden, der die Abdeckung über dem Bild zusammenhält. Es ist knifflig. Sie hat so viele Knoten hineingewoben, dass ich kurz davor bin ein Messer zu nehmen, um den Inhalt endlich sehen zu können.

Endlich fällt das Leinen und ich drehe das Bild um.

Was ich sehe, verschlägt mir den Atem. Damit hätte ich nicht gerechnet, denn ich schaue mich selber an. Meine Finger gleiten über die erhabenen Striche der Ölfarbe. Sie hat jedes Detail eingefangen, sogar die Sonne, die von hinten auf meine Haare scheint und einzelne Haarpartien fast weiß leuchten lässt. Dafür liegt mein Gesicht zum Teil im Schatten. Doch meine Miene sieht zufrieden aus. Ein leichtes Lächeln liegt auf meinen Lippen und winzige Fältchen kräuseln sich in meinen Mund- und Augenwinkeln. Meine Hand ist ausgestreckt. Die Finger einer anderen Person umschließen sie. Rotlackierte, lange Fingernägel und der Verlobungsring mit dem gelben Diamanten zeigen mir genau, was sie da gezeichnet hat.

Es ist der Tag, an dem ich Lisa den Heiratsantrag gemacht habe. Ich erinnere mich an das kleine Restaurant am Rand der Isar. Wie konnte ich nur vergessen, dass Maria an diesem Tag auch dabei gewesen war. Gemeinsam mit ihren Eltern. Hatte sie überhaupt ein Wort gesagt? Und wenn sie mit mir gesprochen hätte, für mich gab es an diesem Tag nur Lisa. Ich war so aufgeregt. Der Puls hat in meinen Ohren gerauscht.

Ich habe ihr mein Herz ausgeschüttet und ihr meine Liebe gestanden. Rückblickend betrachtet, hätte es mir damals schon komisch vorkommen müssen, dass ihr *Ja* von wenig Emotionen begleitet wurde. Keine Freudentränen. Kein glückliches Aufkreischen. Sie ist mir ja nicht mal um den Hals gefallen. Lisa hatte einfach nur Ja gesagt und sich den Ring anstecken lassen, den sie den Rest des Abends jedem unter die Nase gehalten hat, der sich auch nur zufällig in ihre Nähe verirrt hatte. Kein

Wunder ich hatte eine glatte Million dafür ausgegeben. Mit weniger hätte Lisa sich nicht zufriedengegeben.

Warum hat Maria ausgerechnet dieses Bild gewählt, um es mit in mein Haus zu bringen? Will sie sich selbst jeden Tag daran erinnern, dass mein Herz an ihrer Schwester hängt, um sich nicht vollkommen in dem Wunsch nach meiner Liebe zu verrennen? Wenn es wirklich stimmt, was Claire mir an den Kopf geworfen hat, dass Maria in mich verliebt war, käme das einer Selbstfolter gleich.

Ich stelle das Bild energischer zur Seite, als ich sollte. Auch ich foltere mich, wenn ich es länger anschaue. Die Zeit ist vorbei und Lisa hat mich verlassen. Beides ist weg – Lisa und der Ring, denn natürlich hat sie das Schmuckstück mitgenommen.

Als ob ich mich nicht schon genug gequält hätte, nehme ich auch noch das Hochzeitsalbum zur Hand. Schon als ich die erste Seite aufschlage, krampft sich eine eiserne Faust um mein Herz. Dort steht in wunderschön geschwungener Schrift: Anweisungen an meine Trauzeugin für den schönsten Tag in meinem Leben. Darunter ist ein Foto von Maria eingeklebt. Sie lächelt mich mit einer dicken Zahnspange so fröhlich an, dass ich unwillkürlich zurücklächeln muss. Diese Frau hat wohl schon immer all ihre Emotionen in ihrem Gesicht mit sich herumgetragen und die Welt damit infiziert. So wie die Reporterin von Frau aktuell, die heute ja beinahe zerflossen war.

Ich schlage die nächste Seite auf und lese einen Brief.

Liebe Claire,

sobald ich die Liebe meines Lebens gefunden habe, wird es ernst. Ich will nicht ewig mit einem Mann zusammenleben. Wenn der Blitz einschlägt, dann will ich seine Frau werden und ihm zum glücklichsten Menschen der Welt machen. In diesem Album habe ich alles zusammengetragen, was meine Hochzeit unvergesslich machen wird. Schließlich will ich nur einmal und für immer einem Mann meine Hand versprechen.

Das hört sich komisch an. Was will er denn mit meiner Hand?

Er bekommt mich, mit Haut, Haar, Seele und Herz. Und ich hoffen, dass ich mit ihm die wundervollsten kleinen Menschen auf diesem Planeten bauen kann.

Meinst du, das reicht einem Mann?

Warum frage ich das überhaupt? Wenn er mein Mann ist, dann wird er sich dasselbe wünschen. Hach, ich kann es kaum erwarten, bis es so weit ist.

Deine beste Freundin Maria

Mit Nachdruck klappe ich das Buch zu und fühle mich wie der größte Arsch der Welt. Ich habe Maria diesen Wunsch zerstört, einfach nur, weil ich es kann. Weil ich nicht anders bin, als mein Vater oder Benedikt und für den Erfolg über Leichen gehe.

Ich atme tief durch. Nur ein halbes Jahr und dann kann sie ihr Album wieder an Claire zurückgeben und ich bleibe im besten Fall als Geschäftsführer von Mogula hier zurück.

Ich rolle zum Bett und entkleide mich. Angeekelt von mir selbst leere ich den Urinbeutel und will nicht daran denken, dass er in spätestens einer Woche entfernt werden muss. Entweder habe ich dann meinen Schließmuskel unter Kontrolle oder ich muss Windeln tragen. Nur weil es beim großen Geschäft klappt, dass ich auf die Toilette gehen kann, heißt das nicht, dass es auch beim Wasserlassen funktioniert. Ich erinnere mich an das Gesicht meines Pflegers, als er mir diese tolle Nachricht überbracht hat. Seine neutrale Miene hat Aggressionen in mir geweckt. Und wieder will die Wut hochkochen, aber ich bin stärker geworden und dränge sie zurück. Marias Freude beim Anblick ihres Zimmers ist stärker als der selbstzerstörerische Hass.

Nur in Unterhose bekleidet schiebe ich mich ins Bett und falle in einen traumlosen Schlaf.

Am nächsten Morgen treffe ich sie an der Kaffeemaschine. Sie trägt einen dunkelblauen Bleistiftrock, der ihren runden Hintern köstlich betont. Die taillierte rote Bluse, bildet einen wundervollen Kontrast zu dem schwarzen Haar, das sie zu einem strengen Pferdeschwanz gebunden hat. Statt der Stilettos hat sie die einfachen Pumps gewählt und genau das zaubert aus der unnahbaren Chefsekretärin eine Frau, die anpacken will. Es macht sie sympathisch.

»Guten Morgen, Frau Herzbach. Wie haben Sie geschlafen?«

»Ebenfalls guten Morgen, Herr Herzbach. Ich habe sehr gut geschlafen, war schon beim Einkaufen, habe uns Frühstück gemacht und bekomme nun aber keinen Tropfen Kaffee aus diesem fauchenden Monster. Ich schwöre dir, es hat nach mir gebissen.«

Ich muss über ihren Kommentar grinsen. »Lass mich mal machen.«

Sie drückt sich zur Seite und ich rolle zu der Maschine, die tatsächlich merkwürdige Geräusche von sich gibt. Doch nach etwas gutem Zureden und dem Leeren des Tresters ist sie doch so gnädig und spuckt zwei Tassen duftenden Cappuccino aus.

»So. Ich habe den Kaffee, sehe aber nichts von einem Frühstück.«

»Folge mir, Herr der Monstermaschinen.« Sie ist heute Morgen so gut aufgelegt, dass ich mich unwillkürlich frage, was passiert ist. Misstrauen klopft schon wieder an meine innere Barriere. Doch als ich ihr Zimmer betrete, verfliegt es augenblicklich. Sie hat den kleinen Tisch gedeckt. Frische Brötchen, Butter, Wurst und Käse. Sogar ein Glas Marmelade steht dort und verbreitet einen köstlichen Geruch nach frischen Erdbeeren. Ihr Bett ist ordentlich gemacht und durch die offene Tür im Wintergarten dringt die frische Luft eines neuen Sommermorgens in den Raum.

Sofort beginnt mein Kopf zu rasen. Wann hat mir jemals eine Frau Frühstück gemacht? Ich kann mich nicht erinnern. Lisa und ich sind immer zum Essen gegangen. Es gibt ein grandioses Frühstück bei Käfer. Aber das ist nicht dasselbe. Maria hat sich wirklich Mühe gegeben.

Die Gedanken rennen zurück bis in die Küche meiner Mutter, als ich noch ein Junge gewesen war. Benedikt saß in seinem Hochstuhl und quengelte, so wie immer und Mama stand am Herd und machte uns Pfannkuchen. Natürlich war Vater da schon längst im Büro. Mama hatte keine Gelegenheit, ihn zu verwöhnen, deshalb gab sie sich bei uns noch mehr Mühe. Ich schließe die Augen und fühle, wie sie mir durchs Haar streicht und meine Wange küsst. Kein Jahr später war sie tot. Der Krebs hatte sich in ihren Knochen und der Bauchspeicheldrüse festgesetzt. Unheilbar. Sie hatte nicht mal genug Zeit, um den Kampf zu beginnen.

»Greif doch zu. Du hast selbst gesagt, dass wir heute einen anstrengenden Tag vor uns haben. Und Leonard«, sie stockt, »lass uns versuchen miteinander klarzukommen, so wie Mitbewohner es tun, ja? Wir sind ehrlich zueinander und kämpfen auf derselben Seite.« Sie hebt mir die Hand über dem Tisch entgegen. Schon wieder beißt sie sich auf die Unterlippe und ich merke, dass ich dieses kleine Zeichen von Nervosität mag. Es hat etwas Unschuldiges, obwohl ich genau weiß, was für eine Wildheit in dieser Frau brodelt. Ich schlage ein und sie lächelt. Es ist ansteckend und ich fühle, wie sich auch meine Mundwinkel nach oben ziehen.

Schweigend greife ich nach einem Brötchen und genieße die besondere Zeit in vollen Zügen. Maria ist wirklich gut und im Moment wünsche ich mir von Herzen, dass ich mein Misstrauen loswerden kann.

**Maria**

Die Stimmung ist fast gelöst, bis wir ins Auto steigen, um uns zur Firma fahren zu lassen. Die Ruhe kann man fast mit einem Messer schneiden. Ich kann es verstehen. Leonard ist heute Projektmanager in seiner eigenen Firma. Alle werden von seiner Degradierung wissen und sich hinter seinem Rücken das Maul zerreißen. Ich verstehe nicht, wie sein Vater ihm das antun konnte. Vorsichtig lege ich meine Hand auf seine. »Du schaffst das. Ich stehe an deiner Seite.«

Er brummt etwas, das ich nicht verstehe, und schaut aus dem Fenster. Seine Körperhaltung ist angespannt.

Ich ziehe meine Finger zurück und verbringe den Rest der Fahrt damit, meinen Gedanken nachzuhängen.

Wir halten an einem Nebeneingang. Ich schäle mich aus den bequemen Ledersitzen. Der Fahrer stellt Leonard schweigend den Rollstuhl neben die Tür und Leo ist bereits sehr geschickt darin, sich auf die Sitzfläche zu schieben. Es sieht völlig unangestrengt aus.

Ich gehe neben Leonard her und halte ihm die Glastür auf. Hier gibt es kein großes Firmenschild. Es könnte der Eingang zu jeder anderen Firma sein. Ich kann mir nicht mal ansatzweise vorstellen, wie er sich fühlen muss, von seinem Lebenswerk abgeschnitten zu sein.

Nervös zupfe ich an der Bluse, die sich an meine Rundungen schmiegt. Vielleicht hätte ich doch lieber ein anderes Oberteil wählen sollen. Eines, das nicht so auffällig ist. Schließlich will ich nicht, dass die neuen Kollegen mich für eine aufgetakelte Tussi halten, die nur da ist, weil sie zufällig die Ehefrau des Chefs ist. Ich will nicht nur für Leo Teil des Projektteams werden. Auch mir selbst will ich beweisen, dass ich das kann. Ich will meinen Beitrag dazu beitragen, dass Leo wieder auf seinen Platz in der Chefetage kommt und damit auch wieder die Befugnis hat, meinen Vater in ein unkündbares Angestelltenverhältnis zu übernehmen.

Das leise Surren des Aufzugs und das Aufblinken der Stockwerkzahlen machen mich noch unruhiger. Warum mache ich mir eigentlich so viel Druck. Leonard ist an meiner Seite. Aber ein Blick zu ihm zeigt mir, dass er mit seinen Gedanken ganz weit weg ist. Seine Lippen sind zusammengepresst. Er sieht aus, als wäre er ein Krieger, der in die Schlacht zieht. Eine Schlacht gegen die Menschen, die ihn eigentlich unterstützen müssten, ihm aber gnadenlos in den Rücken gefallen sind.

Die Türen öffnen sich und er legt ein Lächeln auf, das fast echt wirkt – wenn ich ihn nicht kennen würde, könnte selbst ich es ihm abkaufen. Mit großen Schritten geht er auf einen Mann zu. Er klopft ihm auf die Schulter und scheint mich vollkommen vergessen zu haben.

»Hallo Mayer, ich bin gespannt, was wir heute für Vorschläge sammeln.«

Ich gehe unsicher auf die beiden zu. Aber bevor ich sie erreicht habe, zieht Leo diesen Mayer schon in den Raum und lässt mich allein im Flur stehen. Meine Hände verkrampfen sich um meine Handtasche. Ich atme tief durch, um die Unsicherheit und die aufflammende Wut zurückzudrängen. Dann bin ich wohl an meinem ersten Arbeitstag in einem eingespielten Team auf mich allein gestellt. Das kann ja lustig werden.

Ich stelle mich in den Türrahmen und beobachte, wie Leo mit drei Personen beieinandersteht und angeregt mit ihnen diskutiert. Eine junge Dunkelhaarige wird auf mich aufmerksam. Sie lächelt mich an und kommt auf mich zu. »Hallo, du musst Maria sein. Ich bin Miriam. Komm doch herein. Wir fangen gleich an.« Sie nimmt meine Hand und schüttelt sie freundlich.

Ich möchte sie gern umarmen, weil sie mich gerettet hat, unterlasse es aber. Sie zieht mich in die Runde aus fünf Menschen. »Leute, Herr Herzbach hat seine Frau mitgebracht.« Ich winke leicht in die Runde.

»Maria wird als Projektassistentin und Sekretärin für das Team arbeiten. Was wir von ihr erwarten können, werden wir im Laufe der Zusammenarbeit feststellen. Inzwischen wird sie einfach die Dokumentation und die Kommunikation mit Externen nach unseren Vorgaben übernehmen.«

Ich schlucke. Das ist ein ganz schön großer Schritt für eine Kassiererin, aber ich dränge die Unsicherheit zurück. Es bleibt mir ja doch nichts weiter übrig, als mein Bestes zu geben.

Der Mann mit dem Leo ins Büro gegangen ist, streckt mir die Hand entgegen. »Mayer, Marketing und Projektplanung.«

Ich schlage ein. »Es freut mich, dich kennenzulernen. Aber warum Mayer? Ist dein Vorname so schrecklich?«

Er zuckt mit den Schultern. »Ich heiße Paul, aber es sagen schon immer alle Mayer zu mir. Du darfst mich nennen, wie du willst. Maria, richtig?«

Ich nicke ihm zu und lasse seine Hand los. Sie wird sofort von einer blonden Schönheit ergriffen, die sogar noch jünger als ich sein muss. »Ich bin Nadja, PR und Digitalisierung. Ich mache die Filmchen, die Kunden in Schnappatmung verfallen lassen.«

Meine Hand wird direkt an Miriam, die Dunkelhaarige, die mich an der Tür eingesammelt hat, weitergereicht. Sie verströmt einen asiatischen Flair. »Ich bin Marketingplanerin und übernehme auch Arbeiten in der Assistenz. Ich freue mich auf die Zusammenarbeit.«

Eine Hand legt sich von hinten auf meine Schulter und ich zucke zusammen. Nadja kichert.

Ich fahre herum und sehe Tom, der die Hände in die Luft gereckt hat und ein Flehen in seinen Augen hat, als würde er befürchten, dass ich ihn jeden Augenblick meuchle. Der Schreck verschwindet sofort und ich grinse ihn schief an. »Der Mann aus dem Hintergrund mit den Schockerhänden?«

Jetzt prustet Leo neben mir los.

Tom sieht mit einem verkniffenen Gesichtsausdruck von ihm zu mir und nuschelt: »Ihr habt euch verdient, wisst ihr das?«

Jetzt muss auch ich lachen und alle fallen mit ein. Meine Anspannung ist vergessen. Ich weiß einfach, dass ich mich in diesem Team wohlfühlen kann. Leo vertraut ihnen, also müssen sie zusätzlich auch noch brillant sein.

»Also, fangen wir an.« Leo klatscht in die Hände. Die Tische sind zu einem Fünfeck aneinandergestellt. Jeder nimmt sich einen Platz, aber ich stehe noch unsicher da.

»Wo soll ich denn Platz nehmen?«

»Ach ja, dein Tisch ist dort hinten.« Leo zeigt auf einen kleinen Arbeitsplatz direkt in der Büroecke. Ein Laptop und ein Headset liegen darauf.

Wie soll ich denn mit dem Team zusammenarbeiten, wenn ich in der Ecke sitze und ihnen den Rücken zuwenden muss?

»Oh, ich habe ganz vergessen, dass du den Tisch ja nicht selbst verschieben kannst. Ich mach das schnell selber.« Damit packe ich die Tischplatte und ziehe den Arbeitsplatz hinter mir her. Als ich die Tische der anderen zur Seite schiebe, um Platz für mich zu schaffen, sehe ich, wie es um die Lippen von Tom zuckt. Er steht auf und holt den Stuhl dazu.

»Vielen Dank, Tom. So kann ich sofort alle meine Aufgaben dokumentieren und kann mit Rückfragen auf euch zukommen, wenn es notwendig ist. Schließlich will ich meinen Teil für das Gelingen dieser Aufgabe so gut wie möglich beitragen.«

Ich klappe den Laptop auf und wende mich an Leo. »Wie ist denn mein Passwort?«

Er schüttelt den Kopf und schreibt es auf einen Zettel, den er mir verdeckt zuschiebt. »Danke, Schatz.«

Nadja seufzt. Sie habe ich von unserer Liebe überzeugt.

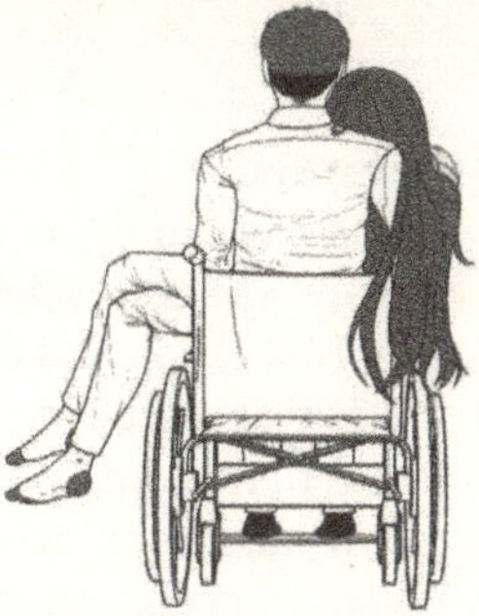

# Kapitel 12

Drei Stunden arbeiten wir nun schon
P&G Projekt. Die Pläne sind so gut wie fertig. Wir sind guter Dinge. Schon vor dieser Farce hatte die größte deutsche Haushaltswarenkette Proval & Gambal eine Marketingstrategie in Auftrag gegeben, die bereits fertig gepitcht und ausgearbeitet mit zeitlichem Konzept und einer Kostenanalyse auf den Rechnern auf ihre Präsentation wartet.

Leonard ruft zur Mittagspause. Doch bevor wir zum Pizzaessen in die Firmenkantine gehen, ruft Leo bei unserem Auftraggeber an, um mitzuteilen, dass wir einen Termin vereinbaren können. Die Sekretärin verspricht eine schnelle Bearbeitung und Leo strahlt wie schon lange nicht mehr, als wir ins Erdgeschoss des Hauptkomplexes von Mogula fahren und uns in der Kantine, die auch als Restaurant betrieben wird, einen großen Tisch in einer Ecke aussuchen.

Alle plappern durcheinander und reißen Sprüche darüber, dass sechs Monate wohl ein Witz sind. Ich sitze dabei und genieße diese Atmosphäre. Es ist schön, glückliche Menschen um sich zu haben.

Bis eine Frau zu mir herüberkommt, mir eine Hand auf die Schulter legt und mit einem Blick auf Leonard laut sagt: »Es tut mir so leid, Schätzchen. Du hast sicherlich Besseres verdient.«

»Ich verstehe nicht, was Sie meinen?« Irritiert schaue ich sie an.

»Auch das Leugnen bringt ihn nicht dazu, dass er ein besserer Ehemann wird.« Sie verzieht angewidert den Mund in seine Richtung. »Schämen solltest du dich, Junge.«

Damit dreht sie sich um und geht.

Ich sitze da, wie vom Blitz gerührt.

**Leonard**

»Was hast du ihr erzählt?«, zische ich Maria zu.

Ihre Augen sind immer noch erschrocken aufgerissen. »Nichts! Ich kenne diese Frau nicht.«

»Wieso sollte sie dich so sehr bemitleiden, wenn du nicht jemandem gegenüber schlecht über mich gesprochen hättest?«

An unserem Tisch ist es still. Alle schauen uns an. Sie verstehen genauso wenig wie ich.

»Vielleicht hat der Reporter mit der Hakennase, der gestern so gemeine Fragen gestellt hat, etwas über dich geschrieben? Ich habe auf jeden Fall nichts erzählt. Meine Versprechen halte ich.«

Ich erinnere mich an die Fragen zu meiner Degradierung. Maria hat Recht. Der Kerl wollte mich aus der Reserve locken. Er hat wirklich alles versucht, um mich vor der versammelten Pressemeute vorzuführen.

Maria steht ohne ein weiteres Wort auf. Sie geht zu dem Jungen, der hinter dem Tresen im Foyer steht und dort die Reservierungen aufnimmt. Sie reicht ihm einen Geldschein und klopft ihm freundlich auf die Schulter. Er katzbuckelt vor ihr und wird gar nicht mehr fertig damit, sich vor ihr zu verbeugen. Alles an ihm wirkt unterwürfig, aber ich sehe genau, dass sein Blick auf ihren Ausschnitt gerichtet ist.

Wut lodert in mir auf. Will sie mir zusätzlich zu dieser blöden Situation noch Hörner aufsetzen? Zuerst diese alte Frau und dann lässt sie diesen pubertären Jungen in ihre Bluse glotzen? Als sie zurück an unseren Tisch kommt, platzt es förmlich aus mir heraus. »Willst du den Kerl nicht auch noch einen Blick unter deinen Rock werfen lassen?«

Ich ziehe sie zu mir und schließe die Knöpfe der Bluse bis zum Halsansatz. Das ist meine Frau und kein anderer glotzt sie an.

Ich höre Tom. Er räuspert sich neben mir.

»Was ist los?«, fahre ich ihn an.

»Ich will dich nur darauf hinweisen, dass auch noch Sauerstoff und Blut durch diesen Hals passen müssen, damit deine Frau nicht vorzeitig das Zeitliche segnet.«

Ich stecke einen Finger durch den Halsausschnitt und Maria

röchelt. »Siehst du, ein Fingerbreit ist noch Platz. Sie wird nicht sterben, ist nur vor solchen Gaffern geschützt.«

Jetzt schlägt sie mir auf die Hand und funkelt mich wütend an, während sie den obersten Knopf wieder öffnet. »Bist du von allen guten Geistern verlassen? Es kann doch nicht dein Ernst sein, dass deine Ex im Ledermini und auf High Heels durch die Gegend stolzieren konnte, während ihre operierten Brüste fast aus dem bauchfreien Top gequollen sind und du mich zwingen willst, wie eine Nonne rumzulaufen. Du kannst mir ja auch eine Burka kaufen und mich darunter verstecken!«

Bevor ich etwas antworten kann, kommt der Junge an unseren Tisch und legt einen ganzen Schwung Zeitungen und Zeitschriften vor Maria auf den Tisch. Ich erbleiche, als ich das Foto sehe, das mir von der ersten Titelseite entgegenspringt. Auch Maria starrt darauf.

»Maria, ich ...«

»So verbringt Herzbach seine Hochzeitsnacht?« Ihre Stimme ist monoton. Sie schiebt die oberste Zeitung zur Seite und auch auf der nächsten sehe ich mich selbst mit Natalie auf meinem Schoß und meiner Hand zwischen ihren Beinen. Verdammt! In allen Gazetten ähnliche Bilder und die Überschriften zerstören nicht nur mich, sondern auch Maria. Als sie den Blick wieder auf mich richtet, sehe ich die Fassungslosigkeit darin und sie schneidet mir tief ins Herz.

Langsam steht sie auf und hängt sich ihre Handtasche über die Schulter.

»Du wirfst mir vor, dass ich zu tiefe Einblicke gewähre? Was bist du doch für ein Heuchler, Leonard. Wir hatten eine Abmachung. Keiner von uns tut etwas, das den anderen in einem schlechten Licht dastehen lässt. Ich habe dich darum gebeten mir treu zu sein. Was für ein Arsch muss man sein, wenn man dem zustimmt, obwohl man nur wenige Stunden vor diesem Versprechen mit einer Stripperin rumgemacht hat?«

Sie dreht sich um und geht mit erhobenem Haupt Richtung Ausgang.

»Willst du sie wirklich gehen lassen? Kämpfe um sie! Jetzt!« Tom stößt mich fast vom Rollstuhl. Wäre ich nicht ohnehin an ihn gefesselt, würde der Schock mich darauf festnageln.

Unbeholfen rolle ich zum Ausgang und bin unendlich dankbar, dass es hier automatische Schiebetüren gibt. Ich sehe ihre rote Bluse in der Menschenmenge verschwinden. Nein. Sie darf so nicht gehen.

Ich lege mich ins Zeug, nehme keine Rücksicht auf die Passanten. Zum ersten Mal spiele ich den Behindertenbonus aus und sehe mit Genugtuung wie die Menschen mir den Weg freimachen.

Ich habe sie fast erreicht, rufe ihren Namen, aber sie dreht sich nicht um. Stattdessen steigt sie die Treppen zur U-Bahn hinunter. Oh Mann. Ich kann ihr nicht folgen und schaue mich verzweifelt um, in der Hoffnung den Aufzug irgendwo zu finden. Das dauert alles viel zu lange. Sie wird schon in Dasing sein, bevor ich überhaupt am Bahnsteig stehe.

Dann sehe ich endlich das Hinweisschild für den Fahrstuhl. Schweiß rinnt mir über den Rücken und ich keuche vor Anstrengung, als ich mich bei Rot über die Ampel schiebe. Bremsen quietschen und ich nehme die Rufe der wütenden Autofahrer am Rand wahr, als ich schon auf den Knopf für den Aufzug trommle. Die Zeit bis die Kabine sich zu mir hinaufquält, ist eine regelrechte Tortur. Nur mit Maria kann ich dieses Desaster ausbügeln. Sie muss an meiner Seite lächeln und den Paparazzi klar machen, dass das nur ein blödes Missverständnis war, sonst bin ich ein für alle Mal geliefert. Ich könnte mich ohrfeigen. Da mache ich ihr die ganze Zeit Vorhaltungen, dass sie mich auf keinen Fall schlecht aussehen lassen soll, und dann verbocke ich es selbst so grandios. Maria hat vollkommen Recht. Ich bin ein Heuchler.

Endlich ist der Aufzug da. Eine Frau mit Kinderwagen drängt sich an mir vorbei. Ich quetsche mich mit den Aufzug und habe dabei keine Hemmungen den Kinderwagen ganz an den Rand zu schieben. Ihr wütender Blick macht mir weniger Angst, als die Vorstellung meine Firma wegen eines dummen Fehlers zu verlieren.

*... und auch Maria willst nicht mehr missen.*

Ich schiebe die dumme Stimme in meinem Kopf beiseite. Natürlich brauche ich Maria. Sie ist mein Pokal, den ich in die Kameras halten kann, um der Welt zu zeigen, dass ich alles schaffen kann. Die Stimme gibt mir mit einem zynischen Unterton zu verstehen, dass ich mir hier selbst etwas vormache. Aber ich schiebe sie weg, wie schon so oft in den letzten Tagen. Was will sie mir denn einreden? Ich weiß am besten, was meine Ziele sind.

Die Tür öffnet sich mit einem Bing.

Der Ton ist mein Startsignal. Ich sende erneut all meine Kraft in die Arme. Die Reifen des Rollstuhls quietschen über den dreckigen Boden. Ich ziehe mir ein Ticket und schiebe mich durch den Behindertenzugang, der natürlich ganz am anderen Ende der Reihe an Drehkreuzen ist. Inzwischen brennen meine Arme und meine Hände fühlen sich an, als wäre die Haut von ihnen runtergeraspelt worden. Ich beiße die Zähne zusammen und überlege, in welche Richtung sie fahren würde.

Sicherlich zu Claire. Doch wo ist das? Warum habe ich sie nie gefragt, wo Claire wohnt? Weil sie dir nie so wichtig war, du Idiot!

Langsam wird die Stimme penetrant. Sie soll doch einfach die Klappe halten und nicht ständig ihren Senf dazugeben.

Unschlüssig stehe ich auf dem Bahnsteig, aber im Sitzen ist es unmöglich, die Menschen zu überblicken. Mit einem lauten Rattern kündigt sich die U-Bahn an. Oh Mann, soll ich einsteigen oder will Maria in die Gegenrichtung und versteckt sich dort in der Traube an Menschen? Die Bremsen quietschen und das Herz schlägt mir bis zum Hals, als sich die Türen öffnen. Die Leute drängen hinein.

Und dann sehe ich einen roten Punkt aufblitzen. Nur ganz kurz. Ich bin mir nicht mal sicher, dass ich ihn wirklich gesehen habe, aber ich folge ihm und schiebe mich in den Wagon.

**Maria**

Ich setze mich auf einen Platz ganz hinten. Auf was habe ich mich da nur eingelassen. Jeder wird diese Bilder sehen. Fast ausgeschlossen, dass Mama und Papa das überlesen.

Das Handy in meiner Tasche vibriert fast ununterbrochen. Ich wage es nicht, einen Blick darauf zu werfen. Ich weiß, dass sie Antworten wollen. Vor allem die Reaktion von Claire wird mich vor Konflikte stellen, auf die ich bis jetzt noch keine

Antwort kenne. Soll ich weiter an dem Vertrag festhalten oder ist das der beste Moment, um doch noch abzuspringen. Damit könnte ich die letzten heilen Brocken meines Herzens retten, aber ich müsste Papa die Wahrheit sagen. Und wenn ich abwägen musste zwischen seinem Glück und meinem ... ich wusste es nicht mehr. Natürlich war ich immer zu einem Opfer bereit, aber ohne mich selbst dabei zu verlieren. Leonard Herzbach könnte mich mit Leichtigkeit zerstören.

»Maria.«

Verdammt! Jetzt höre ich ihn schon in meinem Kopf. Ich schlage die Hände vors Gesicht und kann die Tränen nicht mehr zurückhalten. Es ist zu viel, überströmt mich mit der Macht eines Taifuns, der keinen Stein mehr auf dem anderen lässt. Warum kann ich mein dummes Herz nicht ausschalten? Warum habe ich überhaupt daran geglaubt, dass von dem Leonard, den ich kennengelernt habe, noch etwas übrig geblieben ist? Warum war ich so sicher, dass ich ihn finden würde, den lieben Kerl, unter dem Zynismus und dem Selbsthass? Da ist nichts mehr. Ich gebe auf. Ich schaffe es nicht, etwas zurückzuholen, dass verloren ist. Lisa hätte es vielleicht gekonnt, aber die unscheinbare Maria ist ihm nicht wichtig genug.

»Maria.« Eine Hand legt sich auf mein Knie und ich schrecke auf.

Ich muss dem Wahnsinn nahe sein, denn vor mir sitzt Leonard. Strähnen seines braunen Haars kleben an seiner Stirn und er atmet, als habe er gerade einen Marathon beendet.

»Nein, du kannst nicht hier sein«, sage ich zu der Fata Morgana vor mir.

»Es tut mir so leid, dass diese Bilder in die Zeitung gekommen sind. Ich wollte dich nie hintergehen.«

Er ist es wirklich und versucht, mir diese eindeutigen Bilder schönzureden. »Verschwinde mit deinen Lügen, deinen Erniedrigungen und deinem verdammten Egoismus. Ich habe gedacht, wir können eine gemeinsame Basis finden, Leonard. Eine Hand wäscht die andere. Du hilfst mir und ich helfe dir. Aber ich werde mich selbst nicht zur liebestollen Idiotin machen, die alles für dich tut und im Gegenzug nicht einmal das geringste Maß an Wertschätzung bekommt.« Ich wische mir mit der Hand über die Nase, schaue in die Luft und rede dann weiter, obwohl er bereits Luft holt, um weitere Lügen auf mich abzufeuern. »Du hast Claire schon richtig gehört, als sie dir bei dieser schrecklichen Hochzeit gesagt hat, dass ich dich schon lange liebe. Das ist wahr. Ich liebe dich, seit Lisa dich zum ersten Mal mit zu uns gebracht hat. Ich liebe die Wärme in deinem Lächeln, deine Gutmütigkeit und deine Ruhe. Aber von alldem, in das ich mich verliebt habe, ist nichts mehr übrig. Du bist einfach nur noch ein machtbesessener Arsch, der jammert, weil seine Beine nicht mehr funktionieren und der ganzen Welt die Schuld daran gibt, anstatt das zu sehen, was er noch hat.«

Ich sehe, wie er die Zähne zusammenbeißt und den Blick abwendet. Seine Hand rutscht von meinem Knie. Aber das ist jetzt auch schon egal. Die Worte müssen aus mir raus, sonst platze ich.

»Was habe ich denn noch?« Seine Stimme ist so leise, dass ich mich anstrengen muss, um ihn zu verstehen.

»Es ist so traurig, dass du das nicht erkennst. Du hast ein Team von Mitarbeitern, die an dich glauben und ihre Zukunft in deine Hände gelegt haben. Du hast genug Geld, um dir jeden Wunsch zu erfüllen. Du müsstest für den Rest deines Lebens nicht mehr arbeiten, wenn du nicht im übermäßigen Luxus schwelgen würdest. Du hast einen Freund, der gern Zeit mit dir verbringt und jetzt sicherlich auch einen riesigen Ärger von seiner Frau bekommt, weil er mit dir in diesem Strippladen war.« Ich hole tief Luft und füge leise hinzu. »Und du hattest mich.«

»Ich hatte dich?«

Ich beiße mir auf die Unterlippe. »Es macht mich kaputt. Heute Morgen, bei unserem gemeinsamen Frühstück, da war ich glücklich. Ich war mir sicher, dass wir gemeinsam die ganze Welt aus den Angeln heben können. Aber keine Stunde später, als wir ins Büro gefahren sind, hast du mich vergessen. Ich war für dich unsichtbar.«

»Und was hast du jetzt vor?«

»Ich fahre nach Hause und sage meinem Vater, dass du ihn entlassen hast. Danach werde ich unsere Ehe annullieren lassen und mein Leben weiterführen.«

»Das brauchst du nicht. Ich habe schon an unserem ersten Abend die Kündigung deines Vaters zurückgenommen und in seinem Vertrag die Unkündbarkeit eintragen lassen. Nur die Beförderung konnte ich in der Kürze der Zeit nicht umsetzen. Die hätte ich ihm geschenkt, sobald ich die Geschäftsführung zurückbekommen hätte.«

Ich schnappe nach Luft.

»Lass mich dir bitte das Missverständnis zeigen und dann werde ich der Annullierung zustimmen, wenn du das weiterhin möchtest.« Er räuspert sich und schaut zu mir nach oben. »Auch ich habe unser Frühstück sehr genossen. Aber ich habe Angst, wieder jemanden an mich heranzulassen. Vielleicht stoße ich dich deshalb immer wieder vor den Kopf, obwohl du mir nie einen Grund dafür gegeben hast, dir zu misstrauen.«

Ich hasse mein dummes Herz, dass es ihm schon wieder zufliegt. Es will seine Erklärung hören. Ich will sie hören. Durch den Lautsprecher ertönt die Stimme des Schaffners. Er kündigt die nächste Station an. Ich stehe auf und gehe an Leonard vorbei, werfe einen Blick über meine Schulter. »Ich dachte, du wolltest mir etwas zeigen?«

Sein Kopf ruckt zu mir. Ich seufze und steige aus. Ich höre die Reifen des Rollstuhls hinter mir über den Boden des Wagons quietschen, dann stehen wir auch schon gemeinsam auf dem Bahnsteig. »Danke, dass du mir diese Chance gibst.«

»Ja, ich bin einfach zu gut für diese Welt. Lassen wir das. Da hinten ist der Aufzug und ich bin gespannt, was für eine Erklärung für deine Hand zwischen ihren Beinen auf mich wartet.«

Gemeinsam fahren wir nach oben. Wir sind am Odeonsplatz.

»Wo müssen wir hin?«

»Einen Moment bitte.« Er zückt sein Handy und wählt eine Kurzwahlnummer.

»Komm bitte zum Odeonsplatz. Wir warten vor dem Bankhaus Metzler.« Leonard nickt noch zweimal, brummt etwas und legt dann auf.

Es sind nur ein paar Schritte. Trotzdem kommt der Fahrer mit der weißen Limousine fast zeitgleich mit uns an. Ich steige ein und rutsche durch, damit Leonard ohne Probleme vom

Gehweg aus einsteigen kann.

»Bring uns ins La Fajette.« Der Kopf des Fahrers ruckt bei dieser Anweisung herum. Er sieht mit hochgezogenen Augenbrauen von mir zu Leonard und wieder zurück. »Mach dir keine Gedanken. Meine Frau weiß, wohin die Fahrt gehen soll. Wenn du heute eine Zeitschrift in die Finger bekommen hast, dann weißt du, dass ich ihr dringend eine Erklärung schuldig bin. Also los jetzt.«

Wahrscheinlich weiß Leonard selbst nicht, warum er sich dem Fahrer gegenüber rechtfertigt. Das zeigt mir, dass er ganz schön durch den Wind ist. Meine Erwartungshaltung steigt. Es ist das erste Mal, dass ich in so eine Bar gehe. Ob dort um diese Zeit überhaupt jemand anwesend ist?

Der Fahrer schlängelt sich gekonnt durch den Verkehr. Es ist viel los auf den Straßen Münchens. Ich sehe aus dem Fenster, um nicht in die Versuchung zu kommen, Leonard zu mustern. Seine Worte in der U-Bahn haben etwas mit mir gemacht, aber ich weiß noch nicht, ob es etwas Gutes oder Schlechtes ist.

Meine Gedanken fliegen und langsam formt sich eine Idee in meinem Kopf. »Leonard, bist du dir wirklich sicher, dass dieser Besuch alles aufklären wird?«

Er nickt, sagt aber nichts.

Das reicht mir. Ich hole mein Handy aus der Tasche, google die Nummer der Redaktion von »Frau aktuell« und rufe dort an. Es klingelt so oft, dass ich schon befürchte, niemand geht ran. Mein Finger schwebt schon über dem roten Hörersymbol, als sich eine gelangweilte Frauenstimme meldet.

Leonard formt lautlos mit seinen Lippen die Worte: Was hast du vor?

Ich winke ab. Er soll mich machen lassen. Schließlich steht in meinem Vertrag, dass ich ihn in einem positiven Licht darstellen soll. Genau das habe ich vor. »Hier ist Maria Herzbach. Ich möchte sofort mit Emilia Silber sprechen.«

»Sie sind Maria Herzbach? Die Frau Herzbach?« Die Stimme ist plötzlich ganz schrill in ihrer Aufregung.

»Ja, die bin ich. Können Sie mich nun mit Frau Silber verbinden?«

»Sie ist gerade in einem Strategiemeeting, aber ich hole sie sofort raus. Bleiben Sie bitte eine Minute dran, okay?«

»Das mache ich. Vielen Dank.« Ich drücke den Lautsprecher und lege das Handy auf meine Knie. Die Schritte der Sekretärin entfernen sich schnell. Gut so.

»Jetzt sag mir, was du von einer Reporterin willst?«

»Sie soll ein Exklusivinterview im La Fajette bekommen.«

»Bist du verrückt?«

»Wieso? Du hast gesagt, dass dieser Besuch alles erklären wird. Warum soll keine Reporterin dabei sein, die deinen guten Ruf wiederherstellt?«

Leonards Augen werden riesig. »Was ist, wenn etwas schiefgeht?«

Gleichzeitig meldet sich eine atemlose Stimme von meinen Knien. »Frau Herzbach, hier ist Emilia Silber. Was kann ich für Sie tun?«

Ich straffe die Schultern. Eigentlich bin ich selbst von meinem Mut erschrocken. Trotzdem ziehe ich das jetzt durch. Es geht nicht nur um den Ruf von Leonard, sondern auch um mich. Niemand will als gehörnte Ehefrau allseits bekannt sein, besonders nicht ich. »Guten Tag Frau Silber. Kommen Sie in zwanzig Minuten ins »La Fajette«. Das ist der Tabledanceladen, in dem mein Mann in einer Situation erwischt wurde, die sehr unvorteilhaft für ihn war und völlig falsch interpretiert wurde. Ich will, dass Sie die Tänzerin befragen, die sich auf dem Schoß meines Mannes sehr wohl gefühlt hat und dann einen exklusiven Bericht darüber schreiben.«

Ich höre, wie die Frau auf der anderen Seite der Leitung nach Luft schnappt. Sie weiß, was für eine Chance ich ihr damit biete. »Warum ich?«, fragt sie leise.

»Weil Sie an meiner Hochzeit fair waren. Ihre Fragen waren zielgerichtet und wollten keinen Skandal heraufbeschwören. Ich vertraue Ihnen.«

Es ist still. Ich höre sie atmen, aber sie sagt nichts. Leonard lehnt sich zu mir herüber, um ebenfalls ihre Antwort nicht zu verpassen.

»Frau Silber?«

»Ich bin auf dem Weg.« Dann klickt es in der Leitung. Sie hat aufgelegt.

Ich stecke das Handy in meine Handtasche und sage ganz beiläufig: »Nun liegt die Wiederherstellung deines Rufes ganz bei dir.«

Leonard nimmt meine Hand. »Danke.«

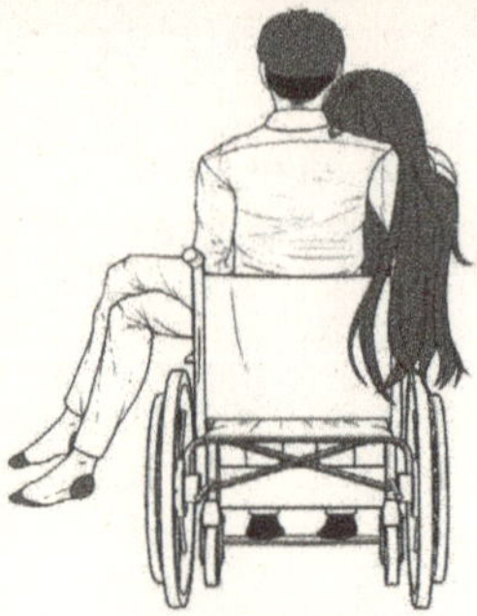

## Kapitel 13

**Leonard**

Etwas mulmig ist mir schon. Ich weiß nicht, ob ich Natalie vertrauen kann. Derjenige, der sich mit den Bildern von ihr auf meinem Schoß eine goldene Nase verdient hat, muss nur einen kleinen Teil an sie abgegeben haben, damit sie seine Story bestätigt. Dann sehe ich alt aus. Vor der Reporterin und vor Maria. Ich schaue zu der Frau neben mir. Sie ist nervös. Ihre Hände zupfen immer wieder am Saum ihrer Bluse. Wann ist es mir wichtig geworden, dass sie mir glaubt? Vielleicht wünsche ich mir das, weil Maria der einzige Mensch in meinem Leben ist, der mich wirklich zu mögen scheint, oder vielmehr hat sie mich gemocht – vorher. Bevor das Leben einen ganzen Radlader voller Scheiße über mir ausgekippt hat.

Ich habe mir nicht ausgesucht, ein anderer Mensch zu sein. Es ging dabei um mein Überleben. Ich muss mich abschirmen, um den Aasgeiern keine Angriffsfläche zu bieten.

»Denkst du an Lisa? Was sie in dieser Situation getan hätte?«

Tatsächlich habe ich schon lange nicht mehr an Lisa gedacht, aber das werde ich Maria nicht erzählen. Sie würde Fragen stellen, die ich selbst nicht beantworten könnte. Deshalb schaue ich sie nur an und warte darauf, was sie mir sagen wird.

»Sie hätte sich sicher in ihren aufregendsten Fummel geworfen und wäre mit dir durch den Stadtpark flaniert.« Maria lacht und vor meinen Augen erscheint ein Bild, das skurriler nicht sein kann: Lisa in einem roten Paillettenkleid und mit High Heels, die mich im Rollstuhl über die Schotterwege schiebt und sich dabei für die Fotografen in Pose wirft. Ich schnaube und schüttle mit einem Grinsen den Kopf.

»Sie hätte allen einfach erzählt, dass du sicherlich keine

Stripperin brauchst, wenn ihr wundervoller Körper dir zu jeder Zeit zur Verfügung steht, und die Reporter hätten keine andere Wahl gehabt, als ihr zuzustimmen.«

Mein Grinsen erhält einen bitteren Zug. »Und der Krüppel wäre vergessen.«

Sie legt ihre Hand auf mein Knie. »Sag so etwas nicht. Du bist Leonard Herzbach. Da darf man sich schon etwas drauf einbilden. Vergiss das nicht.«

»Und wer ist Leonard Herzbach? Ein einsamer Mann, der alles verloren hat, was ihm wichtig war.«

»Wir werden es zurückholen. Du wirst sehen.«

Die Limousine stoppt. »Bereit für unseren Auftritt, geliebter Ehemann?«

Vor der Tür des »La Fayette« wartet bereits eine Frau im dunkelblauen Hosenanzug auf uns. Sie war unfassbar schnell und hat sogar einen Fotografen mitgebracht, der gerade unzählige Aufnahmen vom Eingangsbereich macht und dabei unsere Ankunft fast verpasst. Die Reporterin, Maria hat sie Frau Silber genannt, stößt ihm den Ellenbogen in die Seite und er richtet seine Kamera sofort auf uns. Blitzlicht, ich komme.

»Setz dein schönstes Lächeln auf, mein Geliebter.« Damit öffnet sie die Tür und geht zu der Reporterin. Das Klicken der Kamera ignoriere ich weitestgehend, als ich mich aus der Limousine in den Rollstuhl schiebe. Nebenbei folge ich der beginnenden Unterhaltung und hoffe, dass ich keinen Fehler gemacht habe, indem ich versprochen habe alles aufzuklären. Was ist, wenn Natalie mich hintergeht, wenn sie an dem Komplott gegen mich beteiligt ist? Wahrscheinlich haben mich die Rückschläge der letzten Wochen paranoid werden lassen, aber ich sehe nur noch Intrigen um mich herum. Und im Auge dieses Sturms, der mein Leben mit sich reißt, steht Maria felsenfest.

»Hallo, wie schön, dass sie meiner Einladung gefolgt sind.« Sie schüttelt die Hand der zarten Brünetten mit dem sonnengebräunten Teint. Ihr Lächeln überstrahlt alles. Wie schafft sie es nur immer wieder, ein solches Schauspiel hinzulegen? Selbst ich möchte ihr die glückliche Ehefrau abkaufen. Wenn ich es nicht besser wüsste. Maria erfüllt einen

Vertrag. Es ist ein Geschäft auf Zeit, mehr nicht. Ich muss es mir immer wieder sagen, um das Ziel nicht aus den Augen zu verlieren. Es gibt für mich nur noch Mogula. Dafür kämpfe ich. Dafür lebe ich.

»Und sie können sich nicht vorstellen wie viele Fragezeichen sich in meinem Kopf tummeln.«

»Doch, das kann ich sehr gut. Glauben Sie mir.« Maria schaut über ihre Schulter und streckt ihre Hand nach mir aus. Mit zwei Radumdrehungen bin ich bei ihr. Es ist schön, ihre zarten Finger festzuhalten. Diese Berührung nimmt mir etwas von meiner Aufregung. Ich bin nicht allein.

Meine Frau beugt sich zu mir und küsst meine Schläfe. »Du wirst sehen, Schatz. Wir zeigen der Welt, dass es ein Missverständnis war. Ich liebe dich.«

»Danke, dass du mir glaubst. Das bedeutet mir die Welt.« Erst nachdem ich die Worte ausgesprochen habe, merke ich, dass ich sie ehrlich meine. Ich sehe in Maria eine Verbündete und ich feiere meinen Schachzug, sie geheiratet zu haben.

»Wir sollten reingehen und die Wahrheit herausfinden.« Sie wendet sich an Frau Silber. »Dafür sind Sie da. Sie werden exklusiv darüber berichten, wie sich die Megastory der anderen Zeitschriften in einen schlecht recherchierten Haufen Mist verwandelt.« Der Reporterin fällt die Kinnlade herab, aber Maria lässt sie nicht zu Wort kommen. Sie stolziert die Rampe nach unten in das Zwielicht des Clubs, der jetzt gerade überhaupt nicht einladend wirkt.

Im Licht der grellen Deckenbeleuchtung sieht man genau, wie heruntergekommen der Laden wirklich ist. Der Teppich ist voller Flecken und von der Bühne blättert die Farbe ab. Einige Stühle sind sogar mit Panzertape repariert worden. Eine ältere Dame schiebt einen laut brummenden Staubsauger vor und zurück.

»Es ist geschlossen«, brüllt sie über den Lärm ihrer Höllenmaschine hinweg. Als wir aber trotzdem keine Anstalten machen, wieder zu gehen, schaltet sie das Gerät aus und baut sich mit ihren gebeugten anderthalb Metern vor uns auf. »Was habt ihr denn an den Ohren? Ich habe gesagt, dass zu ist.«

»Wir möchten mit dem Betreiber und mit Natalie sprechen.

Wäre das möglich?« Maria wendet sich von ihr ab, zieht sich einen Stuhl heran und setzt sich. Die Alte wirft ergeben die Arme in die Luft und nuschelt etwas von ständigen Unterbrechungen vor sich hin.

Frau Silber nutzt die Gunst der Stunde. »Was wollen Sie uns zu den Presseberichten des heutigen Tages sagen? Es sieht ja ganz so aus, als würden Sie weiterhin zu ihrem Mann halten, Frau Herzbach.«

»Aber natürlich halte ich zu meinem Mann. Er hat mir versichert, dass die Fotos auf einem Missverständnis beruhen, und ich glaube ihm. Deshalb habe ich Sie auch herbestellt.«

»Aber er muss doch hier gewesen sein und das ausgerechnet am Abend Ihrer Hochzeit.«

Maria lächelt und ich schlucke schwer, als ich mich daran erinnere, wie schlecht ich sie an diesem Abend behandelt habe. »Ja, aber anders als alle denken, habe ich Leonard darum gebeten, den Abend mit meiner besten Freundin verbringen zu dürfen. Es ging alles so schnell. Leo konnte es nicht erwarten, mich zur Frau zu nehmen, aber ich plane schon seit ich fünfzehn bin eine Traumhochzeit mit meiner besten Freundin.« Sie zwinkert der Reporterin zu. »Wie das ja fast alle Mädchen heimlich tun. Und nun konnte sie nicht mal meine Trauzeugin sein. Um meine Freundschaft nicht zu riskieren, habe ich einen Mini-Junggesellinnenabend mit ihr verbracht. Leos einzige Bedingung war, dass ich bis spätestens 22 Uhr zuhause sein soll. Er wollte auf keinen Fall auf seine Hochzeitsnacht verzichten.« Sie wirft mir einen Blick zu, der mir die Knie weich werden lässt. Wie macht sie das nur? In einem Moment ist sie die perfekte Geschäftsfrau und keinen Wimpernschlag später glaube ich ihr die bedingungslose Liebe.

»Diese Hochzeitsnacht wird für mich immer unvergesslich bleiben. Deshalb kann ich nicht glauben, dass er zuvor Hand an eine andere gelegt hat.«

»Aber die Bilder lügen nicht, Frau Herzbach. Wir haben alle die Stripperin auf dem Schoß ihres Mannes gesehen, ihre Lippen an seinem Hals und seine Hand an ihrem Oberschenkel.« Diese Reporterin ist gut. Sie stellt die richtigen Fragen und mir wird heiß. Der Kragen meines Hemdes legt sich wie eine Schlinge um meinen Hals. Wenn Natalie etwas Falsches sagt, dann bin ich endgültig geliefert.

»Dazu kann mein Mann sicherlich mehr sagen, aber wir sollten warten, bis die betreffende Dame hier auftaucht, damit auch sie sich zu dem Abend äußern kann.« Maria erhebt sich von ihrem Stuhl und sieht sich um. »Solange ihr wartet, gehe ich kurz zur Toilette.«

Sie haucht mir noch einen Kuss auf den Mund. Aus ihrer Miene kann ich nicht herauslesen, ob sie mir wirklich glaubt. Aber ich wünsche es mir. Maria ist der einzige Mensch, der mich wirklich unterstützt. Auch wenn ich sie vertraglich dazu verpflichtet habe, weiß sie nicht, wie viel mir das bedeutet. Sie gibt mir das Gefühl, nicht allein in meinem Kampf gegen Windmühlen zu stehen.

**Maria**

Mein Lächeln stirbt, sobald ich in den dunklen Flur gehe, der nicht nur den Weg zu den Toiletten, sondern auch zum Büro anzeigt. Wem will Leonard eigentlich etwas vormachen? Warum geht man denn in einen solchen Schuppen, wenn man nicht den Damen an die Wäsche will? In einem der hinteren Räume höre ich eine Schranktür zufallen. Ich eile in die Damentoilette, lasse die Tür aber einen Spalt weit auf und spähe hinaus. Ein untersetzter Mann mit Glatze und einem schlecht sitzenden Anzug geht an mir vorbei. Er tupft sich mit einem Taschentuch den Schweiß von der Stirn. »Warum habe ich mich auf diesen Mist mit dem Herzbach eingelassen? 1000 Euro sind einfach nicht genug Geld dafür.«

Ich runzle die Stirn und schaue ihm nach. Wovon redet er? Das muss ich herausfinden. Kaum ist er aus meinem Sichtfeld verschwunden, renne ich in das Büro, das freundlicherweise auch noch als solches beschriftet ist. Auf dem Schreibtisch herrscht ein furchtbares Chaos. Die Papiere liegen kreuz und quer. Ich sehe sie mir genauer an. Alles offene Rechnungen und Mahnungen. Ganz unten ein Brief von der Bank – die Kündigung der Hypothek. Diesem Club steht das Wasser bis zum Hals. So leise wie möglich öffne ich die Schubladen des Schreibtisches. Als ich schon aufgeben will, fällt mein Blick auf einen braunen Briefumschlag. Ich ziehe ihn unter einem angebissenen Brot und einem Apfel hervor.

Mit spitzen Fingern öffne ich ihn und kann meinen Augen nicht trauen. Darin sind die Fotos, die in den unterschiedlichsten Klatschblättern veröffentlicht worden sind. Dabei liegt ein Brief. Er ist gedruckt und enthält keine Unterschrift, aber die Worte lassen mir einen Schauer über den Rücken laufen.

Vielen Dank für deine Unterstützung.

Anbei das Geld und die nicht benötigten Fotos zurück.

Halte die kleine Nutte von der Presse fern. Wenn sie quatscht, wirst du es bereuen.

Ich zucke zusammen, als das Telefon klingelt. Es liegt unter einem Haufen Papier versteckt. Auf dem Display leuchtet Natalies Name auf. Was für ein Wink des Schicksals. Mit klopfendem Herzen hebe ich ab und halte mir den Hörer ans Ohr und dann sofort eine Armeslänge weg, als eine Frauenstimme so laut schreit, dass ich einen Hörsturz befürchten muss.

»Bist du bescheuert? Warum kündigst du mich? Und dann auch noch fristlos? Ich habe mir den Arsch für deinen Schuppen aufgerissen und das ist der Dank dafür? Sag was, du schwanzloser Versager!«

»Natalie?«

Ruhe in der Leitung.

Ich warte, bis das Schweigen erdrückend wird.

»Ich bin die Frau von Leonard. Du erinnerst dich an ihn? Eure Bilder zieren gerade alle Klatschblätter.«

»Das wollte ich nicht. Leonard ist einer der Guten. Ich hab nicht gewusst, dass er berühmt ist, und ich weiß auch nicht, wer die Fotos geschossen hat. Sie müssen mir das glauben.«

Eine zentnerschwere Last fällt mir bei diesen Worten von den Schultern.

»Dein Chef war es. Ich habe Beweise dafür. Kannst du in den Club kommen und mit uns reden? Der Ruf von Leonard muss wieder hergestellt werden, bitte.«

Natalie schnaubt. »Natürlich werde ich in den Club kommen. Mich hält keiner mit einer Kündigung und dummen Drohungen auf. Ich soll die Stadt verlassen? Wo leben die denn?«

»Dir wurde gedroht?«

»Ja, aber ich lasse mich nicht einschüchtern. Keine Angst. Ich komme.«

»Vielen Dank. Das bedeutet unglaublich viel für uns.«

»In zehn Minuten bin ich da und dann werde ich diesem schmierigen Heini zeigen, dass man mit mir nicht so umgeht.«

Es klickt auf der anderen Seite der Leitung. Sie hat aufgelegt, bevor ich noch etwas antworten kann.

Ich atme tief durch und schiebe den Umschlag in meine Tasche. Jetzt beginnt der Kampf.

**Leonard**

Den Kerl, der da aus dem gleichen Gang kommt, in dem Maria gerade verschwunden ist, habe ich noch nie gesehen. Er wirkt nervös und seine Augen huschen unruhig von der Reporterin zum Fotografen und anschließend zu mir. Er knetet ein Taschentuch in seinen Händen. Was macht ihn so nervös?

»Meine Mutter hat mir gesagt, dass Sie mit mir sprechen wollen?«

»Sind Sie der Besitzer des La Fayette?« Ich halte ihm die Hand hin, aber entweder ignoriert er sie mit Absicht, oder er ist wirklich so durch den Wind, dass er die Geste nicht bemerkt.

»Ja, ich bin Bernhard Fattel. Um was geht es? Ich habe wenig Zeit.«

»Wir brauchen eigentlich kaum etwas von Ihrer Zeit, Herr Fattel. Wir würden nur gern wissen, ob es normal ist, dass in Ihrem Lokal Gäste fotografiert werden und die Bilder dann der Presse zugespielt werden?«

Seine Lippen zucken und es bilden sich kleine Schweißperlen unter der Nase. »Was wollen Sie mir hier unterstellen? Damit habe ich nichts zu tun. Was soll ich machen? Unseren Gästen die Handys wegnehmen? Bin ich ihre Mutter? Sie verbringen einfach einen schönen Abend hier und schauen sich sexy Frauen an, die ihre Körper gekonnt in Szene setzen.«

Irgendetwas stimmt nicht mit ihm. Ich habe das Gefühl, dass er gleich einen Herzinfarkt bekommt. Er atmet viel zu schnell. Bevor ich ihn aber darauf ansprechen kann, kommt mir Emilia zuvor. »Sie werden sicherlich verstehen, dass wir die Wahrheit ans Licht bringen möchten. Herr Herzbach hat uns einbestellt, um mit der Dame auf dem Bild zu sprechen. Sie soll das Missverständnis aufklären können. Ist sie hier?« Emilia hält ihm das Titelblatt ihrer Zeitung unter die Nase und tippt mit dem Finger auf Natalie. Ich wende mich ab. Dieses Bild habe ich heute schon viel zu oft gesehen.

»Nein, Natalie hat gestern fristlos gekündigt. Ich weiß nicht, wo sie sich aufhält. Aber ich kann mir gut vorstellen, dass sie ein schlechtes Gewissen wegen ihrer Liaison zu einem verheirateten Mann hat. Schließlich steht sogar in den Arbeitsverträgen der Tänzerinnen, dass sie darauf achten müssen, dass der gute Ruf des La Fajette gewahrt wird. Das geschieht allerdings nicht, wenn solche Fotos an die Presse gehen.«

Ich runzle die Stirn. Seine Geschichte kann nicht stimmen. Warum sollte sie fristlos kündigen oder er die Kündigung annehmen? Durch die Zeitungsartikel ist sie der Star dieses Ladens. Sie könnte Unsummen mit der plötzlichen Berühmtheit verdienen und dieser Laden auch. Sie ist eine schöne Frau, die in Erinnerung bleibt. Warum sollte sie genau vor diesem Ruhm fliehen?

»Natalie hat keineswegs gekündigt.« Fattel fährt herum, als er Maria hört. Sie zieht etwas aus ihrer Tasche und legt es vor Emilia auf den Tisch.

»Waren Sie in meinem Büro? Das ist Hausfriedensbruch.« Er versucht, sich den Zettel zu schnappen, aber der Kameramann ist schneller. Mit einem gezielten Drücken auf dem Auslöser hat er Marias Beweis gespeichert.

»Was ist das?« Ich rolle näher heran, aber bevor ich etwas erkennen kann, hat Fattel den Zettel zerknüllt und in seine Hosentasche gestopft.

»Das ist das Dankeschön für die Fotos und der Hinweis, dass er Natalie von der Presse fernhalten soll.« Maria hält einen Umschlag in die Höhe. »Sie hätten es einfacher haben können, wenn sie die Fotos auf einer SD Card versteckt hätten, aber ein Dinosaurier wie Sie braucht echte Fotos. Etwas in der Hand, nicht wahr?«

»Ich rufe die Polizei! Raus aus meinem Club!« Der Mann wird feuerrot und rudert wild mit den Armen in der Luft. So sieht jemand aus, der sich selbst an die Wand gespielt hat.

»Wir gehen gern, Herr Fattel. Vielen Dank für die Gastfreundschaft.« Maria schnappt sich die Griffe meines Rollstuhls und schiebt mich energisch aus dem Club. Draußen blendet die Sonne. Ich schirme die Augen mit den Händen ab und drehe mich zu Maria um. »Und was hast du noch rausgefunden?«

»Das wollte ich auch fragen. Die Geschichte entwickelt sich ja zu einem echten Krimi.« Die Augen der Reporterin glitzern vor Gier nach einer wahnwitzigen Story.

»Wartet es ab. Der zweite Teil der Story müsste bald hier sein.« Und tatsächlich biegt gerade ein silberner Kleinwagen in unsere Straße ein und hält direkt vor dem La Fayette. Natalie steigt aus. In Jeans und ungeschminkt hätte ich sie fast nicht erkannt. Energisch geht sie auf Maria zu. »Wo ist dieser kleine Mistkerl?«

»Würdest du bitte noch erklären, was gestern hier geschehen ist, bevor du hineingehst?«

Emilia hält ihr Handy wie ein Mikrofon in der Hand. »Ich erwarte, dass sie mir die Wahrheit sagen.«

»Was soll das denn? Nur weil ich eine Stripperin bin, kann ich nicht ehrlich sein, oder was?« Natalie stemmt die Hände in die Hüften und baut sich vor der Reporterin auf, die einen halben Kopf kleiner ist als die blonde Frau. »Ich habe von dem Kerl da drin nicht nur meine Kündigung, sondern auch eine Drohung erhalten. Trotzdem bin ich hier. Aber ich kann auch gern wieder gehen und meinen Mund halten.«

»Ich wollte sie nicht beleidigen, aber mein Ruf als Reporterin steht auf dem Spiel. Mit diesem Bericht lege ich mich mit allen anderen Agenturen an. Sollte ich einer Lüge auf den Leim gehen, dann ist meine Karriere vorbei, schneller kann man nicht mal eine Kerze auspusten.«

»Okay, dann stellen Sie ihre Fragen. Ich werde alle

wahrheitsgemäß beantworten, bevor ich diesem Männlein da unten, gehörig die Meinung geige.« Die Reporterin hält ihr das Handy unter die Nase, während der Fotograf ein Foto nach dem anderen schießt.

»Woher kennen Sie Herrn Herzbach?«

»Leonard hat mich zum Orgasmus gebracht, wie es noch kein Mann vor ihm geschafft hat. Er ist ein Sexgott, auch wenn sein Soldat nicht so tut, wie er soll.«

Ich sehe erschrocken zu Maria. Sie schnappt nach Luft und alle Farbe weicht aus ihrem Gesicht. Natalie scheint zu merken, welchen Fehler sie gemacht hat, und setzt schnell nach. »Nein, nicht an dem Abend als die Bilder entstanden sind. Das war vorher. Nur deshalb habe ich mich ja bei ihm auf den Schoß geschwungen und ihn regelrecht um eine zweiten Runde angefleht. Aber er hat mir gesagt, dass er an diesem Tag geheiratet hat und er seine Frau nicht betrügen wird. Ich bin enttäuscht aufgestanden und von dannen gezogen. Das war alles. Ich habe ja schon am Telefon gesagt, Leonard ist einer von den Guten.«

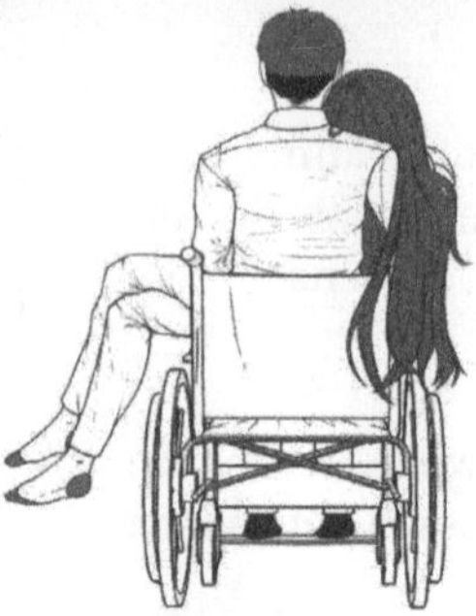

# Kapitel 14

**Maria**

Erleichterung läuft mir als Schauer den Rücken herab, aber ich habe die Befürchtung, dass ich mich nicht nur wegen der Reporterin beruhige. Leonard hat mich nicht hintergangen. Auch wenn er mich nicht liebt, hat er doch genügend Ehre, um mich nicht wie eine gehörnte Ehefrau dastehen zu lassen. Ich sehe Natalies Wahnsinnsbeine und ihr umwerfendes Lächeln. Er hat sie abgewiesen, weil es unsere Hochzeitsnacht war. Kein Wunder, dass er wütend war, als ich bei ihm zuhause ankam. Diese Stripperin hatte ihn erneut daran erinnert, dass er nicht mehr funktioniert, selbst wenn er sie an diesem Abend gewollt hätte. Ich schlucke meine Gedanken herunter, denn dafür ist jetzt weder der richtige Ort noch die passende Zeit. »Reicht Ihnen das, um eine Gegendarstellung zu schreiben?«, frage ich Emilia. Die Frage ist rein rhetorisch. Alles andere als ein Ja wäre einfach nur dumm von ihr.

Trotzdem hält sie das Diktiergerät zwischen uns. »Heute Abend ist die große ProjektPitch-Gala. Wie werden Sie dort auftreten, nachdem jeder von dem Skandal gelesen hat? So schnell kann ich meinen Bericht nämlich nicht verfassen.«

Ich sehe, wie Erkenntnis über Leonards Gesicht huscht. Er hat diesen Termin vergessen. Kein Wunder. Normalerweise erinnert ihn bestimmt seine Sekretärin an solche Termine und er muss nur noch glänzen. Heute ist er auf sich allein gestellt und nichts ist vorbereitet.

»Wir werden die Spekulationen einfach weglächeln, Emilia und spätestens morgen wird jeder wissen, wie sehr er sich in diesem Mann getäuscht hat.«

Leonard lächelt mich dankbar an.

Wir verabschieden uns vom Reporterteam und Natalie geht

energisch in den Club, ohne sich noch einmal nach uns umzusehen. Fast tut mir der Clubbesitzer leid. Aber nur fast.

Wieder quält sich Leonard in die Limousine. Und während ich ihn dabei beobachte, wächst eine Idee in mir. Warum soll ich ihm nicht auch etwas Gutes tun?

»Würde es dir etwas ausmachen, wenn ich noch in der Stadt ein paar Erledigungen mache und du allein ins Büro gehst?«

»Du brauchst kein Kleid für heute Abend kaufen. Der ganze Schrank in deinem Zimmer ist voll.« Ich schüttle grinsend den Kopf. Dass er mich für so oberflächlich hält? Aber vielleicht ist das auch genau das, was ich brauche, um die Überraschung noch größer zu machen.

»Ich will doch nur mal schauen. Vielleicht fällt mir ja etwas ins Auge, womit ich heute Abend alle zum Schweigen bringe.«

Leonard verdreht die Augen. »Sei aber pünktlich zuhause. Ich will nicht zu spät kommen. Diese Gala ist unsere Chance Benedikt zu zeigen, dass wir die Herren von Proval & Gambal bereits mit unserem Konzept in der Tasche haben.«

»Ich bin rechtzeitig da«, sage ich und gebe dem Fahrer ein Zeichen, dass er mich rauslassen soll. Die Limo hält. Doch bevor ich aussteigen kann, greift Leo nach meinem Handgelenk und hält mich auf. »Danke, dass du an mich geglaubt hast.«

Ich lächle ihn an. »Ich kenne dich, Leo. Du lügst nicht.«

Er lässt mich los und streicht fast liebevoll über meine Hand. Keine Ahnung, wie ich darauf reagieren soll, also springe ich fast fluchtartig aus dem Wagen und werfe die Tür hinter mir zu. Ohne mich noch einmal umzudrehen, werfe ich mich ins Gedränge der Münchner Innenstadt. An der nächsten Kreuzung rufe ich mir ein Taxi. Ich habe nicht viel Zeit, um meinen Plan umzusetzen, Leo heute Abend glänzen zu lassen.

Ich bezahle den Fahrer und eile in das große Glasgebäude. Hier riecht es nach dem Traum eines jeden Mannes, aber ich rümpfe die Nase und halte Ausschau nach jemandem, der so aussieht, als könne er die Welt aus den Angeln heben.

Ein aufgesetzt lächelnder Mittvierziger hält auf mich zu. Bin gespannt, ob er in zwanzig Minuten auch noch so viel Freude an mir haben wird.

»Guten Tag, wie kann ich ihnen helfen?«

**Leonard**

Ich sitze mit dem Projektteam zusammen. Gemeinsam verfeinern wir unseren Pitch. Er ist großartig. Wenn Proval & Gambal damit nicht zufrieden ist, dann fresse ich einen Besen.

Plötzlich vibriert mein Handy. Eine Nachricht von der Bank. Ich werde blass. Sie hat tatsächlich 155.000 Euro ausgegeben? Das kann nicht ihr Ernst sein? Nur ein bisschen schoppen? Diese Frau ist ja noch viel schlimmer, als Lisa jemals gewesen war. Sie hat sogar das Limit überschritten und das schon beim ersten Shoppingtrip?

»Machen wir Feierabend für heute. Ihr wart großartig. Drückt mir die Daumen für die Gala heute. Nur wenn wir begeistern, können wir sie auf unsere Seite ziehen.«

»Das schaffst du schon. Wir haben den Deal doch schon fast in der Tasche und dann wird alles wieder, wie es war. Hier am Tisch merkt sowieso niemand, dass du nicht laufen kannst.«

»Danke«, sage ich tonlos, weil ich es noch immer nicht glauben kann, dass ich mich so sehr in Maria getäuscht habe.

Auf dem Weg zu meinem Haus überlege ich, was ich zu ihr sagen soll. Gibt es überhaupt Worte, um meine Enttäuschung zu beschreiben? Wut auf mich selbst kocht wieder in mir hoch. Hat sie mich doch nur ausgenutzt? Leonard Herzbach, der Dukatenesel. Du hast ihr selber die Karte gegeben, was denkst du? Sie ist eine Frau. Sie wird sich schöne Sachen kaufen und die Designer sind findig, um ihr etwas anzudrehen. Vielleicht läuft sie heute wie eine schillernde Christbaumkugel über den roten Teppich und hat einen Hut aus Tannenzweigen und Lametta auf dem Kopf.

Ich denke mich in Rage. Inzwischen rauscht das Blut in meinen Ohren und ich will auf die ganze Welt einprügeln. Schon wieder jemand, der mich hintergangen hat. Und wieder war ich so dumm, mein Herz zu öffnen. Ich habe das Tor einen Spalt breit geöffnet und sie ist eingefallen und hat auf meinem Herzen herumgetrampelt. Maria, Lisa, alle gleich.

Wir halten in der Auffahrt und der Fahrer stellt mir den Rollstuhl hin. So schnell habe ich mich noch nie in das Ding geschoben und presche dann mit all meiner Kraft voran. Ich bin noch nicht ganz an der Tür, als sie schon öffnet. Sie strahlt mich an, als würde sie sich wirklich freuen, mich zu sehen. Aber ich weiß, dass ich nur eine wandelnde Brieftasche für sie bin.

Ich beschließe, das Spiel mitzuspielen. Bin gespannt, was sie mir präsentiert. Schließlich war der Ausflug sehr erfolgreich. Mit Mühe tackere ich mir die Mundwinkel nach oben.

»Oh, das wird so aufregend heute Abend. Weißt du, dass ich noch nie auf einer Gala war? Ich weiß gar nicht, wie man sich dort benimmt.«

»Sei einfach kommunikativ und ziehe etwas Umwerfendes an.« Jetzt habe ich sie mit der Nase darauf gestoßen. Aber ein schlechtes Gewissen oder ein zerknirschtes Gesicht suche ich bei ihr vergeblich.

»Du hast so wundervolle Kleider im Schrank. Damit kann ich doch nur auffallen. Ich habe mir das Rote mit den schwarzen Rüschen rausgesucht und dazu passende Sandalen. Meinst du, das geht?«

Ich verschlucke mich fast an meiner Cola. Sie hat 155.000 Euro ausgegeben und zieht eins der Kleider an, das ich ihr zuvor in den Schrank gehängt habe? Das kann nicht ihr Ernst sein.

Doch bevor ich etwas sagen kann, verschwindet sie in ihrem Zimmer und schließt sich im Badezimmer ein. Die Dusche plätschert fröhlich vor sich hin, während ich immer wütender werde.

Ich schiebe mich in mein Schlafzimmer und quäle mich damit, in meinen Anzug zu kommen. Er sitzt nicht mehr so perfekt wie früher. Aber das wäre auch nicht anders zu erwarten gewesen. Schließlich habe ich fast zehn Kilo abgenommen. Aber es wird schon gehen. Ich muss ja nur sitzen. Da ist es nicht so schlimm, wenn die Hose schlackert.

Während ich mir die Haare kämme, höre ich ihre Zimmertür. Sie summt eine Melodie vor sich hin, die ich nicht kenne. Ich sehe sie an meiner Tür vorbeitanzen. In dem Kleid sieht sie umwerfend aus. Anscheinend weiß sie das auch, denn sie streicht immer wieder über ihre Hüften und wackelt mit dem Po. In dem farblosen Wohnzimmer wirkt sie wie eine Rose im Schnee.

»Wie war dein Einkauf heute? Hast du etwas gefunden?«

Sie erstarrt in der Bewegung und beißt sich auf die

Unterlippe. Also doch. Sie hat etwas zu verbergen. Aber es ist mein Geld und ich möchte wissen, für was sie es aus dem Fenster geworfen hat.

»Na? Ein Kleid kann es ja nicht gewesen sein, denn du hast ja dieses an.«

»Gefällt es dir nicht?«

Das ist zu viel. Ich reiße die Badtür auf. Sie schlägt gegen die Wand. Maria weicht zurück, als ich auf sie zurolle. Ich halte nicht an, bis ich direkt vor ihr stehe. »Meinst du, du kannst mich verarschen? Sehe ich aus, wie jemand, der sich immer wieder benutzen lässt?«

»Aber-«

»Lass dein *Aber* stecken. Die Bank hat mich informiert, weil du heute das Limit auf deiner Karte überzogen hast.«

»Ja, das waren die ganzen Änderungen. Die haben extra gekostet.«

»Was für Änderungen? Was hast du gekauft? Welchen Luxus musstest du unbedingt haben, auf meine Kosten, wenn du jetzt in diesem Fummel hier zur Gala willst. Du bist eine ebensolche berechnende Schlampe wie deine Schwester. Hast du es einfach abgebucht und auf dein eigenes Konto transferiert? Wartet schon ein Mann, der kein Krüppel ist, um mit dir danach ein Leben weit weg von hier zu beginnen. Kann er laufen? Dich auf Händen tragen?«

Ich sehe, wie ihre Unterlippe bebt, sie aber trotzdem das Kinn reckt. Etwas dröhnt auf meine Auffahrt. Das ist sicherlich keine Limousine. Ich runzle die Stirn.

»Das ist das, wofür die berechnende Schlampe heute bezahlt hat.« Sie schlängelt sich an mir vorbei und rennt in ihr Zimmer. Die Tür schlägt ins Schloss.

An der Haustür klingelt es. Ich öffne. Ein Typ um die vierzig steht in meinem Hof und lächelt mich an, als wäre ich sein Hauptgewinn im Lotto.

»Ja.«

»Herr Herzbach, erst einmal herzlichen Glückwunsch zur Hochzeit. Ihre Frau hat mich heute ganz schön zum Schwitzen gebracht. Aber ich habe es geschafft, sie glücklich zu machen.«

Das glaube ich nicht. Ich sehe diesen Kerl an, als wäre er ein

Gespenst. Maria zieht diesen alten Mann mir vor? Er hat sie heute glücklich gemacht? Meine Frau? Bevor ich die Fassung wiedergewinne, spricht der Typ einfach weiter. »Mal sehen, ob wir Sie nicht auch vor Glück strahlen lassen können.«

»Was?«

»Kommen Sie heraus und schauen Sie sich an, wie sehr Ihre Frau Sie liebt?«

Ich verstehe gar nichts mehr, schiebe mich vor die Tür und erstarre. In der Einfahrt steht ein BMW M4 in blauer Metalliclackierung. Der Typ drückt mir eine Fernbedienung in die Hand. »Immer der Reihe nach. Zuerst steigen Sie ein. Dazu drücken Sie den ersten Knopf und rollen an das Auto heran.«

Ich tue, was er mir sagt. Die Tür schwingt auf und der Fahrersitz dreht sich nach außen. Mein Mund klappt auf. Das hat Maria für mich gekauft? Dieses Auto ist extra für Rollstuhlfahrer umgebaut worden? Wie hat sie das so schnell geschafft?

Ich schiebe mich auf den Sitz. »Drücken Sie bitte die Knöpfe zwei und drei.«

Mit angehaltenem Atem tue ich, was mir gesagt wird und lache laut auf. In meinem Bauch kribbelt es. Das kann doch nicht wahr sein. Mit diesem Fahrzeug bin ich wieder unabhängig, denn eine Art Kranarm kommt aus dem Kofferraum, schnappte sich den Rollstuhl, faltet ihn zusammen und transportiert ihn nach hinten, während sich der Fahrersitz in Position vor das Lenkrad bringt.

Der Kerl beugt sich zu mir ins Auto. »Das Fahren ist ab heute für Sie mehr als würden Sie ein Flugzeug fliegen. Ihr Lenkrad ist nun gleichzeitig das Gaspedal. Ziehen Sie es heraus, dann geben Sie Gas. Drücken Sie es herein, dann bremsen Sie. Es handelt sich um einen Automatikwagen. Sie müssen also nicht schalten.«

»Das ist großartig.«

»Habe ich Ihnen nicht gesagt, dass ich Sie heute noch glücklich mache? Das Baby hier hat 370 PS und ist ein Hybrid. Leider müssen Sie zum Tanken immer noch jemanden dabeihaben. Das kann er nicht allein.«

»Und den hat meine Frau heute für mich gekauft?«

»Eine Überraschung hat sie gesagt. Wir haben dieses Schätzchen direkt aus dem Vorführraum vom Werk geholt und für Sie zugelassen. Und können Sie sich vorstellen, weil es ein Gebrauchtwagen ist, hat sie ihn auch noch um fünfzehn Prozent runtergehandelt. Halten Sie diese Frau fest, Herr Herzbach. Damit haben Sie den Hauptgewinn.«

»Ja, das werde ich.« Mein Magen verknotet sich, als ich daran denke, was ich zuvor noch zu ihr gesagt habe. Was bin ich nur für ein kranker Idiot. Hat das Leben mich wirklich so kaputtgemacht, dass ich sie nicht freundlich hatte fragen können. Muss ich wirklich immer sofort um mich beißen, wie ein verdammter Köter, der zu oft geschlagen worden war?

Ich habe sie zum Weinen gebracht, obwohl sie mir das tollste Geschenk überhaupt gemacht hat. Sie hat zugehört, als ich von einem eigenen Wagen geträumt habe, und hat mir mit diesem Auto meine Freiheit zurückgegeben. Ich verstehe nun auch, warum sie es so eilig damit gehabt hatte. Sie wollte, dass ich den roten Teppich mit Würde befahren kann.

»Hier sind die Papiere und die Schlüssel. Sie können sich selbst ja noch einrichten, wie Sie Ihre Stimme zum Starten des Motors benutzen können. Sollten Sie Fragen haben, dann dürfen Sie sich immer an mich wenden. Meine Karte liegt in den Unterlagen.«

Er winkt mir zu und läuft auf einen kleinen Wagen zu, der an der Straße parkt. Er grinst noch einmal breit zu mir rüber und steigt neben einer hübschen Blondine auf den Beifahrersitz. Der Motor heult kurz auf und sie fahren davon. Ich sitze allein in meinem Wagen, den mir meine Frau gekauft hat, um mich glücklich zu machen. Mein Gewissen frisst mich auf. Ob eine Entschuldigung reichen wird, diesen Fehler wieder gutzumachen? Keine Ahnung. Ich würde mir nicht verzeihen.

Der Kranarm hebt meinen Rollstuhl wieder aus dem Kofferraum und stellt ihn neben mir ab. Ich sollte wieder ins Haus fahren.

Marias schreckgeweitete Augen tauchen vor mir auf. Ich habe sie zum Weinen gebracht. Verdammt! Warum kann ich nicht mehr vertrauen? Ich vergleiche sie mit Lisa, seit sie in meinem Büro aufgetaucht ist, aber hat sie jemals um etwas für sich selbst gebeten? War diese Frau auch nur einmal egoistisch?

*Vielleicht kommt das ja noch. Sie wiegt dich jetzt in Sicherheit, bis sie mich an der Angel hat und dann zeigt sie ihre wahre Natur.*

Ich bringe meine innere Stimme zum Schweigen. Habe genug davon, mich von ihr manipulieren zu lassen. Ich will Maria vertrauen. Warum bin ich nur so kaputt, dass ich es noch immer nicht kann? Müde schiebe ich mich auf die Sitzfläche des Rollis. Immer noch grübelnd schließe ich die Tür hinter mir und erstarre. Das Schluchzen, das durch den Flur hallt, schneidet tief in mein Herz.

**Maria**

Warum denkt er, dass ich so hinterhältig bin? Habe ich ihm nicht bewiesen, dass ich für ihn einstehe. Er hat seinen Teil des Vertrages erfüllt. Ich könnte einfach darauf hoffen, dass er nie wieder die Geschäftsleitung von Mogula übernimmt und gehen. Merkt er denn nicht, dass ich trotzdem noch da bin? Denkt er wirklich, ich könnte ihn nur seines Geldes wegen benutzen?

Ich höre die Tür meines Zimmers leise quietschen, drehe mich aber nicht um. Soll er doch denken, was er will. Das dumme Mädchen vielleicht sogar auslachen, das heulend auf dem Bett liegt und alles mit Mascara vollsaut. Ich kann nicht mehr. Nach so kurzer Zeit hat er es geschafft, dass ich aufgebe. Ich will auf meinen Dachboden, die Luke schließen, und alles draußen lassen, was mir wehtut. Ich brauche Farben, um meine Wut und Enttäuschung in die Welt zu entlassen. Vor meinen Augen erscheinen grelles Rot und giftiges Grün, die in einem tristen Braun von der Leinwand tropfen. Genauso fühle ich mich gerade. Trist und Braun. Egal für jedermann, egal für ihn.

Die Matratze bewegt sich. Ich drehe mich von der Bewegung weg und ziehe die Nase hoch. Neue Tränen sammeln sich in meinen Augenwinkeln. Kann er mir nicht das letzte bisschen Würde lassen? Muss er sich auch noch daran ergötzen, wie er das vermeintlich geldgeile Mädchen gebrochen hat, das so viel mehr in ihm sehen wollte, als da gewesen war?

Ich spüre etwas in meinem Haar und zucke instinktiv zurück. Dann fühle ich Wärme an meinem Rücken. Arme schlingen sich um mich. Ich will weg, aber gleichzeitig will ich mich auch in diese Geste versenken, ist sie doch alles, was ich immer wollte. Aber warum tut er das? Hat er gemerkt, dass er sonst ohne Begleitung bei der Gala auftauchen muss? Geht es ihm wieder einmal nur um seinen Ruf? Wie er von mir denkt, hat er ja eindringlich unter Beweis gestellt.

»Es tut mir so leid, Maria.« Seine Worte streichen über meinen Nacken. Sie brechen meine letzten Barrieren. Noch mehr Tränen fließen und mein ganzer Körper wird von heftigen Schluchzern geschüttelt. Er hält mich, sagt nichts mehr. Immer wieder haucht er Küsse auf meinen Nacken, die sich wie winzige Pflaster auf die Wunden legen. Meine Wangen brennen vom Salz und meine Augen fühlen sich geschwollen an. Ich starre auf die Tagesdecke, sehe das Muster aber nur verschwommen. Noch immer schluchze ich hin und wieder, aber ich bekomme mich langsam in den Griff.

»Was tut dir leid, Leonard?« Ich räuspere mich, um das Kratzen in meiner Stimme loszuwerden. »Dir muss nichts leidtun! Warst du nicht die ganze Zeit ehrlich zu mir? Du wirst mir nicht vertrauen, nicht wahr? Niemals. Dazu bist du nicht in der Lage, ganz egal wie sehr ich mich darum bemühe. Ganz egal, wie oft ich dir mein Herz schenke. Du wirst immer wieder darauf herumtrampeln und es mir dann vor die Füße werfen.«

Ich höre, wie er schluckt und mich dann noch fester an sich zieht. »Vielleicht hast du Recht. Vielleicht bin ich so kaputt, dass mich nichts mehr reparieren kann. Trotzdem tut es mir leid. Ich wollte dich verletzen, weil ich hinter jeder Tat etwas sehe, das gegen mich gerichtet ist. Ich wollte dich verletzen, weil ich mich benutzt und verraten gefühlt habe. Dabei hätte ich dich einfach fragen können. Dafür entschuldige ich mich.«

»Wird es wieder passieren? Wirst du mich wieder behandeln, als wäre ich nicht mehr Wert, als der Dreck unter deinen Schuhen?« Ich beiße mir auf die Unterlippe. Warum frage ich so etwas überhaupt? Warum ist es mir noch wichtig? Reicht es nicht?

»Ich weiß nicht, ob ich es verhindern kann.« Leise, kaum hörbar.

»Aber in Zukunft werde ich mich wehren. Es war das letzte

Mal, dass du mich zum Weinen gebracht hast. Das habe ich nicht verdient!« Ich drehe mich zu ihm um, recke mein Kinn und schaue ihm direkt in die Augen. Wo ich diese Stärke hernehme, weiß ich nicht. Ich muss irgendwo zwischen den Scherben meines Herzens noch einen Rest davon gefunden haben.

Leonard atmet hörbar aus, schließt kurz die Augen und ... küsst mich. Ich bin vollkommen überrumpelt. Mit jeder Reaktion hätte ich gerechnet, aber nicht damit. Seine Hände legen sich an meine Wangen, während seine Lippen über meine streichen. Er ist sanft. Noch nie hat er mich so geküsst, wenn nicht gerade irgendwo eine Kamera gewesen ist, für die er ein Schauspiel aufführen musste. Seine Daumen streichen über meine Wangen und verteilen die Nässe der Tränen, bis sie kaum noch spürbar ist. Ich fühle seinen Atem über meine Lippen streichen. Er kühlt meine Verzweiflung und verwandelt sie in Hoffnung, schon wieder. Ich möchte mich dafür hassen, dass ich dieses Gefühl noch immer in mir trage. Wie dumm kann man denn sein?

Als seine Zungenspitze über meine Unterlippe streicht, verschwimmen die Gedanken. Mein verräterisches Herz schlägt gegen meinen Brustkorb, als wolle es seinen Platz bei ihm einnehmen. Es liebt diesen Schuft noch immer.

Seine Hände gleiten über meinen Rücken. Er zieht den Reißverschluss des Kleides auf. Dabei streicht sein Zeigefinger über meine nackte Haut und hinterlässt eine Gänsehaut. Ich stöhne leise auf.

Leonard löst seine Lippen von meinen und sieht mir in die Augen, als er mir das Kleid von den Schultern schiebt. Sein Blick ist so intensiv, dass ich in ihm gefangen bin. So viel Wärme habe ich noch nie in diesen Augen gesehen. Warum jetzt? Ist die Antwort auf diese Frage überhaupt wichtig? Sollte ich nicht einfach diese neue Zärtlichkeit genießen? Sie an einem sicheren Ort in meinem Herzen verwahren und davon zehren, sobald er mich das nächste Mal missachtet?

Seine Hand wandert über mein Schlüsselbein zu meiner Brust. Mit einem Finger umkreist er meine Brustspitze. Sie richtet sich sofort auf. Ich halte die Luft an, warte auf die

Berührung, die Blitze in meinen Unterleib senden wird, aber Leonards Finger wandert weiter hinab. Dabei lassen seine Augen mich keinen Moment los.

Inzwischen zittere ich am ganzen Leib. Mein Atem geht stoßweise, während er meinen Bauch streichelt. Leonard umkreist meinen Nabel, streicht immer wieder in die Richtung meiner größten Lust. Mein Becken zuckt ihm jedes Mal entgegen, aber er wandert weiter über meinen Bauch, als sei dies alles, was er sich jemals gewünscht habe. Ich brauche aber mehr. Wenn ich schon nicht sein Herz haben kann, dann will ich wenigstens seine Leidenschaft.

Von Mut beflügelt, lege ich meine Hand auf seine Taille, streichle mich voran bis zu seinem Hosenbund und ziehe das Hemd heraus. Bevor er darauf reagieren kann, schicke ich meine Hände auf Wanderschaft. Seine Haut ist warm. Ich fühle, wie sich unter meiner Berührung auch bei ihm die kleinen Härchen aufstellen. Meine Finger tasten über seinen flachen Bauch, bis ich den feinen Haaransatz fühle, der in seiner Hose verschwindet. Mein Zeigefinger malt Kreise in den feinen Flaum. Kann es sein, dass mich dieses Spiel noch mehr erregt, als ich es ohnehin schon bin? Auch seine Augen verdunkeln sich. Immer wieder beißt er sich auf die Unterlippe. Sein Atem passt sich dem meinen an. Leidenschaft liegt zwischen uns beiden und noch immer schauen wir einander an. Ganz so, als würden wir uns verlieren, sobald dieses Band abreißt.

Ich lege mein Bein über seine Hüfte und presse mich an ihn. Seine Hand wandert ganz von selbst zu meinem Hintern. Er packt zu, zieht mich noch enger zu sich heran. Ich keuche.

**Leonard**

Sie ist Leidenschaft und Sünde, Unschuld und Reinheit, Verzweiflung und Stärke, alles in einer Frau vereint. Ihr Blick hat sich mit meinem verbunden, unerbittlich und doch mit einem Flehen, das mich um den Verstand bringt. Und dann spüre ich die Erregung. Mein Unterleib zieht sich zusammen, als ihre Hitze durch meine Hose dringt, sie sich an mir reibt. Als ihre Augen nur noch Lust widerspiegeln und ich weiß, dass ich das in ihr ausgelöst habe, will ich meinen Triumph in die Welt hinausschreien. Ich fühle meinen Schwanz dick und hart gegen den Reißverschluss drücken. Das kann nicht wahr sein. Unbändige Freude bahnt sich ihren Weg, kribbelt durch meinen Körper. Ich möchte feiern, Maria unter mir vergraben und in sie stoßen, bis sie schreit. Sie soll sich unter mir winden und in einem Orgasmus alle Muskeln anspannen, während ich meinen Schwanz weiter in sie treibe und ihr keine Atempause lasse.

Sie wirft mich herum und setzt sich auf mich. Ihre Hände liegen auf meiner Brust. Sie reibt sich an meiner Erektion. Dann setzt sie sich auf und ihre Finger nesteln an meinem Hosenknopf. Sie will mich. Ich weiß das, denn ich fühle genauso.

Die Vernunft schlägt zu. Mein Magen verkrampft sich. Sie ist Jungfrau und unsere Vereinbarung gilt nur ein halbes Jahr. Ich könnte ihr jetzt das nehmen, was sie so lange bewahrt hat, und dann wäre ich genau das Schwein, was sie heute in mir gesehen hat. Der Mann, der sich alles nimmt und nichts dafür gibt. Dann würde ich meine Seele vollends verlieren, unwiederbringlich.

Deshalb packe ich ihre Handgelenke, werfe sie wieder auf den Rücken und küsse sie.

»Leo, bitte.« Ihre Stimme ist verzweifelt, als ich mich von ihr löse. Wahrscheinlich weiß sie selbst nicht, wonach sie fleht. Ob sie merkt, dass ich sie mit diesem Kuss um Verzeihung bitte. Für das was war und für das, was nie sein kann. Aber ich werde sie glücklich machen. Ich kann sie nicht ficken, aber das heißt nicht, dass ich sie nicht befriedigen kann. Ohne sie zu benutzen. Ohne sie zu bestrafen. Einfach nur, weil sie es will und mich darum bittet. Meine Hände gleiten über ihre Arme, die Taille, bis zu ihren Oberschenkeln. Energisch drücke ich sie auseinander. Der winzige String reißt, als ich ihn zur Seite schiebe.

Sei liebevoll. Sie hat es verdient.

Ich richte meinen Oberkörper auf meinen Ellenbogen auf, schiebe ihre Schamlippen auseinander und streiche über die feuchte Perle, die Maria immer die köstlichsten Geräusche entlockt. Es ist berauschend ihr dabei zuzusehen, wie die Leidenschaft sie in ihrem Klammergriff hat. Ich kreise, sanft aber bestimmt, über den kleinen Fleck an ihrem Körper, der sie so sehr die Kontrolle verlieren lässt. Sie wirft den Kopf hin und her, keucht, bettelt und dann kommt der erlösende Schrei. Alle Muskeln in ihrem Körper spannen sich an. Ich lege meine Hand auf ihre Nässe und spüre, wie sie pulsiert, während Maria sich in den letzten Ausläufern ihres Orgasmus an meiner Handfläche reibt. Sanft küsse ich ihre Stirn und ziehe sie an mich. Warum ich jetzt das Bedürfnis habe, sie zu halten, verstehe ich selbst nicht, aber ich kann nicht dagegen ankämpfen. Ihre Arme schlingen sich um meine Mitte. Schon wieder fühle ich ihre Tränen. Doch bevor ich danach fragen kann, haucht sie ein »Danke« an meine Brust.

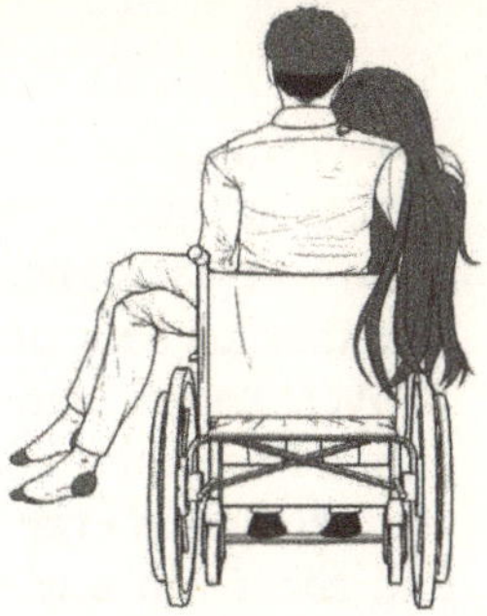

# Kapitel 15

**Maria**
Er hält mich fest, bis mein Atem wieder gleichmäßig ist. Überwältigt vergrabe ich mein Gesicht an seiner Brust und atme seinen Duft ein.

Was war das eben zwischen uns?

Er war so anders gewesen, ganz so, als würde er mich zum ersten Mal als Mensch wahrnehmen. Jede seiner Berührungen war darauf ausgelegt gewesen mich glücklich zu machen. Fast wie ein Geschenk, das man nur einem ganz besonderen Menschen geben kann. Ich bin geflogen und er ist bei mir geblieben – die ganze Zeit. Ich habe mich bei ihm geborgen gefühlt. Und das, nachdem er mich vollkommen zerstört hatte.

Dieser Mann ist eine Achterbahnfahrt, bei der sich immer mal wieder eine Gondel löst und in die Tiefe stürzt, bevor sie von einer anderen Schiene aufgefangen wird, und die Fahrt weitergeht. Manchmal möchte ich vor Angst schreien und dann reiße ich wieder die Arme in die Luft und jauchze bei einer besonders wilden Kurve.

Plötzlich reiße ich die Augen auf. Eine Erkenntnis trifft mich, die zuvor im Strudel der Emotionen fast untergegangen ist. Leonard hatte eine Erektion. Ich habe es eindeutig gespürt, mich sogar daran gerieben. Bei dem Gedanken daran werden meine Wangen ganz heiß. Ich bin froh, dass mein Gesicht noch immer in den Falten seines Hemdes vergraben ist. Dann muss er nicht sehen, wie rot ich geworden bin.

Wichtiger ist, dass Leonard nicht in seiner Männlichkeit versehrt ist. Er hätte mich nehmen können, stattdessen hat er sich selbst die Erfüllung dieses Traumes nicht gegönnt. Obwohl die Regung seines Körpers auch für ihn ein wundervoller Schock gewesen sein muss.

»Warum hast du nicht mit mir geschlafen?«

Sein Körper verspannt sich. Es dauert eine Weile bis er antwortet: »Weil ich es nicht kann.«

»Aber ich habe doch ...«

»Wir haben keine Zeit mehr. Bitte Maria, mach dich fertig, damit wir gehen können. Ich möchte der ganzen Welt meine wunderschöne Frau vorstellen.« Er küsst mich auf den Scheitel und rückt von mir ab. »Ich warte im Wohnzimmer auf dich.« Damit schiebt er sich in den Rollstuhl. Fast kommt es einer Flucht gleich, als er mit langen Schwüngen mein Zimmer verlässt.

Ich setze mich auf und sehe ihm fragend nach. Wird es eine Zeit geben, zu der ich diesen Mann verstehen kann? Tief durchatmend stehe ich auf und gehe zum Kleiderschrank, um mir ein neues Kleid auszusuchen. Mit diesem hier kann ich mich nicht blicken lassen. Es ist vollkommen zerknittert.

Ich greife nach einem Kleid, das ich noch gestern abgelehnt hätte, weil es zu viel Aufmerksamkeit auf mich ziehen würde. Lisa hätte sicherlich über meine Bedenken gelacht. Bei ihr konnte es weder kurz noch eng genug sein. Für mich ist das allerdings eine Überwindung.

Die goldenen Pailletten funkeln und werfen kleine Lichtpunkte an die Zimmerdecke. Ich streiche über die Kreation und es knistert leise unter meinen Fingern. Fast wie eine elektrische Ladung. Ich lächle bei dem Gedanken daran, selbst der Blitz in diesem Kleid zu sein.

Mit Kleid, Schuhen und neuer Unterwäsche verschwinde ich im Badezimmer. Der Blick in den Spiegel macht mich fassungslos. Ich sehe aus wie ein Panda, der in eine Steckdose gefasst hat. Von meiner aufwändigen Hochsteckfrisur ist nichts mehr übrig und mein Mascara hat sich in meinem ganzen Gesicht verteilt. Ich sehe die Spuren, die seine Daumen hinterlassen haben, als sie mir die Tränen von den Wangen gewischt haben. Rund um die Augen liegen gruselige Schatten. Die Geisterfrau aus dem letzten Horrorfilm. Wie konnte er mir in die Augen sehen, ohne in Gelächter auszubrechen?

»Er steht auf Freaks«, flüstere ich meinem Spiegelbild entgegen.

Ich ziehe die Haarnadeln aus meinen Haaren und wasche mir das Gesicht mit kaltem Wasser und Seife. Als ich mich das nächste Mal ansehe, erkenne ich mich endlich wieder.

Das neue Make-up lege ich nur noch dezent auf und flechte meine Haare zu einem langen Zopf. Mehr braucht es nicht. Schließlich soll das Kleid wirken. Schwer fällt es über meine Haut. Der Wasserfallausschnitt gibt viel mehr preis, als ich jemals zuvor in meinem Leben öffentlich gezeigt habe. Die Ansätze meiner Brüste sind deutlich zu erkennen. Einen BH kann ich unter diesem Kleid nicht tragen, denn die Spagettiträger und der tiefe Rückenausschnitt, der nur durch drei dünne Ketten zusammengehalten wird, bieten keine Möglichkeit, ihn zu verstecken.

Der schmal geschnittene Rock reicht bis zu meinen Knöcheln. Das könnte sittsam wirken. Könnte, wenn da nicht der Schlitz gewesen wäre, der an der linken Seite des Kleides bis zur Taille hinaufreicht und ebenfalls nur mit Ketten zusammengehalten wird. Nicht mal einen String kann ich so verstecken. Aber der Designer hat mitgedacht. Dieses Kleid hat einen eingenähten Slip, der mich vor ungewollten Einblicken schützt.

Ich beuge mich nach vorn, um die Schnallen der goldenen Sandalen zu schließen. Mein Blick fällt in den Spiegel. Ich schnappe nach Luft, als ich meine Brüste frei schaukeln sehe. Ach du Schande. Mit diesem Kleid werde ich mich niemals bücken können und wenn ich das vergessen sollte, werde ich wahrscheinlich vom Blitzlichtgewitter blind.

Unsicher nehme ich die Clutch, lege einen Deoroller und eine Packung Papiertaschentücher hinein und schnappe mir mein Handy vom Waschbeckenrand. Bevor ich es ebenfalls in meine Tasche stecke, sehe ich kurz auf das Display. Claire hat geschrieben: »Alles in Ordnung? Ich habe die Bilder in der Zeitung gesehen. Soll ich ihn töten?«

Meine Hände fliegen über die Tastatur: »Das geht nicht. Du hast es geschrieben. Damit käme die Kripo sofort auf deine Spur.«

»Im Ernst. Wenn er wirklich so ein Arsch ist, dann hau ab.«

»Er ist ein Arsch, aber ich liebe ihn Claire.«

»Aber liebt er dich auch?«

»Er lässt mich strahlen.«

Schnell mache ich ein Bild von mir im Spiegel und schicke es an meine Freundin. Zurück kommt eine ganze Emoji-Flut. Alle sagen das gleiche aus: Heilige Scheiße!

Ich grinse mein Spiegelbild an und kann es selbst nicht glauben. Es ist wahr: Leonard Herzbach zerstört mich jeden Tag, schafft es aber trotzdem, dass ich über mich hinauswachse. Hier steht nicht das Mädchen vom Dachboden. In diesem Moment finde selbst ich mich atemberaubend schön. Ob Leonard das genauso sehen wird?

Zögerlich gehe ich zu ihm ins Wohnzimmer. Er hat mir den Rücken zugekehrt und nestelt an den Manschetten seines Anzugs herum.

»Hast du Klebeband für mich?«

»Für was brauchst du ...« Er dreht sich um und schnappt nach Luft. Ich beiße mir auf die Unterlippe, um nicht debil zu grinsen. So sehr hatte ich darauf gehofft, dass ich Leo gefallen würde, aber dieser Blick übertrifft alles. Mein Körper gerät in Aufruhr und ich zapple mit meinen Fingern auf der Clutch.

»Du bist wunderschön, Maria. Überirdisch.« Seine Worte fließen um mich herum, streicheln meine Seele auf ungeahnte Art und Weise und nun grinse ich doch von einem Ohr zum anderen.

Er rollt auf mich zu, greift meine Hand und haucht mir einen Kuss auf das Handgelenk. Diese Zärtlichkeit lässt mich förmlich schweben. »Darf ich Sie zu einer Gala begleiten, die über die Zukunft von Mogula entscheiden wird, Frau Herzbach?«

»Sehr gerne, Herr Herzbach.« Ich beuge mich zu ihm hinunter. »Noch nie hat sich jemand so eindrucksvoll bei mir entschuldigt. Danke dafür. Das hat mir viel bedeutet.«

Seine Miene wird ernst. »Das war mein voller Ernst, Maria. Es tut mir leid, dass ich dich so schlimm beschuldigt habe, obwohl du mich überraschen wolltest. Ich verspreche, dass ich nie wieder so handeln werde.«

Ich nicke ihm zu. Wenn ich jetzt etwas sage, fange ich wieder an zu weinen und ich habe genug davon. Heute Abend will ich mich amüsieren.

Er rollt in den Flur und öffnet einen deckenhohen Einbauschrank. »Klebeband ist ganz oben. Kommst du ran?«

Ich strecke mich nach der weißen Rolle, aber auch ich bin zu klein.

»Darf ich?« Mein Blick fällt auf die Sitzfläche des Rollis.

Er schmunzelt. »Wenn du vorsichtig bist.«

Mein Fuß steht zwischen seinen Beinen und ich stütze mich auf seinen Schultern ab. Wieder zeigt der Ausschnitt alles. Leonard starrt auf meine Brüste. »So kannst du nicht gehen!«

»Sag nicht, dass dir der Anblick nicht gefallen hat.«

»Doch, aber deshalb muss ich ihn nicht mit allen anderen Gästen der Gala teilen.«

Ich kichere und stemme mich nach oben. Schnell schnappe ich zu und springe auf den Boden. Auch noch doppelseitiges Klebeband, perfekt! Ich nehme zwei großzügige Stücke und klebe damit den Ausschnitt an meinen Brüsten fest.

Aus dem Augenwinkel nehme ich wahr, wie Leonard mich dabei beobachtet.

Die Rolle lege ich zurück in den Schrank, aber diesmal auf einen der unteren Regalböden. Wer weiß schon, für was ich es nochmal brauche?

»Alles ordentlich verstaut«, sage ich und wackle mit meinem Oberkörper, um mich noch einmal davon zu überzeugen.

Leonard schüttelt den Kopf und wir gehen gemeinsam nach draußen.

Ich steige auf der Beifahrerseite ein und er startet den Wagen. Der Motor faucht wie ein wütendes Raubtier auf. Mit diesem Geräusch hatte mich der Verkäufer schon, bevor ich die ganzen Extras gesehen habe. Ich sehe, wie Leo verträumt die Augen schließt. Er hat schon immer schnelle Autos geliebt und dieses Schätzchen scheint ihm wirklich zu gefallen. Mein Herz macht einen kleinen Sprung, als er den Rückwärtsgang einlegt und langsam aus der Einfahrt fährt. Ich kann ihm ansehen, wie sehr er diese Freiheit vermisst hat. Endlich kann er entscheiden, hat sein Leben im Griff.

Er atmet aus, schaltet auf Drive und gibt Gas. Die Beschleunigung drückt mich in den Sportsitz. Mein Magen wird schwerelos. Was für ein Gefühl. Leo grinst zu mir rüber, während er sicher über die Landstraße braust. »Du bist der Wahnsinn, Maria. Einfach nur der Wahnsinn. Ich liebe den Wagen.«

»Es ist kein Lamborghini.«

»Na, zum Glück. Aus der tiefergelegten Karre hättest du mich rausrollen und dann mit einem Hubwagen auf den Rollstuhl transportieren müssen.«

Ich liebe es, wenn er ausgelassen ist. In diesem Moment ist er wieder mein Leonard. So wie ich ihn kennenlernte. Ich kuschle mich in die Schwingungen des Abends. Die Hochhäuser sind schon ganz nah. Die bunten Lichter der Stadt leuchten wie eine wundervolle Leinwand. Irgendwann muss ich mich auch einmal daran versuchen. Sie strahlen so viel Lebensfreude aus und verbergen die trostlosen Ecken der Stadt in blauen, gelben und roten Lichtpunkten.

Leo parkt den Wagen direkt vor dem Eingang des Hilton. Hinter den Absperrbändern warten die Fotografen auf ihren Einsatz. Jetzt werde ich doch nervös.

»Bist du bereit?« Leo berührt mich kurz an der Schulter. Ich nicke, obwohl ich nicht weiß, ob ich jemals für ein solches Spektakel bereit sein werde.

»Gemeinsam schaffen wir das.«

Wieder nicke ich und Leo betätigt die Fernbedienung. Ich höre das Stimmengewirr lauter werden, als sich der Kranarm aus dem Kofferraum erhebt und Leo seinen Rollstuhl bereitstellt. Meine Tür öffnet sich und ich schwinge beide Beine gleichzeitig aus dem Wagen, um keine ungewollten Einblicke zu bieten. Ein Page bietet mir seine Hilfe an. Leo ist bereits auf meiner anderen Seite und reicht mir ebenfalls seine Hand. Ich ignoriere den Pagen und lasse mir von meinem Mann aus dem Auto helfen. Leonard wirft ihm die Chipkarte zum Starten zu, damit er den Wagen parken kann. Ein wenig hilflos starrt der Mann auf den behindertengerechten Umbau und zwängt sich dann hinter das Steuer.

Die Kameras klicken fast in einem Dauerton. Leo lächelt mich an. Ich weiß, dass ich ihn mit dieser Geste für alle Anwesenden stark dargestellt habe. Genau das hat er sich von unserer Ehe gewünscht und nicht weniger wollte ich ihm immer geben. Vielleicht hätte es dazu nicht einmal eines Vertrages bedurft. Vielleicht hätte er nur fragen müssen.

Ich lege meinen Arm um seine Schultern und schiebe ihn so unauffällig vorwärts. Er schiebt nur mit einer Hand. Die andere liegt auf meinem Po. Unser Gang wirkt leicht.

»Frau Herzbach, wie ist es mit einem Behinderten zusammenzusein?«

Die Frage lässt Leonard kurz stocken. Ich sehe, wie sein Lächeln verrutscht. Die Frage hat ihn getroffen. Kurz brauche ich, um mich zu sammeln, dann wende ich mich an den Reporter, der diese unverschämte Frage gestellt hat. Ich lächle ihn strahlend an. »Leonard Herzbach ist alles, was eine Frau sich wünschen kann. Ich sehe keine Behinderung an ihm, weil er sich niemals in seinem Leben einschränken würde.«

Die Mikrofone recken sich mir entgegen und ich muss mich zwingen, den Blick nicht abzuwenden, während die Blitzlichter aufleuchten.

»Frau Herzbach, was sagen Sie zu den Presseberichten des heutigen Tages?«

»Meine Frau und ich haben dieses Missverständnis bereits aus der Welt geschafft. Morgen wird die wundervolle Frau Silber von der Redaktion „frau aktuell“ die Wahrheit präsentieren. Seien Sie gespannt auf einen Bericht, der einem Krimi gleichkommt.«

Leonard küsst meine Hand und ich lächle ihn an. Gemeinsam wenden wir uns von der gierigen Meute ab, die uns ihre Fragen wie Geschosse hinterherfeuert.

»Wir sind ein gutes Team.«

»Das sage ich schon von Anfang an, aber du wolltest ja nicht auf mich hören.«

»Touché!«

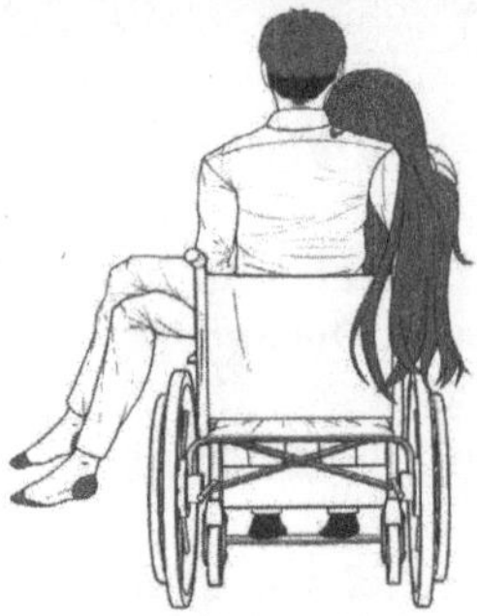

# Kapitel 16

**Leonard**

Wir betreten den Festsaal und alle Augen richten sich auf Maria. Am liebsten würde ich ihr meine Jacke über die Schulter legen, um die lüsternen Blicke der Männer von ihr abzuschirmen. Aber ich reiße mich zusammen. Schließlich gehört sie mir nicht. Was wäre so schlimm, wenn sie hier jemanden finden würde, der ihr nach Beendigung unseres Vertrages die Welt vor die Füße legt. Die Möglichkeiten dazu hat hier jeder. Innerlich zerreißt es mich fast, wenn ich darüber nachdenke, dass sie jemand anders so anlächeln könnte wie mich kurz zuvor. Ich möchte bei diesem Gedanken jedem Kerl hier drin die Augen ausreißen.

»Alles in Ordnung?« Maria holt mich zurück ins hier und jetzt. Dafür habe ich den Vertrag mit Maria doch aufgesetzt. Sie soll den Männern in diesem Saal zeigen, dass ich es noch immer drauf habe. Ich habe die schönste Frau dieser Gesellschaft an meiner Seite. Sie gehört mir. Ganz allein mir.

Ein halbes Jahr, schreit die Stimme in meinem Kopf.

Ich schüttle sie ab und folge dem Kellner, der uns an unseren Tisch begleitet. Als ich die Namensschilder lese, werde ich weiß. Benedikt und eine Anna sitzen zusammen mit den beiden Geschäftsführern von Proval & Gambal hier am Tisch. Warum ist mein Bruder bei dieser Gala? Er hat sich noch nie bei solchen Anlässen blicken lassen.

Ich warte, bis Maria neben mir auf dem Brokatstuhl Platz genommen hat und beuge mich dann zu ihr herüber. »Sei vorsichtig, Benedikt wird heute alles versuchen, um mich auszustechen. Ich habe dir einen schönen Abend versprochen, aber leider muss ich das zurücknehmen. Wir werden jedes Wort auf die Goldwaage legen müssen.« Für alle anderen muss es so aussehen, als würde ich meiner jungen Ehefrau süße Liebesschwüre ins Ohr flüstern.

Maria wird nervös. Ich sehe, dass sie ihre Hände im Schoß knetet, und ich lege meine Hand darauf. »Keine Angst, wir schaffen das schon. Du strahlst sie einfach unter den Tisch. Verstanden?«

Sie nickt.

In diesem Moment werden unsere Tischnachbarn für den Abend zu uns gesetzt. Benedikt hat eine Frau an seinem Arm, die ich vorher noch nie gesehen habe. Sie ist dünn wie eine Bohnenstange und ihre Haare sind in diesem Camouflage-Look gefärbt. Oben schwarz und unten blond. Sie lacht mich dümmlich an und streckt ihre Hand aus. »Hallo, ich bin Anna.«

Benedikt lacht auf. »Mach dir nicht die Mühe, Mäuschen. Mein Bruder kann nicht höflich sein und aufstehen.«

Ich werfe meinem Bruder einen wütenden Blick zu und reiche Anna meine Hand. »Guten Abend. Es freut mich, dich kennenzulernen. Das ist meine Frau Maria.« Maria erhebt sich. Von ihrer Unsicherheit ist nichts mehr zu spüren. Mit einem Lächeln, das alle Scheinwerfer als schwache Lichtchen erscheinen lässt, schüttelt sie erst Anna und dann Benedikt die Hand.

Dann herrscht Schweigen an unserem Tisch. Benedikt spielt mit seinem Handy und lässt Anna links liegen. »Sollen wir uns einen Cocktail an der Bar holen, Anna? Ich muss mir etwas die Füße vertreten und unsere Männer haben dann die Gelegenheit, über die Geschäfte zu sprechen.« Maria steht auf, küsst mich auf die Wange und wartet auf Annas Entscheidung. Ich werde ihr nicht widersprechen. Natürlich weiß ich nicht, was meine Frau im Schilde führt, aber nach meiner Aktion heute, werde ich einen Scheiß tun und ihr schon wieder misstrauen.

Anna schaut unsicher zu Benedikt, der aber nur mit der Hand winkt, um ihr klar zu machen, dass sie doch einfach gehen soll.

**Maria**

Gemeinsam schlendern wir zur Bar und ich fühle Leonards Blick in meinem Rücken. Er ist heiß, besitzergreifend. Ich fühle mich wie seine Königin und als solche werde ich auch sein Königreich beschützen. »Wie lange kennst du Benedikt schon?«

Wieder fällt mir auf, wie dünn die Begleitung meines Schwagers ist. Die Schlüsselbeine stehen hervor und ihre Arme bestehen hauptsächlich aus Knochen und Haut. Sie ist das typische Magermodel. Neben ihr wirke ich wie Cosma Shiva Hagen neben Kathi Hummels.

»Wir treffen uns seit einem Jahr.« Sie ist so leise, dass ich sie über das Stimmengewirr kaum verstehe, deshalb rutsche ich näher an sie heran.

»Was kann ich den Damen bringen?« Ein blonder junger Mann beugt sich erwartungsvoll über den Tresen.

»Einen Daiquiri bitte. Was möchtest du?«

»Ich sollte vielleicht nichts trinken. Benedikt wird dann wütend, weil ich zu viel rede.«

»Komm schon. Von einem Cocktail bist du doch nicht betrunken. Mach bitte meiner Schwägerin dasselbe wie mir, mit extra viel Liebe.« Ich kenne den Barkeeper Jargon, weil ich mir selbst hinter der Theke ein paar Euro dazuverdient habe, als das Geld zuhause mal wieder eng war. Der junge Mann versteht mich und zwinkert mir verschwörerisch zu. Es tut gut einen unerwarteten Verbündeten in diesem Haifischbecken gefunden zu haben.

»Und du bist mit Leonard verheiratet?«

Bei dieser Frage wird mir warm. Es ist noch so unwirklich. »Ja, seit zwei Tagen. Kaum zu glauben, dass ich die Liebe meines Lebens geheiratet habe.«

»Wann ist es denn bei euch so weit?«

Anna zuckt mit den Schultern. »Keine Ahnung. Er hat mich noch nicht gefragt.«

Ich hasse es, Smalltalk zu machen, aber ich habe ein klares Ziel vor Augen.

**Leonard**

Benedikt beachtet mich nicht. Sein Handy ist sein bester Freund. Vielleicht ist es besser so. Mein Bruder ist nicht gerade mein liebster Gesprächspartner. Seit einer Stunde ist Maria mit dieser Anna an der Bar und kommt nicht wieder. Ich kann sie beobachten, zwinge mich aber, sie nicht ständig anzuschauen. Ich will ja auch nicht wie ein verliebter Trottel rüberkommen.

Schon von Weitem sehe ich Thammen und Christ auf unseren Tisch zukommen. Mit ihren Frauen sind sie sicherlich schon seit dem Studium verheiratet. Ich werfe wieder einen Blick zu Maria, die gerade herzlich lacht und den Kopf in den Nacken wirft. Wenigstens sie scheint sich zu amüsieren.

Plötzlich leert sie ihren Cocktail in die Grünpflanze neben sich. Ich runzle die Stirn. Schon wieder verstehe ich sie nicht. Wenn sie die Dinger nicht mag, warum bestellt sie dann nochmal zwei?

»Guten Abend, die Herren. Wir dürfen heute an ihrem Tisch Platz nehmen.«

»Ich würde mich gern erheben, aber ich hoffe, dass sie trotzdem wissen, wie erfreut ich darüber bin, den Abend mit angenehmen Gesprächen zu verbringen.«

Die Herren nicken mir zu. Benedikt steht auf und hilft den Damen mit den Stühlen. So ein Schleimer. Das tut er auch nur, weil er mich damit demütigen kann.

Plötzlich vibriert mein Handy in der Tasche. Ich ziehe es heraus. Warum schreibt Maria mir eine WhatsApp, obwohl sie keine zwanzig Meter von mir entfernt ist? Doch als ich ihre Nachricht lese, wird mir eiskalt.

Benedikt hat den Auftrag von Proval & Gambal bereits unterschrieben. Er hat deine Dateien vom Firmenrechner geholt und sie als seine eigenen ausgegeben. Nach dem Zeitungsartikel heute bist du nicht mehr in die engere Auswahl gekommen. Wir hatten keine Chance.

Ich drehe mich um und sehe in erschütterte türkisgrüne Augen von Maria. Sie hat ihren Arm um die Taille von Anna geschlungen und stützt sie. Jetzt verstehe ich, warum sie ihre Drinks in die Pflanze gekippt hat. Sie hat Anna betrunken gemacht, um Informationen aus ihr herauszuholen. Meine Frau ist ein Genie, auch wenn ich dadurch nur früher erfahren habe, dass wir am Arsch sind, weil mein Bruder eine hinterhältige Bazille ist. Wenigstens muss ich mich jetzt nicht mehr zum Affen machen. Das Thema ist durch. Soll Benedikt doch versuchen, unseren Pitch so umzusetzen, wie mein Team es mit

Leichtigkeit geschafft hätte. P&G ist ein schwieriger Kunde. Sie haben Ansprüche und verzeihen keine Fehler. So wie sie mir sicherlich diesen dummen Pressebericht krummgenommen haben. Ich bin mir sicher, dass sie mich ansonsten kontaktiert hätten, um mir die Möglichkeit zu geben mit Benedikt in Konkurrenz zu treten. Schließlich arbeiten wir bereits seit zwei Jahren immer wieder zusammen. Sie wissen, dass sie sich auf mich verlassen können. Na ja, auf Mogula und das schließt derzeit Benedikt mit ein.

Morgen werde ich das dem Team klarmachen müssen. Das wird hart. Sie vertrauen mir. Aber wir haben Zeit. Die sechs Monate haben gerade erst begonnen und meine Kundenliste ist lang. Wir werden einen anderen Auftrag an Land ziehen mit dem wir Benedikt ausstechen, wenn er es überhaupt schafft, diesen Ergaunerten richtig abzuschließen.

**Maria**

Leonard hat sich gestern nichts anmerken lassen. Er hat mit mir getanzt und fast hätte ich glauben können, dass er mich der ganzen Welt mit Stolz präsentieren wollte.

Benedikt war außer sich, als er Anna in ihrem desolaten Zustand gesehen hat. Er hat ihr ein Taxi gerufen und sie so schnell wie möglich entfernt. Den P&G Leuten hat er etwas von einem Unwohlsein erzählt, aber ich habe ganz deutlich gesehen, wie die Matronen missbilligend die Lippen zusammengepresst haben. Eigentlich neige ich nicht zur Schadenfreude und Anna tut mir sogar etwas leid, aber Benedikt soll seinen Fehler ruhig zu spüren bekommen. Wer stielt denn schon die Arbeit seines Bruders, um sich selbst mit den Lorbeeren zu schmücken? Das ist wirklich unterstes Niveau.

In den letzten fünf Tagen habe ich Leonard kaum zu Gesicht bekommen. Wenn er nicht gerade seinen Physiotherapeuten da hatte, hing er versunken an seinem Schreibtisch. Ich bin gerade dabei dem Höllengerät in der Küche einen Kaffee abzuringen, als es an der Tür klingelt.

»Ich gehe schon«, rufe ich, renne zur Tür und reiße sie auf in der Annahme den Pizzaservice davor anzutreffen. Anscheinend vergisst Leonard das Essen bei der ganzen Grübelei.

Doch dann schlingen sich zwei Arme um mich und ich werde an Claire gepresst. Sie gibt mir einen lauten Kuss auf die Wange, schiebt mich zur Seite und zieht sich ihre Schuhe im Flur aus. »Ich musste dich unbedingt sehen. Nach dem Zeitungsartikel von gestern musste ich ja alle meine Mordpläne verwerfen und jetzt weiß ich nichts mehr mit mir anzufangen. Mein Verlobter schraubt schon den ganzen Tag an seinem Motorrad herum. Bitte Maria, rette mich vor dem Tod durch Einsamkeit.«

Ich muss lachen. Claire ist wunderbar. Gemeinsam gehen wir in die Küche und ich mache große Augen, als auch sie mit wenigen Handgriffen die Kaffeemaschine dazu bringt, zwei dampfende Cappuccino auszuspucken.

»Sie hasst mich einfach.«

»Das heißt nur, dass ich dich öfter besuchen kommen muss, damit du nicht am Koffeinmangel zugrunde gehst.«

»Das wäre wundervoll, Claire. Du bist jederzeit herzlich eingeladen.«

»Und dein Mann ist damit einverstanden?«

Ich zucke mit den Schultern. »Ich bin erwachsen und muss sicherlich niemanden um Erlaubnis bitten, wenn ich dich sehen will. Außerdem brütet Leonard über seiner Arbeit. Es ist alles gerade nicht so leicht.«

Ich greife nach der Türklinke zu meinem Reich und grinse Claire breit an. »Bist du bereit für das tollste Zimmer, das du je gesehen hast?«

Claire hebt eine Augenbraue. »Solange es nicht so weiß ist wie der Rest der Wohnung. Ich komme mir fast vor wie ein Schmutzpartikel, der sich nirgends verstecken kann.«

Ich kichere und öffne die Tür. »Was sagst du?«

Meine beste Freundin geht an mir vorbei und ich sehe das Staunen in ihren Augen. Genauso muss ich geschaut haben, als Leonard mir dieses Zuhause präsentiert hat. Aufgeregt renne ich an ihr vorbei und öffne die Tür zum Wintergarten. »Hereinspaziert in meine Märchenwelt.«

»Maria, das ist der Jackpot. Wahnsinn!«

»Setz dich und erzähl mir von den Hochzeitsvorbereitungen.«

Wir kuscheln uns beide auf die kuscheligen Rattanmöbel und Claire erzählt mir von der Suche nach dem richtigen Hochzeitskleid und dass sie schon in drei Läden war, aber keiner ihren Traum in Spitze erfüllen konnte. Ihre Schwiegermutter mutiert zum Schwiegermonster, weil sie ihr in alle Entscheidungen reinredet, während ihr Zukünftiger sich vor diesen drückt.

»Ich wünschte, du hättest Zeit für mich. Mit dir an meiner Seite würde ich den Drachen schon bändigen.« Claire nimmt einen Schluck des inzwischen kalten Kaffees und seufzt leise. Das Geräusch schneidet tief. Ich hatte ihr versprochen für sie da zu sein und jetzt muss sie sich doch um alles allein kümmern. Ich bin die schlechteste Freundin der Welt.

»Dann muss ich meine Frau wohl bis nach der Hochzeit mit dir teilen.« Leonard taucht im Türrahmen zum Wintergarten auf. Seine Haare sind durcheinander, ganz so, als habe er sie sich mehr als einmal gerauft. Unter seinen Augen liegen dunkle Schatten, die zeigen, wie groß die Sorgen sind, die auf ihm lasten und trotzdem will er mir die Gelegenheit geben, mit Claire ihre Hochzeit zu planen. Mein Herz fliegt ihm zu. Trotzdem muss ich an mein Versprechen denken. Auch wenn er seinen Teil des Vertrages bereits erfüllt hat und ich nicht mehr länger an meinen Teil gebunden bin, will ich ihm helfen die Firma zurückzubekommen. Schon allein, weil ich auf keinen Fall will, dass Benedikt gewinnt.

»Ich werde versuchen, euch beiden gerecht zu werden. Vielleicht kannst du einfach einmal pro Woche hierher kommen. Dabei sprechen wir alle Dinge der vergangenen Woche durch. Außerdem lasse ich es mir nicht nehmen, bei der nächsten Anprobe an deiner Seite zu sein. Wäre das ein Kompromiss, mit dem du leben kannst?«

Claire springt auf und fällt mir um den Hals. »Das ist fantastisch.« Dann wendet sie sich an Leonard. »Vielleicht ist es ganz gut, dass ich kein Arsen in dein Essen gemischt habe.«

Seine Augen werden riesengroß. »Wie bitte?«

»Weil du so ein Arschloch warst und dann auch noch dieser Zeitungsbericht. Jede andere beste Freundin wäre schon längst tätig geworden. Du hast Glück, dass Maria mich zurückgehalten hat.«

Er schluckt, rollt in den Raum und schaltet den Gaskamin an. »Ich denke noch darüber nach, ob ich flüchten, die Polizei rufen oder mich bei Maria bedanken soll.«

Jetzt muss ich lachen. Dieses Gespräch ist zu komisch. »Setz dich doch eine Weile zu uns. Claire wird dir sicherlich nichts tun und die Pizza müsste jeden Moment da sein. Du brauchst eine Pause. Morgen können wir alles mit dem Team besprechen. Sie haben bestimmt noch andere Ideen. Du musst nicht alles allein machen.«

»Was ist denn passiert?« Claire schaut von mir zu Leonard. Er ist es, der entscheidet, dass er ihr vertrauen will.

»Du brauchst eine diskrete IT-Firma, die dir schnell einen neuen geschützten Server zur Verfügung stellt und auch betreut.«

Leonard lehnt sich im Rollstuhl zurück und schaut gedankenverloren in die Flammen. »Daran habe ich auch schon gedacht, aber heute ist Sonntag. Da bekommt man niemanden an die Leitung, der zu einem seriösen Angebot bereit ist. Ich hasse es so sehr, dass immer wieder neue Probleme auftauchen, denen ich mich stellen muss. Es hört nicht auf.« Leonard schlägt auf die Lehne seines Rollstuhls. »Kann eine Lösung nicht einmal einfach sein?«

Claire zieht ihr Handy aus der Tasche. Nur das leise Klicken der Tasten unterbricht die Stille. Keine Minute später zeigt der Ton einer zerbrechenden Glasscheibe an, dass bei Claire eine Nachricht eingegangen ist. Wir haben uns früher riesig darüber amüsiert, wenn die Menschen sich erschrocken umgesehen haben, um die Zerstörung zu finden. Auch Leonards Kopf ruckt in ihre Richtung.

Claire grinst breit. »Morgen kommt Daniel zu Mogula und baut einen neuen Server auf. Er übernimmt die Einrichtung sämtlicher Geräte und installiert eine neue Sicherheitssoftware. Bis Mittag sollte die Sache über den Tisch sein und mit dem Preis werdet ihr zufrieden sein.«

Leonard klappt der Mund auf. Er starrt sie an, als wäre sie eine Erscheinung. In diesem Augenblick bin ich so stolz auf meine Freundin, dass ich am Liebsten mit ihr durchs Zimmer getanzt wäre. Claire grinst nur und trinkt den letzten Schluck vom Cappuccino.

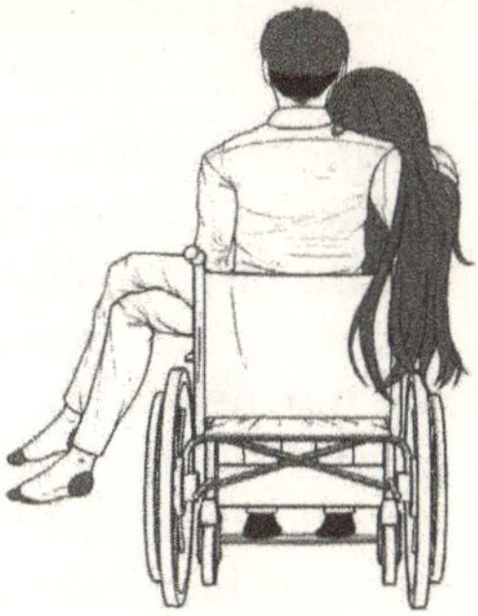

# Kapitel 17

**Leonard**

Als wir am nächsten Morgen ins Büro kommen, ist die Aufregung riesig. Unser Team hat bereits erfahren, dass Benedikt ihre Arbeit geklaut und als sein eigenes Werk an P&G verkauft hat.

»Dieses kleine hinterhältige Stück. Wie konnte er unseren Passwortschutz umgehen?« Mayer kocht vor Wut und läuft unablässig im Büro auf und ab. Wenn er so weiter macht, sind heute Abend Rinnen im Boden. Nadja sagt gar nichts. Sie sitzt an ihrem Platz und hat den Kopf in die Hände gelegt. Ich weiß, wie dringend sie diesen Job braucht. Die Schuldgefühle prasseln auf mich ein, als ich sehe, wie eine Träne auf die Tischplatte tropft. Nadja hat sich für mich entschieden, weil sie an unser Team und den Pitch geglaubt hat. Mit beidem hat sie Recht gehabt, nur dass wir nicht den Gewinn für unsere Arbeit einfahren werden.

Miriam stürmt auf mich zu. »Dein Vater will uns zusammen mit dem Team von Benedikt im Besprechungsraum sehen. Es gibt etwas zu feiern, hat er gesagt.« Sie verdreht die Augen und stemmt die Hände in die Hüften. Vor Aufregung hat sie rote Flecken am Hals. Miriam ist kurz davor zu explodieren. »Wie kann dein Vater nur eine Sekunde glauben, dass Benedikt innerhalb von nicht einmal einer Woche ein solches Konzept erarbeiten kann? Das ist so blauäugig. Und auch wenn wir ihm die Wahrheit sagen würden, dein Vater würde uns kein Wort glauben, dass sein Benedikt uns beschissen hat. Wir haben keine Chance Leonard. Von allen Seiten werden wir sabotiert. Egal wie wir uns reinhängen, wir haben doch keine Aussicht auf Erfolg.«

Bevor ich ihr antworten kann, stürmt ein Trupp von fünf

Männern, beladen mit Kisten das Büro. Sie ziehen einen vollen Hubwagen hinter sich her.

»Du bist da! Wie toll!« Maria stürmt auf den Hünen an der Spitze zu und drückt ihm einen Kuss auf die Wange. Ich fühle, wie mir heiß wird. Wieso küsst sie diesen Mann? Am liebsten möchte ich ihn anknurren, aber Maria scheint nichts davon zu bemerken. Sie zieht den Typen zu mir herüber. Die Aufregung steht ihr ins Gesicht geschrieben. »Leonard, das ist Daniel. Er ist Claires Verlobter und wird sich darum kümmern, dass niemand mehr etwas von euch Erarbeitetes stehlen kann.«

Aber natürlich. Das hatte ich schon fast wieder vergessen. Meine Wut verschwindet sofort, denn ich glaube nicht, dass irgendein Mann auf diesem Planeten die Eier hat, Claire zu betrügen. Diese Frau möchte niemand zum Feind haben. Das hat mir ihre Anmerkung mit dem Arsen ganz deutlich gezeigt, und sie hat nicht dabei gelacht. Das war kein Scherz gewesen. Trotzdem schüttle ich dem Mann die Hand und sage: »Herzlichen Glückwunsch zu Ihrer bezaubernden Verlobten.«

»Im Moment können Sie sie gern geschenkt bekommen. Ich nehme sie wieder, wenn die Hochzeit vorbei ist. Derzeit nehme ich jeden Auftrag an, nur um ihrem stechenden Blick zu entfliehen, der mich aufspießt, wenn sie mal wieder eine Entscheidung von mir verlangt. Dabei ist es mir so egal, ob sich die Gäste den Mund mit rosa oder pfirsichfarbenen Servietten den Mund abwischen. Am Ende des Abends fliegen die in den Müll und keiner will mehr was davon wissen.«

Der Kerl wird mir immer sympathischer. »Ich habe meine Frau einmal in der Woche abgestellt, um sie Ihnen abzunehmen. Mehr kann ich leider nicht leisten.«

»Leonard!« Maria sieht mich an, als hätte ich eine Todsünde begangen. Ich gehe nicht weiter darauf ein, und bitte Daniel sofort loszulegen.

Dann wende ich mich an mein Team. Es ist noch nichts verloren. »Wir gehen jetzt mit hoch erhobenem Haupt zu dieser Feier, denn wir wissen, dass es unser Sieg ist, der uns gestohlen wurde. Also feiert euch und eure Ideen. Seid stolz auf euch! Ihr seid so gut, dass wir noch immer die Chance haben zu gewinnen. Die nächsten Wochen und Monate werden wir kämpfen und zeigen, was in uns steckt. Ich glaube an den Sieg.«

Maria sitzt bei Nadja. Sie reden miteinander und inzwischen sind die Tränen getrocknet. Sie nickt immer wieder, während Maria auf sie einredet, dann stehen sie gemeinsam auf und kommen zu uns herüber. Wir sind wieder ein Team. Gemeinsam gehen wir in die Höhle des Löwen.

Der Saal ist eingedeckt. Sektgläser stehen bereit und mein Vater steht neben Benedikt am Whiteboard und hat den Arm um seine Schultern gelegt. Das Team von Benedikt sitzt in einer Ecke des Raumes. Ich sehe ihnen das schlechte Gewissen an der Nasenspitze an, aber keiner traut sich, den Mund aufzumachen. Benedikt hat sie gut im Griff. Er arbeitet noch immer mit Angst.

»Ah, Leonard. Da dir die Firma ebenso am Herzen liegt wie Benedikt und mir, dachte ich, dass wir zusammen auf den Erfolg deines Bruders anstoßen können. Er hat es doch tatsächlich geschafft, in so kurzer Zeit einen unglaublichen Vertragsabschluss einzufahren.« Mein Vater sieht mich an, als wolle er sagen. *Siehst du? Ich habe es doch gewusst, dass du es nicht mehr drauf hast, mein armer Junge.*

Ich möchte ihm am liebsten das Glas ins Gesicht rammen, aber stattdessen nagele ich mir das Lächeln im Gesicht fest und sage laut in die Runde: »Hört mir bitte einen Moment zu. Ich möchte etwas sagen.«

Mein Bruder wird blass. Sein Mundwinkel zuckt wütend, aber ich habe nicht vor mit dem Finger auf ihn zu zeigen, als wäre ich ein kleines Kind, das dem Vater erzählt, jemand habe seinen Lolli gestohlen. Mein Weg ist subtiler. Denn ich weiß, dass mein Team eine solche Kampagne im Schlaf erneut aus dem Boden stampfen kann.

»Ich möchte dir gratulieren, mein lieber Bruder, zu gleich zwei Dingen – zu deiner wundervollen Verlobten, die sich am Freitag wundervoll mit meiner Frau unterhalten hat. Die Damen haben sich über eben dieses Projekt unterhalten, wie du zu deinen brillanten Ideen gekommen bist. Grandios! Ich hebe mein Glas auf die Köpfe, die den Pitch erdacht und umgesetzt haben.« Die drei Teammitglieder von Benedikt ziehen die Köpfe bei meiner kurzen Ansprache immer weiter ein, aber ich sehe endlich wieder ein Lächeln auf Nadjas Gesicht. Mayer und

Miriam haben ihr Glas erhoben. Sie wissen, dass mein ganzes Lob ihnen gebührt, niemandem sonst. »Mit Menschen, die eine solch strukturierte Kreativität in Gewinn für Mogula umsetzen können, wird das Unternehmen immer weiter wachsen können. Dabei ist es egal, wer an der Spitze sitzt. Ihr seid die Firma und darauf bin ich unendlich stolz!« Ich trinke einen großen Schluck der sauren Blubberbrühe. Champagner habe ich noch nie gemocht. Alle trinken, aber mir fällt auf, dass meine Rede angekommen ist. Meine Leute leeren fast das ganze Glas in einem Zug, während Benedikt und sein Team an ihren nur nippen.

»Besser hätte ich es nicht sagen können, Leonard. Egal, wer den Geschäftsführerposten von Mogula nach Ablauf der sechs Monate bekommen wird, die Firma ist in den besten Händen.« Mein Vater geht im Raum umher, während er weiterspricht: »Du wirst dich anstrengen müssen, um an den Erfolg deines Bruders anzuknüpfen. Dafür solltest du versuchen, weniger Schlagzeilen zu produzieren. Die helfen dir nicht dabei für die Kunden seriös zu wirken, auch wenn ich doch positiv überrascht bin, dass sich das Ganze ja als ein Missverständnis herausgestellt hat. Trotzdem solltest du besser vor deinem Laptop sitzen als dich in irgendwelchen Tabledance-Schuppen zu vergnügen.«

»Das war mein Junggesellenabschied und was an diesem Abend geschieht, geht dich nun wirklich nichts an, lieber Vater.« Ich rolle auf ihn zu, halte seinen Blick. Dabei muss ich vergessen, dass ich nicht auf Augenhöhe mit ihm bin, es wahrscheinlich nie wieder sein werde. Aber ich habe Stolz und den kann er mir nicht nehmen. »Dabei fällt mir ein, dass du deine bezaubernde Schwiegertochter noch gar nicht kennengelernt hast.« Ich will mich nach Maria umdrehen, aber sie tritt bereits neben mich. Eine Hand legt sie auf meine Schulter. Die andere reicht sie meinem Vater. »Es freut mich, dich kennenzulernen.«

Er nimmt ihre Hand, als wäre sie etwas Abstoßendes und lässt sie sofort wieder los. Ich sehe, wie sein Kiefer mahlt, ob dieser vertrauten Anrede. Das hat Maria sicherlich mit reiner Absicht getan. Ihr passieren keine solchen Fehler. Meine

Mundwinkel zucken.

»Sie sind die Schwester von Lisa, nicht wahr? Dieses Mädchen war eine echte Augenweide. Schade, dass sie sich entschieden hat, dass ein versehrter Mann nicht in ihr Leben passt.« Er kann es nicht lassen. Schon wieder muss er mich als den Krüppel vorführen. Warum? Was hat er davon mich ins schlechte Licht zu rücken? Aber Maria kontert auf ihre unnachahmliche Art und Weise: »Ja, zu Schade ... für sie.«

Sie beugt sich zu mir herunter und küsst mich sanft auf den Mundwinkel. »Dein Sohn ist der ehrlichste und treuste Mann auf diesem Planeten. Meine Schwester weiß überhaupt nicht, was sie da für einen Schatz weggeworfen hat.« Ich sehe ihr in die Augen und erkenne ganz deutlich, dass sie jedes Wort so gemeint hat, wie sie es gesagt hat.

»Du hast es gehört, Vater. Mein Leben ist genauso, wie es sein sollte und um die Challenge mache ich mir keine Sorgen. Ich glaube an mein Team.«

»Das freut mich – für Mogula und für dich.« Ich sehe ihm an, dass das nur Lippenbekenntnisse sind. Er hasst es, dass ich trotz des Rollstuhls eine Frau gefunden habe, die zu mir steht und mich auch noch wirklich zu mögen scheint. Das ist mehr, als mein Bruder auf die Reihe bekommen hat.

Der Rest des Vormittags ist stocksteif. Jeder isst von den Schnittchen, um bloß nicht in ein Gespräch verwickelt zu werden. Sosehr sich mein Vater auch bemüht, niemand in diesem Raum ist in Feierlaune, außer vielleicht er selbst und Benedikt, der aber auch schon leiser geworden ist.

Gegen Mittag werden wir endlich entlassen. Schweigend gehen wir zurück in den Anbau und staunen nicht schlecht, als ein Server in einem abschließbaren Glasschrank in einem Nebenraum auf uns wartet. Die LAN-Kabel sind in den Kabelschächten verlegt und die Buchsen sind ordentlich beschriftet. Daniel hat ganze Arbeit geleistet.

»Ich habe die Sicherheitssoftware auf dem Server hinterlegt. Ihr braucht sie nur noch auf euren Laptops ausführen und schon seid ihr zu 99% vor Hackerangriffen geschützt und das eine Prozent schalten wir aus, indem eine Passwortrichtlinie eingeführt wird und die Laptops entweder am Mann oder an der Frau getragen werden und wenn das nicht möglich ist, eingeschlossen sind.« Er drückt mir seine Visitenkarte in die Hand. »Bitte ruf an, wenn es Probleme gibt und um Gottes willen, lass deine Frau mit Claire nach dem richtigen Kleid suchen, sonst werden meine Mutter und sie sich noch die Augen ausstechen.«

»Wird gemacht! Gute Arbeit!« Ich klopfe dem Mann auf die Schulter und merke, wie mit diesem Sicherheitssystem auch mir eine Last von den Schultern genommen ist.

Ich rolle an unseren runden Tisch und warte bis sich die anderen zu mir gesetzt haben. »So, nun her mit euren Vorschlägen. Wir haben schließlich einen Sieg einzufahren.«

**Maria**

Ich stehe auf und strecke mich. Mein Rücken knackt vom stundenlangen Sitzen. Hinter den hohen Fenstern ist es bereits dunkel geworden. Nicht einmal die Dämmerung habe ich bemerkt und jetzt kämpfen bereits einige ganz helle Sterne mit den Lichtern der Stadt. Hinter mir hämmern flinke Finger noch immer auf die Tastaturen.

Ich habe in den letzten Wochen Unmengen an Post an potenzielle Kunden versendet. Heute waren es bereits dreißig Anschreiben per Mail, die mit einem coolen Werbeclip versehen waren, den Mayer einfach mal so innerhalb von einer Stunde erstellt hat. Dieser Mann macht mich sprachlos. Nie hätte ich vermutet, dass er so flexibel und doch unglaublich strategisch arbeiten kann. Er sieht eben aus, wie der nette Nachbar und nicht wie der Nerd. Nadja hat dem Ganzen dann noch einen schlagkräftigen Text verpasst, während Miriam und ich uns durchs Internet gequält haben, um die E-Mail-Adressen von potenziellen Kunden in eine Datenbank für Akquise einzupflegen.

»Hallo, hier ist Leonard Herzbach, können Sie mich mit der Geschäftsführung verbinden?« Diesen Satz habe ich inzwischen bestimmt hundert Mal gehört. Leonard ist unermüdlich, auch wenn er eine Absage nach der anderen kassiert.

»Die sind schon im Feierabend? Okay, dann melde ich mich morgen wieder.« Leonard legt auf und reibt sich die Augen.

»Wir sollten auch Schluss machen. Heute erreichen wir niemanden mehr.« Er rollt zu uns herüber. »Wie weit sind wir?«

Bevor ich ihm antworten kann, geht die Tür auf. Alle Köpfe rucken gleichzeitig herum, aber es ist nur Tom. »Hey, Leute. Ich wollte mal nach euch sehen.« Sein Blick fällt auf den neuen Server im Nebenraum. Hinter dem gläsernen Raumteiler blinkt er fröhlich und tut seine Arbeit. Tom runzelt die Stirn. »Was ist das?«

»Unsere Lebensversicherung«, sagt Leonard ruhig.

»Aber ich bin der IT-Leiter von Mogula. Das hätte ich euch auch einbauen können. Warum habt ihr nicht gefragt, sondern euer Budget damit belastet?«

»Mach dir keine Sorgen. Es war nicht teuer. Meine Frau hat tolle Kontakte. So schnell hättest du das Ganze sicherlich nicht hinbekommen.« Er sieht mich stolz an. Doch ich sehe, dass Tom einen Schritt zurückgeht. Ihn haben die Worte getroffen.

Ich gehe zu ihnen hinüber. »Bestimmt hättest du das ebenso gut gemacht, aber du hättest sicherlich nicht alles auf Lager gehabt. Wir brauchten schnell eine Lösung. Deshalb haben wir dich außen vor gelassen und haben einen anderen Weg gefunden.« Tom nickt mir knapp zu. Ich habe keine Ahnung, ob die Erklärung ihn erreicht hat. Aber er ist Leonards bester Freund. Es wäre schrecklich, wenn dadurch das Verhältnis zwischen den beiden leiden würde. »Was hältst du davon, wenn wir Feierabend machen und zu einem netten Italiener gehen? Tom könnte seine Frau mit dazu holen und wir machen uns einen gemütlichen Abend, bevor morgen der Stress weitergeht?«

Miriam springt auf und zieht sich ihre Jacke an. »Gott sei Dank. Ich dachte schon, ihr läutet nie den Feierabend ein. Die Zusammenfassung des heutigen Tages können wir dir auch morgen noch geben, Leonard. Gönn uns für heute ein heißes Bad und ein gutes Buch, um den Kopf abzuschalten.«

Leo schüttelt den Kopf und lacht leise. »Welches Buch ist es denn?«

Miriam hält in der Bewegung inne und ganz langsam werden ihre Wangen rot. Jetzt bin ich auch gespannt. »Der Ork und die

Magd«, flüstert sie, reckt aber sofort angriffslustig das Kinn. Ich weiß genau, wenn jetzt einer eine falsche Bemerkung macht, dann wird er verbal gevierteilt.

»Hey, das habe ich auch gelesen. Aila Davis schreibt wirklich gut.« Nadja strahlt über das ganze Gesicht.

»Orks, wirklich?« Mayer sieht von einer zur anderen.

»Die sind cool und manchmal so witzig. Oder musst du nicht lachen, wenn du an einen riesigen Ork im gelben Tütü mit Elfenflügeln denkst?«

Mayers Augen werden riesig. »Orks im gelben Tütü ... Ich muss gehen.«

Er klappt seinen Laptop zu und rennt fast zur Tür. »Bis morgen, Chef.« Dann ist er verschwunden.

Miriam und Nadja klatschen ab.

»Wetten, der rennt zur nächsten Buchhandlung«, sagt Miriam grinsend.

»Das glaube ich erst, wenn ich es sehe«, entgegnet Nadja.

Leonard schaut zu mir auf. »Liest du sowas auch?«

Ich zucke mit den Schultern. »Klar, diese Orks erinnern mich an dich. Sie knurren und sind wild, aber eigentlich suchen sie nur nach ihrem Gegenstück, um glücklich zu werden.«

Ich küsse ihn auf die Wange und gehe in den Flur. »Kommt ihr? Ich sterbe vor Hunger.«

Keine Stunde später sitzen wir bei einem kleinen Italiener in der Nähe von Toms Wohnung. Seine Frau hat ihren Kopf an seine Schulter geschmiegt und er streichelt ihren leicht gerundeten Bauch. Anscheinend hat Tom Leonard auch noch nichts davon erzählt, dass er Vater wird. Deshalb ist die Freude umso größer.

Leonard ist ausgelassen und entspannt. So habe ich ihn lange nicht mehr gesehen.

Der Kellner bringt das Essen und mir läuft das Wasser im Mund zusammen. Selber gemachte Pasta mit Spargel in Weißweinsoße. Einfach himmlisch. Genüsslich seufze ich, als ich den ersten Bissen nehme und sich die Aromen auf meiner Zunge treffen.

»Fast könnte ich neidisch auf diese Nudeln werden, aber ich kenne auch einen Weg, dich stöhnen zu lassen. Vergiss nicht, du gehörst mir. Du wolltest an dem Vertrag festhalten.« Leonard haucht mir einen Kuss unter mein Ohr und schon spüre ich seine Hand an meinem Knie. Unaufhaltsam schiebt sie mir den Rock nach oben, während die Hitze auf meiner Haut Schockwellen durch meinen Körper treibt. Was hat er vor? Wir sitzen hier mit seinem besten Freund und dessen Frau in einem Restaurant. Er kann doch nicht ...

Doch er kann. Leonard kratzt mit zu Klauen geformten Fingern über mein Höschen. Ich will schreien, den Kopf in den Nacken werfen, aber ich kann nicht. Meine Atmung kommt total durcheinander. Schnell trinke ich einen Schluck Weißwein. Aber auch der kühlt diese Empfindung nur leidlich.

»Liest du auch sexy Orkgeschichten, Nina?« Leonards Stimme ist so wie immer. Warum höre ich ihm nicht an, dass er diese Dinge zwischen meinen Beinen tut?

Ich höre die Antwort nicht, aber Leonard kratzt noch einmal über meine Schamlippen, fester diesmal. Ich keuche.

»Alles in Ordnung?« Nina sieht mich besorgt an.

»Ja, ich habe wohl etwas zu viel Pfeffer benutzt.«

»Aber du magst es doch scharf, mein Schatz.« Leo berührt meinen Lustpunkt und die Gabel zittert in meiner Hand, während das Bild der Frau vor mir in Leidenschaft zerfließt. Mit aller Selbstbeherrschung schiebe ich mir das Essen in den Mund. Endlich habe ich einen Grund frei zu stöhnen. Ich muss der Gier einfach ein Ventil geben. Lust rinnt wie brodelnde Lava durch meinen Körper. Aber Leonard ist noch lange nicht fertig mit mir.

»Das Essen hier ist fantastisch. Wir sollten uns öfter hier treffen.« Leonard beißt von seiner Pizza ab, schiebt mein Höschen zur Seite und lässt seinen Finger in meine nasse Spalte gleiten. Er redet weiter mit Tom, während meine Welt nur noch aus der verzweifelten Anstrengung besteht, mich nicht auf diesen Tisch zu werfen, die Beine zu spreizen und nach der Erlösung zu betteln.

Viel zu langsam bewegt Leo seinen Finger auf und ab, streichelt dabei sowohl meine Klit, als auch meinen Eingang. Ich will, dass er seinen Finger in mich schiebt und wieder nach dem Punkt sucht, der meine Welt explodieren lässt. Ich will, dass er meine Perle fester reibt, sie drückt und damit meine Lust noch glitschiger werden lässt. Ich will ihn reiten und ihm meine Brüste dabei vor den Mund halten, damit seine Zunge meine Nippel verwöhnen können. Ich will so viel, aber ich kann nur sitzen und meine Gabel umklammert halten, bis ich mir sicher bin, dass ich sie verbiege.

Leonard plaudert unterdessen angeregt. Ich hasse ihn dafür. Ich liebe ihn dafür. Und endlich wird der Druck zwischen meinen Beinen fester. Er bewegt seinen Finger schneller. Schweiß bildet sich auf meiner Stirn. Der Druck in mir wird unermesslich. Meine Bauchmuskeln spannen sich an und dann erschüttert mich ein gewaltiger Orgasmus. Mein Becken zieht sich zusammen. Unglaublich, dass ich mich nicht schon keuchend auf dem Boden winde und noch immer hier sitze und auf meine inzwischen kalten Nudeln starre.

»Fühlst du dich nicht wohl, meine Liebe?«

Mein Blick ruckt zu Nina nach oben. Noch immer atme ich viel zu schnell. »Alles gut. Es geht gleich wieder. Ich bekomme morgen meine Tage und du kennst ja die Bauchkrämpfe, die das Übel immer ankündigen.«

Ich weiß nicht, woher mein benebelter Kopf diese Ausrede genommen hat, aber an dem verständnisvollen Nicken von Nina weiß ich, dass ich mich gut herausgeredet habe.

Leonard grinst zu mir herüber und leckt sich seine Fingerspitze ab, die gerade noch zwischen meinen Beinen war. »Das ist so köstlich. Man bekommt kaum genug davon.«

Mir ist so heiß. Ich brauche dringend kaltes Wasser. »Ihr entschuldigt mich für einen Moment. Ich muss mich frischmachen.«

Mit zitternden Knien stehe ich auf und renne fast zu den Toiletten. Ich lasse mir kaltes Wasser über das Handgelenk laufen. Meine Augenlider schließen sich fast von selbst, als das Blut in meinen Adern heruntergekühlt wird. Was macht dieser Mann mit mir?

Ich schaue in den Spiegel. Die Frau, die mich daraus ansieht, kann unmöglich ich sein. Ihre Augen glänzen lustvoll, ihre Wangen überzieht eine zarte Röte. Sie sieht aus wie eine leidenschaftliche Liebhaberin, die bereit für die zweite Runde ist. Ich lächle sie an. Sie lächelt zurück. Wir sind uns einig, dass uns ein Leben mit einer guten Portion Sex sehr gut gefällt und in meinem Kopf reift ein Plan, wie ich mich dafür rächen werde – auf eine Art, die ihm sicherlich auch gefallen wird.

Mit diesem Gedanken verschwindet das unschuldige Mädchen in mir und macht den Platz frei, damit ich übernehmen kann. Es muss ja einen Grund geben, warum ich an diesem Vertrag festhalte, und der darf nicht nur Verpflichtung sein.

**Leonard**

Der Abend ist toll. Maria unterhält sich mit Nina als würden sie sich schon ewig kennen. Das ist neu für mich. Lisa hat immer alle anderen Frauen wie Luft behandelt. Ich hatte es damals für Konkurrenzdenken gehalten und war nicht weiter darauf eingegangen. Doch jetzt bemerke ich, wie angenehm es ist, nicht selbst immer ein Gespräch am Laufen halten zu müssen, sondern sich auch einfach mal zurückzulehnen und zuzuhören. Maria ist eine gute Gesprächspartnerin. Ich erfahre Dinge, die ich bisher nicht wusste. Zum Beispiel, dass Tom und seine Frau ein Haus am Stadtrand von München bauen. Wenn ich mir überlege, wie hoch die Preise für Grundstücke im Einzugsgebiet München sind, ist das sehr mutig von Tom. Das kleine Wesen in Ninas Bauch wird ein Junge und Tom ist unendlich stolz darauf, endlich Vater zu werden. Anscheinend haben sie es schon lange versucht, aber es wollte nie klappen.

Würde Tom nicht immer wieder auf Mogula, das Projekt und den neuen Server zu sprechen kommen, wäre es ein perfekter Abend. Ich gebe ihm ausweichende Antworten und genieße lieber die fröhliche Unterhaltung der beiden Frauen.

Ich will nicht daran denken, dass wir von Benedikt ins Abseits gedrängt wurden, und ich möchte mich auch nicht für meine Entscheidungen rechtfertigen müssen. Tom bekommt sein Gehalt als Leiter der IT, ob ich mir diesen Server extern hole oder nicht. Die finanzielle Entscheidung über das Budget liegt bei mir. Ich muss ihn nicht um Erlaubnis fragen.

»Gibst du mir dann die Passwörter, damit ich sie in die Sicherheitsdatenbank des Unternehmens einspielen und dort verwahren kann?« Schon wieder eine geschäftliche Frage. Warum kann er nicht einfach mal abschalten?

Ich verdrehe die Augen. »Was denkst du, warum ich den neuen Server habe? Ich will mich von der Firma abschotten, weil unsere Projektdaten gehackt worden sind. Tom, Benedikt hat mit unserer Arbeit P&G an Land gezogen. Irgendwo ist ein Sicherheitsleck im Unternehmen und das stopfe ich nicht, indem ich unsere Passwörter wieder irgendwo auf dem Unternehmensserver ablege. Du bist Teil meines Teams. Wenn ich Fragen zu Infrastruktur und IT habe, die für ein Projekt entscheidend sind, dann hole ich dich sofort dazu. Gerade deshalb sollte es auch dir wichtig sein, dass wir einen Auftrag an Land ziehen, der Benedikt das Wasser in die Augen treibt. Ich habe keine Lust, das wieder zu vergeigen, indem er mich ausbotet. Das verstehst du doch sicher.«

Tom nickt, aber ich sehe ihm an, dass meine Antwort ihn noch immer nicht überzeugt hat. Was soll ich denn noch tun, um ihm klarzumachen, dass ich mein Team nach diesem Vorfall von Mogula abspalten will? Wir werden arbeiten wie eine kleine eigene Agentur und dazu das Budget nutzen, welches wir zur Verfügung haben. Mogula, und vor allen Dingen Benedikt ist unser Konkurrent und genauso werden wir uns aufstellen. Wenn ich Tom damit in seiner Ehre gekränkt habe, kann ich es wieder gutmachen, wenn die Geschäftsführung wieder in meinen Händen liegt, aber bis dahin, werde ich niemandem trauen.

Maria lacht neben mir über irgendetwas, das Nina gesagt hat. Sofort hat sie meine Aufmerksamkeit. Ich fühle mich bei ihr sicher. Wie dumm das ist. Schließlich hat mich ihre Schwester behandelt wie Müll. Aber Maria ist so anders als jede Frau, die ich je kennengelernt habe. Warum vertraue ich ihr mehr, als meinem besten Freund? Es kann nicht nur an dem Vertrag liegen. Aber was ist es dann?

Dann wendet sie mir ihr Gesicht zu. Nur ganz kurz. Es reicht, dass ich die Freude in ihren Augen sehe, die kleinen Fältchen, die sich um ihre Mundwinkel legen, wenn sie glücklich ist. Meine Frage nach dem *Warum* ist sofort vergessen und ich weiß, dass ich mit ihr einen Partner an meiner Seite habe, der mich ergänzt und im nächsten halben Jahr alles tun wird, um mich zu unterstützen. Zum ersten Mal, seit sie in meinem Büro aufgetaucht ist, hoffe ich, dass wir nach dieser Zeit weiterhin Freunde bleiben können. Zu mehr bin ich noch immer nicht fähig. Ich merke es jedes Mal, wenn ich ihr wehtue, obwohl ich es gar nicht will, weil der Unfall mich zerrissen hat.

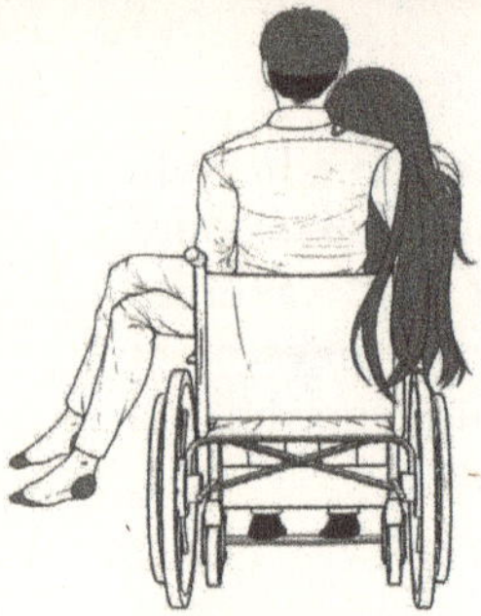

# Kapitel 18

**Leonard**

Seit acht Wochen rackern wir uns den Buckel krumm, aber sind noch keinen Schritt weitergekommen. Den Unternehmen geht es nicht gut und das erste, was gekürzt wird, ist der Werbeetat.

Maria legt das Headset ab und schlägt mit der Faust auf den Tisch. »Verdammt nochmal!«

Alle halten in ihrer Arbeit inne und starren sie an. Maria hat noch nie die Fassung verloren. Sie war bisher immer unser Joker, wenn wir anderen durch die ständigen Absagen oder Hinhaltetaktiken kurz davor waren unsere Laptops aus dem Fenster zu werfen.

»Was ist passiert?« Miriam findet als erste die Sprache wieder.

»Berlin hat gerade abgesagt.« Sie lässt den Kopf auf die Tischplatte fallen. »Ich habe so gehofft, dass sie aufspringen. Seit einer Woche telefoniere ich täglich mit ihnen und höre mir vom Vorstand an, wie perfekt sein Unternehmen ist und dass es mit etwas Werbung zum Marktführer aufsteigen könnte. Und nun sagt er mir, dass er es sich anders überlegt hat und vielleicht im nächsten Jahr auf uns zukommen wird. Wir brauchen den Auftrag aber jetzt! Im nächsten Jahr füllt er Benedikt die Taschen.«

»Der Nudelhersteller hat heute auch abgesagt. Viele Optionen bleiben uns nicht mehr.« Miriam steht auf und reibt sich mit den Handflächen übers Gesicht. Es ist schrecklich sie so deprimiert zu sehen.

»Uns fällt bestimmt noch etwas ein. Das ist in den letzten fünf Jahren immer so gewesen.« Ich versuche, ihnen Mut zuzusprechen, obwohl auch mir die Ausweglosigkeit der Situation immer bewusster wird. Um eine ordentliche Strategie auszuarbeiten brauchen wir mindestens drei Wochen. Dann müssen wir Termine mit dem Kunden machen und alles vorstellen. Und kein Kunde unterschreibt sofort einen Vertrag. Auch hier fallen noch Wartezeiten an. Das heißt, wir haben nur noch zwölf Wochen für die Umsetzung inkl. professionellen Bild- und Videoaufnahmen, Sprecher die Werbetexte einsprechen und dem Schnitt. Erst wenn die Kampagne läuft, bezahlt der Kunde. So ist es in unserer Branche üblich. Daher stehen wir schon jetzt gehörig unter Druck.

Ich rolle zum Fenster. Es ist so hart zu sehen, dass Christ und Thammen von P&G schon wieder bei Benedikt waren. In den letzten zwei Wochen waren sie fast täglich hier. Ein Zeichen, dass ihr Projekt voranschreitet.

Maria stellt sich neben mich und sieht dem Wagen hinterher, der vom Firmengelände fährt und sich dann in den Stadtverkehr einfädelt. »Vielleicht brauchen wir alle einen neuen Blickwinkel. Wir sitzen seit Wochen jeden Tag in diesem Büro und jagen jeder noch so kleinen Maus nach. Auch wenn es sich mit dem Druck im Nacken furchtbar anhört, aber ich wäre dafür, dass das ganze Team einfach mal ein paar Tage freinimmt. Was hältst du davon?«

Mein Kopf ruckt zu ihr herum und meine Brauen berühren fast meinen Haaransatz, so weit reiße ich die Augen auf. »Wir sollen jetzt frei nehmen?«

»Ja, und dann mit einem frischen Blick wieder an die Arbeit gehen. Vielleicht liegt die Lösung ganz nach, aber wir sehen sie nicht, weil wir in einem Tunnel sitzen und darauf warten, dass der Zug kommt und uns überrollt.« Sie sieht mich offen an und wartet auf eine Entscheidung. Morgen wäre ohnehin Freitag, wo die meisten Firmen nur bis Mittags arbeiten.

»Okay, vielleicht hast du ja Recht. Morgen und am Montag haben alle frei. Ich leite die Telefone alle auf mein Handy um, damit wir nichts verpassen.«

Nadja seufzt. »Das brauche ich auch dringend. Danke Maria und danke Chef.« Sie tippt noch etwas in ihren Laptop und klappt ihn dann zu. »Die Umleitung ist drin. Nach den Rückschlägen heute, sollten kaum Anrufe eingehen.«

Maria holt unsere Jacken und steckt unsere Laptops in ihre

Tasche. »Nur für den Fall«, sagt sie.

Keine zehn Minuten später ist das Büro verschlossen und ich fahre mit meinem BMW über die Straßen. Maria sitzt neben mir und zieht die Jacke enger um die Schultern. Ich drehe die Heizung hoch. Es ist inzwischen abends kälter geworden. Der Sommer neigt sich dem Ende zu. Maria wirft mir einen dankbaren Blick zu. Inzwischen verstehen wir uns fast blind.

»Kommt Claire heute? Ich habe eine Überraschung für sie, als Dankeschön.«

»Eigentlich nicht. Seit der Anprobe gestern ist sie ziemlich frustriert.«

»Genau darum geht es. Ruf sie an und lad sie und Daniel auf ein Glas Wein ein. Wenn wir schon auf andere Gedanken kommen sollen, was wäre dann besser als ein gemütlicher Abend am Kamin, mit Menschen, die uns guttun.«

Marias Lächeln bringt das ganze Auto zum Strahlen. Ich weiß, wie wichtig ihr Claire ist. Als sie gestern nach Hause gekommen ist, war sie so still, wie schon lange nicht mehr. Nur weil auch diesmal nicht das richtige Kleid dabei war.

Schnell wählt sie Claires Nummer und lädt sie ein. Ich höre die Begeisterung in Claires Stimme bis zu mir herüber, obwohl Maria den Lautsprecher nicht angeschaltet hat. Vor mir liegt ein Abend, an dem ich die Sorgen meines eigenen verkorksten Lebens vergessen kann. Ich brauche mehr positive Menschen um mich herum.

**Maria**

Claire kommt gleichzeitig mit uns am Haus an. Sie fällt mir in die Arme und die Männer begrüßen sich mit einem freundschaftlichen Schlag auf die Schultern. Wir durchqueren das Wohnzimmer, das sich seit meinem Einzug doch etwas verändert hat. Auf dem Sofa liegen bunte Kissen und auf den weißen Möbeln haben sich einige echte Pflanzen angesammelt. Der künstliche Farn steht nun auf dem Gäste-WC. Dort stört er nicht, denn ich traue mich noch immer nicht, irgendetwas wegzuwerfen. Schließlich bleibe ich nicht ewig in diesem Haus. Fast die Hälfte meiner Zeit mit Leonard ist bereits vorbei. Ich kann mir kaum noch vorstellen, wieder in mein kleines Zimmer zu meinen Eltern zurückzugehen. Nur mein Dachboden fehlt mir noch immer. Manchmal frage ich mich, ob die Bilder dort oben merken, dass ich sie schon so lange nicht mehr besucht habe. Ob sie mich ebenso vermissen wie ich sie?

Ich entzünde den Kamin und Leonard bringt eine Flasche Rotwein mit vier Gläsern und einem Korkenzieher aus der Küche. »Manchmal ist so ein Rollstuhl nicht mal so ungeschickt. Ein Tablett auf dem Schoß und alles steht während des Transports sicher wie auf einer Anrichte.«

Claire lacht und lässt sich in einen der gemütlichen Korbsessel fallen. »Euer Anruf kam gerade zur rechten Zeit. Meine Mutter wollte mich gerade dazu überreden, dass ich ihr Brautkleid trage und damit eine neue Familientradition einläute.«

»Das ist das mit den gewaltigen Puffärmeln und dem V-Ausschnitt?«, frage ich entsetzt.

»Genau. Kannst du dir das vorstellen? Ich würde aussehen wie eine Witzfigur.«

Daniel legt sich theatralisch den Arm über die Stirn und stöhnt. »Inzwischen würde ich dich sogar in einem Kartoffelsack heiraten.«

Leonard rollt zu uns herüber. »Das musst du gar nicht.«

Alle Köpfe drehen sich zu ihm. Aber er zieht sich in aller Seelenruhe die Schuhe aus und schiebt sich neben mich auf das Sofa.

»Jetzt rede endlich. Was meinst du damit?« Ich möchte ihn am liebsten erwürgen, als er sein Handy in Zeitlupe aus der Tasche seines Anzugs zieht. Er tippt auf dem Display rum. Claire macht mir ein Zeichen, dass ich endlich was sagen soll, aber ich zucke mit den Schultern, weil ich ja auch nicht weiß, was Leonard vor hat.

»Maria kam gestern todtraurig nach Hause und hat mir dein Hochzeitsplanalbum unter die Nase gehalten, liebe Claire.«

»Ja, ich habe dir gesagt, dass sie nur dieses eine Kleid haben will, aber kein Laden auch nur etwas ähnliches im Angebot hat.«, ergänze ich.

Leonard zeigt uns ein Bild auf seinem Handy. »Ich habe mir das Kleid abfotografiert und dabei festgestellt, dass hier unten in der Ecke«, er zieht das Bild größer, »der Name des Fotografen steht und wie der Zufall es will, kenne ich ihn. Mogula hat schon oft Aufträge an ihn vergeben.«

Claire schnappt nach Luft und auch ich schlage meine Hand vor den Mund und klebe weiter an Leonards Lippen. »Pierre konnte mir noch sagen, von welchem Designer das Kleid war und ich habe auch dort angerufen.«

Leonard macht eine Pause. Der Kerl ist so gemein. Er weiß doch, dass wir vor Neugier fast platzen. Inzwischen hat sich meine Freundin so weit über den Tisch gebeugt, dass sie sich auf der Platte abstützen muss, um nicht von ihrem Sitz zu fallen.

»Der Designer hat das Kleid nicht mehr wiedergesehen. Nach den Fotoaufnahmen hat eine reiche Russin es gekauft. Er hat keinen Kontakt mehr zu ihr.«

Claire plumpst zurück und stößt zischend die Luft aus. »Hätte ich mir doch denken können, dass es dieses Kleid nicht mehr für mich geben wird. Ich muss in einem Kleid heiraten, dass ich eigentlich gar nicht will, bevor meine Mutter mich in ihre Puffärmel zwingt.«

Daniel legt den Arm um seine Verlobte und streichelt ihr tröstend über die Schulter.

Leonard wirft die Hände in die Luft und schnaubt. »Warum lässt mich eigentlich nie jemand ausreden?«

Ich runzle die Stirn. Was soll jetzt noch kommen?

»Wie hoch ist euer Budget für das Kleid?«

»1.500 Euro. Wieso?«

»Weil der Designer es für dich noch einmal schneidert. Das macht er sogar umsonst, wenn er diese Geschichte für sein Marketing benutzen darf. Ihr hättet also ein Traumkleid und noch 1.500 Euro für die Lokation und den Blumenschmuck oder vielleicht für eine nette Band zur Verfügung. Was sagt ihr?«

Claire steht unter Schock. Sie starrt Leonard an, als wäre er ein Geist. Ihr Mund geht auf und zu, aber kein Wort kommt heraus. Stattdessen füllen sich ihre Augen mit Tränen und laufen auch schon bald über. Stumm tropft es auf ihre Knie. Daniel wirft Leonard einen dankbaren Blick zu und zieht seine

Zukünftige in eine feste Umarmung. Sie ist noch immer steif wie ein Brett und schaut ins Leere. Damit hätte keiner von uns gerechnet.

»Wie habe ich das gemacht?«, raunt er mir zu.

»Musst du da noch fragen? Du hast meine Freundin regelrecht umgehauen. Du bist wunderbar, Leonard Herzbach. Es ist schön, dass du wieder zurückkommst. Ich habe dich unter dem Ekel vermisst.« Ich beuge mich zu ihm hinüber und hauche ihm einen Kuss auf die Lippen. Sofort will ich mich wieder zurückziehen, aber er hält mich fest. Seine Augen wandern über mein Gesicht, als würde er etwas darin suchen. Dann schüttelt er kaum merklich den Kopf und küsst mich. Seine Hände legen sich um mich, während seine Lippen warm auf meinen liegen. Dieser Kuss hat nichts Erotisches, keine wilde Leidenschaft. Er ist weich mit einem Gefühl, das ich nicht in Worte fassen kann. Viel zu schnell löst er sich von mir. »Bevor das Ekel wieder zurückkommt. Ich habe ihn nämlich nur für heute Abend in ein Zimmer ganz hinten im Flur eingeschlossen.«

»Mach das öfter«, sage ich, bevor mein Blick wieder auf Claire fällt. Sie schluchzt inzwischen haltlos und klammert sich an Daniel fest.

»Ich mach dann mal den Wein auf, damit wir darauf anstoßen können. Hoffentlich deute ich deine Reaktion richtig und das ist Freude?« Leonard greift nach der Flasche. Doch bevor er sie öffnen kann, wird er schon von Claire angesprungen. Sie quetscht ihn in eine so feste Umarmung, dass er verzweifelt stöhnt. Seine Blicke flehen um Hilfe, aber Daniel und ich grinsen nur breit. Da muss er jetzt durch, denn mit seiner Tat ist er Teil der Familie geworden. Einer Familie, die er so schnell nicht mehr losbekommt.

**Leonard**

Ich tue so, als würde Claire mich mit ihrer Umarmung erdrücken, aber eigentlich genieße ich sie. Diese Geste ist echt und ehrlich. Keine Hintergedanken.

Wann hat sich jemand einmal so sehr über etwas gefreut, das mich selbst, außer etwas Zeit, nichts gekostet hat? Gab es sowas überhaupt schon einmal? Ich kann mich nicht erinnern. Vielleicht meine Mutter, wenn ich ihr als Kind einen Blumenstrauß gepflückt oder ein Bild gemalt habe. Auch sie hat mich dann immer ganz fest in den Arm genommen und mir gesagt, dass sie stolz auf mich ist. Nach ihrem Tod hat das niemand mehr gemacht. Nein, nicht einmal Lisa. Erst seit Maria in mein Leben gekommen ist, gibt es wieder Menschen, die mich erkennen. Ich muss mich nicht verstellen, kann mit ihnen lachen und brauche nicht jedes Wort auf die Goldwaage legen. Dieses Gefühl ist überwältigend. Ich kuschle mich in die Umarmung und flüstere Claire zu. »Du wirst die schönste Braut sein, die sich Daniel nur vorstellen kann.«

»Danke«, flüstert sie zurück und schnieft noch einmal laut, bevor sie sich auf ihren Sessel setzt und ungläubig den Kopf schüttelt.

»Wer möchte einen Wein zur Feier des Tages? Er müsste inzwischen die perfekte Temperatur haben.« Ich zwinkere Claire zu, um auch meinen eigenen Kloß im Hals zu vertreiben. Mit einem lauten Plopp ziehe ich den Korken aus der Flasche und schenke ein. Der Duft des vollmundigen Rotweins verteilt sich in der Luft. Das Aroma ist köstlich. Reife Früchte mit einem Hauch von Zedernholz.

»Auf eine wundervolle Hochzeit, die ihr niemals vergessen werdet.«

Ich sehe, wie sich Marias Blick verdunkelt. Sie schluckt fast unmerklich und beißt sich dann auf die Unterlippe. Wir stoßen an und ich tue so, als hätte ich den Anflug von Traurigkeit bei ihr nicht gesehen, aber er war da und hat mir wieder einmal vor Augen geführt, was ich ihr genommen habe. Schließlich wollte sie nur einmal in ihrem Leben heiraten – den Richtigen, den sie von Herzen liebt. Stattdessen hat sie sich an mich verkauft. Aber bald ist sie frei und ich hoffe von ganzem Herzen, dass sie dann ihr Glück finden wird, denn inzwischen weiß ich, dass sie einfach zu gut für mich ist.

»O, das hätte ich fast vergessen. Der ist vor eurer Tür gelegen.« Claire kramt in ihrer Tasche und holt einen Brief heraus. Ich drehe ihn hin und her und zucke dann mit den Schultern. Kein Absender. Nur mein Name ist auf den

Umschlag gedruckt, nicht mal eine Adresse.

Maria beugt sich zu mir, als ich den Umschlag öffne und ein Blatt Papier herausziehe. Es stehen nur zwei Worte darauf: Gib auf!

»Was soll das?« Maria nimmt mir den Zettel aus der Hand und wendet ihn, aber es gibt nur diese zwei Worte.

»Da ist jemand nicht gut informiert. Den Brief hätte er sich sparen können. Wir kommen ohnehin nicht weiter.«

»Das heißt, dass mein System standhält. Tatsächlich hat es einige Hackerangriffe auf dein Team gegeben, aber die Schutzsoftware konnte alle herausfiltern und eliminieren.«

»Also wird da jemand nervös, weil er nicht weiß, wie gut wir vorankommen«, sage ich und denke dabei an Benedikt. Aber würde er mir wirklich so einen Brief schicken? Das passt nicht zu ihm. Er ist immer und zu jeder Zeit vollkommen überzeugt von sich selber. Mein Bruder würde nicht mal auf die Idee kommen, dass ich ihn noch schlagen könnte. Das muss jemand gewesen sein, der weiß, dass ich mich nicht unterkriegen lasse und immer einen Weg finde – wie ein Bluthund, der einer Spur folgt.

Maria spricht aus, was ich denke. »Es muss jemand sein, der dich und deine Stärke kennt, jemand, der nicht in unserem Team ist.«

**Maria**

Es ist spät geworden, als Claire und ihr Zukünftiger sich verabschieden.

Bei der einen Flasche Wein ist es nicht geblieben. Der Abend war entspannt, wie ich es lange nicht mehr erlebt habe. Claire hat Leonard regelrecht angehimmelt. War aber auch ein genialer Schachzug von ihm. Wie erobert man das Herz einer Frau schneller als mit dem richtigen Brautkleid? Bei diesem Gedanken legt sich wieder Melancholie über meine Fröhlichkeit. Ich habe im Kleid meiner Schwester geheiratet und es war furchtbar. Niemand hat sich die Mühe gemacht nach meinem Traumkleid Ausschau zu halten. Ich war egal. Eigentlich bin ich nicht neidisch. Claire gönne ich ihr Kleid von ganzem Herzen, aber ... Dieses Aber, das mir die Füße wegzieht, wenn ich daran denke, wie schnell die Zeit vergeht. Ich fühle mich wohl bei Leonard und endlich ist er auch wieder der Mann, in den ich mich verliebt habe. Trotz der ganzen Sorgen um Mogula, seine berufliche Zukunft und vor allem die Zukunft seiner Teammitglieder lächelt er, ist zuvorkommend und ich hoffe so sehr, dass er endlich begriffen hat, dass niemand das Recht hat, ihn auf den Rollstuhl zu reduzieren. Der Stuhl ist nur eine Hürde, die er mit Leichtigkeit überwinden kann. Er ist Leonard Herzbach. Dieser Name ist etwas wert. Leonard war nie der Sohn von ... oder der Bruder von ... Er hat alles aus eigener Kraft geschafft. Die Menschen, die das nicht sehen, sind diejenigen mit einer Behinderung. Sie können nicht richtig sehen und auch in ihren Herzen ist ganz viel defekt. Leider kümmert sich niemand um diese Leiden. Vielleicht erkennen sie es ja noch irgendwann, wenn nicht können sie mir nur leidtun.

»Morgen früh kommt der Therapeut und du gehst mit Claire zum Designer, aber für den Abend gehörst du mir. Ich habe bereits eine Idee für uns beide.« Leonard streckt den Kopf aus dem Badezimmer.

»Darf ich wissen, was das für ein Geistesblitz ist, dem du am Abend nachgehen willst?«

»Das wird eine Überraschung. Wenn du mich zur Untätigkeit im Projektteam verdonnerst, musst du jetzt damit klarkommen, wenn ich die Freizeitplanung übernehme und dir keine andere Wahl lasse, als mir zu folgen.«

»O, mein Herr und Meister befielt über mich.« Ich kichere, während ich die Gläser in die Spülmaschine stelle.

»So ist es, meine Liebe. Du bist allen meinen Wünschen hilflos ausgeliefert. Dein hübscher Arsch gehört mir.«

In meinen Gedanken blitzen Worte auf, die ich aber nicht sagen kann. Stattdessen antworte ich: »Den Hintern kannst du haben, aber der Kopf legt sich jetzt auf ein Kissen und schläft seinen Schwips aus.«

Ich verstehe seine Antwort nicht, weil die elektrische Zahnbürste in seinem Mund arbeitet. *Verrückter Kerl!*

»Gute Nacht«, rufe ich und schlüpfe in mein Zimmer.

Am nächsten Morgen ist Claire kaum zu bändigen. Sie zappelt

die ganze Zeit. Es ist ein Wunder, dass der Designer eine solche Geduld mit ihr an den Tag legt. Nicht mal die Fragen, die eine hübsche PR-Frau ihr stellt, bringen sie dazu einen Moment stillzuhalten. Claire erlebt gerade ihren großen Traum und Leonard hat ihn ihr ermöglicht. Als ich gegen zwei nach Hause komme, bin ich todmüde. Ich falle mitsamt meinen Schuhen aufs Bett und bin sofort eingeschlafen.

**Leonard**

Sie schnarcht leise. Ich muss schmunzeln. Fast tut es mir leid, dass ich sie wecken muss, aber ich will auf keinen Fall zu spät kommen. Wenn sie wüsste, was ich mir für sie ausgedacht habe, würde sie kein Auge zutun.

Leise rolle ich an ihr Bett heran und streiche über ihr Bein. »Maria, du musst aufwachen.«

Sie zuckt und murmelt etwas Unverständliches.

»Los, raus aus den Federn. Wir kommen sonst zu spät.«

Sie gähnt und streckt sich, bevor sie ihr rechtes Augenlid einen Millimeter hebt. »Muss ich wirklich dabei sein?«

»Natürlich! Ohne dich geht es nicht.«

Sie setzt sich auf die Bettkante. »Wann müssen wir los und was soll ich anziehen?«

»Mach dich schick, aber takel dich nicht auf. Kannst du damit etwas anfangen?«

Sie blinzelt mir etwas hilflos zu. »Ich werde schon etwas finden. Der Schrank ist ja groß genug«, und schon schwingt sie sich aus dem Bett und zieht die Schranktüren auf. Aus dem Inneren höre ich ihre gedämpfte Stimme: »Gib mir eine halbe Stunde, ja?«

Ich grinse und begebe mich in mein Zimmer. Die Geräte des Physiotherapeuten liegen noch immer neben meinem Bett. Er hat mich heute Morgen ganz schön gequält, aber ich mache mit, denn mit jeder Trainingseinheit baue ich meine Muskeln mehr auf. Es sind die kleinen Dinge, die mir die Hoffnung geben, vielleicht doch noch ein einigermaßen normales Leben führen zu können, auch wenn ich sicherlich nie wieder richtig laufen kann. Dessen bin ich mir bewusst. Aber allein, dass ich durch das Beckenbodentraining meine Blase wieder vollkommen kontrollieren kann oder die Beweglichkeit und Kraft meines Oberkörpers enorm zunimmt, gibt mir Zuversicht. Schon jetzt kann ich den Rollstuhl deutlich routinierter bedienen, als vor acht Wochen. Es sind kleine Schritte, aber für mich bedeuten sie die Welt.

Erwartungsvoll schließe ich die Augen, lege meine Hände auf die Oberschenkel und streiche darüber. Es kribbelt ganz leicht – als würde ein Grashalm über meine Haut streichen. Ein Gefühl – eine Hoffnung.

Maria erzähle ich vorerst nichts davon. Ich will sie nicht enttäuschen, wenn es dann doch nicht vorwärtsgeht. Wann hat sich das Blatt so sehr gewendet? Sollte sie nicht eigentlich mein Besitz sein? Wollte ich sie nicht eigentlich dafür bestrafen, dass sie Lisas Schwester ist? Sie hat mich eines Besseren belehrt. Alles, was sie mit Lisa gemein hat, sind die türkisfarbenen Augen, sonst nichts. Und das ist auch gut so. Niemals hätte ich mich auf Lisa so verlassen können, wie auf Maria. Sie hätte sich sicherlich nicht mit der Arbeit in einem Projektteam belastet. Lisa war nicht zur Arbeit gemacht. Sie ist hübsch und kann mit ihren Vorzügen glänzen – wie eine Anstecknadel, um die mich jeder bewundert hat.

Maria ist eine Partnerin in jeder Art und Weise. Sie unterstützte das Team vom ersten Moment an und ist inzwischen zum Dreh- und Angelpunkt geworden. Ich bin stolz auf sie und dieser Stolz hat so viele unterschiedliche Facetten. Heute werde ich ihr auch etwas zurückgeben. Ich freue mich schon auf das Staunen in ihren Augen.

Ich höre, wie ihre Zimmertür geöffnet wird, und rolle in den Flur. Mir verschlägt es fast die Sprache. Wie konnte ich nur jemals annehmen, dass Maria unscheinbar ist. In einem weißen, weiten Kleid kommt sie auf mich zu. Der rote Gürtel hat die gleiche Farbe wie ihre Pumps und, was noch wichtiger ist, wie ihre Lippen. Das schwarze Haar trägt sie offen. Es fällt ihr in sanften Wellen über den Rücken. Bei jedem Schritt wiegen ihre wundervollen Hüften hin und her. Sie lassen den Rock um ihre Oberschenkel schwingen. Sie sieht aus wie ein gefallener Engel – sündhaft unschuldig.

Sie bleibt vor mir stehen und dreht sich im Kreis. »Schick,

aber nicht aufgetakelt. Gefalle ich dir?«

»So gut, dass ich überlege, unterwegs etwas zu kaufen, damit ich dich vor den lüsternen Blicken anderer Männer verstecken kann. Einen langen Regenmantel vielleicht.«

Sie kichert. »Danke, aber nein Danke. Es muss dir reichen, wenn ich dir verspreche, dass ich nur deine Blicke auf meiner Haut spüren werde.«

Davon wird es reichlich geben, denke ich und folge ihr zum Wagen. Ob sie jetzt schon meine Blicke auf ihrem Hintern fühlt? In diesem Moment finde ich es gar nicht so schlecht, sitzen zu müssen. Meine Augen werden heute Abend immer in der richtigen Höhe sein.

**Maria**

»Wo fahren wir hin?« Aufgeregt hibbele ich im Autositz herum.

»Lass dich überraschen. Ich verspreche, dass es dir gefallen wird.«

»Und wie lange dauert die Fahrt noch?«

»Du bist unmöglich. Nicht mehr lange, okay? Und jetzt versuch stillzusitzen. Du machst mich ganz nervös.«

»Warum soll es dir besser gehen als mir? Ich bin so nervös, dass ich Bauchschmerzen bekomme. Nach deiner Überraschung gestern für Claire rechne ich mit allem.«

»Dann hoffe ich, dass du nicht allzu enttäuscht sein wirst.« Ich zwinkere ihr zu und biege in die Reichenbachstraße ein. Die Galerie ist hell erleuchtet und der rote Teppich davor zeugt von der Wichtigkeit dieser neuen Ausstellung. Die Karten habe ich schon seit zwei Wochen. Gekauft hatte ich sie an einem Tag, als Maria fünf Absagen von Kunden hintereinander wegstecken musste und trotzdem noch siegessicher gelächelt hatte. Die Enttäuschung hatte sie gut verborgen, aber für mich war die Traurigkeit in ihren Augen überdeutlich sichtbar gewesen.

»Das ist nicht dein Ernst. Die Heitsch-Galerie?«

»Genau. Und heute ist der erste Tag einer Ausstellung von ungarischen Künstlern. Ich kenne keinen einzigen von ihnen, aber ich hoffe darauf, dass du mir hilfst, damit ich nicht ganz dumm aussehe?«

»Aber natürlich! O Leonard, das ist wundervoll.«

Er parkt direkt vor der Tür und wieder wirft er einem erschrockenen Helfer den Chip zu, damit er den Wagen in dem Parkhaus abstellen kann, welches für diesen Abend Plätze freigehalten hat.

Ich fühle mich wie ein kleines Mädchen in einem Spielzeugladen, als ich die weißen Räumlichkeiten betrete, die in so starkem Kontrast zu den bunten Bildern und anderen Kunstwerken stehen. Jedes Werk steht für sich allein, hat genügend Platz, um auf den Betrachter zu wirken.

Mein Herz schlägt mir bis zum Hals, als ich die Künstler neben ihren Werken sehe. Ich will mit jedem Einzelnen reden. Sie leben meinen Traum und jetzt ist meine Chance, sie zu fragen, wie das ist. Fühlen sie sich frei, weil sie ihre Kreativität entfalten können? Wo sind die Grenzen? Ich platze fast vor Neugier.

»Wo willst du als Erstes hin?« Leonard legt seine Hand an meinen Rücken.

»Keine Ahnung. Überallhin zur gleichen Zeit.«

Sein leises Lachen kitzelt über meine Haut. Im Augenblick gibt es nur dieses Geräusch und die Welt der Kunst.

»Dann lass uns alles der Reihe nach betrachten, aber du versprichst nicht zu kollabieren, okay?«

Ich nicke nur, während er mich schon auf den ersten Künstler zuschiebt.

**Leonard**

Ihre Begeisterung ist ansteckend. Ich versuche, in den vielen Farben das zu erkennen was sie sieht. Mit einer Hingabe beschreibt sie mir die einzelnen Techniken, die der Künstler angewandt hat, um bestimmte Farbverläufe zu erzielen oder einen anderen Effekt herauszuarbeiten. Die Erschaffer der Kunstwerke sind beeindruckt von ihrem Wissen. Sie betteln regelrecht um ihre Expertise.

Meine Frau ist so gut. Das hätte ich niemals erwartet. Und dabei strahlen ihre Augen. Maria selbst leuchtet in ihrem weißen Kleid aus den Farben um sie herum heraus.

»Leonard, du hier?«

Ich fahre herum, als ich meinen Namen höre und traue

meinen Augen kaum. »Janosz, ich habe dich ja ewig nicht mehr gesehen.«

»Das hättest du eher haben können, seit zwei Wochen versuche ich bei dir anzurufen, aber deine Sekretärin würgt mich immer ab. Du seist in wichtige Projekte eingebunden und deine geringe Belastbarkeit macht es dir nicht möglich, über Folgeprojekte nachzudenken. Geht es dir wirklich so schlecht?« Zweifelnd hebt er eine Augenbraue und sieht von mir zu Maria.

Mir verschlägt es die Sprache. Ich starre Janosz an und kann es nicht fassen, dass Xenia ihm einen solchen Mist erzählt hat. »Ich muss dich da wohl über einige Neuerungen bei Mogula aufklären, die mir im Moment ziemlich sauer aufstoßen. Ich habe nie erfahren, dass du mich erreichen wolltest. Ansonsten hätten wir uns schon längst getroffen.«

»Leider bin ich nur noch heute in München. Morgen reise ich zurück nach Budapest.«

»Hast du das gesehen? Er hat Aquarell mit Öl kombiniert. Das ist so gewagt.« Maria hat Janosz Anwesenheit noch gar nicht registriert.

Ich ergreife ihre Hand und hauche einen Kuss auf den Handrücken. »Darf ich dir meine Frau Maria vorstellen?«

»Maria, das ist Janosz Daritschz. Wir kennen uns seit unserem gemeinsamen Semester an der Columbia. Janosz hat es in die Politik verschlagen. Er ist der Staatssekretär im Ministerium für Kultur in Ungarn.«

Mein Freund lacht. »Inzwischen sind noch ein paar weitere Ministerien dazugekommen. Das war auch der Grund, warum ich dich sprechen wollte. Wir brauchen eine gute Werbeagentur, die international agiert und zusätzlich über ein PR-Team verfügt.«

Mein Magen fährt Achterbahn. »Kommst du für eine Weile allein klar, Maria? Ich würde mich gern an die Bar zurückziehen.«

»Aber natürlich. Es gibt noch so viel zu sehen und so wenig Zeit. Da werde ich dich nur ein ganz kleines bisschen vermissen.« Sie grinst schief und küsst mich auf die Wange. Es ist schön, wie selbstverständlich sie mit mir umgeht. Es fühlt sich so echt an und ich bemerke, dass ich immer wieder unseren

Vertrag vergesse. Die Hälfte der sechs Monate ist bereits um und dann werde ich mich von Maria scheiden lassen. Sie wird dann nicht länger Teil meines Lebens sein. Diese Gedanken verwerfe ich. Dafür ist jetzt keine Zeit. Wenn Janosz eine Agentur sucht, dann erwartet mich etwas Großes.

Janosz und ich schieben uns durch die Reihen der Besucher. Er ergattert einen gerade freigewordenen Tisch am Rande des Geschehens und lässt sich in den lederbezogenen Schwingstuhl fallen. Ich sehe ihn an und warte. Seine nächsten Worte sind so groß, dass ich nach Luft schnappen muss.

»Ich suche nach einem fähigen Kopf, der mir eine PR- und Marketingstrategie für mein schönes Ungarn macht.«

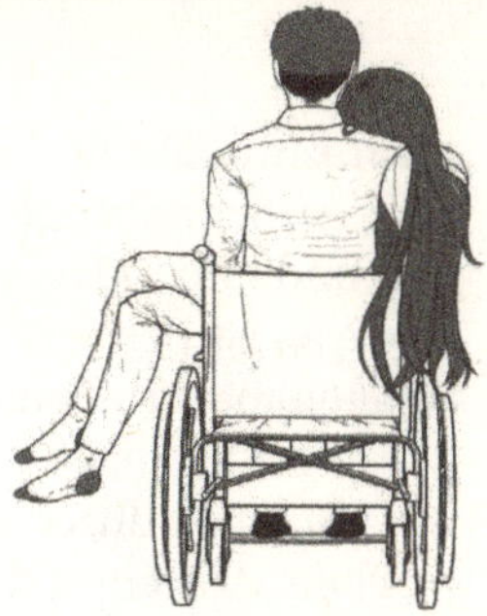

# Kapitel 19

»Was fällt dir eigentlich ein?«

Xenia zuckt an ihrem Schreibtisch zusammen und legt sich die Hände auf die Brust. »Herr Herzbach, haben Sie mich erschreckt.«

Wie gerne würde ich jetzt über ihr stehen und ihr schon mit meiner Statur klarmachen, dass sie den Fehler ihres Lebens begangen hat, aber ich sitze nun mal und muss meiner Wut anders Luft machen.

»Hör auf mit dem Scheiß, Xenia. Warum hast du Janosz nicht zu mir verbunden?«

Ihr Gesicht wird plötzlich ganz weiß. Ich sehe die Gedanken geradezu durch ihren Kopf schießen. Sie soll jetzt nur nicht den Fehler begehen, mich anzulügen, dann wird sie so sofort ihre Kündigung bekommen.

»Ich ... ich-«

Die Tür zum Büro des Geschäftsführers wird aufgerissen und mein Vater steht im Rahmen. »Was ist denn hier für ein Geschrei?«

»Du kommst mir gerade recht. Hast du überhaupt vor gehabt diesen beschissenen Wettbewerb zwischen Benedikt und mir fair ablaufen zu lassen? Willst du mich noch weiter sabotieren und ziehst sogar meine Sekretärin da mit hinein?«

Mein Vater reißt die Augen nur für den Bruchteil einer Sekunde auf. Dann wird sein Gesicht wieder zu der emotionslosen Maske, die er immer zur Schau trägt. »Komm in mein Büro und hör auf, Xenia in Angst und Schrecken zu versetzen.«

»Wenn einer von euch mir keinen triftigen Grund für ihren Fehler nennen kann, dann setze ich sie auf die Straße.« Mit einem letzten Blick auf Xenias bebende Unterlippe fahre ich in mein Büro. Meine Wut steigert sich noch einmal, als er sich an meinen Schreibtisch setzt und sich zu mir beugt, als wäre ich ein Kind und müsse von Papa gerügt werden.

»Was ist passiert? Und hör auf dich wie ein wildgewordener Straßenköter zu benehmen.«

Ich schlucke. Nur weil er immer seine Haltung bewahrt und wie ein Stock durch die Gegend läuft, muss ich es nicht genauso machen. Abwehrend verschränke ich die Arme vor der Brust.

»Xenia hat Anrufe nicht zu mir durchgestellt, wichtige Anrufe. Sie hat behauptet, ich sei gesundheitlich nicht in der Lage einen Auftrag anzunehmen. Was soll der Mist?«

»Wer hat dir denn diesen Blödsinn erzählt?«

»Ach, du behauptest, dass der Staatssekretär der ungarischen Regierung Blödsinn erzählt? Darf ich dich bei unserem nächsten Treffen zitieren, Vater?«

Wieder verrutscht seine Fassade für einen Augenblick. Dann drückt er auf die Sprechanlage und bittet Xenia, zu uns zu kommen. Jetzt bin ich gespannt.

Sie knetet die Hände und traut sich nicht, mich anzusehen. So habe ich sie noch nie gesehen. Bisher war sie immer überheblich und hat auf andere herabgesehen, wahrscheinlich auch manchmal auf mich, obwohl sie es wenigstens gut verborgen hatte – bis jetzt.

»Ich habe gehört, wie Sie mit Benedikt darüber gesprochen haben, dass Leonard nicht mehr belastbar genug für diese Position ist, und habe mir Sorgen gemacht. Nach einem Gespräch mit Benedikt hat er versprochen sich um alles zu kümmern. Ich soll nur alle eingehenden Telefonate an ihn weiterverbinden. Das habe ich dann auch gemacht.«

Ich schlage mir die Hand vors Gesicht und kann ihre Dummheit nicht fassen. »Wie kam es dann, dass du Janosz gesagt hast, dass ich bereits Projekte bearbeite und gesundheitlich nicht in der Lage bin, Weitere zu bearbeiten?«

Sie räuspert sich. »Benedikt hat gesagt, dass er sich Sorgen um Sie macht und ich diesen Janosz abwimmeln soll. Mir ist nichts anderes eingefallen.«

Ich sehe meinen Vater an und warte auf eine Reaktion. Aber wenn ich damit gerechnet hätte, dass mein Vater sich nun auf meine Seite stellen würde, könnte ich gleich an den Weihnachtsmann glauben. Er steht auf und wendet uns den Rücken zu. »Das ist ein harter Kampf um ein Unternehmen, das es wert ist. Benedikt ist klar in Führung und möchte es auch bleiben. Wenn du nicht in der Lage bist, deinen Kontakten deine neue Telefonnummer mitzuteilen, trifft dich eine Teilschuld. Dafür werde ich Benedikt nicht bestrafen.«

Ich presse die Lippen zusammen, um nicht etwas zu sagen, was ich später bereuen werde. Sie werden schon sehen, was sie davon haben, wenn sie mir ständig Steine in den Weg legen, nur um den Krüppel loszuwerden. Denn das es so ist, kann mein Vater nach diesen Worten nicht mehr leugnen. Diese ganze Chance war eine reine Farce.

»Danke Vater. Nun weiß ich genau, wem deine Loyalität gilt, nicht dem, der das Geschäft groß gemacht hat, sondern dem, der laufen und im Stehen pissen kann.«

Ich wende den Rollstuhl und will nicht mehr hören, dass er mir hinterherruft, ich solle meine Worte mäßigen. Bei mir sind es Worte, die bei Weitem nicht so viel aussagen wie seine Taten.

**Maria**

Sofort bemerke ich Leonards angespannte Stimmung. Er rauscht ins Büro und knallt seine Tasche so laut auf den Schreibtisch, dass alle Gespräche verstummen. Jeder starrt ihn an.

»Ich hasse diese Situation. Wir werden von Benedikt boykottiert, wo es nur geht, und mein Vater nennt das einen harten Kampf. Ich nenne das einen Scheiß!« Er schlägt mit der Faust auf den Tisch. Seine Kaffeetasse ist zum Glück noch leer. Sie fällt mit einem lauten Scheppern auf den Boden und zerbricht.

Ich setze mich neben ihn und grinse über das ganze Gesicht. Dabei kann ich mir schon vorstellen, wie die anderen irritiert von ihm zu mir schauen. »Jetzt sag deinem Team aber auch endlich warum du so wütend bist und vor allen Dingen, spann mich nicht so auf die Folter.«

Er knurrt und berichtet wie Benedikt versucht hat, ihn ins Abseits zu stellen. »Zu unserem Glück war ich gestern mit

Maria auf einer Kunstausstellung und habe Janosz dort getroffen. Wir haben einen Großauftrag, der alle Aufträge sprengt, die Mogula jemals bearbeitet hat.«

Mayer zieht Nadja an sich und gemeinsam kreischen sie, wie zwei Teenies auf einem Rockkonzert. Miriam hat Tränen in den Augen. Sie versucht sie unauffällig wegzublinzeln, aber das misslingt ihr kläglich. Schon rollen sie über ihre Wangen und sie schluchzt hemmungslos.

Ich ziehe Leonard in meine Arme. »Trotz aller Widrigkeiten werden wir ihnen zeigen, dass du der bessere Boss bist.«

Er drückt mich an sich und ich fühle die Vertrautheit, die in den letzten Wochen zwischen uns gewachsen ist. Dieses Gefühl ist so schön, aber ich darf es nicht in mein Herz lassen, denn unsere Zeit läuft ab – unaufhaltsam.

Hastig löse ich mich von ihm und ziehe die Flasche Champagner aus meiner Tasche und stelle die Gläser auf den Tisch. »Zeit zum Feiern, bevor wir uns den Arsch aufreißen müssen, um dieses Projekt in der kurzen Zeit auf den Weg zu bringen.«

Bereits während wir anstoßen, sitzen alle daran Pläne zu erstellen. Maier schießt einen Pitch nach dem anderen aus dem Ärmel. So schnell kann ich sie gar nicht tippen.

»Wir müssen vor Ort sein. Janosz konnte leider nicht länger in Deutschland bleiben. Das heißt, Maria und ich fahren morgen nach Budapest. Um von dort aus mit euch arbeiten zu können, brauchen wir eine funktionierende VPN Verbindung, die auf jeden Fall sicher sein muss.« Er schaut zu mir. »Ruf bitte Tom an. Er soll kommen und sie uns einrichten. Je schneller, desto eher können wir losfahren.«

Die Atmosphäre voller Tatendrang hält den ganzen Tag an. Als Müller endlich, als Letzter das Büro verlässt, bin ich ausgelaugt, aber unendlich glücklich. Wir schaffen das, für Leonard, für Mogula und für unser Team, die gewinnen müssen, um ihre Arbeitsplätze zu behalten. Meine Motivation hängt schon lange nicht mehr nur an meinem Vater. Mit ihm hat nur alles angefangen. Doch jetzt, mittendrin, haben sich meine Prioritäten verschoben.

Leonard sitzt am Fenster und schaut hinab auf die Straße.

Trotz der belastenden Situation mit seinem Vater liegt ein Lächeln auf seinen Lippen.

»An was denkst du?«

»Ah, die typische Frauenfrage.« Er grinst schief und schaut zu mir auf. »Auf keinen Fall an andere Frauen.«

Ich kichere. »Das habe ich mir schon gedacht. Dafür hast du im Moment auch kaum Zeit.«

Er zieht mich mit Schwung auf seinen Schoß. Sein Blick wird dunkel. »An anderen Frauen habe ich keinen Bedarf. Dafür habe ich doch dich.«

Ich lege meine Hand in seinen Nacken und ziehe seinen Kopf zu mir herunter. »Das will ich auch hoffen, Herr Herzbach.«

Unsere Lippen finden sich zu einem Kuss. Ich öffne den Mund, um endlich seine Zunge zu schmecken, und seufze, als er mir den Gefallen tut.

Seine Hand fährt über meinen Rücken, bis sie auf meinem Hintern liegenbleibt. »Du fühlst dich so gut an«, raunt er mir ins Ohr, dann fährt seine Zunge über meinen Hals. Ich kralle mich an ihm fest, als die Hitze zwischen meinen Beinen immer mehr zunimmt. Ich will ihn so dringend.

Kaum bin ich noch in der Lage zu atmen, keuche nur noch, als seine andere Hand meine Brust umfasst und immer wieder mit dem Daumen über meine empfindliche Spitze reibt. Auffordernd beuge ich mich ihm entgegen, will mehr von dieser Leidenschaft, die mich in seinen Armen schmelzen lässt. Aber Leonard denkt gar nicht daran sich schneller voranzuarbeiten. Seine Finger setzen ihre brennenden Berührungen langsam fort.

Mutig stehe ich auf und gehe zu unserer Schreibtischinsel zurück.

»Was ist los?«

Ich drehe mich zu ihm um, antworte aber nicht. Stattdessen ziehe ich mir mein Shirt über den Kopf und öffne den BH. Seine Augen werden groß, als ich mich immer weiter entkleide, bis ich nackt vor ihm stehe. Wie bei unserer ersten erotischen Begegnung setze ich mich auf den Schreibtisch, lehne mich zurück und stelle meine Füße auf die Tischplatte.

Meine Schenkel zittern vor Vorfreude auf das, was jetzt

kommt, denn ich weiß, dass Leonard diesem Angebot nicht widerstehen kann. Und dann fühle ich auch schon seine Hand an meinem Bein. Langsam lässt er sie nach oben streichen. Ich will ihn so sehr. Die kühle Luft der Klimaanlage bläst über die Nässe zwischen meinen Beinen und steigert meine Lust noch mehr.

Leonard legt seine Hand heiß auf meinen Bauch.

»Bitte«, flehe ich ihn an.

»Psst, meine Schöne. Ich will diesen Anblick noch eine Weile genießen.«

Länger halte ich seine Blicke aber nicht mehr aus, ohne seine Berührungen zu spüren. Deshalb umfasse ich meine Brüste, drücke sie fest zusammen und reibe mit dem Daumen über die festen Knospen. Mein Becken zuckt Leonard entgegen. Noch weiter spreize ich meine Schenkel, spüre wie meine Schamlippen den Blick auf meinen Eingang und meine Klit freilegen. Dort will ich ihn spüren. Warum lässt er sich so lange Zeit?

»Was willst du, Maria?« Seine Stimme ist dunkel und rau. Sie gleitet über meinen Körper, wie eine Liebkosung.

»Leck mich und dann fick mich, bitte!«

»Dein Wunsch ist mir Befehl!« Und schon erobert sein Mund mich. Nicht langsam und vorsichtig, sondern mit einer Gewalt, die mich zum Schreien bringt. Ich winde mich auf dem Tisch, während er die empfindliche Haut mit Zunge, Lippen und Zähnen für sich beansprucht. Mein Herz rast und mein Schweiß wird von der Klimaanlage gekühlt. Schauder laufen über meinen ganzen Körper.

Leonard saugt meine Klit in seinen Mund und peitscht gleichzeitig mit seiner Zunge auf sie ein. Meine Finger krallen sich in sein Haar, aber ich kann mich nicht entscheiden, ob ich ihn näher zu mir hinziehen oder wegstoßen soll. Dann schiebt er wieder einen Finger in mich hinein, sucht kurz und findet dann den Punkt, der mich abheben lässt. Das Schmatzen meiner Nässe treibt meine Geilheit an die Grenzen des Horizonts. Alles in mir verkrampft sich und dann übermannt mich ein Orgasmus, der mich jegliche Kontrolle verlieren lässt. Ich schreie seinen Namen, wimmere, bettle und dann kann ich nur noch keuchen.

Langsam kehren meine Gedanken zurück. Wir sind noch nicht fertig. »Ich will dich, Leonard.«

»Aber du hattest mich doch gerade. Sag bloß, das war nicht genug.« Er grinst zwischen meinen Beinen zu mir auf.

»Du weiß, was ich meine. Bitte schlaf mit mir.«

Er sieht weg. »Selbst wenn ich es könnte, würde ich das nicht tun. Du bist so wertvoll, Maria. Das kann ich dir nicht nehmen.«

»Dann erlaube mir wenigstens, die Freude zurückzugeben, die du mir gerade geschenkt hast.« Ohne den Blick von ihm abzuwenden, steige ich vom Schreibtisch und knie mich zwischen seine Beine.

**Leonard**

Ich bleibe still, beobachte jede ihrer Bewegungen. Das kann sie nicht ernst meinen. Doch sie zögert nicht, kniet sich vor mich und entfernt die Fußstützen, um auch zwischen meine Beine zu kommen.

Immer wieder huscht ihr Blick kurz nach oben, sucht nach einer Reaktion von mir, aber ich kann ihr keine bieten. Es ist wie eine Art Schock, unter der ich stehe. Nie hätte ich gedacht, dass eine Frau so etwas überhaupt jemals in Erwägung ziehen würde. Selbst vor meinem Unfall war es Lisa unangenehm mir oral Freude zu schenken.

Maria öffnet meine Hose und zieht sie so weit wie möglich nach unten. Ich kann ihr kaum helfen. Meine Beine gehorchen mir nicht. Sie ist auf sich allein gestellt.

Meine Erregung springt ihr erfreut entgegen. Ich will sie, diese Frau, die zugleich sinnlich und schüchtern sein kann und damit meine Gier nach ihr ins Unermessliche steigert. Als sie meinen Schwanz in ihre Hand nimmt und ihn zärtlich streichelt, kralle ich mich an den Armstützen fest und schließe die Augen. Ich will, dass sie ihn in ihren süßen Mund nimmt, ihn tief in sich hineinsaugt und mit ihrer Zunge meine Eichel streichelt. Deshalb kann ich meine nächsten Worte auch selbst nicht glauben: »Du musst das nicht tun, Maria. Nur weil ich diese Dinge gern mit deinem Körper anstelle, musst du dich nicht dazu genötigt fühlen, es mir gleich zu tun.«

Kaum habe ich ausgesprochen, fühle ich bereits ihre Zunge über meine Spitze streichen und kann ein Stöhnen nicht unterdrücken.

»Wer sagt, dass ich es nicht genießen kann, Macht über Sie zu haben, Herr Herzbach? Ich glaube, Sie gehören mir.« Damit tut sie genau das, wovon ich geträumt habe. Ihre Zähne schaben über meinen Schaft und ich fühle das Streicheln ihrer Zunge. Ich ergebe mich dem Ansturm der Gefühle, lege meine Hände auf ihren Kopf, wühle mich in ihr Haar. Dabei muss ich mich dazu zwingen, ihren Kopf nicht tiefer zu drücken und einen schnelleren Rhythmus von ihr zu verlangen.

Ich muss sie ansehen, muss in ihrem Gesicht die Freude erkennen, die sie hat, wenn sie mir Lust bereitet. Ein Fehler. Ihre roten Lippen wandern an meinem Schwanz auf und ab. Ihre Augen sind geschlossen und auf ihren Zügen erkenne ich nur absolute Hingabe. Marias Hand liegt zwischen ihren Beinen und sie streichelt sich. Meine Hoden ziehen sich bei diesem Anblick sofort zusammen. Ich kann es nicht mehr aufhalten.

»Maria, ich komme!«, stöhne ich, um ihr die Möglichkeit zu geben, sich noch rechtzeitig zurückzuziehen, aber sie macht weiter. Umfasst mich noch fester, reibt nun auch mit ihrer Hand auf und ab, während sie an mir saugt.

Ich werfe den Kopf in den Nacken und schreie, als ich ihr meine heiße Lust in den Mund spritze. Helle Lichtblitze tanzen vor meinen Augen, alle Muskeln in meinem Körper sind angespannt. Etwas so Fantastisches habe ich noch nie erlebt. Maria denkt nicht daran, aufzuhören. Sie saugt und leckt, bis auch jedes noch so kleine Tröpfchen in ihrem Mund verschwunden ist. In ihrem Gesicht liegt eine Verzückung, die mich sprachlos macht.

Irgendwann lässt sie von mir ab und lächelt zu mir auf.

Ich ziehe sie zu mir und küsse sie, lege all meine Dankbarkeit in diesen Kuss. Es ist seltsam, mich selbst auf ihren Lippen zu schmecken, aber es stößt mich nicht ab. Im Gegenteil, es zeigt mir, wie besonders Maria ist. »Du bist unglaublich.«

»Das gebe ich gern zurück.« Sie kuschelt sich an meine Brust und umschlingt meinen Oberkörper. »Hast du gemerkt? Es hat alles funktioniert. Du bist nicht kaputt.«

»Zumindest nicht dort, aber vielleicht auch nur, weil du diejenige bist, die es heilt.« Noch einmal drücke ich sie fest an mich. Sauge ihren Geruch in mich auf, damit ich ihn nie wieder vergesse.

Bevor mich meine Gefühle vollkommen übermannen, schiebe ich sie von mir und sage: »Wir sollten nach Hause fahren. Die Reise nach Budapest wird anstrengend.«

»Wie immer haben Sie Recht, geliebter Ehegatte.« Maria grinst und steht dann auf. Sie ist wunderschön, wie sie nackt im sanften Licht der Nacht zu ihren Kleidern geht. Wie konnte ich nur jemals superschlanke Frauen attraktiv finden?

Meine innere Stimme flüstert mir zu: Weil du da noch nicht diesen anbetungswürdigen Hintern mit den hübschen Grübchen gekannt hast. Ich klatsche in Gedanken mit der Stimme ab. Sie hat vollkommen Recht.

Maria schließt das Büro ab und folgt mir zum Aufzug. Mit einem Lächeln an sie halte ich meine Chipkarte an das Bedienfeld. Dieser Tag hat das Blatt vollkommen gewendet. Wir haben einen Auftrag, der alle bekannten Dimensionen sprengt und meine anbetungswürdige Frau hat mir den Blowjob des Jahrhunderts verpasst und damit das Unmögliche möglich gemacht. Ich bin immer noch dazu fähig, eine Frau zu nehmen. Wenn ich will, kann ich Vater werden. Nur meine Beine wollen mir nicht gehorchen, aber das kann ich akzeptieren. Die Menschen, die ich um mich habe, verlieren ohnehin kaum noch ein Wort darüber. Für sie bin ich einfach Leonard. Und alle anderen können mich einfach nur gern haben, und zwar von Weitem. Sie sind mir egal.

Der Aufzug setzt sich in Bewegung. Es dauert eine Weile, bis sich seine Türen nach rechts und links aufschieben und die nette Frauenstimme verkündet: Sechster Stock. Bitte einsteigen. Mit einem kleinen Schwung rolle ich in die verspiegelte Kabine und drehte mich gekonnt zu Maria um.

»Oh nein. Ich hab die Laptoptasche im Büro liegenlassen.« Maria rennt schon los. »Warte auf mich, ja?« Die Absätze ihrer flachen Schuhe klacken laut auf dem Linoleumboden. Vielleicht sollte ich diesen Teil des Gebäudes sanieren lassen und ihn tatsächlich für Sonderprojekte nutzen. Es ist ungemein produktiv auf so engem Raum zusammenzuarbeiten. Ein wenig neuen Putz an die Wände, Holzfußboden und ein paar Pflanzen und schön könnte man sich hier richtig wohlfühlen.

»Türen schließen«, verkündet die Aufzugstimme, aber ich rolle ein Stück vor und blockiere damit den Mechanismus. Er springt wieder auf. Belustigt schüttele ich den Kopf und rolle aus der Kabine. Schließlich will ich auf Maria warten und nicht versehentlich doch ohne sie in der Tiefgarage landen. Die Türen schließen sich hinter mir mit einem Surren.

Maria ist schon wieder auf dem Weg zurück, als es hinter mir plötzlich ohrenbetäubend laut rattert. Ich rucke herum. Was ist das?

Der Lärm kommt vom Aufzug. Es dröhnt laut aus dem Schacht. Die Kabine schlägt, auf ihrem Weg nach unten, immer wieder gegen die Wand. Sie schrammt daran entlang. Es hört sich an, als würde eine Maschine den Asphalt einer Straße abtragen. Die Lichter der Anzeige über dem Eingang spielen verrückt. Sie zählen rasend schnell von sechs auf Minus drei herunter. Ich nehme alles wie im Zeitraffer wahr. Gerade befand ich mich noch in dieser Kabine, die nun in die Tiefe stürzt. Das wäre mein Todesurteil gewesen. Mir wird übel. Alles dreht sich um mich herum. Dann erzittert der Boden unter meinen Füßen. Es kracht ohrenbetäubend laut und die Lichter am Bedienpult und der Stockwerksanzeige fallen sofort aus. Rauch dringt durch den Spalt der geschlossenen Aufzugtür. Ich starre ungläubig darauf. Ich könnte jetzt mit zerschmetterten Gliedmaßen dort unten liegen. Das hätte ich niemals überlebt.

Maria geht neben mir in die Knie und legt ihre Arme um meinem Oberkörper. Sie zittert. Wahrscheinlich denkt sie das Gleiche wie ich. Wir könnten nun beide tot sein. Ihr Atem geht stoßweise.

»Wir sind in Ordnung, okay. Alles ist gut. Atme langsam und gleichmäßig.« Ein paar Atemzüge atme ich mit ihr, bis ich merke, dass sie sich beruhigt. Dabei streiche ich langsam über ihren Rücken, immer wieder auf und ab im gleichbleibenden Tempo. Das beruhigt mich ebenso wie sie. Denn auch an mir ist es nicht spurlos vorübergegangen. Wie kann so etwas passieren? Natürlich ist dieser Teil des Gebäudes in die Jahre gekommen, aber die Aufzüge sind modern, computergesteuert und werden regelmäßig gewartet. Das weiß ich, weil ich die Aufträge dafür freigebe und die Rechnungen abzeichne. Das kann nicht passieren. Ist es aber.

Fahrig ziehe ich mein Handy aus der Hosentasche und wähle die Servicenummer, die außen am Bedienfeld steht. »Klingler und Partner, beschreiben Sie den Notfall«, meldet sich eine gelangweilte Stimme.

»Der Aufzug im Nebengebäude von Mogula ist gerade abgestürzt.«

Schweigen, dann ein Räuspern. »Haben Sie abgestürzt gesagt?«

»Ja, das habe ich und ich will, dass Sie sofort jemanden herschicken, der das untersucht. Außerdem erwarte ich, dass auch der Aufzug im Hauptgebäude untersucht wird, bevor ich ihn benutze.«

»Nehmen Sie doch die Treppe. Ich kann ihnen morgen jemanden vorbeischicken. Mache gerade den Auftrag fertig.«

Ich atme tief durch, um nicht direkt zu explodieren. »Haben Sie gehört, was ich gesagt habe? Mein Name ist Leonard Herzbach und ich erwarte, dass in spätestens einer halben Stunde jemand aus ihrer Firma hier auftaucht und den Aufzug im Hauptgebäude testet, damit ich ihn benutzen kann. Und nein, die Treppe ist für mich ausgeschlossen, da ich im Rollstuhl sitze. Noch einmal werde ich das nicht erklären, dann rufe ich die Polizei und lasse wegen eines versuchten Tötungsdelikts ermitteln. Bin gespannt, was die herausfinden.«

»Aber nein, Herr Herzbach. Ich rufe sofort meinen Chef an. Bleiben Sie bitte in der Leitung.« Jetzt höre ich die Panik in seiner Stimme. Das ist gut so. Schließlich handelt es sich hierbei nicht um eine Bagatelle. Wir wären fast in den Tod gestürzt.

»Gehen wir rüber ins Hauptgebäude und holen wir uns einen Kaffee.«

Maria nickt und stemmt sich auf die Füße. Ihr Gesicht ist noch immer kalkweiß. »Meinst du, dass das jemand mit Absicht getan hat?«

»Wie kommst du denn darauf?«, versuche ich sie zu

beschwichtigen, obwohl mir bereits der gleiche Gedanke gekommen ist.

»Denk doch an den Drohbrief und jetzt, gerade als wir ein erstzunehmender Gegner für Benedikt werden, passiert so etwas. Das ist doch nicht normal.«

Ich nehme kurz ihre Hand und drücke sie. »Mach dir keine Sorgen. Wie soll denn jemand einen Aufzug manipulieren? Das hätten wir doch gemerkt, oder? Außer uns beiden hat das Ding doch heute niemand benutzt. Alle anderen haben die Treppe genommen.«

»Das ist es ja. Jeder weiß, dass nur du den Aufzug benutzt.«

Sie hat es genau erkannt. Nur Maria und ich nutzen den Aufzug im Nebengebäude, aber wer sollte zwischen dem Mittagessen bis jetzt etwas daran manipuliert haben? Es war niemand hier, außer unseren Teammitgliedern und von ihnen traue ich das niemandem zu.

»Warten wir ab, zu welchem Ergebnis das Serviceteam kommt. Die ganzen Spekulationen bringen uns nicht weiter.«

Mit Nachdruck halte ich ihr die Tür zum Hauptgebäude auf. Wir gehen über die Empore zum Aufenthaltsraum, als ich die Rücklichter eines Wagens rot aufleuchten sehe. Er fährt vom Firmengelände und biegt in den fließenden Verkehr ein. Leider ist es zu dunkel, um Kennzeichen oder zumindest ein Fabrikat zu erkennen. Was macht jemand noch so spät in der Firma? Ein weiterer Punkt, der mich nicht an Zufall glauben lässt, aber ich sage Maria nichts von meiner Beobachtung. Sie ist ohnehin schon beunruhigt genug.

# Kapitel 20

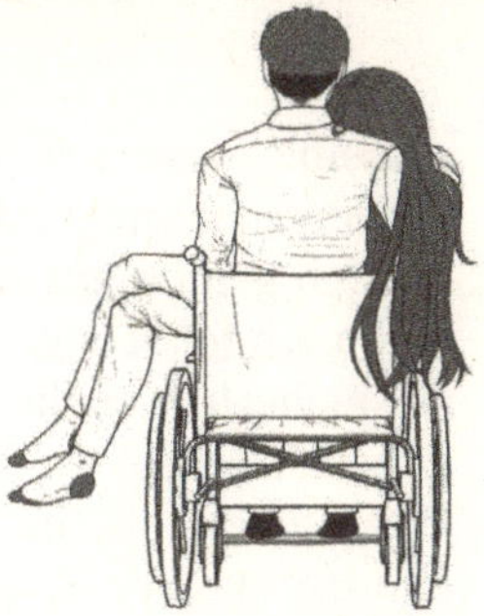

**Maria**

Es dauert ewig, bis das Serviceteam den Aufzug im Hauptgebäude überprüft hat. Trotzdem stehe ich nun mit einem mulmigen Gefühl in der Kabine. Jedes noch so kleine Ruckeln lässt meinen Magen schlingern. Leonard hält meine Hand. Er strahlt Sicherheit aus, aber ich spüre, dass dieser Abend auch an ihm nicht spurlos vorbeigegangen ist.

Ein Virus im Computersystem, das nur den Fahrstuhl in unserem Gebäudeteil angegriffen hat, den Aufzug, den nur Leonard und ich nehmen. Ich bin mir sicher, dass es jemand auf ihn abgesehen hat. Es muss jemand sein, der von unserem Treffen mit Janosz weiß und unter allen Umständen verhindern will, dass Leonard seinen Bruder abhängen kann. Leo ist sich sicher, dass sein Bruder nicht dahintersteckt. Solche Mittel würde nicht einmal er einsetzen. Wenn er sich da mal nicht täuscht. Ich vertraue im Moment niemandem mehr, außer vielleicht den Menschen in unserem Team, die alle dafür kämpfen, dass Leonard die Geschäftsführung zurückerhält, damit sie ihren Arbeitsplatz behalten können. Denn Benedikt hat ja schon geschworen, dass er sie nicht länger beschäftigen wird. Das allein ist schon schlimm genug, setzt Miriam, Nadja, Mayer und zum Teil auch Tom gehörig unter Druck. Aber sie müssen nicht mehr lange durchhalten, nur noch wenige Wochen, dann hat dieses Spiel ein Ende.

Ich schlucke schwer bei dem Gedanken.

Aber morgen sind wir erst mal aus der Schusslinie. Er wird uns ja nicht nach Ungarn verfolgen. Ich hoffe nur, dass er das Team in Ruhe lässt. »Sollen wir den anderen sagen, was heute passiert ist?«

Leonard umklammert das Lenkrad fester.

Seine Fingerknöchel treten weiß hervor. Das zeigt sehr gut, wie angespannt er ist.

»Ich glaube nicht, dass der Täter es auf sie abgesehen hat. Er will mich tot sehen. Sollte er in Benedikts Auftrag arbeiten, sind sie sicherlich nicht in seinem Fokus. Für Benedikt ist jeder Arbeiter ersetzbar. Er nimmt sie sicherlich nicht ernst genug. Wir sollten sie nicht weiter beunruhigen. Sagen wir ihnen einfach, dass es ein Problem mit dem Aufzug gibt und sie bis zu unserer Rückkehr die Treppe nehmen sollen, was sie ja ohnehin immer tun.«

»Bist du dir sicher?«

»Ich rufe gleich morgen früh bei Tom an. Er soll mit seinem Team noch intensiver nach Schadsoftware suchen und sie sofort ausschalten. Ihnen wird nichts passieren.«

Ich vertraue Leonard. Und sollte sich unser Verdacht erhärten, erstattet das Serviceteam der Aufzugsfirma Anzeige bei der Polizei. Sollen sich doch die mit dem Thema beschäftigen, die sich damit auskennen.

Nach einer unruhigen Nacht sind wir auf dem Weg nach Ungarn. Die Autobahn ist frei und Leonard genießt es, den Wagen anzutreiben. Im Radio läuft Countrymusik und ich lasse zu den Klängen von Shania Twain die Welt an mir vorbeirauschen. *That don´t impress me much.* Der Songtitel sollte mein Mantra für die nächsten Tage sein, trotzdem sorge ich mich um die anderen. Ich hoffe so sehr, dass Leonards Voraussage sich bewahrheitet und sie alle unbehelligt bleiben.

Immer wieder nicke ich ein, sehe einen zerschmetterten Körper am Boden eines Aufzugs liegen. Da sind Augen, die mich anklagend anschauen, aber nichts mehr sehen, weil kein Leben mehr in ihnen ist. Das reißt mich aus dem Schlaf. Ich zucke zusammen, als hätte mich jemand mit einem Kübel eiskalten Wassers übergossen. So erging es mir immer wieder in dieser Nacht. Deshalb habe ich kaum geschlafen und bin hundemüde.

»Sollen wir eine Pause machen?«, fragt Leonard und ich nicke schläfrig. Ein Kaffee und etwas zu Essen ist bestimmt nicht das Schlechteste. Meine Augen fühlen sich an, als habe sie jemand mit einer Feile bearbeitet. Da hilft auch alles Reiben nichts. Ich brauche Sicherheiten, um wieder zur Ruhe zu kommen. Wann kommt denn endlich der Anruf? Ich muss wissen, ob es Absicht oder ein Unfall war.

An einer Raststätte fährt er raus. Schon von Weitem sehe ich das Schild einer großen Fastfoodkette.

»Wie ich das vermisst habe. Können wir einen Burger essen? Ich lad dich ein.« Dabei wackle ich mit den Augenbrauen.

Leonard lacht. »Also gut! Wer diese Marketingstrategie gemacht hat, sollte einen Orden bekommen. Labberige Burger, die kaum satt machen, aber jeder will sie haben.«

»Sei kein Spielverderber. Du wirst sehen, die machen süchtig.«

»Aber nur, um dir eine Freude zu machen. Sonst würden mich da keine zehn Pferde reinbekommen.« Er rollt mürrisch mit den Augen, aber sein verschmitztes Lächeln sagt, dass er sich auch auf die Burger freut.

Wir bestellen und setzen uns an einen Tisch mit Blick auf die Außenterrasse. Draußen ist es laut, obwohl auch hier der Herbst schon seine kalten Finger ausgestreckt hat. Die ersten bunten Blätter wehen unter den leeren Tischen entlang. Nur an der Spaßrutsche tobt das Leben.

»Rauf mit dir, du mutiger Seemann.« Eine Mutter hilft ihrem Sohn auf die Plattformen, damit er an die Röhrenrutsche herankommt.

»Setz dich hin beim Rutschen«, ruft sie nach oben.

»Ja, Mama, aber ich muss mich beeilen, das Monster wartet am Ende des Tunnels.« Die Stimme des Kleinen ist dumpf, weil sie durch die Röhre zu mir herüberschallt. Dann kreischt er laut. Sein Vater geht in die Knie und brüllt wie ein hungriger Tiger, als er seinen Sohn unten auffängt und ihn herumwirbelt. Der Junge lacht und kämpft und lacht wieder. Dann legt er seinem Papa die Arme um den Hals und drückt ihm einen so angestrengten Kuss auf die Wange, dass das ganze Kind zittert. »Hab dich lieb, Papa! Nochmal!«

Er springt aus seinen Armen und läuft wieder zum Aufgang.

»Willst du auch einmal Kinder haben?« Leonard holt mich aus meiner Beobachtung.

»Ja, eine Familie wäre toll. Ich liebe Kinder.«

Leonard legt seine Hand auf meine. »Wenn dieser Vertrag erfüllt ist, wird sicherlich bald der Richtige kommen. Er kann sich glücklich schätzen, eine so wundervolle Frau wie dich an seiner Seite zu haben, mit der er die bezaubernsten Kinder der Welt haben wird.«

Er hat noch nicht ausgesprochen und mein Herz verkrampft sich schon, denn ich habe ihn als den glücklichen Vater gesehen, der sein Kind an der Rutsche auffängt. Den Vertrag hatte ich vollkommen vergessen. Es ist so leicht, sich in Leonards Nähe geliebt zu fühlen. Aber wieder einmal hat er mir klar gemacht, dass er einfach nur freundlich zu mir ist, weil wir für die Vertragslaufzeit aneinandergebunden sind. Ich zwinge mich zu einem Lächeln und antworte: »Danke Leo, das ist lieb von dir.«

»Ich mag es, wenn du Leo zu mir sagst.«

Der Kloß in meinem Hals wird immer dicker und die Tränen drängen sich in meine Augen. Noch kann ich es zurückdrängen, weil ich ihm nicht zeigen will, wie dumm ich schon wieder war. Erneut habe ich seine Liebenswürdigkeit mit Liebe verwechselt, habe Hoffnung auf eine Beziehung geschöpft. Wann lerne ich es endlich? Auch wenn meine Liebe zu ihm mit jedem leidenschaftlichen Moment, mit jeder lieben Geste nur noch weiter wächst, bin ich für ihn nicht mehr als eine zeitlich befristete Annehmlichkeit. Mehr werde ich auch nie werden.

»Warst du jemals mit Lisa in einem so normalen Laden?«

»Nein, das war nichts für sie.« Sofort wendet er den Blick ab. Meine Frage nach Lisa tut ihm noch immer weh. Natürlich! Ihr Abgang ist ja auch erst ein paar Wochen her. Er hat sie geliebt und so schnell hört das auch nicht auf. Sie wird es immer sein, die wunderschöne Verführerin. Wie konnte ich mir nur einbilden, dass ich neben ihr bestehen könnte? Selbst wenn sie schon Jahre getrennt wären, könnte ich doch nicht mit ihrem Glanz konkurrieren. Unauffällig schaue ich in die Scheibe, in der ich mich spiegele. Keine gute Idee. Die Erkenntnis meiner Durchschnittlichkeit trifft mich hart. Ich sitze hier in meiner alten Jeans mit einem lässigen T-Shirt. Mein Glamourfaktor ist bei null und wird durch das fehlende Make-up und den wilden Dutt in den Minusbereich katapultiert. Was soll Leonard an mir nur attraktiv finden?

**Leonard**

Sie hat mir nicht widersprochen, als ich sie auf das Ende unseres Vertrages hingewiesen habe. Dabei habe ich es mir gewünscht, oder? Ich weiß nicht, warum mir ihr Lächeln den Tag zu etwas Besonderem machen kann oder wie sie in einer Jeans und einem einfachen T-Shirt mehr Erotik ausstrahlen kann, als ein Unterwäschemodel von Victoria Secrets. Ich will mir nicht vorstellen, wieder ohne sie leben zu müssen, ohne den Duft von Kaffee und frischen Brötchen am Morgen und ohne ihre liebevolle Umarmung am Abend. Sie bringt Farbe in mein Leben. Nicht nur in dieses vormals triste Wohnzimmer, nein, auch in mein Herz. Erst durch sie merke ich, wie leer es auch mit Lisa gewesen war. Ich hatte mich in dieser Beziehung selbst verloren. Es gab keine echte Anerkennung für das, was ich war, sondern nur für das, was ich gegeben habe.

Maria will nichts. Sie erhält ein normales Gehalt für ihre Assistententätigkeit und hat seither die Kreditkarte kein einziges Mal mehr benutzt. Unser Frühstück in ihrem Zimmer zahlte sogar sie – jeden Morgen. Für Maria hätte ich die Sterne vom Himmel geholt, obwohl mir schon zuvor bewusst wäre, dass sie jeden Einzelnen wieder zurück ans Firmament hängen würde, damit sich alle Menschen an ihnen erfreuen können. Sie ist so selbstlos und holt auch das Beste aus mir heraus. In ihrer Nähe fühle ich mich nicht eingeschränkt. Ich bin einfach nur ein Mann, der eine Frau liebt. Bei diesem Gedanken setzt mein Herz einen Schlag lang aus. Kann es wirklich sein? Habe ich mich in sie verliebt? Mein Herz schreit mir ein eindeutiges *Ja* entgegen. Und doch will sie nicht bleiben.

Sie wird sich einen anderen Mann suchen, der sie küsst, im Arm hält und mit ihr eine Familie gründet. Dieser andere Mann wird nachts neben ihr schlafen, ihren weichen Körper berühren und ihr leidenschaftliches Stöhnen hören. Wenn ich mir vorstelle, wie sie ihre anbetungswürdigen Lippen über den Schwanz eines anderen schiebt, kocht Wut in mir hoch – siedendheiß.

»Ihre Bestellung.« Ein Kellner kommt mit einem breiten

Grinsen an unseren Tisch und stellt das Tablett mit Coke in Pappbechern und eingewickelten Burgern vor uns ab. »Guten Appetit.«

Würde er für Maria infrage kommen? Dieser Kerl mit seinen halblangen Locken und den breiten Schultern, der auf langen Beinen zu unserem Tisch gelaufen ist?

»Du kannst wieder verschwinden!«, herrsche ich ihn an, als er Maria eine Sekunde zu lange ansieht. »Diese Frau ist eine Nummer zu groß für dich, Bürschchen.«

Er macht große Augen, dreht dann auf dem Absatz um und eilt durch die Gänge zurück in die Küche.

»Was sollte das, Leonard? Er war doch nur freundlich?«

»Hast du nicht gesehen, dass er dich mit seinem Blick ausgezogen hat? Oder vielleicht hast du es ja gesehen und hast es genossen, was? Endlich ein Kerl, der dich im Stehen ficken kann.« Der Zorn rauscht in meinen Adern. Schon als ich es ausgesprochen habe, weiß ich, dass es falsch war, aber ich kann mich nicht beherrschen. Ich werde Maria verlieren. Warum soll ich mich dann noch anstrengen nett zu ihr zu sein?

»Rede nicht so mit mir. Hast du verstanden? Ich ficke nicht – weder mit dir, noch mit jemand anders. Ich halte mich an meine Vereinbarungen und was ich nach der Beendigung mache, hat dich nicht zu interessieren.« Sie lehnt sich zurück und saugt an ihrem Strohhalm.

»Wenn du meinst«, antworte ich, schnappe mir einen Burger und beiße hinein. Der Geschmack ist genial. Süß, Sauer, würzig, mit einer rauchigen Note. Wie gerne hätte ich geseufzt und Maria gesagt, dass ihre Idee hierherzugehen super gewesen ist, aber ich habe es mal wieder verbockt. Sie starrt abwesend in ihren Becher und rührt ihre Eiswürfel im Kreis herum.

**Maria**

Warum benimmt er sich so? In einem Moment ist er lieb und im Nächsten beschuldigt er mich, dass ich wie eine läufige Hündin jeden Mann bespringen würde, der nur einmal nett zu mir ist. Hält er mich wirklich für so durchtrieben?

Eigentlich hätte er schon längst bemerken müssen, dass ich anders bin. Verdammt! Wie soll ich diese Geschäftsreise nur durchstehen, wenn er schon wieder so zu mir ist. Es tut so schrecklich weh. Nicht nur, dass er mich nicht will, obwohl mein Herz ihm zu Füßen liegt, nein, dass er mich so einschätzt, macht mich sprachlos. Dabei habe ich mich nie verstellt.

Noch ein paar Stunden Autofahrt, dann kann ich mich in meinem Hotelzimmer verkriechen und endlich den Tränen freien Lauf lassen, die ich jetzt mit aller Kraft zurückhalte.

Lustlos stopfe ich den Burger in mich hinein und knabbere an den Pommes herum, vermeide dabei, ihn anzuschauen.

Eine halbe Stunde später sitzen wir im Auto und reden nicht miteinander. Die Stimmung zwischen uns beiden ist so dick, dass man sie schneiden könnte. Und die Countrymusik, die jetzt vom Vermissen der Heimat und der Liebe singt, setzt dem Ganzen die Krone auf.

Gleichzeitig greifen wir zum Radio. Unsere Finger berühren sich und wir zucken beide zurück. Für den Bruchteil einer Sekunde finden sich unsere Blicke. Ich glaube, Traurigkeit in seinen Augen zu sehen, aber er wendet sich so schnell wieder ab, dass ich mir das auch nur eingebildet haben kann. Warum soll er auch traurig sein? Leonard bekommt doch, was er will. Seine Firma wird nach diesem Auftrag wieder ihm gehören und er kann sich in aller Ruhe eine passendere Frau suchen, eine die ihn strahlen lässt. Eine Frau Herzbach, die in seine Kreise passt und sich nicht nur unter seinen Angestellten wohlfühlt.

Die Freisprecheinrichtung leuchtet auf. Leonard stöhnt auf, als er Büro auf dem Display liest. Auch mir ist klar, dass damit nicht unser Teambüro gemeint ist. Er drückt auf Annehmen und die Stimme seiner ehemaligen Sekretärin informiert darüber, dass sie ihn verbindet.

Ohne eine Begrüßung blafft sein Vater ins Telefon: »Wo bist du? Es kann ja nicht sein, dass sich dein Bruder den Hintern aufreißt und du mit deiner hergezauberten Frau Urlaub machst.«

»Guten Tag Vater, was ich tue oder lasse, geht dich wirklich nichts an. Ich habe sechs Monate von dir bekommen, in denen ich mich beweisen muss, aber wie ich sie verbringe, stand nicht zur Diskussion.«

Ich höre das Schnauben deutlich in der Leitung. »Komm zurück, und zwar schnell. Dein Bruder braucht Unterstützung. Das Projekt kommt wohl nicht so voran, wie sich das der Auftraggeber vorstellt. Außerdem springen immer wieder Leute aus Benedikts Team ab. Niemand hat eine Ahnung, was P&G eigentlich will.«

Leonard lacht ungläubig auf. »Und dann kommst du zu mir? Ist das dein Ernst? Benedikt und ich sind Konkurrenten.«

»Es geht hier nicht um den Deal für die Geschäftsführung, sondern um Mogula selbst. Die Firma sollte dir doch auch am Herzen liegen und wenn wir unseren größten Kunden verprellen, schadet das unserem Ruf.«

»Bekomme ich dann meinen Posten wieder und wir vergessen diesen ganzen Witz?«

»Das kann ich nicht machen. Benedikt hat diesen Auftrag an Land gezogen.«

»Ist es dir denn noch immer nicht klar, dass dein geliebter Sohn die Unterlagen meines Teams gestohlen und als seine eigenen ausgegeben hat? Dabei hat es ihm auch wunderbar in die Karten gespielt, dass ausgerechnet zu diesem Zeitpunkt der unsägliche Pressebericht meinen Leumund geschadet hat. Natürlich kann er die Vision meines Teams nicht so umsetzen, wie P&G es sich wünscht, denn er fühlt die Kampagne nicht so, wie wir sie gefühlt haben.«

»Das wie ist doch völlig egal. Es geht um die Firma.«

Leonard starrt wütend auf die Fahrbahn. »Neinn Vater, hierbei geht es um mich. Ich soll meinem Bruder dabei helfen, mit meinen gestohlenen Unterlagen meinen Posten in meiner Firma zu bekommen. Für wie dumm haltet ihr mich eigentlich? Auch wenn ich Mogula liebe, diese Firma aufgebaut habe, sehe ich sie doch lieber bankrott, als sie an Benedikt abzutreten, der sich im Schein meiner Arbeit sonnt.«

»Was soll das heißen?«

»Dass ihr sehen könnt, wie ihr damit klarkommt. Es ist Benedikts Auftrag und er soll ihn abschließen oder aufgeben und ihn mit allen Konsequenzen an mein Team zurückgeben. Kauf ihm ein kleines Restaurant in einem noblen Skigebiet, in dem er den Geschäftsführer spielen kann, aber lass mir meine

Firma.«

»Wir sind eine Familie. Hast du das vergessen?«

Leonard schweigt eine ganz Weile, dann sagt er leise. »Das habt ihr vergessen, als ihr mich ausgeschlossen habt. Ihr wolltet mich entsorgen, wie ein defektes Möbelstück. Benedikt hat mein Team bedroht. Er will sie alle entlassen, wenn er Geschäftsführer von Mogula ist. Was denkst du, wie sie sich fühlen, wenn ich von ihnen verlange, den Typen zu unterstützen, der sie feuern wird? Nein, Vater. Ihr habt euch einen Konkurrenten geschaffen, der ein Ziel hat. Und das liegt nicht darin, euch dabei behilflich zu sein, mein Unternehmen zu stehlen.«

»Aber du könntest doch Benedikts Stellvertreter sein.« Die Verzweiflung in der Stimme seines Vaters ist fast greifbar.

»Da fahre ich doch lieber in den Urlaub und verbringe ein paar wundervolle Tage mit meiner plötzlich aufgetauchten Ehefrau, bevor ich mich darum kümmere mit einem eigenen Auftrag Mogula zurückzubekommen und P&G unter meiner Führung als Kunde zurückzugewinnen. Auf Wiedersehen, Vater.« Leonard legt auf, bevor sein Vater noch etwas sagen kann.

**Leonard**

Ich bin außer mir. Was denken die denn von mir? Seh ich wirklich so dumm aus, dass ich Benedikt auch noch dabei helfe meine Firma zu übernehmen? Wütend rase ich über die Autobahn, nehme keine Rücksicht. Purer Hass fließt durch meine Adern und lässt mich nicht mehr los. Würde mein Vater jetzt vor mir stehen, hätte ich ihn sicherlich bereits an seiner Krawatte zu mir heruntergezogen.

Ein Auto schert vor mir zum Überholen aus. Ich bremse hart. »Du Idiot! Hast du keine Augen im Kopf?«, schreie ich, als sich eine Hand ganz leicht auf meinen Oberschenkel legt. Mein Blick ruckt zornig herum. Was will Maria denn jetzt? Aber als ich ihre ängstlich aufgerissenen Augen sehe, verfliegt mein Zorn. Wieder einmal habe ich nur an mich gedacht und sie vollkommen vergessen. Auch wenn sie mich nicht liebt, kann ich meine Gefühle nicht so einfach abstellen. Mein

Beschützerinstinkt macht sich bemerkbar.

»Kannst du bitte etwas langsamer fahren? Das macht mir Angst.« Ihre Stimme zittert und sie ist kalkweiß.

Ich reihe mich in die rechte Spur ein und stelle den Tempomat auf 90 Kilometer pro Stunde. Damit bleibe ich direkt zwischen den zwei Lkw. Endlich kann ich durchatmen.

»Willst du rausfahren? Vielleicht einen Kaffee trinken?« Ihre Sorge beschämt mich, weil ich sie so schlecht behandelt habe. Wie kann sie nur immer so nett sein? Hat sie denn keine nachtragende Seite?

»Nein, es geht schon. Wir sind ja bald da. Entschuldige, du kannst nichts dafür, dass mein Vater ein Idiot ist und ich es erst jetzt merke.«

»Es tut mir leid.« Ihre Hand liegt noch immer auf meinem Bein und streicht jetzt sacht darüber.

»Du kannst doch nichts dafür. Vielleicht ist es auch gut, dass ich es jetzt erkenne. Da musste ich erst zum Krüppel werden, bevor mir die Augen geöffnet wurden.« Ich lache humorlos auf.

Was werde ich nur ohne sie tun? Maria weckt das Beste in mir und auch jetzt lässt sie mich nicht im Stich, obwohl ich alles verloren habe. Nicht nur meine Gehfähigkeit, meine Firma und meine Verlobte, nein, nun ist auch noch meine Familie gegen mich. Sie bremsen mich aus, wo es nur geht. Ohne Maria hätte ich wahrscheinlich schon längst aufgegeben. Aber wenn ich ehrlich zu mir bin, will ich ihr beweisen, dass ich kein Versager bin. Ich will, dass sie mich mit Stolz in ihren türkisfarbenen Augen ansieht.

»Wir werden es ihnen zeigen. Sollen sie nur denken, dass du nichts hinbekommst. Die Überraschung wird sie von den Stühlen hauen.« Sie drückt ermutigend zu und lächelt mich vorsichtig an. »Wir beide schaffen das, denn wir haben das beste Team, das man sich nur wünschen kann.«

»Danke.«

# Kapitel 21

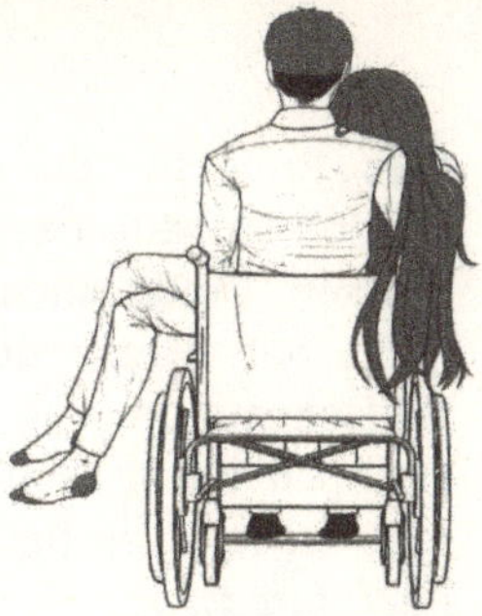

**Maria**

Wir kommen in unserem Hotel in Budapest an. Der Luxus, der mich hier erwartet, ist fast zu viel für mich. Schon allein die Lobby ist so groß wie das ganze Grundstück, auf dem Leonards Haus steht. In regelmäßigen Abständen sind deckenhohe Paneele an der Wand angebracht, auf denen sich Wellen im Sonnenspiel bewegen. Diese atemberaubende Optik setzt sich auch an der Theke der Rezeption fort. Es fühlt sich an, als wären wir in ein Unterwassermärchenland eingetreten. Das Atrium besitzt eine gläserne Kuppeldecke, die durch mehrere Säulen gestützt wird. Dadurch wirkt alles hell und einladend.

Ich drehe mich einmal um mich selbst, trete dabei auf den hellblau gewirkten Teppich, der unter den ledernen Sitzgruppen ausgelegt ist, und sinke tief in den weichen Flor ein. Dieser Teppich ist so plüschig, dass ein Chihuahua darin verschwinden würde.

»Wie hast du nur dieses Hotel gefunden? Das ist umwerfend.«

»Miriam hat es für uns gebucht, und du hast Recht. Ich werde sie fragen müssen, ob sie hier schon mit einer Übernachtung unser Budget sprengt.«

»Jó estét! Guten Abend, Sie müssen Herr und Frau Herzbach sein. Wir heißen Sie herzlich willkommen im Duramont Hotel. Für Sie wurde ein Zimmer mit Blick auf die Donau gebucht, außerdem erwartet Sie unser Spa zum Entspannen. Die Sauna und den beheizten Innenpool können Sie selbstverständlich durchgehend nutzen. Das ist im Zimmerpreis inklusive. Um 20.00 Uhr ist ein Tisch in unserem Restaurant reserviert. Haben Sie noch Fragen?«

Ich starre den Mann einfach nur an und Leonard fragt nach

dem Preis für das Zimmer. Nach diesem Vortrag muss es einfach so sein, dass wir das Hotel aus eigener Tasche zahlen müssen. Einen solchen Luxus gibt das Projektbudget sicherlich nicht her. Umso überraschter sind wir beide, als er seinen Bildschirm umdreht und uns den Preis für fünf Nächte mit Halbpension präsentiert. Dafür würden wir in München nicht mal eine Übernachtung mit einem ähnlichen Standard bekommen.

»Gero bringt Sie nun zu ihrem Zimmer. Ihre Koffer sind schon dort. Ich wünsche Ihnen einen wundervollen Aufenthalt in unserem wunderbaren Budapest.«

Ein junger Mann in Pagenuniform führt uns zu einem riesigen Aufzug. Ich schlucke. Seit dem Absturz im Büro hasse ich diese Dinger. Leonard ahnt wohl, was mir im Kopf vorgeht und drückt meine Hand kurz, bevor er sie wieder benötigt, um sich vorwärts zu schieben. Ohne zu zögern, folgt er dem Pagen in die helle Kabine. »Kommst du?«

Mutig straffe ich die Schultern und greife seine ausgestreckte Hand. Der Aufzug fährt nur zwei Stockwerke nach oben und fast bin ich ein wenig enttäuscht. Von oben hätten wir sicherlich einen spektakulären Blick über die Stadt genießen können. Aber man kann ja nicht alles haben. Wir sind schließlich zum Arbeiten hier. Leonards Karriere hängt an den Verhandlungen der nächsten Tage. Insgeheim wünsche ich mir, dass ich weiterhin als Assistentin bei Mogula arbeiten darf, wenn dieses Projekt abgeschlossen ist. Auch wenn die Arbeit im Verkauf nicht schlecht ist, fordert mich dieser Job auf eine ganz andere Art und Weise. Das gefällt mir und ich will das Gefühl, wirklich zu einem Team zu gehören, nicht mehr missen.

Der Page öffnet die Tür an der Stirnseite des Flurs mit einer Schlüsselkarte. »Nach Ihnen.«

Ich gehe nach Leonard hinein und schnappe nach Luft. Das ist kein Zimmer, sondern eine Wohnung. Wir stehen in einem weißen Wohnzimmer. Innerlich verdrehe ich die Augen. Warum finden nur alle Menschen, dass Luxus weiß sein muss. Wenigstens sorgen hier ausladende Blumenarrangements für etwas Farbe und als ich den Whirlpool im hinteren Bereich des Raumes sehe, entschädigt er mich für alles. Wie dekadent ist das denn? Da ist ein Becken nur durch eine gläserne Wand vom Raum abgetrennt.

Der Page geht direkt darauf zu. »Hier ist die Bedienung für Ihren eigenen Spa-Bereich. Sie können die Fenster verspiegeln. So sind Sie für Passanten unsichtbar. Auf dem Beckenrand liegt eine Fernbedienung, mit der Sie die Intensität des Sprudlers steuern können.«

Er geht zu einer Tür auf der linken Seite. »Hier ist ihr Schlafzimmer. Das Bett ist höhenverstellbar, damit Sie ohne Probleme hinein und auch wieder herauskommen.«

Er zeigt auf eine weitere Tür. »Dort befindet sich Ihr Badezimmer mit behindertengerechter Einrichtung. Sie werden keine Schwierigkeiten haben, da hier am Platz nicht gespart wurde, dafür aber an jeglichen Hindernissen, die Ihren Aufenthalt stören könnten. Sollten Sie noch Fragen oder Wünsche haben, scheuen Sie sich nicht, bei der Rezeption anzurufen.« Der Junge macht doch tatsächlich Anstalten zu gehen, bevor er ein Trinkgeld bekommen kann. Leonard und ich ziehen gleichzeitig einen Schein aus der Geldbörse und halten ihn dem Jungen hin. Er sieht zwischen uns hin und her. »Nein, in unserem Hause ist es verboten Geld anzunehmen. Sie haben die Möglichkeit, bei ihrer Abreise ein Dankeschön an der Rezeption zu lassen. Das wird dann unter allen Angestellten aufgeteilt, denn jeder ist wichtig, damit Sie sich bei uns wohlfühlen, ganz besonders die Menschen, die Sie nicht zu Gesicht bekommen.«

Ungläubig ziehe ich meine Hand zurück. Der Page nickt uns zu und verlässt das Zimmer.

»Hast du so etwas schon einmal erlebt?«

Leonard schiebt den Schein in die Hosentasche. »Miriam hat hier wohl die Perle unter allen Hotels in Ungarn gefunden.«

»So sieht es wohl aus.« Ich beiße mir auf die Unterlippe. Denn soeben habe ich beschlossen, die Zeit mit Leonard zu genießen und nicht mehr an das Ende zu denken. Ich will so viel wie möglich von ihm mitnehmen – in meinen Erinnerungen, in meinem Herzen. Vielleicht reicht es dann, um mich für den Rest meines Lebens warm zu halten. »Der Tisch ist erst für 20 Uhr reserviert. Was sollen wir in den drei Stunden bis dahin machen?«

»Ich hätte da eine Idee.« Seine Augen verdunkeln sich und dann wandert sein Blick zu dem Whirlpool. Gemeinsam sollten wir mich doch da reinbekommen, oder?

»Du und ich, nackt im heißen Wasser mit tausend stimulierenden Blubberblasen um uns herum? Das hört sich gut an.« Schnell renne ich zu dem Bedienpult und drücke die Knöpfe so, wie der Page es uns gezeigt hat. Schon strömt Wasser in das Becken und die Fenster verdunkeln sich ein wenig. Wir werden den Ausblick auf die Donau genießen können, sind aber für die Außenwelt unsichtbar. Ungeduldig schlüpfe ich aus meinen Schuhen und lasse die Socken gleich darin stecken.

»Warte, ich möchte dich ausziehen. Bitte.« Leonard wartet auf meine Antwort und mein Herz schlägt augenblicklich noch schneller als zuvor. Natürlich werde ich uns beiden diesen Genuss nicht verwehren. Ohne den Blick von seinem zu lösen, knie ich mich vor ihn. Nur so kann er mir das Shirt über den Kopf ziehen. Seine Hände streichen über meine Taille betörend langsam nach oben. Meine Haut prickelt überall dort, wo er mich berührt. Die Härchen stellen sich vorfreudig auf. Er beugt sich nach vorn und haucht mir einen federzarten Kuss auf die Lippen, bevor er das Shirt über meinen Kopf zieht und neben mir achtlos fallen lässt.

Sein Finger wandert über meinen Hals nach unten. Er zeichnet eine Linie aus knisternder Energie zwischen meinen Brüsten hinab. Mit nur zwei Fingern öffnet er den vorderen Verschluss meines BHs. Die Träger rutschen von allein über meine Schulter und schon knie ich mit entblößtem Oberkörper vor ihm.

»Du bist so schön, dass ich es nicht glauben kann.« Leonards Blicke wandern über mich. Sie berühren mich so sanft und gleichzeitig so leidenschaftlich, dass ich nach Luft schnappen muss. Meine Oberschenkel zittern und ich muss mich anstrengen, den Blick nicht zu senken.

»Steh auf, meine kleine Nixe. Mit Hose schwimmt es sich nicht gut.« Seine Stimme ist rau. Ich höre Lust in jeder Silbe. Sie durchdringt mich und findet in mir einen Widerhall, der meine Knie weich macht. Es kostet mich alle Kraft aufzustehen.

Leonard zieht mich näher an sich heran. Er öffnet den Knopf meiner Jeans und zieht den Reißverschluss herunter. Dabei umkreist seine Zunge meinen Bauchnabel. Hitze fährt mir in den Unterleib. Ich brenne, möchte mich an ihm reiben, um das Feuer zu löschen.

»Mh, meine Lieblingsunterwäsche«, haucht er, als mein weißer Panty sichtbar wird. Meint er das wirklich ernst? Doch ich muss ihn nicht fragen. Ein Blick auf seinen Schritt genügt mir. Er hat nicht gelogen. Anscheinend mag er die weiße Baumwolle wirklich.

Seine Zunge gleitet über den Bund des Höschens, bevor er es gemeinsam mit meiner Jeans nach unten zieht. Ich steige aus den Sachen. Es ist erregend, nackt vor ihm zu stehen, während er noch vollständig bekleidet ist. Anders als damals in seinem Büro, weiß ich jetzt, was ich will.

Mit wiegenden Hüften gehe ich zu dem Jacuzzi und setze mich auf den Rand. »Willst du dich denn nicht auch entkleiden? Es wäre mir ein besonderes Vergnügen, dir dabei zuzusehen.«

Er schluckt. Nun merke ich ihm die Unsicherheit deutlich an. »Es wird leider nicht so erotisch werden, wie du es dir wünschst.«

»Das lass mich selbst entscheiden.«

Leonard knöpft sein Hemd auf. Langsam. Ein Knopf nach dem anderen. Als er es sich von den Schultern streift, fällt mir zum ersten Mal auf, wie muskulös sein Oberkörper geworden ist. Seine Schultern sind breiter und auch seine Oberarme haben an Umfang zugelegt. Unter der definierten Brust zeigt sich ein hübscher Sixpack. Dieser Mann ist zum Anbeißen.

Ohne darüber nachzudenken, schiebe ich die Hand zwischen meine Beine und streichle über meine Schamlippen. Sie sind schon ganz feucht in Vorfreude auf das kommende Spiel im Wasser.

Leonards Augen weiten sich, als er sieht was meine Finger gerade veranstalten. Seine Hand zittert, als er den Gürtel löst und die Hose öffnet. Sein Schwanz springt ihm regelrecht entgegen. Fest umfasst er ihn und lässt ihn durch seine Faust gleiten. Bei dem Anblick stöhne ich willenlos auf. Mein Finger findet meine Klit und reibt träge darüber. Das Gefühl ist köstlich. Leonard hat einige Mühe, sich von der Hose zu befreien, rollt dann aber zu mir herüber. Er bleibt neben mir stehen und stellt die Bremse fest. »Lass mir noch was übrig, Maria. Ich will es sein, der dich kommen lässt, verstanden?«

Ah, sind wir wieder in diesem Spiel. Er ist der Boss und ich habe zu gehorchen. Wenn er es so will, spiele ich es gerne mit. Es ist schon verwunderlich, wie schnell ich jegliche Angst vor ihm abgelegt habe und seine Dominanz sogar genießen kann.

Fast schon elegant schwingt er sich neben mir auf den Rand, lässt sich auf einen der Sitze im Becken gleiten und zieht die Beine hinterher. Ich stelle das Sprudeln und die Beckenheizung an und setze mich neben Leonard. »Was befielt mein Boss?«

Er grinst breit. »So ist es gut und jetzt spreiz deine Beine für mich. Ich will dich ansehen, wenn meine Finger dir einen Orgasmus bescheren, den du nie vergessen wirst.«

Ein kleiner Stich im Herzen, denn ich werde keine Sekunde mit ihm vergessen. Aber das kann ich ihm jetzt nicht sagen. Deshalb schiebe ich den Gedanken weit weg, setze mich auf den Sitz zu seiner Linken, hänge ein Bein aus dem Becken und lege meinen Fuß rechts neben ihm ab. So biete ich ihm das Zentrum meiner Lust weit geöffnet dar. Ich freue mich auf die erotischen Spiele, die auf mich warten. Zum Glück ist der Pool nicht so groß. Hier können wir einander nicht entkommen.

**Leonard**

Eine Stunde später liegen wir noch immer träge und matt im Sprudelbad.

So gut habe ich mich seit Langem nicht mehr gefühlt. Im Wasser bin ich frei. Die Bewegungen fallen mir leichter und deshalb konnte ich unsere Leidenschaft noch mehr genießen.

Maria liegt an meine Seite geschmiegt und schnurrt wie eine zufriedene Katze. Diese Frau hat es schon wieder geschafft, dass ich meine Vorsätze fast über Bord geworfen habe. Als sie mit ihrem runden Hintern auf meinen Schoß geklettert ist, wollte ich sie so dringend ficken, dass ich mich kaum noch kontrollieren konnte. Ständig musste ich der Stimme in meinem Kopf widersprechen, die mir zurief, dass Maria doch meine

Frau sei und ich sie nehmen konnte, sooft ich wollte. Schließlich bettelte sie ja regelrecht darum.

Aber Maria ist nur auf dem Papier meine Frau. Das darf ich nicht vergessen, wenn ich auch nach unserer Zeit noch in den Spiegel schauen will, ohne mich angeekelt von mir selbst abwenden zu müssen. Sie ist zu kostbar, um ihr dieses Geschenk an ihre wahre Liebe zu rauben. Zärtlich küsse ich ihren Scheitel und wünsche mir in diesem Moment nichts sehnlicher, als dass ich es sein könnte.

Aber manchmal zerplatzen Wünsche wie Seifenblasen, denn sie hat mir immer wieder zu verstehen gegeben, dass sie nicht bleiben will. Warum soll sie auch? Ich habe ihr so oft wehgetan. Auch wenn wir jetzt zufrieden miteinander sind, ihre Liebe zu mir habe ich zerstört. Vielleicht war sie ja von Anfang an nur der rosarote Wunsch eines jungen Mädchens, das die Liebe noch nie erlebt hat.

»Wir sollten uns zum Abendessen vorbereiten. Wer weiß schon, wie nobel das Hotelrestaurant ist.«

»Sollen wir uns wegschleichen und uns ein kleines Lokal suchen in dem wir ein ungarisches Gulasch mit frisch gebackenem Brot bekommen?«

Ich lache leise. »Eine schöne Vorstellung. Aber was erzählen wir Miriam? Sie hat sich solche Mühe gegeben.«

»Ja, aber sie hat bestimmt nicht jeden Abend für uns verplant. Ich bekomme dich schon noch in eine kleine Hinterstube und füttere dich mit den scharfen Leckereien Ungarns.«

»Tu, was du nicht lassen kannst.« Ich ziehe sie noch einmal an mich heran, genieße es, ihre nackte Haut an meiner zu spüren. Schon wieder regt sich die Lust in mir. Was macht dieses Weib nur mit mir? »Aber jetzt muss ich vor dir flüchten, du wilder Sukkubus, bevor du mich mit deiner Gier auszehrst.«

»Ich ein Sukkubus? Hat man das schon jemals zu einer Jungfrau gesagt?«

Ich schwinge mich über den Wannenrand und lande diesmal etwas unsanft im Rollstuhl, aber ich falle nicht. »Ja. Ich. Heute.«

**Maria**

Nach dem Abendessen begeben wir uns gelöst auf unser Zimmer zurück.

»Wann sind wir morgen mit Janosz verabredet?«

»Zehn Uhr sollen wir im Ministerium sein und wir werden nicht nur meinen Freund, sondern eine ganze Delegation überzeugen müssen, obwohl wir noch nicht genau wissen, was sie von uns wollen. Das heißt, dass wir uns schnell auf das einstimmen müssen, was sie von uns wünschen.«

»Aber niemand kann so schnell einen Pitch erstellen.« Schon allein die Vorstellung ist abwegig. Wir brauchen Mayer dazu. Er ist der kreative Kopf, dessen Ideen eine ganze Welt an Möglichkeiten erschaffen.

»Natürlich werden wir noch keinen Pitch oder Marketingplan für sie aus der Tasche zaubern. In dem Gespräch morgen geht es nur um die Modalitäten. Was verlangt der Kunde, in welcher Zeit und zu welchen Konditionen. Ich bin dafür zuständig, das alles schnell zu kalkulieren und eine Entscheidung zur Umsetzbarkeit des Auftrags zu fällen. Gegebenenfalls muss nachverhandelt werden. Im Anschluss geschieht die Teamarbeit.«

Ich seufze erleichtert. »Das ist gut. Mit dir ist der richtige Stratege in dieser Verhandlung.«

»Und mit dir jemand, der auch auf die kleinsten Nuancen acht gibt und mich auf diese hinweist. Ich habe schon seit deinem ersten Tag bei Mogula gemerkt, wie gut du das Team ergänzt. Es ist schön, dich dabei zu haben.«

Das Lob kommt unerwartet, tut deshalb aber nicht weniger gut. »Ich arbeite gern in diesem Team und unterstütze, wo ich kann. Wenn ich jetzt dazu beitragen kann, dass sie wieder einen sicheren Arbeitsplatz haben, dann werde ich es tun.«

»Ich weiß«, sagt er und lächelt zu mir rüber.

Wir sind am Hotelzimmer angekommen und Leonard öffnet die Tür. Gemeinsam betreten wir das Schlafzimmer und ich stehe unschlüssig vor dem King Size Bett. Mir wird klar, dass wir heute zum ersten Mal nebeneinander schlafen werden, wie ein richtiges Paar.

»Welche Seite willst du haben?«

»Würde es dir etwas ausmachen, wenn ich links schlafe. Der Rollstuhl passt hier besser neben das Bett.«

»Aber klar doch.« Noch während ich spreche, suche ich meine Schlafsachen aus dem Koffer. Ein altes Shirt und eine kurze Hose. Nicht sehr sexy. Aber das muss es ja gar nicht sein. Nach unserem Abenteuer im Jacuzzi bin ich noch immer vollkommen zufrieden. Außerdem muss ich mich für ihn nicht in Schale werfen. Schließlich will ich schlafen, um morgen ein Ministerteam zu überzeugen. Da hätte es wohl den falschen Eindruck erweckt, wenn ich im Negligé unter die Decke geschlüpft wäre.

»Soll ich deinen Pyjama heraussuchen?«

Er grinst mich etwas unsicher an. »Mach dir keine Mühe. Ich habe keinen dabei.«

Habe ich nicht gerade noch daran gedacht, morgen ausgeschlafen zu sein? Wie soll ich das schaffen, wenn Leonard nackt neben mir liegt? »Willst du nackt schlafen?«

»Nicht ganz. Die Unterhose würde ich anlassen. So schlafe ich immer. Ist das ein Problem für dich?«

Ich schlucke schwer, als ich daran denke, seinem nackten Oberkörper die ganze Nacht so nah zu sein. Ob er nicht weiß, dass er es mir so sehr schwer macht, auch nur ein Auge zu schließen? Mein Herz wird solange rasen, bis es aus Erschöpfung stehenbleibt.

Leonard zieht fragend die Augenbrauen nach oben.

»Aber nein. Das ist schon in Ordnung«, sage ich vielleicht eine Spur zu hastig und schlüpfe ins Badezimmer. Wild bürste ich meine Zähne und frage dabei insgeheim mein Spiegelbild warum dieser Mann mich so verwirrt. Allein seine Anwesenheit gibt mir Sicherheit, aber sie verunsichert mich auch. Mein Körper gehorcht mir nicht mehr, sobald er seine Augen auf mich richtet, und ich werde willenlos, wenn er mich berührt.

*Leonard Herzbach wird dein Untergang sein, Maria.*

Müde zucke ich mit den Schultern. Vielleicht hat mein Unterbewusstsein Recht, aber ich kann es nicht ändern. Er ist wie das Licht und ich die Motte, die sich magisch von ihm angezogen fühlt, obwohl sie weiß, dass es ihr Untergang sein wird. Ich habe Leonard bereits zu nah an mich herangelassen.

Immer öfter vergesse ich den Vertrag und fühle mich einfach nur wie seine Frau. Ganz selbstverständlich. Und dann werde ich wieder auf den Boden der Tatsachen gerissen, indem er mir sagt, dass unsere gemeinsame Zeit bald enden wird. Augenscheinlich hofft er ja sogar darauf, dass ich einen anderen Mann finde, mit dem ich eine Familie gründe, sobald er sein Leben wieder zurückhat. Dabei kann ich mir schon längst keinen anderen Mann mehr an meiner Seite vorstellen. Schon allein der Gedanke daran, dass jemand mich so berührt, wie es Leonard getan hat, ist für mich völlig abwegig. Ich will nur ihn und kann es ihm doch nicht sagen. Er würde es nicht verstehen, mich wieder von sich weisen, weil er sein Herz dick mit Stacheldraht umwickelt hat. Wie kann er trotzdem so liebenswert sein? Wie schafft er es, mir meine Wünsche von den Augen abzulesen?

Vielleicht mag er mich ja und wir können Freunde bleiben? Schon allein die Vorstellung daran versetzt mir einen Stich, der mir die Tränen in die Augen treibt. Niemals kann ich dabeisitzen, wenn Leonard eine andere Frau in seinen Armen hält, wenn er sie ansieht, so wie er mich angeschaut hat. Das würde mich umbringen.

Es ist eine Zwickmühle, aus der es kein Entkommen gibt. Nicht für mich. Mir bleibt nur, nicht darüber nachzudenken und weiter zu vergessen, dass ich ihn bereits verloren hatte, bevor unsere Zeit überhaupt begonnen hatte.

Mit diesem Gedanken spucke ich die Zahnpasta ins Waschbecken, wasche mein Gesicht und gehe zurück ins Schlafzimmer. Leonard hat sich bereits ausgezogen und nach wenigen Minuten im Bad legt er sich neben mich.

»Gute Nacht.« Er löscht das Licht.

»Gute Nacht«, antworte ich etwas atemlos, weil seine Gegenwart mich nervös macht. Mein Herz schlägt mir bis zum Hals. Ich habe das Gefühl jeden Moment zu ersticken.

Um mich zu beruhigen, zähle ich meine Atemzüge und starre dabei auf den schmalen Streifen Licht an der Zimmerdecke. Die automatischen Außenrollos konnten nicht alle Lichter der Stadt aussperren. Leonard dreht sich um. Seine Decke raschelt und meine Matratze bewegt sich. Sein Atem streift meine Schulter.

Er ist mir so nah, doch sein Herz ist unerreichbar. Tränen steigen mir in die Augen. Ich habe lange nicht mehr geweint. Aber jetzt kann ich es nicht verhindern. Noch nie habe ich mich so einsam gefühlt, obwohl jemand bei mir war.

Vorsichtig drehe ich Leonard den Rücken zu. Ich will ihn nicht wecken. Dann schließe ich die Augen und lasse den Tränen freien Lauf. Sie müssen heraus, damit sie mich nicht auffressen. Still rinnen sie über meine Wangen und tropfen auf das weiße Kissen.

Plötzlich schlingen sich Arme um meine Taille. Bevor ich protestieren kann, zieht Leonard mich zu sich. Ich spüre seinen starken Körper in meinem Rücken und presse die Augen noch fester zu. Er soll nicht wissen, dass ich weine. Ich muss meine Gefühle besser verwahren.

»Du riechst so gut.« Leonard vergräbt sein Gesicht in meinen Haaren und atmet tief ein. »Das ist unsere erste gemeinsame Nacht. Darf ich dich im Arm halten?«

»Warum?« Mehr bekomme ich nicht heraus.

»Weil es schön ist, nicht allein zu sein.«

Ich nicke, weil ich kein Wort mehr sagen kann, ohne mich durch das Zittern in meiner Stimme zu verraten. Er küsst mir auf den Scheitel und presst mich noch näher an sich. Ich fühle die Wärme seiner Haut, die durch mein Shirt dringt und jede Zelle meines Körpers ausfüllt. Sein Brustkorb bewegt sich gleichmäßig auf und ab. Endlich bricht die Erschöpfung des langen Tages über mich herein. Mit etwas Mühe schaffe ich es, meine Schultern zu entspannen. Dabei atme ich langsam ein und aus.

Leonard schmatzt leise. Er schläft bereits.

»Nur weil du schläfst, wage ich es, dir das zu sagen. Ich liebe dich, Leonard Herzbach – für den Rest meines Lebens!«, flüstere ich in die Dunkelheit, in der Gewissheit, dass er es nicht hören kann.

**Leonard**

Ich zwinge mich, weiter ruhig zu atmen, aber ihre leisen Worte treffen mich. Tränen färben ihre Stimme dunkel und doch kann ich sie nicht trösten. Wie denn auch, wenn ihre Offenbarung mir eine furchtbare Angst einjagt. Niemals würde ich Maria einen Mann wie mich wünschen. Sie soll doch ein glückliches Leben führen und sich nicht von mir aufhalten lassen.

Alles, was meine Zukunft für mich bereithält, ist Mogula. Es darf nichts anderes geben, denn ich darf Maria nicht zu einem Leben an meiner Seite verpflichten. Ich würde spät nach Hause kommen und ständig zu Abendveranstaltungen eingeladen werden. Wie sollte sich das mit ihrem Wunsch nach einer Familie vereinbaren lassen? Sie würde zuhause versauern, während ich mich nach ihr sehnte, aber doch erst nach Hause komme, wenn sie bereits schläft. Wie soll ich so ein guter Vater sein?

Wieder taucht das Bild meiner Mutter vor meinen Augen auf. Sie hat sich hingebungsvoll um uns gekümmert, aber sie war immer allein. Das will ich für Maria nicht. Denn ich würde sie auf jeden Fall verlieren. Wenn nicht nach Vertragsende, dann doch spätestens dann, wenn der Alltag uns die Füße wegzieht. Für uns gibt es keine Zukunft, auch wenn ich es mir so sehr wünsche.

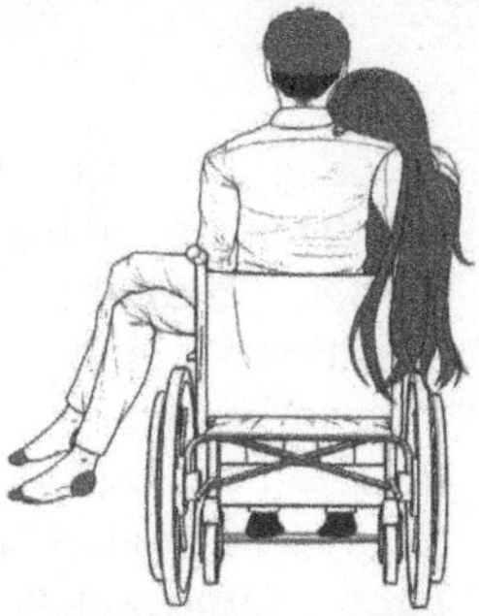

# Kapitel 22

Am nächsten Morgen bringt uns ein Taxi zum Ministerium. Das Gebäude ist beeindruckend. Auch Maria macht große Augen, als sie das Parlamentsgebäude von Ungarn sieht. »Das ist ja ein Schloss.«

Ich weiß, was sie meint. Der neogotische Stil ist einfach nur als imposant zu bezeichnen. Es vermittelt den Eindruck eines Märchenschlosses, direkt an der Donau. In einer fantastischen Welt könnte man sich vorstellen, dass eine Prinzessin in einem der unzähligen Türme lebt und dort von einem riesigen Drachen bewacht wird, der jeden Moment aus der riesigen Kuppel hervorbrechen kann. Dieses Anwesen ist majestätisch und hier soll sich heute unsere Zukunft entscheiden.

Wir werden von einer Rothaarigen in High Heels in Empfang genommen und sofort zu einem der Konferenzräume geführt. Neben Janosz sitzen dort noch zwei weitere Herren, die uns als Minister vorgestellt werden. Keine Ahnung, in welchem Ressort sie tätig sind, aber wir würden auch sie überzeugen müssen.

Die Dame, die uns begleitet hat, schenkt uns Kaffee ein und stellt uns ein Glas Wasser hin. Sie ist schnell und lächelt die ganze Zeit über.

»Vielen Dank, Livia. Wir rufen dich, wenn wir noch etwas brauchen.« Sie nickt Janosz zu und verlässt den Raum.

»Vielen Dank, dass Sie uns es so schnell geschafft haben nach Ungarn zu kommen, um sich unser Angebot anzuhören.« Der älteste der Herren zieht seine Brille von der Nase und sieht mich aufmerksam an.

»Sehr gern. Mein Team und ich sind sehr interessiert an einer Zusammenarbeit.« Das ist nicht gelogen. Janosz hat mir ja schon gesagt, um was es geht, aber ich bin gespannt, was genau sie von uns erwarten.

»Also gut.« Er lehnt sich zurück und verschränkt die Arme vor der Brust. »Ungarn ist ein wundervolles Land, tritt aber in Sachen Tourismus auf der Stelle. Unsere inländischen Agenturen sind nicht sehr versiert beim Tanz auf internationalem Parkett. Und da kommen Sie ins Spiel: Wir möchten einen Plan, um Ungarn in die Herzen der Menschen in Europa zu tragen. Zeigen Sie ihnen, wie wunderschön unser Land ist und welche Möglichkeiten sich ihnen hier bieten. Wie Sie das machen wollen, bleibt Ihnen überlassen. Aber stellen Sie uns in einer Woche einen ersten tragfähigen Entwurf vor, damit wir entscheiden können, ob wir uns damit identifizieren können. Das Budget für diesen Auftrag beläuft sich auf 50 Millionen Euro.«

Mir wird heiß. Ein solcher Auftrag ist unfassbar und würde Mogula endgültig in den internationalen Olymp katapultieren. Trotzdem nehme ich in aller Ruhe einen Schluck Kaffee, um mich zu beruhigen und meine nächsten Worte genau abzuwägen.

Maria schreibt alles am Tablet mit. Sie ist hoch konzentriert, als würde sie diese Arbeit bereits seit Jahren machen. Ihr Anblick, wie die Finger über die Tasten fliegen, erdet mich. Eigentlich muss ich nur die Größe des Auftrags vergessen und ihn wie jeden anderen behandeln. Darin habe ich Routine.

»Ich werde Ihnen heute Nachmittag einen Fragebogen zukommen lassen, um abzuklären, was Sie auf keinen Fall in der Kampagne haben wollen und ob Sie Präferenzen haben. Im Anschluss an diese Sitzung kontaktiere ich mein Team. Mit dem Fragebogen kann ich Ihnen dann auch eine kurze Vita aller am Projekt Beteiligten zukommen lassen. Sie sollen sich bei Mogula gut aufgehoben fühlen und dazu ist es unabdingbar, zu wissen, wer für Sie arbeitet. Sobald der Fragebogen ausgefüllt wieder bei uns ist, starten wir mit der Erstellung eines Portfolios und einer Kostenkalkulation. Dabei werden wir Ihnen nicht nur ein Angebot unterbreiten, da Sie sicherlich über eine Auswahl abstimmen möchten.«

Der Herr mit der Brille grinst nun breit. »Genauso habe ich mir das vorgestellt. Janosz hat uns versichert, dass Sie ein Mann der Tat sind. So etwas mögen wir Ungarn.«

»Darf ich Ihnen noch eine persönliche Frage stellen?«

»Aber natürlich. Nur heraus damit.«

»Hat es Sie nie abgeschreckt, dass ich im Rollstuhl sitze?«

»Herr Herzbach, wir kaufen Ihren Verstand und Ihre Expertise ein, nicht Ihre Beine. Außerdem, warum nicht auch das Thema Urlaub mit Handicap in die Kampagne einbauen. Verlieben Sie sich selbst in unser Land, dann kommt auch dieses Projekt von Herzen.«

**Maria**

Ich bin total aufgekratzt. Was für eine Chance, und ich darf dabei sein.

Leonard hält sein Handy und tippt eine Nachricht. Mein Blick wandert zum Display.

- Leute, wir sind wieder im Spiel!

Mayer: Was hast du für uns?

- Teammeeting in dreißig Minuten, dann erzähle ich euch, womit ihr in der nächsten Woche eure Köpfe zum Glühen bringen müsst.

Natalie: Das hört sich super an.

Miriam: Wir werden deinen Bruder weit hinter uns zurücklassen :-)

Tom: Ich werde mich dazu schalten, falls du bestimmte IT-Ausstattung benötigst, um das Projekt online umzusetzen.

- Gute Idee, Tom. Ich freue mich auf eure Gesichter. Bis dann!

Ein Taxi bringt uns zurück ins Hotel. Das wird zu einer Geduldsprobe, denn die Straßen sind voll und wir kommen nur langsam voran. Wir haben nur noch zehn Minuten Zeit, bis wir den anderen berichten müssen, wie arbeitsreich ihre nächsten Tage werden.

Sofort eilen wir ins Zimmer und starten den Laptop. Obwohl wir, wider Erwarten fünf Minuten zu früh dran sind, sitzen alle schon vor ihren Bildschirmen und grinsen wie Honigkuchenpferde.

Leonard berichtet ihnen von unserem Gespräch.

»Dieses Gespräch ist absolut geheim. Ich will auf keinen Fall, dass auch nur ein Sterbenswörtchen davon an Benedikt gelangt.

Maria wird euch gleich alle Aufzeichnungen zukommen lassen, damit ihr es nochmal nachlesen könnt. Es geht los Leute. Die Zeit der Telefonakquise ist vorbei. Jetzt dürft ihr wieder mit dem auftrumpfen, was ihr am besten könnt. Behandelt dieses Land nicht anders als jedes andere Produkt, für das ihr zuvor bereits Werbung gemacht habt. Ich glaube an euch.«

Leonard beendet das Gespräch, zieht mich auf seinen Schoß und drückt mir übermütig einen Kuss auf die Lippen. Er sieht so glücklich aus, wie schon lange nicht mehr. Endlich geht wieder etwas vorwärts und er hat die Möglichkeit, sich seinen Posten zurückzuerobern. Leonard kann beweisen, dass er der bessere Mann auf dem Posten des Geschäftsführers war, ist und bleibt.

»Ich habe Ihnen bereits die Unterlagen zukommen lassen und nun müssen wir nur noch den Fragebogen anpassen und den Herren Ministern zukommen lassen. Gib mir zehn Minuten und dann schau bitte nochmal drüber, dass ich auch nichts vergessen habe.« Ich rutsche von seinen Beinen, klappe das Tablet auf und arbeite los. »Weißt du eigentlich, dass du perfekt bist? Eigentlich wollte ich dich damit ärgern, dass du jeden Tag mit mir zusammenarbeiten musst, aber es war die beste Entscheidung, die ich je getroffen habe. Du solltest nie wieder in einem Supermarkt arbeiten und vielleicht kann ich dich ja überreden, auch nach unserer Verbindung weiter für mich zu arbeiten? Xenia kann unmöglich meine Assistentin bleiben, nachdem sie mich so verraten hat.«

»Leonard, ich -« Ich spreche nicht weiter, weil mich einerseits das Angebot riesig freut, aber ich genau weiß, dass ich es nicht annehmen kann. Es würde mich zerreißen Leonard jeden Tag zu sehen, mit ihm zu reden, ihn aber nicht mehr lieben zu dürfen. Das kann ich nicht.

» – ich arbeite gern im Supermarkt, aber wenn du mir ein gutes Zeugnis schreibst ... Wer weiß schon, wo meine berufliche Reise mich dann noch hinführt.«

»Ich verstehe.« Er presst seine Lippen zu einem dünnen Strich zusammen und wendet sich wieder dem Laptop zu.

Du verstehst gar nichts, will ich ihm entgegenschreien, bleibe aber stumm und wende mich der Arbeit zu. Das Glücksgefühl ist wieder einmal Hilflosigkeit gewichen.

**Leonard**

Warum tue ich mir das nur immer wieder selber an? Es ist ja gerade so, als würde ich um eine Abfuhr betteln. Maria hat mich zurückgewiesen – schon wieder. Diesmal nicht nur meine Gefühle, sondern auch mein berufliches Angebot. Ich verstehe es nicht. Hat sie mir nicht noch gestern Nacht ihre Liebe gestanden?

Kurze Zeit später steht Maria auf und klappt das Tablet zu. »Fertig! Vielleicht sollten wir genau das tun, was der Minister uns vorgeschlagen hat. Was meinst du, sollen wir gemeinsam Budapest erkunden?«

Ihre Stimmungsschwankungen verursachen mir Schwindel. Aber eigentlich bin ich froh darüber, dass sie wieder lächelt. Ich bin mit ihr hier und werde es genießen. Vielleicht kann ich sie ja doch noch davon überzeugen, bei mir zu bleiben oder zumindest den Grund finden, warum sie mich so unbedingt hinter sich zurücklassen will.

Gemeinsam erkunden wir die Gassen Budapests. Das Kopfsteinpflaster ist eine neue Herausforderung für mich, aber ich halte mich tapfer. Maria schießt ein Foto nach dem anderen von den wunderschönen Fachwerkhäusern, die hier am Stadtrand überall zu sehen sind. Kleine Manufakturen und Cafés ziehen Maria wie magisch an. Sie sieht durch jedes Schaufenster und bewundert die Handwerkskunst.

Von Weitem höre ich eine Fidel spielen, recke den Kopf, kann aber den Ursprung nicht ausmachen. Erst als wir bereits direkt neben einer unscheinbaren Taverne stehen, wird mir klar, dass die Musik aus dem Inneren kommt. Menschen juchzen zu den Klängen und Glockenschellen unterstreichen die Fröhlichkeit.

»Sollen wir hier etwas essen?«, schlägt Maria vor.

»Von mir aus. Ich muss zugeben, dass ich neugierig bin, wie es da drinnen zugeht.«

Ich habe noch nicht ganz ausgesprochen, da hält sie mir schon die Tür auf. In der Gaststube riecht es nach Wein und deftigem Braten. Mir läuft das Wasser im Mund zusammen. Schließlich ist die Mittagszeit schon um und ich habe Hunger wie ein Bär. Eine Frau in Tracht kommt an unseren Tisch und wir bestellen mit Hilfe einer Übersetzungsapp Wein und Gulasch.

»Meinst du, die App hat ihr das Richtige gesagt?«

»Das hoffe ich doch.« Daran habe ich überhaupt nicht gedacht.

Ich reiße die Augen auf. Sicherlich kann man mir den Schreck deutlich ansehen.

»Stell dir mal vor, wir bekommen Ziegeninnereien mit einem Spiegelei oben drauf.« Maria kichert.

»O ja, und das Getränk entpuppt sich als vergorene Stutenmilch.« Angewidert schüttele ich mich und muss noch lauter lachen.

»Dann verabschieden wir uns besser nett und gehen jetzt, bevor wir das Essen bekommen.«

»Vielleicht solltest du besser rennen und ich schiebe den Rollstuhl zu Höchstleistungen an, damit sie uns nicht einholen und zum Essen zwingen können.«

Neckend hebe ich die bestickte Tischdecke an und luge unter den Tisch. »In diesen Schuhen bekommen sie dich zuerst. Dann kann ich mich in Sicherheit bringen.«

»Du würdest mich den Häschern überlassen?« Sie schlägt in gespieltem Entsetzen die Hand vor den Mund.

»Keine Angst, ich würde eine Armee zusammenstellen, die dich aus den Händen der Peiniger befreit, noch ehe sie dich zum Essen zwingen können.« Mit einem breiten Grinsen schlage ich mir die Hand auf die Brust. »Meinen Streitwagen habe ich immer dabei, um holde Maiden aus der ungarischen Gefangenschaft zu retten.«

Zu spät. Die Bedienung stellt uns zwei Schüsseln aus handbemaltem Töpferwerk hin. Jetzt können wir nicht mehr weg. Das wäre Zechprellerei und sicherlich auch in Ungarn ein Fall für die Polizei. Ich wage es kaum, den Deckel abzuheben. Marias Blick zeigt, dass es ihr ebenso geht.

»Auf drei«, flüstert sie.

Ich nicke ihr mutig zu.

Sie zählt mit den Fingern herunter und dann heben wir gleichzeitig die Deckel an. Im Hintergrund spielt die Fidel ein

Lied, dass auch gut als Hintergrundmelodie für einen Horrorfilm durchgehen kann. Ich schlucke und beuge mich vor. Dampf steigt auf und vernebelt mir die Sicht, doch der Duft, der um meine Nase weht, ist vielversprechend. Mutig tauche ich den Löffel ein und als ich die dicken Fleischbrocken in dunkelroter Soße sehe, fällt mir ein Stein vom Herzen.

Der Gulasch ist ein Gedicht. So scharf, dass er mir fast den Mund wegbrennt, aber doch mit so vielen Aromen, dass ich nicht aufhören kann einen Löffel nach dem anderen zu essen. Maria gibt bei jedem Bissen ekstatische Töne von sich und leckt sich über ihre wunderschönen Lippen. Dieser Anblick steigert meinen Appetit in eine ganz andere Richtung.

»Wenn du weiter so stöhnst, muss ich dich zur Toilette schleifen und dort ganz genau nachsehen, wo du Schmerzen hast.«

Sie verschluckt sich beinahe. Ihr Blick ist vorwurfsvoll, aber ich sehe den Schalk dahinter.

»Versuch bloß nicht, so zu tun, als hättest du keinen Spaß daran«, necke ich sie und stelle mir dabei schon vor, wie sie in der engen Kabine auf meinem Schoß sitzt und meine Hände über ihre weiche Haut gleiten.

»Ich versuche überhaupt nichts abzustreiten, aber auf einer Toilette? Da warte ich doch lieber, bis wir etwas mehr Platz und angenehmere Gerüche um uns herum haben.«

Ich beuge mich weiter über den Tisch und flüstere: »Dann freue dich auf heute Abend. Schließlich haben wir etwas zu feiern und eine Spa-Landschaft wartet auf uns.«

»Leonard, die ist öffentlich. Dort können wir nicht-«

Ich zucke mit den Schultern und hebe eine Augenbraue. »Du wolltest mehr Platz und ich will dich – am ganzen Körper zitternd und mit der Leidenschaft im Blick, die mich um den Verstand bringt.«

Maria verharrt mit dem Löffel vor den Lippen. Ihr Blick ist dunkel. Ganz langsam schiebt sie den Löffel in den Mund, stöhnt auf und lässt ihre Zunge über das blanke Metall gleiten. Sie schlingt sich um den Übergang zum Griff. Dabei hält sie meinen Blick gefangen. Als ich es fast nicht mehr ertrage und meine Hose im Schritt gefährlich spannt, lege ich meine Hand auf ihre. »Du bist die beste Entscheidung, die ich je getroffen habe.«

**Maria**

Ich verliere mich in seinem Blick, bin gefangen in der Leidenschaft. Macht durchfließt mich, als ich sehe, dass er mich will – mich – Maria. Das unscheinbare Mädchen schafft es, diesen Mann in ihren Bann zu ziehen.

Plötzlich werde ich angerempelt. Eine Frau juchzt neben mir, als ihr Partner sie wild im Kreis herumwirbelt. Zu dem Fiedler gesellt sich noch ein Mann mit einem Tambourin und eine Frau mit Flöte. Die Mitte der Gastwirtschaft verwandelt sich in eine Tanzfläche. In kürzester Zeit haben sich schon zehn Paare versammelt, die so fröhlich wirken, dass es ansteckt.

Vergessen lege ich den Löffel zur Seite, wippe auf meinem Stuhl herum. »Willst du tanzen?«

Seine Gesichtszüge verkrampfen sich und das Lächeln ist wie weggewischt. »Soll das ein schlechter Witz sein?« Ich höre die unterdrückte Wut in seiner Stimme. Natürlich muss es für ihn so aussehen, als würde ich mich über ihn lustig machen, aber so ist es nicht. »Ich meine es ernst. Du solltest mich besser kennen. Niemals würde ich mich über dich lustig machen.«

»Wie denkst du dann, soll ich tanzen? Normalerweise nutzt man dazu seine Beine.« Er sieht mich an, als habe ich den Verstand verloren.

»Darf ich es dir zeigen?« Schnell werfe ich die Serviette auf den Tisch, stehe auf und halte ihm meine Hand entgegen.

Als er zugreift, entspanne ich mich merklich. Aufgeregt ziehe ich ihn auf die Tanzfläche. Die anderen Paare machen uns Platz, aber keine schaut uns skeptisch an. Im Gegenteil, ein Mann klopft Leonard herzlich auf die Schulter.

Ich knie mich nieder und entferne die Fußstützen. Mit Schwung befördere ich sie zurück unter unseren Tisch. Jetzt kann ich Leo ganz nah sein. Übermütig drücke ich ihm einen Kuss auf die Lippen und drehe mich um ihn herum. Dann greife ich nach seinen Händen und drehe mich mit ihm zusammen im Kreis. Das Parkett ist so glatt, dass es ganz leicht ist. Der Rhythmus der Musik treibt mich an. Mit einem lauten Lachen tauche ich unter Leos Arm hindurch, ohne seine Hand loszulassen. Er schiebt mich an, dass ich die gleiche Bewegung zurück ausführen soll. Gemeinsam mit den anderen Damen springe ich in die Luft und jauchze, während Leonard im Takt des Tambourins klatscht.

Ein älterer Mann greift nach mir und zieht mich von Leonard weg, im ersten Moment will ich protestieren, aber dann sehe ich, dass alle Frauen den Partner gewechselt haben. Vor Leo steht nun eine rassige Schönheit mit einem langen dunklen Zopf und einem Teint, den ich nicht einmal nach vier Wochen Sommerurlaub aufweisen würde. Sie dreht sich vor Leonard im Kreis, umrundet den Rollstuhl, springt und flüstert ihm dann etwas ins Ohr. Ich sehe, wie er ihr nachstarrt, als sie sich meinem neuen Tanzpartner zuwendet und ich weitergereicht werde.

Was hat sie zu ihm gesagt? Will sie ihn für sich? Hat sie denn nicht gesehen, dass er mit mir hier ist? In meinem Bauch rumort es. Ich möchte am liebsten aus dem Lokal stürmen und Leonard mit seiner dunklen Schönheit hier zurücklassen. Doch ich werde in Drehungen geschickt, herumgewirbelt und weitergereicht – bis ich wieder vor Leonard stehe.

Schwer atmend stehe ich vor ihm. Mein Herz schlägt mir bis zum Hals und ich bin nicht in der Lage auch nur einen Schritt zu tun. Schweiß überzieht kühl meine Haut, während er mich ansieht. Ich kann seine Miene nicht deuten, merke nur, dass ich ihn am Liebsten am Kragen packen und schütteln will.

»Was hat sie zu dir gesagt?«

»Wen meinst du?«

»Tu nicht so! Ich habe gesehen, wie du ihr nachgeschaut hast.« Wütend stemme ich die Arme in die Hüften. »Willst du vielleicht lieber mit ihr den Spa-Bereich unseres Hotels besuchen?«

Ich kann nicht so schnell reagieren und sitze schon auf seinem Schoß. Seine Lippen pressen sich auf meine und seine Hand liegt an meinem Hinterkopf. Am Rand nehme ich wahr, wie die Tanzenden jubeln und klatschen. Sein Kuss wird sanfter. Fast streicheln seine Lippen meinen Mund. All meine Bedenken verfliegen. Wie gern hätte ich mich zu meiner Rivalin umgedreht, um ihr die Zunge herauszustrecken. Leo gehört mir. Auch er hat dafür unterschrieben. Er löst sich von mir und streichelt über meine Wange. »Sie hat gesagt, wenn du eifersüchtig zu mir zurückkommst, soll ich dich küssen. Damit macht man Frauen willenlos.«

»Was?«, hauche ich.

Er küsst mich noch einmal. »Du hast schon richtig verstanden.«

Irritiert drehe ich mich zu der Frau um, die nun in den Armen eines Mannes liegt, an den ich mich überhaupt nicht erinnern kann. Meine Wut war einfach zu sehr auf Leonard gerichtet, um einen meiner Tanzpartner wahrzunehmen. Sie lächelt breit und zwinkert mir zu, bevor sie sich wieder dem Tanz hingibt.

»Ich war aber nicht eifersüchtig«, sage ich und recke das Kinn.

»Natürlich nicht.«

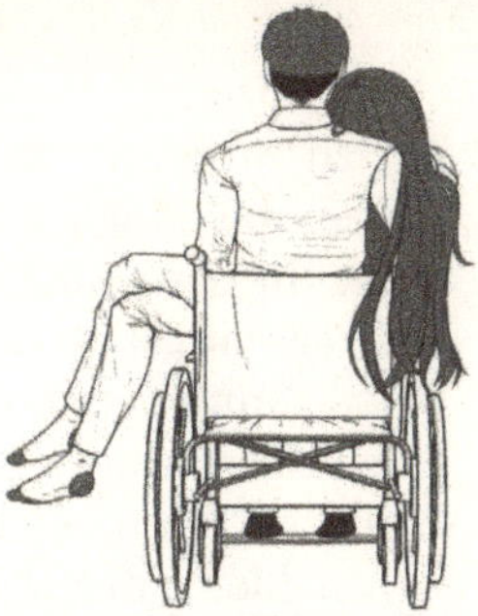

# Kapitel 23

So zufrieden wie lang nicht mehr, kommen wir in der Hotellobby an.

Leonards Handy klingelt. Er schiebt sich zu einer der Sitzecken und nimmt dort den Anruf entgegen, während ich mich auf eines der weichen Ledersofas sinken lasse. Mein Kopf schwirrt noch immer. Ich lege den Kopf zurück und hänge meinen Gedanken nach, bis Leonards Stimme mich in die Realität zurückholt.

»Das kann nicht wahr sein. Nur mein Team wusste von den Modalitäten dieses Auftrags und ich vertraue ihnen blind.« Leonard ist weiß wie der Sessel, der neben ihm steht. Das Telefon in seiner Hand zittert.

Ich sitze kerzengerade und versuche, den Schock auf seinem Gesicht zu verstehen. Etwas Furchtbares muss passiert sein.

»Okay, Janosz. Alles klar. Ich kümmere mich darum. Danke, dass du mich angerufen hast.« Leonard legt auf und wirft das Handy mit aller Kraft auf den Boden. Der Teppich schluckt es. Nicht mal der Aufprall ist zu hören.

»Was ist denn passiert?«

Er starrt an mir vorbei und ballt die Hände zu Fäusten.

»Leo, du kannst mir vertrauen. Rede doch bitte mit mir.«

Sein Blick ruckt zu mir. »Kann ich das, Maria? Kann ich dir vertrauen? Gibt es überhaupt jemanden, der mich nicht betrügen will?« Sein Blick wandert zur Decke und ich sehe, wie er darum kämpfen muss nicht in Tränen auszubrechen. »Ich gebe auf. Hast du gehört? Ich kann nicht mehr.«

Ich wühle sein Handy aus dem Teppich und lege es ihm eher unsanft auf den Schoß. Wenn er meint, mir schon wieder nicht mehr vertrauen zu wollen, dann ist ihm wohl nicht mehr zu helfen. Aber wir sitzen da beide im Boot. Ich habe versprochen ihn zu unterstützen und alles zu tun, um ihn wieder an die Spitze von Mogula zu bringen. »Verdammt nochmal! Warum willst du denn so kurz vor dem Ziel aufgeben? Du hast einen Auftrag angeboten bekommen und stehst kurz vor der Vertragsunterzeichnung. Dein Team arbeitet bereits auf Hochtouren und-«

»Mein Team verrät mich, Maria!«

Mir bleibt der Mund offen stehen. Das kann nicht sein. Ich traue es niemandem zu. Jeder in diesem Team hat sich trotz der Konsequenzen für Leonard entschieden. Warum sollten sie ihn ausgerechnet jetzt verraten, wo sie bald Benedikts Drohungen nicht mehr zu fürchten brauchen. »Lass uns nach oben gehen und in Ruhe darüber nachdenken. Wir finden bestimmt einen Weg. Aber Leonard, schließ mich nicht wieder aus. Inzwischen habe ich dir oft genug bewiesen, dass ich hinter dir stehe – mit allen Konsequenzen.«

Entschlossen stehe ich auf, nehme die Griffe des Rollstuhls und schiebe ihn zuerst in den Aufzug und dann in unser Zimmer. Dann stelle ich mich mit verschränkten Armen vor ihn. »Rede!«

»Benedikt hat im Ministerium angerufen und ihnen ein Konzept zur Ankurblung des Tourismus angeboten. Es entsprach fast eins zu eins dem, was wir heute Mittag mit dem Team besprochen hatten. Sie haben ihn nun auch auf die Liste der potenziellen Partner gesetzt und erwarten auch von ihm eine vollständige Kampagne. Woher soll mein Bruder die Informationen und auch noch die Kontaktdaten haben, wenn nicht aus unseren Reihen? Niemand anders kann an unseren Server.«

»Das kann nicht sein. Wir vergessen irgendetwas.« Grübelnd gehe ich auf und ab. Es dauert eine Weile, aber dann habe ich den Geistesblitz. »Lass uns das Team mit falschen Informationen füttern und sie zur Geheimhaltung auch untereinander verpflichten. Jeder bekommt eine andere Info. Janosz holen wir uns ins Boot. Er muss uns sagen, welche Ente im Ministerium aufschlägt. Damit kennen wir den Verräter und sobald wir ihn ausgeschaltet haben, können wir ohne Probleme am Projekt weiterarbeiten.«

»Das ist genial. Dann lass uns mal ein paar haarsträubende Geschichten erfinden.« Ich grinse. Dabei ist mir das Lob von Leonard genauso wichtig wie sein wiedergefundener Mut. Er darf nicht aufgeben. Ich werde es auch nicht tun.

**Leonard**

Wir sitzen beide am Schreibtisch und zerbrechen uns die Köpfe über Themen, die wir den einzelnen Personen im Team weiterleiten könnten.

»Miriam sagen wir, dass die Marketingkampagne auf keinen Fall in den Farben der ungarischen Flagge sein soll und dass das Ministerium morgen schon den ersten Entwurf haben will.«

»Das ist prima und Nadja sagen wir, dass Janosz die Werbespots selbst einsprechen will und sie uns einen Text für ihn bis morgen zukommen lassen soll.«

Ich reibe mir die Hände. Mayer ist fast zu gut, um ihn hinters Licht zu führen. Ein absoluter Teamplayer. Ihm würde freiwillig nie in den Sinn kommen etwas vor seinen Kollegen geheimzuhalten. »Was wäre, wenn wir Mayer sagen, dass er einen Werbeslogan extra für dicke Menschen erstellen soll?«

»Das ist gut, aber ihm müssen wir das begründen. Er kommt doch sofort dahinter, dass es sich hierbei um Diskriminierung handeln könnte und er damit den Leumund der Firma schädigt.«

»Du hast Recht. Wie wäre es mit einem Slogan für Gulasch?«

Maria kichert. »Das fände ich super. Der verdient hier auch einen eigenen Lobgesang.«

»Dann haben wir alle. Ich kann es noch immer nicht glauben, dass einer von ihnen ein Maulwurf sein soll.«

Maria räuspert sich. »Du hast Tom vergessen.«

Wie kommt sie denn auf diese Idee? Außerdem ist Tom nur ganz selten in die Teamarbeit involviert. »Das kann nicht sein. Die Arbeit können wir uns sparen.«

»Wenn er nicht der Verräter ist, dann passiert doch nichts, wenn wir ihm auch eine Falschinformation zuspielen. Ich weiß, dass er dein bester Freund ist, aber mir sind Nadja, Miriam und der gute Mayer auch sehr wichtig und vergiss nicht, Tom hat die VPN-Verbindung nach Deutschland hergestellt und gesichert.«

Nur zögerlich stimme ich ihr zu. »Was schlägst du vor?«

»Schreib ihm einfach eine freundschaftliche WhatsApp. Sage ihm, was wir in Ungarn alles erlebt haben und zeige dich traurig, weil Janosz an einer schweren Krankheit leidet. Ich weiß, das ist makaber, aber wenn du mit ihm über Inhalte des Auftrags redest, könnte er Verdacht schöpfen, sollte er der Täter sein.«

Schon die Idee ist so abwegig. Tom ist seit Jahren mein bester Freund. Er hat mit mir zusammen Mogula aufgebaut. Die Firma liegt ihm ebenso am Herzen wie mir. Niemals würde er sie Benedikt überlassen.

»Ich rufe Tom an und su schreibst die Mails an die anderen. Morgen wissen wir mehr.« Während die Tastatur im Hintergrund klappert, wähle ich die Nummer meines besten Freundes, um ihn anzulügen. Das schlechte Gewissen nagt an mir. Trotzdem muss ich das jetzt durchziehen. Nur so ist es fair dem Team gegenüber. Jeder ist gleich. Keine Ausnahmen.

Es klingelt und ich rolle mich ins Schlafzimmer, das Telefon zwischen Schulter und Kinn eingeklemmt.

»Hey Mann, wie gehts dir?« Die fröhliche Begrüßung macht mir mein Vorhaben nicht leichter.

»Budapest ist so schön. Du musst unbedingt mit deiner Frau hierherkommen. Das Land und die Leute schließt auch du sicherlich sofort ins Herz.«

Tom lacht heiser auf. »Das wird wohl die nächsten Jahre nichts werden. Wenn unser Kleines da ist, fällt romantischer Urlaub für ein paar Jahre aus.«

»Ach komm schon. Nach dem Windelalter können Maria und ich doch Babysitten.« Ich stocke. Dann wird Maria schon längst nicht mehr da sein. Auch wenn ich es mir noch so sehr wünsche, bleibe ich allein zurück, während sie sich ein neues Leben aufbaut. Ein Leben, in dem ich keinen Platz mehr habe.

Zum Glück geht Tom nicht auf meinen Versprecher ein. »Wann kommst du denn wieder nach Deutschland? Den Auftrag müsstest du doch schon in der Tasche haben, oder?«

»Wir unterbreiten dem Ministerium morgen unser Angebot und mit etwas Glück können wir am Wochenende schon gemeinsam feiern.« Jetzt oder nie. Ich umklammere das

Telefon fester und hoffe, dass Tom meine Lüge nicht sofort durchschaut. »Einen Wermutstropfen hat das Ganze allerdings. Ich kann dir doch vertrauen, dass das, was ich dir jetzt sage, unter uns bleibt, oder?«

»Aber natürlich. Spuck es aus.«

»Janosz ist sehr krank. Er hat mir heute Morgen gesagt, dass er Krebs hat, der nicht mehr behandelt werden kann. Die Ärzte geben ihm noch maximal ein Jahr. Deshalb hängt er sich auch so sehr in dieses Projekt. Es ist etwas, das er der Nachwelt hinterlassen kann, damit sein Ungarn die Liebe bekommt, die es verdient.« Meine Stimme zittert, weil ich so aufgeregt bin. Ich hasse Lügen.

»Also werden sich die Minister immer seiner Meinung anschließen, weil sie ihm seinen Lebenstraum erfüllen wollen? Das ist eine schöne Vorstellung, auch wenn es schrecklich ist, dass du es jetzt erfahren musstest, wo es doch endlich wieder aufwärtsgeht.«

Er hat den Köder geschluckt. Meine Schultern sacken nach unten und ich kann mich gerade noch davon abhalten lautstark Luft auszustoßen. »Ja, das ist es. Ich werde die Zeit hier einfach noch mit ihm zusammen genießen, bevor ich wieder die Geschäftsführung von Mogula innehabe und zu viel arbeite, um nach ihm zu sehen.«

»Mach das, Leo. Und wenn du wieder da bist, trinken wir ein Bier zusammen. Ich bin für dich da, mein Freund.«

Mein Herz ballt sich zu einem Stein in meiner Brust zusammen. Was mache ich hier eigentlich. Das ist Tom am anderen Ende der Leitung. Gerade als ich alles richtigstellen will, legt er auf. Das durchgezogene Piepen verhöhnt mich. Zu spät! Wenn wir uns wiedersehen, muss ich ihm unbedingt reinen Wein einschenken. Vielleicht kann ich es als ein Missverständnis tarnen. Was bin ich nur für ein Freund, wenn ich zu solchen Mitteln greife?

»Alles in Ordnung?« Maria legt mir die Hand auf die Schulter.

»Nein, nichts ist Ordnung. Ich bin ein Heuchler, der seines Gleichen sucht. Gerade habe ich meinem besten Freund verarscht. Dafür komme ich in die Hölle, verdammt!«

»Damit kommst du zurück auf den Chefsessel. Ich habe übrigens Janosz schon eine Mail geschrieben. Er wird dich heute Abend noch anrufen.«

»Weiß er schon, dass wir ihm eine Krankheit angedichtet haben?«

Maria zuckt mit den Schultern. »Ja, und er meint, dass wir die wiedergeborenen Sherlock Holmes und Dr. Watson sind.«

Ich ziehe sie auf meinen Schoß und vergrabe mein Gesicht in ihrer Halsbeuge. Ihr Geruch beruhigt mich. »Dabei will ich doch überhaupt nicht, dass wir jemanden enttarnen. Ich will ihnen vertrauen.«

»Das will ich auch, Leonard.« Sie streichelt meinen Hinterkopf. Es ist beruhigend, wie ihre Finger meine Kopfhaut massieren. Irgendwie weiß Maria immer, was ich gerade brauche. Was soll ich nur ohne sie tun? Wenn sie doch nur bleiben würde, aber sie hat meine Versuche dahingehend immer wieder ausgeschlagen. Ich muss es akzeptieren. Maria liebt und begehrt mich, aber für eine Beziehung, eine Familie, bin ich ihr doch nicht gut genug. Das kann ich sogar verstehen. Nach allem, was ich ihr angetan habe. Unsere Hochzeit war furchtbar und ich habe viel zu spät erkannt, wie wertvoll sie ist. Ich habe es zerstört. Diese Schuld liegt allein bei mir und Maria hat vollkommen Recht damit, sich nicht an mich zu binden. Dabei würde ich doch jetzt die Welt für sie aus den Angeln heben. Zu spät!

**Maria**

Nach dem Telefonat mit einem zuerst erstaunten und dann beeindruckten Janosz gehen wir gemeinsam in den Spa-Bereich. Es ist spät geworden und auch hier haben die Angestellten nur die Notbeleuchtung angelassen. Lampen unter Wasser lassen das Becken türkisgrün erstrahlen. Sonst leuchtet nur noch das Bedienfeld der Sauna in einem roten Licht. Zu meiner Überraschung ist sie sogar noch eingeschaltet.

Ich drücke auf den Tasten herum und aus dem Inneren der Kabine ist sanfte Musik zu hören und der vollautomatische Saunaofen schickt die ersten Wasserdampfwolken auf Reisen. Schell ziehe ich mich aus und schlinge das Handtuch um mich.

Vorfreude macht sich in mir breit. Erst einmal war ich in einer Sauna und ich habe es geliebt.

Leonard ist noch in der Umkleidekabine, trotzdem schlüpfe ich schon in die feuchte Hitze. Tief atme ich ein. Orange und etwas Würziges im Hintergrund. Vielleicht Sandelholz. Der Duft und die Wärme dringen sofort in mich ein. Seufzend lege ich mich auf eine der Bänke und schließe die Augen. Mein Körper wird schwer. Die Anspannung der letzten Stunden verfliegt mit der sanften Melodie, die das leise Zischen des Saunaofens begleitet. Ich fühle, wie mein Schweiß sich mit dem Nebel vermischt, der die Kabine inzwischen vollkommen ausfüllt.

Plötzlich streicht kühle Luft über meine erhitzte Haut. Leonard schiebt sich mit dem Rollstuhl hinein und wechselt auf die untere Bank direkt neben der Tür. Ich stehe auf, schiebe den Rollstuhl hinaus und schließe die Tür. Träge setze ich mich neben ihn. Ein Blick in seine traurigen Augen zeigt mir den schrecklichen Druck, unter dem er steht. Die Enttäuschung, dass ihn jemand verraten hat, zeichnet tiefe Falten in sein Gesicht. Leonard hat bisher so viel geschafft, alle Hindernisse aus dem Weg geräumt und nie aufgegeben. Aber jetzt sehe ich ihm an, dass er aufgeben will.

Zärtlich streiche ich ihm eine Strähne aus dem Gesicht. Sie ist bereits feucht und klebt an seiner Stirn. »Wir beide schaffen das, Leonard.«

Er sieht auf. Seine Miene ist unbeweglich. Er schiebt mich sanft zurück, hebt seine Beine auf die Sitzfläche und hebt meine Füße auf seinen Schoß. Mit dem Rücken lehne ich an der Seitenwand und genieße den Druck seiner Finger auf meiner Fußsohle. Die Berührung schickt Blitze durch meine Beine, die meine Nervenenden in Aufruhr versetzen. Trotzdem will ich, dass er weitermacht. Meine Augen schließen sich von ganz allein und ich stöhne leise.

Die Hitze und Leonards Zärtlichkeiten tragen meine Gedanken davon. In diesem Moment gibt es keine Sorgen. Wir sind hier und haben einander. Was sollte schöner sein?

Meine Hand wandert zu seinem Fuß, will zurückgeben, was mir zuteilwird. Ich streiche über seinen Knöchel, an seiner Wade hinauf. Sein Bein ist dünn – zu dünn. Die Muskeln haben sich durch das ewige Sitzen bereits zurückgebildet. Ich erinnere mich daran, wie er früher immer alle drei Stufen vor unserem Eingang mit einem großen Schritt bewältigt hat. Nun sind die Stufen nicht mehr physisch. Die Stufen hat seine Familie mit Absicht gebaut, um ihn hinter sich zurückzulassen – den Mann, der nicht mehr genügt.

»Ich fühle deine Berührungen.« Es dauert eine Weile, bis seine Worte meinen Verstand erreichen, dann reiße ich die Augen auf und starre auf sein Bein. Meine Hand verharrt dort, wo eigentlich kein Gefühl mehr sein sollte. Der Unfall hatte seinen Körper in zwei Hälften eingeteilt – eine die funktionierte und eine Fehlerbehaftete. Er sollte meine Hand nicht spüren. Tränen treten mir in die Augen. »Ist das dein Ernst, Leonard? Heißt das, du heilst?«

»Darüber werde ich mit meinem Therapeuten reden müssen, wenn wir wieder zuhause sind. Es ist kein angenehmes Gefühl. Eher so, als würden Millionen von Ameisen in meine Haut beißen, aber es ist da.« Er nimmt meine Arme und zieht mich auf seinen Schoß. »Du bist magisch, Maria Herzbach. Manchmal möchte ich dir den Hintern versohlen und dann ...«

Er lässt den Satz unbeendet, legt stattdessen seine Lippen auf meinen Mund. Das Streicheln seiner Hand hinterlässt eine brennende Spur auf meiner überhitzten Haut. Ich sinke in diese Liebkosung. Sie passt zu der Schwere in mir. Noch nie habe ich etwas so sehr genossen. Leonard beißt sanft in meine Unterlippe und knabbert an meinem Kinn. Ich fühle sein Lächeln auf meiner Haut. Genau das wünsche ich mir - jeden Tag. Ich will mit diesem Lächeln einschlafen und morgens wieder aufwachen. Ich will so viel, aber werde es nicht bekommen. Nur diesen kleinen Brocken Zeit darf ich mir stehlen und ihn zum Schönsten meines Lebens machen und vielleicht kann ich auch in ihm einen Nachhall hinterlassen, wenn wir getrennte Wege gehen.

Der Timer lässt mich zusammenfahren. Er erinnert mich daran, dass ich die Sauna verlassen sollte. »Kommst du mit?«

Leonard nickt und streicht mir noch einmal sanft mit dem Daumen über die Wange. Ich schließe die Augen und sauge das Gefühl in mich auf, speichere es ganz tief in mir, um es immer bei mir tragen zu können. Dann springe ich auf und hole den Rollstuhl.

Die eiskalte Dusche lässt mich nach Luft schnappen, aber bereits während ich aus dem Wasserstrahl trete, fühle ich mich belebt. Mein Körper summt. Mit einem Blick auf Leonard springe ich in das Becken und durchpflüge es bis zur Hälfte unter Wasser. Bald ist Leonard an meiner Seite. Hier würde keiner erkennen, dass er eingeschränkt ist. Mit seinen starken Schwimmstößen hält er locker mit mir mit. Wir powern uns beide vollkommen aus.

Eine Stunde später lehnen wir schwer atmend am Beckenrand.

»Das hat gut getan«, sagt Leonard und grinst mich an.

»Und wie, aber weißt du, was mir eingefallen ist? Wir haben jetzt jedem von deinem Team einen falschen Auftrag gegeben. So werden wir aber niemals ein ordentliches Angebot abgeben können. Sollten wir uns nicht darum kümmern, dass jeder der kein Verräter ist, nach unseren Vorgaben schnell etwas zaubern kann, was dann doch Hand und Fuß hat?«

»Das wird extrem viel Arbeit.«

Ich zucke mit den Schultern. »Hast du etwas Besseres zu tun?«

Er küsst mich auf den Oberarm. »Besser schon, aber nicht wichtiger.«

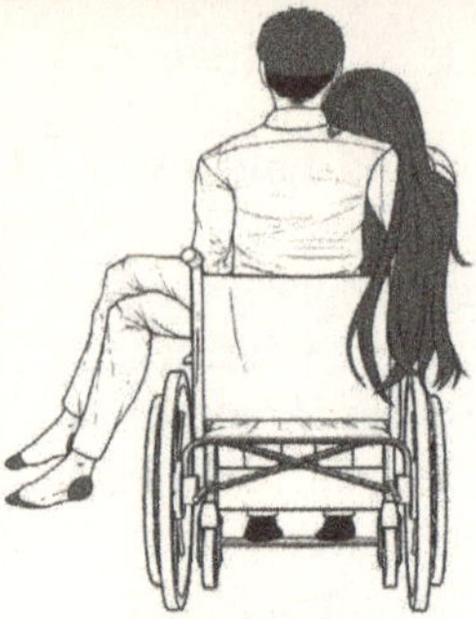

# Kapitel 24

**Leonard**

Mir fallen die Augen beinahe zu. Trotz fünf Tassen Kaffee bin ich hundemüde. Aber was wir geleistet haben, ist der absolute Wahnsinn. Maria hat mich mit ihren künstlerischen Fähigkeiten fast umgehauen. Zu jeder Idee, die ich hatte, zeichnete sie eine perfekte Skizze, die wir in dieser Qualität dem Ministerium ohne schlechtes Gewissen vorlegen können.

Der Slogan: Ungarn – ein Land mit Herz und Ehre, ist nicht der Beste, aber er drückt auf die Schnelle genau das aus, was wir hier erlebt haben und unsere Recherche uns gezeigt hat. Maria hat die Buchstaben als Farbverlauf in den Flaggenfarben in Aquarell gezeichnet. Ein wundervoller Kontrast, wie der, den sie in der Galerie so gefeiert hat.

Gemeinsam schleppen wir uns zum Frühstück herunter. Morgen früh müssen wir das Konzept fertig haben. Es bleibt nur zu hoffen, dass sich der Verräter schnell enttarnt, damit wir weiterarbeiten können. Noch immer will ich es nicht glauben. Das muss ein Missverständnis sein. Niemandem traue ich das zu.

Maria hat den Kopf auf die Hand gestützt und stochert lustlos in ihrem Rührei herum. Wirklich großen Hunger habe ich auch nicht. Ein Bett wäre mir jetzt so viel lieber. Das Messer fällt mir klirrend aus der Hand, als mein Handy sich bemerkbar macht. Es ist Janosz.

Mit einem Blick auf Maria, die angespannt auf ihre Unterlippe beißt, nehme ich an.

»Guten Morgen, Janosz.«

»Hallo, mein Freund. Ich möchte nicht lange um den heißen Brei herumreden. Maria hat mir gestern geschrieben, was ihr vorhabt, und die Idee hat hoffentlich Erkenntnisse gebracht. Ich weiß nicht, wem ihr erzählt habt, dass ich nicht mehr lange zu leben habe, aber genau darauf hat mich soeben einer der Minister angesprochen.«

Mir entgleiten alle Gesichtszüge. Das Handy zittert so stark in meiner Hand, dass ich es kaum noch halten kann. »Das kann nicht wahr sein.«

»Leider doch. Darf ich fragen, wer diese Lüge von dir aufgetischt bekam?«

Ich schlucke. »Es ist mein bester Freund.«

Janoszs Stimme ist leise. Ich höre das Bedauern heraus. »Das siehst wohl nur du so, Leonard. Er hat dich hintergangen. Es tut mir leid.«

»Danke Janosz. Wenigstens auf dich kann ich mich verlassen.«

»Immer Leonard und wenn du mich brauchst, bin ich für dich da.«

»Das weiß ich zu schätzen.«

Ich lege auf und Maria legt ihre Hand auf meine. Natürlich hat sie sich aus meinen Äußerungen alles zusammenreimen können. Es ist gut, dass sie keine Fragen stellt, denn ich weiß noch nicht, ob mein Körper jeden Moment in sich zusammenfällt oder explodiert. Tom hat mich verraten. In meinem Kopf rast es.

Erneut greife ich nach meinem Handy und suche einen der Zeitungsartikel heraus, die mich mit Natalie zeigen. Mein Herz verkrampft sich noch mehr. Warum ist mir das nicht schon vorher aufgefallen? Er muss das Foto gemacht haben. Schließlich saß er neben mir und der Winkel stimmt überein. Schon da hat mich Tom verraten. Was Benedikt ihm wohl dafür bezahlt hat?

Maria tritt hinter mich und sieht mir über die Schulter. »Warum siehst du dir die alten Bilder an? Wenigstens diese Katastrophe haben wir doch schnell abwenden können.«

»Aber auch das hat Tom ausgelöst und als Chef der IT hatte er auch Zugriff auf unsere Projektdaten, die er Benedikt weitergeleitet hat. Wie konnte er mir dabei noch ins Gesicht sehen?«

»Meinst du, dass er auch etwas mit dem Aufzug zu tun

hatte?«

»Inzwischen schließe ich nichts mehr aus. Mein ganzes vorheriges Leben hat aus einer Lüge bestanden. Nichts war echt, weder meine Freundschaft, noch die Liebe zu Lisa. Wie habe ich mich nur so täuschen können.«

Sie setzt sich auf den Stuhl neben mich und legt ihre Hände auf meine Oberschenkel. »Du hast es erfahren, bevor es zu spät ist. Du kannst es ihnen noch immer beweisen. Ich bin auf deiner Seite und auch dein Team ist loyal. Tom ist ohnehin bereits durch den neuen Server ausgesperrt. Wenn ihm niemand etwas sagt, ist er raus.« Sie drückt einmal fest zu. Ich fühle es. Ihre Berührung hat die Ameisen wieder auf den Plan gerufen. »Lass uns Benedikt in den Hintern treten, okay?«

»Du bist immer so stark.«

»Nein, das sieht nur so aus. Ich möchte so gern mit dir weinen und die ganze Welt verfluchen, aber das bringt uns nicht weiter. Die beste Rache liegt doch darin, sie leiden zu lassen.«

»Erinnere mich daran, dass ich dich nie wütend mache. Vor dir muss man sich mehr in Acht nehmen, als vor abstürzenden Aufzügen.«

Wenige Stunden später haben wir unsere Entwürfe an das Team weitergeleitet und die angeblichen Missverständnisse in der gestrigen Mail aufgeklärt. Maria hat ihnen die Telefonnummer von Daniel gegeben. Bei IT-Problemen sollen sie sich an ihn wenden und auf keinen Fall weiterhin Tom dazu holen. Eine Begründung dafür lasse ich weg. Sie können sich sicherlich denken, warum ich so entscheide. Ich werde nicht aussprechen, dass Tom der Spitzel ist. Noch tut es mir selber zu weh.

»Mit den neuen Skizzen können wir arbeiten, Chef. Sie sind großartig. Wo hast du nur so kurzfristig einen Künstler aufgetrieben?«

Ich werfe einen Blick zu Maria. Eine sanfte Röte überzieht ihre Wangen. »Meine Frau steckt voller Geheimnisse und ihre künstlerische Begabung ist eines davon.«

»Hey Maria, das ist sensationell. Können wir deine Fähigkeiten in die Kampagne mit einbinden? Das wäre modern und frisch. Ein Hingucker.«

»Ich helfe gern.« Sie versucht, die Freude über das Lob zu verstecken, schafft es aber nicht. Ihr Lächeln wird immer breiter. In mir wird es warm. Ich bin stolz auf meine Frau, fällt mir auf. Nicht darauf, dass sie hübsch aussieht. Das tut sie sowieso und muss sich dafür nicht einmal verbiegen. Nein. Ich bin stolz auf ihre Fähigkeiten, ihren Verstand und ihre Emphatie. Warum habe ich das so lange nicht gesehen?

**Maria**

Noch nie hat jemand meine Kunst für ein Projekt haben wollen. Wie denn auch? Habe ich sie doch immer auf dem Dachboden versteckt. Sie ist Ausdruck meiner Gefühle und ich weiß nicht, ob sie interessant genug sind, um außerhalb meines Ateliers zu genügen. Und nun soll ich Bilder erschaffen, die europaweit in Zeitschriften, Fernsehen und Social Media erscheinen? Mein Name wird hinter diesen Bildern stehen. Unglaublich.

»Ich muss in meine Werkstatt, um das alles zeichnen zu können.«

»Du hast eine eigene Künstlerwerkstatt?«

»Der Dachboden im Haus meiner Eltern ist für mich ausgebaut. Dort entstehen meine Bilder, aber ich habe sie noch nie jemandem gezeigt.«

Leonard legt seine Hand auf mein Knie und malt Kreise mit dem Zeigefinger. So langsam sollte ich seine Berührungen gewöhnt sein, aber noch immer bringen sie mich vollkommen aus der Fassung. Mein Herz rast und ich sehe ihn an, wie eine Praline, die ich nicht haben darf.

»Du bist begabt, Maria. Wenn die Bilder auf deinem Dachboden nur halb so gut sind, wie das, was du heute in rasender Geschwindigkeit gezeichnet hast, dann muss die Welt sie sehen.«

Ich schüttele den Kopf. »Niemand will sich anschauen, wie ich die Welt um mich herum sehe. Ich bin nichts Besonderes. Ich bin Maria Müller. Das Mädchen, das unsichtbar wird, wenn ihre Schwester den Raum betritt.«

»Nur weil du unsichtbar sein willst. Hast du dich jemals in den Vordergrund gestellt und stolz gesagt, was du kannst?«

Was sagt er denn da? Ich habe mich nie hinter Lisa

kleingemacht. Er hat mich nur nicht gesehen, weil alle Augen auf sie gerichtet waren. Ich schüttle den Kopf und setze an, um etwas zu sagen. Doch er hebt die Hand. »Dann möchte ich dir jetzt etwas anvertrauen. Ohne dich hätte ich die letzten Wochen nicht überlebt. Du warst die Konstante an meiner Seite. Die ganzen Tiefschläge hätten mich zerstört, wenn du mir nicht immer wieder gesagt hättest, dass wir es schaffen. Du hast Recht, Lisa ist laut und strahlt mit jedem Stern um die Wette. Sie nimmt sich die Aufmerksamkeit, die sie möchte und von der sie sicher ist, dass sie ihr zusteht. Nur deshalb verblasst du hinter ihr, weil du nie zeigst, wie besonders du bist.«

Der Wagen hält vor dem Staatspalast und der Taxifahrer holt den Rollstuhl aus dem Kofferraum. Hier in Budapest hat Leonard sich entschieden, nicht mit dem Wagen zu fahren, denn Parkplätze sind sehr rar und er hat keine Lust, eine halbe Stunde auf der Suche herumzufahren. Das kann ich gut verstehen. Besonders weil dieser Termin über so viel entscheidet. Morgen fahren wir zurück nach Hause und ich muss zugeben, dass ich Ungarn vermissen werde. Am liebsten würde ich die Nachrichten aus Deutschland vergessen und mit Leonard hierbleiben. Die ganzen falschen Leute, die Neider, von Leonard abschirmen, damit er wieder unbeschwert Lachen kann. Das Leben ist einfach zu kurz, um sich mit so viel Bosheit zu umgeben.

**Leonard**

Das Meeting dauert eine Stunde. Das ganze Team ist über Video zugeschaltet und jeder stellt seine Ideen vor, die wir zuvor in einem Hand-out zusammengeschrieben haben. Ich höre aus ihren Stimmen die Liebe zu dem Projekt und die Euphorie. Genau deshalb habe ich sie ausgewählt. Sie sind die Besten. Trotzdem sehe ich den Mienen der Minister nichts an. Entweder ist ihnen unsere Idee nicht gut genug, oder sie sind fantastische Schauspieler. Außer einem zustimmenden Nicken und einem Dankeschön für die Mühe kommt von ihnen nichts.

Jetzt heißt es warten, denn Benedikt darf sein Projekt auch vorstellen. Ihm ist es allerdings nicht so wichtig, denn er ist nicht in Budapest. Als wir den Raum verlassen, sehe ich, wie der

Beamer vorbereitet wird, um eine Liveschalte nach Deutschland einzurichten. Mir kann es egal sein. Wir haben alles gegeben.

Wir checken aus dem Hotel aus. Heute Abend werden wir in Deutschland sein und morgen früh wissen wir Bescheid, ob wir den Auftrag haben. Ein wenig Angst habe ich schon, weil Benedikt unsere Grundidee kennt und sie sicherlich in sein Konzept einbaut.

Maria sitzt neben mir und schweigt. Ich sehe auch ihr die Anspannung deutlich an. Einem inneren Impuls folgend, fahre ich von der Autobahn ab und folge den Schildern zum Plattensee. Wenn ich ehrlich bin, wollte ich schon lange Mal hierher. Die Landschaft soll fantastisch sein und das ist sie auch. Der See ist von der Straße aus gut erkennbar. Eine weitläufige Uferpromenade rahmt ihn ein. Auf der anderen Seite der Straße schlängeln sich enge Pfade steil in die Weinberge hinauf. Ich wusste gar nicht, dass es hier ein Weinanbaugebiet gibt.

»Hast du Lust auf ein Abenteuer?« Ich grinse sie schelmisch an.

»Wenn du mir versprichst, dass ich dich nicht huckepack wieder zur Straße schleppen muss, während eine wütende Gang uns verfolgt.«

Ich lache laut auf. »Das kann ich dir versprechen.«

In die nächste Seitenstraße biege ich ein. Es geht steil nach oben. Der Schotter knirscht unter den Reifen. Rechts und links hängen die Zweige der Bäume so tief, dass sie über das Autodach streifen. Wenn uns jetzt ein Fahrzeug entgegenkommt, haben wir ein Problem. Ich öffne das Fenster und der erdige Duft des Herbstes strömt herein. Das Laub knistert unter den Reifen. Der kühle Wind weht mir durch die Haare. Meine Müdigkeit ist wie weggeblasen. Maria atmet vernehmlich ein. Ich sehe zu ihr herüber. Ihr Haar hat sich aus dem Pferdeschwanz gelöst und flattert über ihre Wange.

»Es ist wunderschön hier.«

»Nicht so schön wie du.« Die Worte sind raus, bevor ich darüber nachdenken kann. Vielleicht sollte ich mich zurückhalten, meine Gefühle für mich behalten. Damit ich es verkrafte, wenn sie nicht mehr da ist. Wenn ich ohne ihre

Wärme in meinem kalten Leben bleibe.

Hinter einer Kurve lichten sich die Bäume und geben den Blick auf die roten Blätter der Weinreben frei. Die kleinen Bäumchen reihen sich akkurat aneinander. In Linien ziehen sie sich den Hügel nach oben.

Die Straße endet an einem kleinen Haus mit einem riesigen Tor. Dort drinnen lagern bestimmt einige Weinfässer. Es wäre doch toll, wenn wir probieren dürften. Ich halte auf einem Stellplatz neben dem Häuschen.

Wir steigen aus, aber sofort macht sich die Enttäuschung in mir breit. Mit meinem fahrbaren Untersatz komme ich leider nicht weiter. So endet unser kleiner Ausflug, bevor er richtig angefangen hat.

»Was machen Sie denn hier?« Ein Mann steht in einer Nebentür und sieht uns mit hochgezogenen Augenbrauen an.

»Diese Weinberge sind so wunderschön. Wir wollten nur einen Augenblick die wundervolle Aussicht genießen und Ungarn in unser Herz lassen.« Maria geht zu ihm hin und streckt ihm die Hand entgegen. Er schlägt ein und sein Lächeln wird breit, als er meinen Wagen sieht. Die Dollarzeichen stehen ihm regelrecht in den Augen. »Touristen, nicht wahr? Vielleicht kann ich ihnen meine wunderschönen Weinberge zeigen und sie anschließend von meinem Wein überzeugen? Ich habe viele deutsche Kunden.«

»Leider kann ich nicht in die Weinberge.« Ich schlage auf die Räder des Rollstuhls.

»Das lass mal meine Sorge sein.« Er lacht und verschwindet wieder im Inneren des Hauses. Das Tor wird geöffnet und ein Traktor tuckert heraus. Ein schmaler Hänger ist angehängt. »Meinst du, dass du da hochkommst?«

»Lass es uns ausprobieren.«

**Maria**

Leo stemmt sich aus dem Rollstuhl und schiebt sich auf die Ladefläche. Seine Stärke beeindruckt mich. Wenn ich nicht wüsste, dass seine Beine ihn nicht tragen können, hätte ich es nicht gemerkt.

Er hält mir auch noch seine Hand hin, um mir hochzuhelfen.

Ich nehme sie an und dann sitzen wir nebeneinander auf dem Hänger. Der Traktor setzt sich in Bewegung. Wir fahren zwischen den Weinreben nach oben. Ich kann mich gar nicht sattsehen. In der Ferne glitzert der Plattensee in der Herbstsonne. Es wirkt als würden Diamanten auf den sanften Wellen tanzen.

»Wie wunderschön Ungarn ist. Ich hätte nicht gedacht, dass etwas den Blick auf die Donau in Budapest toppen kann, aber das ist unbeschreiblich.«

»Es wird leicht sein, den Menschen zu zeigen, dass sie dieses Land lieben sollen.« Leonard nimmt meine Hand und haucht mir einen Kuss aufs Handgelenk. Ich lehne meinen Kopf an seine Schulter. Viel zu schnell ist die Fahrt vorbei und endet wieder an dem Weinkeller. Ferrie, wie er uns unterwegs entgegengeschrien hat, fährt uns direkt hinein. Er breitet direkt vor dem geöffneten Tor eine alte Tischdecke über einer Kiste aus und zieht zwei Steingutbecher hervor.

»Nehmt Platz meine Freunde. Genießt die Aussicht von diesem wundervollen Fleckchen Erde. Ihr bekommt jetzt den besten Wein Ungarns serviert.«

Ich hole den Rollstuhl und Ferrie stellt mir eine weitere Kiste als Hocker hin. »Wir können leider nicht trinken, wir müssen zurück nach Deutschland fahren.«

»Kein Problem. Hier oben ist eine kleine Wohnung. Dort könnt ihr schlafen und fahrt morgen zurück.« Er schaut zwischen mir und Leonard hin und her. Die Hoffnung in seinem Blick ist herzerwärmend. Ich stoße Leo an. »Die Info über den Auftrag bekommen wir, ob wir hierbleiben oder in Deutschland sind.«

»Überredest du mich gerade zum Trinken?«

»Nein, ich überrede dich zum Genießen. Das Leben ist so kurz und wenn wir zurück sind, bricht der ganze Stress wieder über uns herein.«

Er lacht und schüttelt den Kopf. »Du bist unmöglich, Maria.« Dann wird er ernst. »Das Zusammentreffen mit Tom würde ich gern auf den Sankt-Nimmerleins-Tag verschieben. Ich will der Realität nichts ins Auge sehen, wenn sie so schmerzhaft ist.«

»Wir müssen es nur auf morgen verschieben. Heute

vergessen wir alles. Es gibt nur dich und mich, den Sonnenuntergang über den Weinbergen und Ferrie.«

»Ich finde deine Frau sehr vernünftig, wenn du mich fragst. Sie weiß, dass Wein reine Lebensfreude ist.« Schon schenkt er uns die Becher mit seinem Weißen halb voll. Er hebt seinen Eigenen mit einem breiten Grinsen nach oben.

»Egészségére.« Mit dem ungarischen ›zum Wohl‹ leert er den Becher in einem Zug und sieht uns auffordernd an. Ich ahne Schreckliches und tue es ihm gleich. Heute werde ich wahrscheinlich nicht mehr geradeaus laufen können, wenn Ferrie uns endlich entlässt. Er schenkt uns nach. Diesmal holt er einen Rosé direkt aus dem Fass. Auch den zweiten Krug stellt er auf den Tisch.

Auch wenn ich sonst kaum trinke, muss ich zugeben, dass dieser Wein etwas ganz Besonderes ist. Ich schmecke die erfrischende Fruchtigkeit der Trauben heraus. Er ist leicht und hinterlässt einen wunderbaren Geschmack auf der Zunge. Ferrie scheint wirklich etwas von seinem Handwerk zu verstehen.

»Meine Freunde, was wäre ein guter Wein ohne scharfe Salami. Meine Frau gibt mir immer viel zu viel mit.« Er zieht einen Korb hervor. Das Brot ist knusprig und die Salami verbreitet einen herrlich würzigen Duft, als er alles auf einem Holzbrett aufschneidet. Wie aus dem Nichts hält er plötzlich eine Fiedel in der Hand und spielt eine leise, melancholische Melodie. Dieser Mann weiß, wie man Stimmung erzeugt.

Leonard legt seine Hand auf meine. »Auf einen wundervollen Abend, bevor morgen die Welt untergeht, weil ich meinem besten Freund den Hals umdrehen muss.«

»Vergiss es für den Moment. Hier sind wir ganz weit weg von dieser Realität.«

Langsam versinkt die Sonne am Horizont. Die Weinreben werfen lange Schatten über den Hügel. Trotzdem leuchtet ihr Laub noch in allen Farben des Herbstes. Einige Vögel ziehen vor den orangeleuchtenden Wolken ihre Bahn. Ich kann nicht erkennen, um welche Art es sich handelt, aber ich weiß, dass sie dort oben frei von Sorgen wie unseren sind. Ein leichter Windhauch streicht über die Weinberge und trägt den Duft von den letzten überreifen Trauben mit sich. Ich ziehe die Jacke enger um mich. Am Abend merkt man genau, dass der Sommer vorbei ist, auch wenn er sich tagsüber noch gegen den Herbst zur Wehr setzt.

Der See wirkt jetzt, als bestünde sein Wasser aus rotem, süßen Wein, den die letzten Sonnenstrahlen in Flammen setzen. Ich seufze und trinke einen weiteren tiefen Schluck und fühle mich angekommen.

Erst als die Sterne hoch am Himmel stehen, verabschiedet sich Ferrie von uns. Wir gehen, begleitet vom Zirpen der Grillen, die lange Rampe hinauf in die kleine Wohnung. Sie besteht aus einem Bett, einer Küchenzeile mit Sitzecke und einem winzigen Badezimmer. Mehr brauchen wir nicht. Die Stirnseite der Wohnung lässt den Mond durch bodentiefe Fenster ins Zimmer scheinen. Das Silber seiner Strahlen streicht über mich hinweg. Badet mich in einer kühlen Umarmung. Vielleicht weiß er, dass erneut die Traurigkeit in mir auftaucht. Ich habe noch wenige Wochen mit Leonard. Dann ist mein Traum vorbei und ich muss zurück in mein altes Leben – ohne ihn.

Ich zucke leicht zusammen, als ich seine Hand an meinem Rücken spüre und drehe mich zu ihm um.

»Kommst du schlafen?«

Vehement schüttle ich den Kopf und stelle mich vor das Fenster. Der Wein hat mich mutig gemacht. Ich lasse meine Jacke zu Boden fallen und öffne meine Bluse – Knopf für Knopf. Leonard lässt mich nicht aus den Augen. Sein Blick folgt meinen Bewegungen. Als Nächstes streife ich mir meine Jeans von der Hüfte.

**Leonard**

Wieder diese weiße Baumwollunterwäsche, die Marias sündige Art mich anzuschauen Lügen straft. Der Mond lässt ihre Haut leuchten, als wäre sie von einem anderen Stern – kostbar und selten. Wie sehr ich diese Frau liebe, geht über jede Vorstellung hinaus. Sie ist so viel mehr, als ich mir je für mich gewünscht habe. Nein, ich habe nicht einmal geglaubt, dass es so jemanden geben kann.

Ihr Lächeln zittert, als sie den BH abstreift. Sie öffnet den Pferdeschwanz und ihr schwarzes Haar umspielt ihre Brüste wie ein Wasserfall.

»Leg dich hin« fordere ich sie auf und rolle an die Fußseite des Bettes.

»Streichle dich selbst.«

Sie zögert nicht, legt ihre Hände um ihre Brüste und drückt sie zusammen, bis die rosigen Spitzen sich nach oben recken. Maria stöhnt auf, als sie an einer von ihnen zupft und die andere zwischen Daumen und Zeigefinger nimmt und rollt.

Sie ist feucht. Ihr Höschen zeigt die ersten Spuren ihrer Leidenschaft. Ich will ihre Schamlippen im Licht des Mondes glitzern sehen.

»Zieh das Höschen aus. Zeig mir, wie wunderschön deine Lust ist.« Die Scham unserer ersten Begegnung dieser Art ist verschwunden. Sie beißt sich auf die Unterlippe, als sie endlich nackt vor mir liegt und die Beine weit spreizt. Ihre Finger wandern über ihren Bauch, hinab durch das dunkle Dreieck. Der Zeigefinger verschwindet zwischen den glatt rasierten Schamlippen. Sie fährt mit ihm auf und ab, umkreist ihre Klit und lässt ihn dann in sich hineingleiten. Stöhnend wirft sie den Kopf zurück.

Diesen Anblick halte ich nicht mehr aus. Ich muss sie berühren. So schnell ich kann, schäle ich mich aus meinen Kleidern und schiebe mich zu ihr aufs Bett. Sofort schlingt sie sich um mich, ohne die Hand zwischen ihren Schenkeln hervorzunehmen. Meine Hände umschließen ihr Gesicht, während ich meine Lippen auf ihre presse. Ich trinke ihr Stöhnen, sauge es in mich auf. Meine Zunge dringt tief in sie ein. Sie schmeckt nach dem schweren Roten, den wir zuletzt genossen haben. Wild und leidenschaftlich.

Plötzlich schwingt sie sich auf mich. Ihre Hände umschließen meine Handgelenke und nageln sie auf meiner Brust fest. Bevor ich reagieren kann, nimmt sie mich in sich auf. Ich fühle, wie etwas in ihr reißt. Meine Augen werden riesig. Was hat sie getan?

**Maria**

Nur ganz kurz schmerzt es in mir. Ich halte still, ohne Leonards Arme loszulassen. Genau das brauchte ich. Nichts habe ich mir sehnlicher gewünscht, als ihn zu meinem Mann zu machen, mit allem, was dazugehört. Auch wenn ich ihn trotzdem verliere, will ich ihm alles geben, was ich habe. Er soll wissen, dass ich mich ihm schenke.

Langsam bewege ich mich. Er stöhnt tief und kehlig. Ich lasse seine Hände los und er packt meine Hüfte. Es tut gut ihn unter mir zu sehen und in mir zu spüren. Er dehnt mich, füllt mich vollkommen aus. Jede Bewegung wischt den Schmerz weiter in den Hintergrund und gibt der Lust mehr Raum. Der Puls rauscht in meinen Ohren. Heiß fließt das Blut durch meine Adern. Ich will mehr.

Meine Bewegungen werden schneller. Er gleitet in mich hinein und wieder heraus. Dabei reibt meine Klit über seine Haut. Mein Atem ist laut. Jedes Ausatmen ein Stöhnen. Leonard dirigiert mich an meinen Hüften auf seinem Schwanz. Er ist so angespannt, dass die Sehnen an seinem Hals aussehen als würden sie jeden Moment reißen. Immer schneller, tiefer, wilder.

Ich beuge mich nach vorn. Leonard umfasst meine Brüste, reibt mit dem Daumen über die Spitzen, immer wieder. Und dann explodiere ich. Der Orgasmus zieht mich mit sich in eine Welt, die nur aus Gefühl besteht. Leonard folgt mir mit einem wilden Schrei. Er klammert sich an mir fest, flüstert unverständliche Worte und küsst mein Gesicht.

Mein Kopf sinkt auf seine Schulter. Seine Hände streicheln über meinen Rücken bis mein Herz sich langsam beruhigt.

»Das hättest du nicht tun sollen.« Ich höre die Verbitterung in seiner Stimme.

»Sag mir nicht immer, was ich tun soll, Leonard Herzbach.« Träge küsse ich seinen Hals.

Leonard schnaubt leise und zieht die Decke über uns beide.

Glücklich schlafe ich ein.

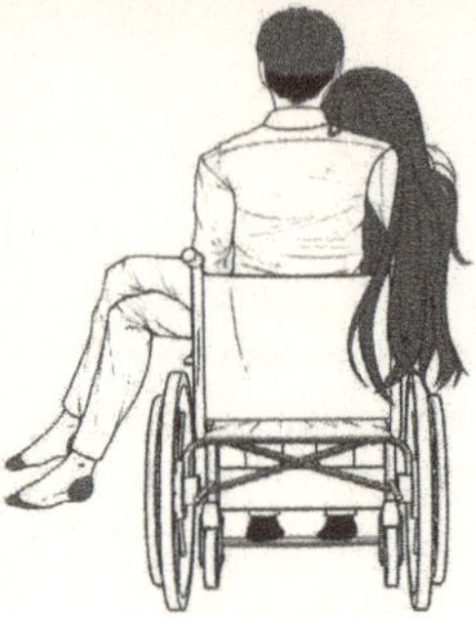

# Kapitel 25

**Leonard**

Schreie wecken mich.

»Nein, lass mich los! Ich will nicht!«

Ich fahre auf. Das war Maria. So schnell ich kann, schiebe ich mich in den Rollstuhl, aber es braucht viel zu lange. Nur mit dem Laken auf dem Schoß rolle ich aus der offenstehenden Tür. Dort starre ich auf Reifenspuren und höre das Brummen eines Motors, das sich zügig entfernt.

»Maria!« Ich schreie ihren Namen immer wieder und verfluche den Rollstuhl, der mich so langsam macht. Auf meinen zwei Beinen würde ich schon längst in meinem Wagen sitzen und die Verfolgung aufnehmen.

»Verdammt!« Ich schlage auf meine Beine ein, die mir nur mit einem müden Kribbeln antworten.

Die Polizei!

Ich brauche die Polizei. Sie können Straßen absperren und den Wagen aufhalten. Aber nach welchem Fahrzeug sollen sie suchen? Ich habe ja nicht mal die Farbe des Autos gesehen.

Trotzdem wähle ich die Nummer, die in der Küche hängt. Jemand antwortet auf Ungarisch und ich verzweifle fast. In Englisch mache ich der Dame klar, was passiert ist. Als ich auflege, bin ich ausgelaugt und leer.

Der Rest des Tages läuft wie ein Film vor mir ab. So sehr ich die Polizisten auch anflehe, die Verfolgung aufzunehmen, sie bleiben hier, nehmen Spuren und befragen mich zum zehnten Mal, was passiert ist. Ich weiß, dass sie annehmen, ich hätte etwas mit Marias Verschwinden zu tun. Ein Mann bringt eine Frau an einen abgelegenen Ort und meldet dann ihr Verschwinden – eine klassische Szene in vielen Kriminalserien. Aber wie sollte ich sie verschwinden lassen? Ich könnte keinen

Körper in die Weinberge bringen und ihn erst recht nicht vergraben. Ich bin ein Krüppel und das kann ich auch mit meinem Behindertenausweis nachweisen.

»Haben Sie Feinde, Herr Herzbach?«

Ich schnaube. »Jeder Mensch, der in der Öffentlichkeit steht, hat Feinde.«

Der Polizist nickt und schreibt etwas in sein Notizbuch.

»Haben Sie ein Foto ihrer Frau, mit dem wir die Fahndung aufnehmen können?«

Ich schüttle den Kopf. »Wir sind noch nicht lange verheiratet und haben die Zeit nicht damit verbracht, Bilder voneinander zu schießen.« Der Polizist wendet sich ab. »Aber ich kann eins besorgen.«

Claire ist in meiner Kurzwahl eingespeichert. Sie wird wahrscheinlich durch die Telefonleitung kommen, um mich zu schütteln, wenn ich ihr sage, was passiert ist. Ich schlucke schwer, als sie sich meldet, dann nehme ich allen Mut zusammen. »Maria ist entführt worden. Hast du ein Foto von ihr, dass ich der Polizei geben kann?«

Ich höre, wie sie Luft holt und halte das Telefon ein Stück von meinem Ohr weg, als sie schon schreit. »Was ist mit Maria? Wie konnte das passieren? Ihr solltet doch schon längst zu Haue sein.«

Mein Handy piept. Sie hat während dieses Ausbruchs tatsächlich ein Foto von Maria geschickt. Darauf lacht meine Frau und zieht dabei die Nase kraus. Das versetzt mir einen Stich. Ich will nicht, dass Maria etwas passiert. Sie ist meinetwegen in die Schusslinie geraten, weil sie loyal ist. Wäre sie doch zu ihren Eltern zurückgegangen, als ich es ihr in der U-Bahn angeboten habe. Sie wäre jetzt sicher.

Meine Kehle wird eng und ich schluchze. »Leonard, alles okay?«

»Ich hab sie verloren Claire. Wegen mir ist sie in Gefahr.« Die Tränen strömen nun aus meinen Augen. Ich sehe weder die Polizisten noch den Rest der Umgebung. Alles verschwimmt in panischer Angst um die Frau, die ich mehr liebe als mein Leben.

**Maria**

Ich liege gefesselt und mit einem Sack über dem Kopf in einem Kofferraum. Die Straße ist uneben und ich werde durchgeschüttelt. Wäre ich doch nur nicht nach draußen gegangen. Ich musste ja unbedingt meine Tasse Kaffee auf der Rampe trinken, um Leonard nicht zu stören.

Im Radio spielt Popmusik der Neunziger. Soul Asylum spielt Runaway Train. Wie passend. Werde auch ich eines Tages als Bild auf einer Milchtüte enden? So endet also die Nacht, in der ich Leonard bitten wollte, den Vertrag aufzuheben und bei mir zu bleiben; in einer Katastrophe.

Wir fahren lange. Meine Blase platzt beinahe, als der Wagen endlich hält und mich jemand aus dem Kofferraum zerrt. Unsanft stürze ich auf den Boden. Kies knirscht unter mir und die kleinen Steinchen bohren sich tief in meine Haut. Der Knebel in meinem Mund lässt nur ein schmerzerfülltes Stöhnen zu. An den Haaren werde ich nach oben gerissen. Der Schmerz treibt mir Tränen in die Augen, aber ich kann ihm nicht entkommen. Kaum auf den Füßen stößt mich der Kerl vorwärts und ich lande erneut auf den Knien. Schnell stemme ich mich wieder nach oben. Mein Oberarm wird gepackt. Unsanft werde ich mitgezerrt. Es geht Stufen nach unten. Hier ist es kalt. Ich rieche Moder und unter meinen nackten Füßen ist es feucht. Gänsehaut überzieht meinen Körper. Nur in meiner Unterwäsche und in die Bluse gehüllt, werde ich hier nicht lange überleben.

Scharniere quietschen und ich werde auf eine harte Oberfläche gedrückt. Derbe Wolle kratzt an meinen Oberschenkeln. »In der Ecke ist eine Toilette.«

»Tom?«, nuschele ich durch den Knebel.

»Jetzt ist das auch schon egal. Ich habe mein Leben in eine Sackgasse manövriert.« Er zieht mir den Sack vom Kopf und schlingt eine eiserne Manschette um meinen Knöchel. Sie ist mit einer Kette an der Wand befestigt. Dann befreit er mich von dem Knebel.

»Tom, lass mich frei. Ich werde niemandem sagen, dass du mich entführt hast.«

Er lacht heiser auf. »Leonard weiß es doch längst. Er ist nicht auf den Kopf gefallen.« Er zieht ein Messer aus einer Scheide an seinem Gürtel. Ich robbe zurück und starre ihn an wie ein Hase den Fuchs. Gleich wird er mich erstechen und meine Leiche dann hier in diesem Loch vermodern lassen.

Stattdessen packt er meine Füße und schneidet den Kabelbinder durch. Das Gleiche tut er mit meinen Händen.

Ohne sich noch einmal umzudrehen, geht er zu Tür. Ich renne ihm nach, aber die Kette stoppt mich. Ich falle auf den kalten Boden und höre nur noch, wie sich der Schlüssel im Schloss dreht.

»Tom«, rufe ich ihm nach. Aber selbst seine Schritte sind inzwischen verstummt. Ich bin allein.

**Leonard**

Ohne Maria fahre ich zurück nach Deutschland. Dass wir den Auftrag bekommen haben, geht einfach an mir vorbei. Die Polizei hat mir versprochen, nichts unversucht zu lassen, um meine Frau wieder nach Hause zu bringen, aber ich glaube nicht daran. Viel zu schnell waren sie wieder wag und haben mich in der kleinen Wohnung alleingelassen.

Meine Gedanken rasen. Wer würde zu solchen Mitteln greifen? Selbst Benedikt traue ich ein solches Vorgehen nicht zu. Außerdem geht er weiterhin täglich zur Arbeit und obwohl er inzwischen den Auftrag von P&G verloren hat, kämpft er weiter. Das ist ein ganz neuer Zug an meinem Bruder, der sich nie viele Gedanken über seine Zukunft gemacht hat.

Zwei Wochen liege ich nun schon in Marias Bett, verlasse es nur, um etwas zu essen oder das Bad zu benutzen. Nur noch ganz leicht liegt ihr Geruch in der Luft. Ich will nicht daran denken, dass auch dieser Duft bald nicht mehr da sein wird.

Mein Handy klingelt. Das ist heute schon das fünfte Mal. Dabei wissen doch alle, dass ich nur meine Ruhe will. Das Klingeln lässt mir keine Ruhe. Ich nehme es wütend vom Nachtschrank: »Was ist?«

»Hallo Leonard.« Ich setze mich sofort auf und presse das Telefon an mein Ohr.

»Tom, bist du das? Weißt du, wo Maria ist?«

»Ja, sie ist bei mir.«

»Und da meldest du dich erst jetzt? Wo seid ihr? Soll ich euch abholen?«

»Du weißt es noch immer nicht?«

»Dass du mit Benedikt gemeinsame Sache gemacht hast? Das weiß ich. Aber wir können über alles reden.«

»Ich habe Maria entführt, um dich zu erpressen, Leonard.«

»Was? Tom ... Warum tust du so etwas? Wir sind Freunde. Ich habe dir vertraut.«

Ich höre ihn laut ausatmen. »Ich kann nicht ins Gefängnis gehen und Benedikt hat mich in der Hand. Ich brauche das Geld, das er mir versprochen hat, wenn ich ihn zum Geschäftsführerposten von Mogula verhelfe. Meine Frau erwartet ein Baby und wir können uns nur im Ausland ein neues Leben aufbauen.«

»Ich verstehe es noch immer nicht.«

»Benedikt hat mich dabei erwischt, als ich Geld von Mogula abgezweigt habe. Damit hatte er mich in der Hand. Es hätte alles so schnell gehen können. Die manipulierte Steuereinheit des Lamborghini hätte es schnell und schmerzlos beenden sollen. Warum hast du überlebt und dann auch noch auf deiner Position bestanden? Hättest du dir nicht irgendwo ein schönes Leben in der Südsee machen können? Nein, nicht Leonard Herzbach, der an dieser Firma hängt, als wäre sie sein Kind.« Ich höre den Sarkasmus in seiner Stimme. Er tut weh. Bis jetzt hatte ich geglaubt, unsere Freundschaft kitten zu können, ihm bei jedem Problem eine Lösung an die Hand zu geben. Aber jetzt ...

»Das warst du? Du wolltest mich umbringen?«

»Versteh mich nicht falsch. Ich wollte nicht, dass du leidest, und ich hatte ein wirklich schlechtes Gewissen, als du mit diesem Rollstuhl zurückgekommen bist. Zu diesem Zeitpunkt habe ich Benedikt die Projektdaten zugespielt und die Fotos für die Presse gemacht. Ich habe gedacht, dass du aufgibst, wenn Benedikt den Auftrag bekommt. Aber ich habe nicht mit Maria gerechnet. Sie hat verhindert, dass du kapitulierst. Dieses kleine Miststück hat alles kaputtgemacht.«

Angst steigt in mir hoch, als ich den Hass in Toms Worten erkenne. Maria ist in ernster Gefahr. »Wo ist sie, Tom? Was hast du mit ihr gemacht?«

»Langsam Leonard. Wenn ich dir schon reinen Wein einschenke, dann lass mich wenigstens ausreden.«

Was kann denn jetzt noch kommen? Ich bin so erschüttert. Noch vor wenigen Wochen habe ich diesem Mann blind vertraut und nun erzählt er mir, dass er mich umbringen wollte?

»Dann sprich.« Meine Stimme ist kalt wie Gletscherwasser.

»Na ja, du kannst dir ja sicherlich denken, dass ich ziemlich wütend war, als du mir diesen Server vor die Nase gesetzt hast. Dieses Ding war so gut gesichert, dass ich aufgeben musste. Benedikt hat mir gesagt, dass er zur Polizei gehen wird und mit den Unterlagen vor meiner Nase herumgewedelt. Kopien liegen in einem Tresor, wo sie ganz sicher nach seinem Tod gefunden werden. Ich kann ihm also nicht an den Kragen. Du musst einfach verschwinden, und zwar mit deiner gekauften Ehefrau. Der Aufzug war doch eine grandiose Idee. Wenn Frauen nur nicht immer so vergesslich wären, würde ich mir jetzt schon ein neues Leben aufbauen. Es war zum Verzweifeln. Das Schicksal war immer gegen mich.«

»Lass mich raten: Und dann hast du unsere Leitung abgehört und die Projektinfos an Benedikt weitergegeben. Bis ich dich hab auffliegen lassen.«

»Sicherlich auch wieder eine Idee dieses dummen Mädchens, aber dafür wird sie leiden.«

»Aber sie wollte mir nur helfen. Das war nicht gegen dich gerichtet. Bitte Tom. Sie hat damit nichts zu tun. Sie mag mich ja nicht mal. Es ist nur eine vertragliche Vereinbarung zwischen uns.«

Tom lacht laut auf. »Wem willst du das weismachen, Leonard? Ich habe gesehen, wie du sie anschmachtest. Es lässt mich fast kotzen, so sehr hängst du an ihrem Rockzipfel. Das hat schon lange nichts mehr mit dem Vertrag zu tun. Du bist bis über beide Ohren in sie verliebt. Ich weiß nur nicht, ob sie dich wirklich will. Schließlich hast du sie schon bei eurer Hochzeit behandelt wie ein Stück Dreck. Warum sie bei dir geblieben ist, bleibt mir ein Rätsel.«

Wütend platzt es aus mir heraus. »Genug gelabert. Sag mir,

was ich tun muss, um meine Frau zurückzubekommen.«

»Beende den Auftrag für Ungarn und tritt dann in einer öffentlichen Pressekonferenz von der Geschäftsführung zurück. Du hast zehn Wochen dafür Zeit. So lange werde ich mich um deine Frau kümmern. Ich bekomme mein Geld, Mogula behält seinen guten Ruf und du bekommst dein Mädchen zurück. Dann sind doch alle zufrieden.«

»Was ist, wenn ich mich weigere?«

»Ich werde sie töten und dich damit brechen. Ich komme auch ohne das Geld wieder auf die Füße, aber du ...«

War dieser Mensch auf der anderen Seite der Leitung jemals mein Freund gewesen? Wie hatte ich mich nur so täuschen können. Tom ist ein Monster, der für seine eigenen Ziele über Leichen geht.

»Schon okay. Ich gebe mein Bestes.«

**Maria**

Es ist so kalt. Die Dunkelheit verteilt die Feuchtigkeit überall. Sie sitzt in meinen Haaren und in den Kleidungsstücken. Die Wolldecke verhindert kaum, dass eisige Kälte in meine Knochen sickert und sich dort festsetzt. Ich weiß nicht, wie lange ich hier schon sitze. Mein Bewegungsradius beträgt drei Meter. Damit komme ich aufs Klo und kann mir mit Mühe und Not meine tägliche Essensration holen, die Tom mir durch eine bodenhohe Luke schiebt.

Jeden Tag erhalte ich einen Kanten Brot, etwas Käse, eine Tomate und einen Apfel. Dabei steht immer ein Krug Wasser. Das ist zu viel zum Sterben und zu wenig, um bei Kräften zu bleiben. Aber ich habe einen gewissen Tagesrhythmus und weiß, dass ich schon über neun Wochen in der Kälte sitze. Draußen muss der Winter bereits angebrochen sein.

»In ein paar Tagen holen wir dich mal wieder hier raus. Dein Mann braucht etwas Ansporn. Ein weiteres Foto seiner inzwischen nicht mehr so ansehnlichen Frau sollte ihm Beine machen.«

»Beine für was?« Meine Stimme ist rau. Ich habe sie viel zu lange nicht benutzt.

»Endlich die Pressekonferenz einzuberufen, bei der er

aufgibt.«

»Das wird er niemals tun.«

»Du glaubst nicht, was Männer tun, wenn ein hübscher Hintern für sie wackelt.«

Dann geht er wieder und meine Gedanken rasen. Morgen will er mich hier herausholen. Vielleicht kann ich fliehen. Selbst wenn Leonard alles tut was Tom von ihm verlangt, heißt das noch lange nicht, dass ich am Leben bleibe.

**Leonard**

»Ich muss mit dir reden.«

»Schließ die Tür, Junge.« Mein Vater sitzt auf dem Chefsessel, als wäre der ein Thron und er der Herrscher über ein Reich. Mein Reich, aber das ist mir in den letzten Monaten egal geworden. Gemeinsam mit meinem Team habe ich heute den Auftrag zu Ende gebracht. Dafür haben wir Tag und Nacht gearbeitet. Jeder in meinem Team hat sich ein Bein ausgerissen. Sie alle lieben Maria und doch muss ich sie jetzt hintergehen. Betteln ist mein letzter Ausweg. Eine zugegebenermaßen unwahrscheinliche Möglichkeit, dass mein Vater zu mir steht, obwohl ich in seinen Augen nichts mehr wert bin. Entsorgt, wie eine kaputte Vase.

Ich rolle vor den Schreibtisch und stelle die Bremsen fest. »Du weißt, dass Maria entführt wurde.« Er schaut mich unbewegt an. »Ich habe einen Anruf von Tom bekommen. Er war es. Er hat sie in seiner Gewalt und verlangt von mir, dass ich öffentlich auf die Geschäftsführung von Mogula verzichte.«

Mein Vater hebt die Augenbrauen, sagt aber nichts. »Benedikt steckt dahinter. Sie beide sind auch an meinem Unfall schuld. Ich bitte dich Vater, nur dieses eine Mal, stell dich auf meine Seite und hilf mir, Maria zu befreien.«

»Wie stellst du dir das vor?« Wie kann seine Stimme nach dieser Offenbarung so unbeteiligt sein? Ich habe ihm gerade erzählt, dass mein Bruder einen Mordanschlag auf mich in Auftrag gegeben hat. Aber ich muss ruhig bleiben. Vater wird mir noch viel weniger helfen, wenn ich aus der Haut fahre.

»Sag der Presse, dass du mir die Geschäftsführung geben willst und wenn ich sie ablehnen möchte, dann nimm es nicht an. Benedikt wird niemals gegen dich vorgehen. Wenn du eine Entscheidung triffst, muss er das akzeptieren und Marias Gefangenschaft hat für ihn keinen Wert mehr. Ich will nur meine Frau zurückhaben.«

Langsam erhebt sich mein Vater aus seinem Stuhl und kommt um den Tisch herum. Er schenkt sich ein Glas Wasser ein, nimmt einen Schluck und wirft es dann ohne Vorwarnung gegen die Wand. Es zerbricht in unzählige Scherben und die Flüssigkeit verteilt sich zwischen Splittern auf dem Parkett.

Seine Miene ist ein Ausdruck wütender Raserei. »Willst du mich verarschen? Ich kann es nicht fassen. Ich soll deinen Bruder beschuldigen, weil nicht mal eine gekaufte Frau bei dir bleiben wollte und das Weite gesucht hat? Denkst du, ich weiß nicht, dass Tom dein bester Freund ist und dich aus jeder Scheiße herausholen würde? Wenn es nach mir gegangen wäre, wärst du schon längst aus der Firma raus. Ich kann es nicht glauben, dass du diese Farce mit dem Projektwettbewerb wirklich ernst genommen hast. Du hast Benedikt sabotiert, wo immer du konntest und als ich dich um Hilfe gebeten habe, hast du brüsk abgelehnt. Mehr als einmal hat er mir die Beweise gezeigt. Und auch den Auftrag aus Ungarn, den du so stolz bearbeitest, hast du ihm abgeworben. Er hatte sich mit einem Konzept beworben, das du ihm gestohlen hast. Mit deinen Kontakten hast du ihn dann ausgestochen. Du kannst nichts, Leonard, außer betrügen und lügen, ob es dein Privatleben oder die Firma betrifft. Und jetzt kommst du mit so einem Mist daher und bittest mich, dich zu unterstützen?«

»Aber Vater-«

»Halt den Mund und verlass dieses Büro. Die Idee mit der Pressekonferenz nehme ich gern auf. Sie wird in zwei Tagen stattfinden und dann kannst du deinen Rücktritt verkünden, ansonsten mache ich das. Ich bin fair und lasse zu, dass du dein Gesicht wahren kannst.«

Ich lache sarkastisch auf. »Das ist es also? Du glaubst Benedikt? Habe ich auch dazu beigetragen, dass seine anderen geschäftlichen Ambitionen vor Mogula den Bach runtergegangen sind? Er kann es nicht, Vater! Aber das wirst du schon noch sehen. Beruf die Pressekonferenz ein. Um meine

Frau zu retten, werde ich aufgeben, auch wenn ich der Firma damit den Todesstoß verpasse.«

Ich rolle zur Tür und halte noch einmal kurz an. »Danke für nichts. Damit hast du deine Wahl getroffen. Dir bleibt ja noch ein Sohn und ich wünsche euch beiden ein schönes gemeinsames Leben.«

**Maria**

»Raus mit dir!« Tom löst die Kette von der Wand und schlingt sie sich um den Unterarm. Sie klirrt ohrenbetäubend laut auf dem rohen Betonboden. Ich sehe scheinbar teilnahmslos zu, wie die Glieder über den Boden rutschen. Dabei versuche ich die Waffe zu ignorieren, die schussbereit auf mich gerichtet ist. Sie ist alles, was mich hier hält. Aber ich habe keine Angst mehr. Entweder sterbe ich in diesem dunklen Kellerloch oder durch eine Kugel. Ich ziehe die Kugel vor. Damit entgehe ich einem qualvollen Tod. Seit einigen Tagen wird mein Husten stetig schlimmer und Schüttelfrost quält mich. Ich weiß, dass ich Fieber habe. Tom wird mir bestimmt keinen Arzt besorgen.

Die Sonne blendet mich, als Tom mich ins Freie stößt. Es ist, als habe mir jemand Sand in die Augen geworfen. Es brennt und Tränen laufen aus meinen Augenwinkeln. Schnell kneife ich die Lider zusammen und schirme das Licht mit den Händen ab. Das hilft mir, mich langsam an meine Umgebung zu gewöhnen. Tom zieht mich unerbittlich vorwärts. Ihn schert es nicht, dass der eiskalte Wind um meinen Körper pfeift und die gefrorenen Grashalme unter meinen nackten Füßen knirschen. Meine Decke liegt noch auf der Pritsche im Loch. Tom hat nicht erlaubt, dass ich sie mitnehme, also stehe ich nur in meinem dreckigen T-Shirt im leichten Nieselregen, der sich wie ein Film auf mich legt und das Leben aus meinem Körper zieht. Ich zittere am ganzen Leib.

»Du siehst wundervoll mitleiderregend aus. Wenn das nicht den letzten Anstoß für deinen lieben Leo gibt. Morgen ist endlich die Pressekonferenz und dann brauche ich dich nicht mehr. Endlich werde ich meine Freiheit wiederhaben und brauch mich nicht mehr um dich zu kümmern.« Er streicht über meine Haare, rümpft dann aber die Nase. »So, wie du stinkst, will Leonard dich ohnehin nicht mehr haben. Du bist ekelhaft.«

Er wischt sich die Hand an seiner Jeans ab und zieht mich dann weiter, bis wir an einer Baumreihe anhalten. »Bleib stehen. Und jetzt ganz freundlich. Zeig Leonard, wie wichtig es ist, dass er dich rettet.«

Tom geht einige Schritte zurück, sodass er nur noch die letzten Kettenglieder in seiner Hand hält. Mit einem ekelhaften Grinsen zückt er das Handy. Ich atme noch einmal tief durch. Mir bleibt nur diese eine Chance, wenn ich entkommen will. Tom wird mich töten, wenn er bekommen hat, was er will. Ich bin die einzige Schwachstelle in seinem Plan.

Mit einem Aufschrei lasse ich mich fallen. Tom hat das Handy in der einen und die Kette in der anderen Hand. Kein Platz mehr für eine Pistole.

»Hey du, aufstehen!« Er kommt zu mir und tritt mir in die Seite. Es kostet mich alles, nicht aufzuschreien oder mich zusammenzukrümmen. Er muss denken, dass ich bewusstlos bin.

Schließlich beugt er sich über mich, steckt das Handy weg und legt zwei Finger an meinen Hals. Mein Startsignal. Ich greife nach der Kette und schlage sie ihm mit aller Kraft gegen den Kopf. Er presst die Hände auf die Nase. Blut sickert durch seine Finger, aber ich habe keine Zeit, darauf zu achten. Eilig rappele ich mich auf, schnappe mir die Kette und renne in Richtung Wald. Tom flucht hinter mir. Ich höre, wie er die Verfolgung aufnimmt. Nein! Er darf mich nicht einholen. Aber wie soll ich ihm entkommen? Ich bin geschwächt, schleppe mich nur langsam voran, obwohl selbst dieses Tempo alles von mir abverlangt. Schon kommen seine Schritte näher.

Mit letzter Kraft breche ich durch einen Busch und finde mich im Schatten der Nadelbäume wieder. Zwischen kargen Büschen und Baumstämmen kann ich vielleicht einen Unterschlupf finden und dort ausharren, bis er aufgibt. Aber jetzt muss ich weiter. Hier wird er mich finden. Das Laub raschelt ohrenbetäubend laut unter meinen Füßen. Mit diesem Geräusch zeige ich ihm den Weg zu mir. Es gibt kein Entkommen.

»Du kannst mir nicht davonlaufen!«

Seine Stimme ist so nah. Alles vergebens. Er wird mich sofort umbringen, kein Risiko mehr eingehen. Ich keuche, bekomme kaum noch Luft. Dabei merke ich, wie sich meine Lunge immer wieder verkrampft. Mein Herz schlägt mir bis zum Hals und meine Seite sticht. Ich war noch nie sportlich und verfluche mich jetzt dafür. Nur ein wenig mehr Kondition und ich könnte einen Vorsprung bekommen, der mir Zeit gibt mich umzuschauen. Weiße Wolken aus Atemluft steigen vor mir auf und meine Füße sind taub. Sie verwandeln sich zu Eiskristallen, die mit jedem Schritt schwerer werden.

Plötzlich ist der Weg zu Ende. Ich stehe auf einer Anhöhe. Ein Felsvorsprung aus grauem Granit, der rechts und links von mir in die Tiefe führt. Eine Sackgasse, denn unter mir rauscht ein wilder Fluss, an dessen Rändern Eisschollen ins Wasser ragen. Erschrocken drehe ich mich um, will zurück, einen anderen Weg finden, aber Tom tritt bereits aus dem Wald. Sein blutverschmiertes Gesicht ist zu einer wütenden Fratze verzogen. Er greift in seine Tasche und holt die Pistole heraus. »Das wirst du mir büßen, Miststück. Vielleicht treibt der Fluss deine Leiche ja bis in die Stadt. Ich würde mich freuen, wenn Leo dich als tiefgekühlte Leiche zurückbekommt.«

Er entsichert die Waffe. Das Klicken dröhnt wie ein Donnerschlag in meinen Ohren. Mir bleibt nur ein Wimpernschlag nachzudenken, dann stoße ich mich ab. Mir bleibt nicht mal genug Zeit, um zu schreien, dann schluckt mich das eiskalte Wasser und zieht mich sofort unerbittlich mit sich. Durch die Kälte bleibt mein Herz für einen Augenblick stehen, nur um danach noch energischer weiterzuschlagen. Immer wieder brechen Wellen über mir zusammen. Die Kette zieht mich in die Tiefe. Oben wird unten. Meine Orientierung versagt kläglich. Dann breche ich doch durch die Wasseroberfläche, schnappe nach Luft und versuche zu schwimmen, aber das Wasser ist unerbittlich. Es bestimmt die Richtung. Ich habe keine Chance. Etwas schlägt gegen meine Schläfe. Ich erschlaffe. Für einen kurzen Moment sehe ich nur die aufsteigenden Blasen um mich herum, während ich in die Tiefe gleite. Dann wird alles dunkel.

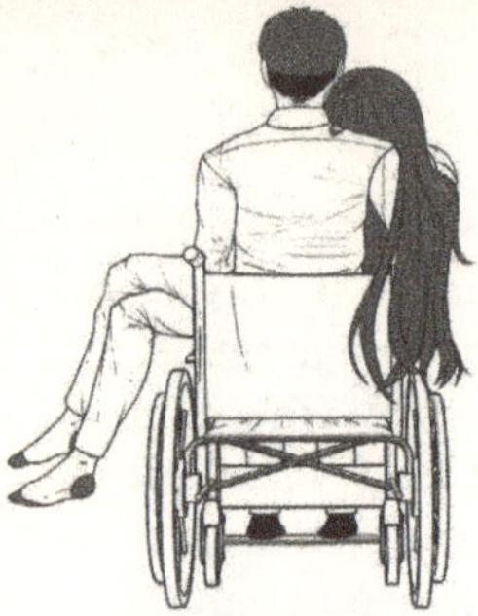

# Kapitel 26

**Leonard**

Ich stehe hinter der Bühne. Mein Vater hat sogar das Atrium gewählt, um dort die Pressekonferenz stattfinden zu lassen. Es sollen ja auch alle Journalisten hereinpassen. Das Spektakel ist vollkommen. Die Stimmen der Wartenden surren wie ein Bienenschwarm und gleich werden sie auf mich einstürzen, mich mit ihren Fragen bombardieren. Ich muss sie anlügen, weil mein Vater mir nicht glaubt und damit meinem Bruder Tür und Tor öffnet, um mich auszuschalten. Für einen Moment schließe ich die Augen, dränge die Wut, die in mir aufsteigen will, nieder. Bilder schieben sich vor meine Augen. Bilder, mit denen alles angefangen hat. Ich sehe Lisa im Rückspiegel. Sie sieht sich nicht nach mir um, stöckelt auf den Eingang des Hauses zu, das wir zuhause nennen. Ich will nur noch eine kleine Spritztour machen. Wenn ich über die Autobahn brause, befreit das meinen Kopf und heute war wieder ein anstrengender Tag. Manchmal ist es hart das Lächeln nicht zu verlieren, auch wenn man sein Gegenüber am liebsten rausgeschmissen hätte. Für einen großen Auftrag hatte ich mir auf die Unterlippe gebissen. Es ging um Mogula, mein Mogula. Hier würde ich nichts riskieren.

»Bist du fertig, Junge?« Der Mann, der sich mein Vater nennt, steht hinter mir.

»Nenn mich nicht so. Du hast mich aus meiner Firma getrieben und damit auch aus deinem Leben. Ich muss dich nicht mehr sehen, wenn das hier vorbei ist. Und erst recht bin ich dann nicht mehr dein Junge. Werde glücklich mit Benedikt.« Damit lasse ich ihn stehen und fahre auf die Bühne. Dort stelle ich mich den Kameras, die jede meiner Regungen aufzeichnen. Mein Herz tut weh, nachdem ich mit meinem

Vater gebrochen habe, aber es gibt keinen Weg zurück – nie mehr. Er hat zu viel kaputtgemacht. Auch wenn es mich innerlich zerreißt, darf ich keine Schwäche zeigen. Wieder mal! Das Lächeln auf meinen Lippen schmerzt.

Benedikt und Vater kommen gemeinsam herein. Sie setzen sich nebeneinander. Zu mir klafft eine Lücke, die mir vorkommt, wie der Grand Canyon. Es muss wirklich jedem auffallen, dass sie ein Team sind und ich nicht dazugehöre, vielleicht nie dazugehört habe. Denn war ich nicht immer nur gut genug, wenn ich mich verstellt habe? Niemals hat jemand hinter die Fassade aus Professionalität geschaut. Nicht mal Lisa hat das geschafft. Aber Maria, für sie war es ganz leicht. Sie ist anders. Für sie muss ich mich nicht verstellen. Für sie kämpfe ich. Mein Handy vibriert. Eine Nachricht ohne Nummer ist eingegangen. Sie ist von Tom. Das muss nicht dabeistehen, dass ich mir sicher bin. »Tu nichts Falsches, sonst stirbt sie.«

Benedikt grinst zu mir rüber, als ich das Handy mit zusammengebissenen Zähnen wieder in die Jackentasche schiebe. Dieser Widerling. Ich möchte diese Farce nur hinter mich bringen, damit Maria endlich frei ist. Auch wenn sie ihr Leben in Zukunft ohne mich verbringen wird. Heute ist unser Ehevertrag ausgelaufen. Sie ist nun nicht mehr an mich gebunden. Jeder von uns hat seinen Teil des Vertrages eingehalten. Auch unter meinem Vater oder Benedikt wird ihr Vater seinen Job nicht verlieren. Sie kümmern sich nicht um die einfachen Angestellten. Das ist unter ihrer Würde.

Diese wundervolle Frau kann nun das Leben führen, das sie sich immer gewünscht hat. Mit einem guten Ehemann und Kindern, die ihre Liebenswürdigkeit erben würden.

»Guten Tag, wir haben uns hier getroffen, weil mein Sohn Leonard eine Ankündigung zu machen hat.« Die Stimme meines Vaters trieft vor Freundlichkeit, als er mich seinen Sohn nennt. Was für ein Heuchler.

Ich räuspere mich und schiebe den Rollstuhl vor den Tisch. »Herzlich willkommen. Wie sie ja alle bemerkt haben, bin ich seit geraumer Zeit auf diesen fahrbaren Untersatz angewiesen. Deshalb sind mein Vater und Benedikt der Meinung -«

»Nein, tu das nicht!«

Meine Augen weiten sich, als ich das Mädchen sehe, das gerade zur Tür hereinstürmt und sich unter dem Arm eines Securitymannes hindurch duckt. Sie besteht nur aus Dreck und Lumpen und doch ist sie das Schönste, was ich je gesehen habe. Ich bin nicht zu halten und rolle ihr entgegen. Um ihren Knöchel liegt eine Eisenmanschette und sie hat sich eine Kette um den Bauch geschlungen, die Rostflecken in dem fleckigen Grau hinterlässt. Ihre Beine stecken in Hosen, die ihr viel zu groß sind und auch die Schuhe können unmöglich ihre eigenen sein. Sie breitet die Arme aus und strahlt mich an.

»Verschwinde, du miese Schlampe! Wie konntest du Tom entkommen?« Benedikt springt von seinem Stuhl auf. Bevor ich etwas unternehmen kann, zieht er eine Schusswaffe aus einem Holster unter seinem Jackett.

»Nein!« Mein Schrei ertönt gleichzeitig mit dem Kreischen der Eingeladenen und dem Schuss, der sich aus der Waffe löst. Maria! Ohne nachzudenken, stemme ich mich aus dem Rollstuhl auf meine Füße und hechte mit nach vorn gestreckten Armen der Kugel in den Weg. Sie trifft mich in die Brust. Es tut nicht weh, aber ich werde herumgeschleudert und falle zwischen die Reporter. Marias Schrei, der die Reporter übertönt, ist das Letzte, was ich höre. Hat er sie doch getroffen? Was ist mit ihr? Ich kann es nicht sehen. Kameras sind mir im Weg. Vor meinen Augen verschwimmt alles. Mir ist so kalt.

»Der Notarzt ist unterwegs. Halten Sie durch, Herr Herzbach.« Ich nehme die Worte kaum noch wahr.

**Maria**

»Was ist mit ihm? Lasst mich zu ihm!« Mit aller Kraft wehre ich mich gegen die Notfallsanitäter, aber schaffe es trotzdem nicht zu Leonard. Der Weg hat alles von mir gefordert. Müde sinke ich in mich zusammen und weine. Zu spät, ich bin zu spät gekommen. Dabei habe ich alles gegeben, bin über meine Grenzen gegangen, nur um diese Pressekonferenz zu verhindern. Nass habe ich mich aus dem Fluss geschleppt und natürlich wollte mich niemand mitnehmen. Als Schwarzfahrer in Bahn und U-Bahn habe ich die wenigen Kilometer bewältigt. Von Ungarn aus hätte ich es bestimmt nicht rechtzeitig hierher geschafft. Doch auch jetzt bin ich zu spät, oder sogar der Auslöser für diese Katastrophe? Habe ich Leonards Tod auf dem Gewissen?

Polizisten stürmen in das Chaos aus blitzenden Kameras. Kurze Zeit später zerren sie Benedikt mit sich. Sein Gesicht ist blutig, die Nase geschwollen. Jemand hat ihn aufgehalten und war dabei nicht zimperlich.

»Nur wegen dir, du widerliches Miststück. Warum bist du nicht einfach in dem Aufzug verreckt?« Seine Miene ist zu einer Fratze aus Hass verzogen. Die Polizisten packen fester zu und schieben ihn vorwärts. Er hat keine Chance, mir einen weiteren Kommentar um die Ohren zu werfen.

In meinen Ohren rauscht es und ich bekomme keine Luft mehr. »Sie hat einen Schock und muss sofort ins Krankenhaus. Liegendtransport. Beine erhöht. Ich gebe ihr etwas zur Beruhigung.« Bevor ich überhaupt begreife, was mit mir geschieht, steckt bereits eine Nadel in meinem Arm. Die Flüssigkeit rinnt eiskalt durch meine Adern, aber noch im selben Moment verabschieden sich meine Gedanken. Sie zerfließen in bunten Farben und lassen Licht um mich herum scheinen, das mich wärmt. Warum bin ich so traurig? Das Leben ist doch so farbenfroh.

Piep, Piep, Piep.

Das Geräusch holt mich aus der Dunkelheit. Ich blinzle den grellen Neonröhren an der Decke entgegen. Wo bin ich? Langsam wende ich den Kopf und erkenne den Überwachungsmonitor und einen Infusionsständer, an dem ein kleiner Beutel hängt, dessen Inhalt über einen Schlauch direkt in meinen Handrücken tropft. Ein Krankenhaus? Ich setze mich auf. Neben mir bewegt sich jemand. Papa und Mama richten sich in den Stühlen auf, die sie an mein Bett geschoben haben und wahrscheinlich sind beide darin eingeschlafen.

»Maria, du bist wieder wach.« Mama nimmt meine Hand und drückt sie liebevoll. Papa beugt sich über mich und streicht mir eine Strähne aus dem Gesicht. Ich sehe, dass er geweint hat.

»Was ist passiert?«

»Du bist entführt worden. Benedikt hat alles bei der Polizei zugegeben, auch die Mordanschläge auf Leonard. Das ist so schrecklich.«

»Haben sie Tom bereits gefasst?«

»Ja, auch er ist hinter Schloss und Riegel, schweigt aber. Man hat ihn erwischt, als er zu seiner Frau wollte. Du musst dir keine Sorgen mehr machen. Es ist niemand mehr auf freiem Fuß, der dir schaden will.«

Die Worte meiner Mutter sickern langsam in meinen Kopf. Sollte wirklich alles vorbei sein? Keine Intrigen, keine Gewalt und kein kämpfen gegen Windmühlen? »Was ist mit Leonard?«

»Wir wissen nichts. Sein Vater hat ihn abgeschottet. Nachdem er vom Verrat von Benedikt erfahren hat, hat er sich gestern in der Zeitung öffentlich bei Leonard entschuldigt und versprochen alles wieder gut zu machen.«

»Wenn das mal nicht zu spät ist«, murmele ich vor mich hin. »Ich muss zu ihm.«

»Er ist auf der Intensivstation, Kind. Dort lassen sie nur Verwandte ein.«

»Aber ich bin seine Frau.«

Vater schüttelt traurig den Kopf. »Du warst es. Wir haben gestern die gerichtliche Entscheidung über die Annullierung eurer Ehe im Briefkasten gehabt. Was ist nur geschehen, dass ihr euch so schnell wieder getrennt habt? Ich dachte immer, dass ihr beide euch wirklich gern habt.«

»Das dachte ich auch. Aber Leonard lebt für seine Arbeit und da ist wenig Platz für mich.« Die Worte selbst auszusprechen machen sie erst wahr. Unser halbes Jahr ist zu Ende, der Vertrag erfüllt. Meine Kehle wird eng bei dem Gedanken. Ich bin wieder zurück in meinem Leben vor Leonard. In einem Leben, in dem ich nur von ihm träumen kann.

»Ich möchte nach Hause.«

Papa nickt und geht aus dem Zimmer. Kurze Zeit später ist er wieder da. »Entlassung auf eigenes Risiko. Du musst nur unterschreiben und liegst in einer Stunde wieder in deinem Bett.«

Der Weg in mein altes Leben ist merkwürdig. Es kommt mir vor, als würde ich ein Kleid anziehen, das mir inzwischen um einige Nummern zu klein geworden ist. Unser Nachbar hantiert mit einem Laubbläser, als wir in die Einfahrt einbiegen. Er winkt uns zu und versucht dann weiter verbissen, die Blätter auf einen Haufen zu pusten.

»Du solltest noch wissen, dass Lisa auch wieder da ist.«

Mein Kopf fährt herum. Ich starre meine Mutter ungläubig an. »Waren wir ihr nicht zu einfach? Sie wollte doch nur noch in den teuersten Hotels schlafen.«

»Ihr neuer Freund hat sich eine andere Frau gesucht und ist mit der nach Dubai abgehauen. Lisa hat nur noch ihre sauteuren Kleider. Nicht mal ein Dach über dem Kopf ist ihr geblieben, also ist sie wieder nach Hause gekommen. Sie weiß ja, dass ihr Zimmer immer für sie frei ist.«

Ich nicke, verstehe allerdings nichts mehr.

Lisa wartet bereits vor der Tür. Kaum bin ich ausgestiegen, hakt sie sich bei mir ein und zieht mich ins Haus. »Ich bringe Maria auf ihr Zimmer.«

Bevor unsere Eltern antworten können, bin ich schon in meiner Vergangenheit gefangen. Ein Mädchenzimmer in bunten Farben empfängt mich. Wie gerne hätte ich jetzt dunkles Holz und einen burgunderroten Teppich. Ich vermisse Leonard.

»Leg dich hin. Du siehst schrecklich aus.« Lisa schiebt mich auf mein Bett und setzt sich auf die Bettkante. »Wie war deine Zeit mit Leo? Hast du es genossen, endlich deine große Liebe bei dir zu haben? Bestimmt, aber nach allem, was passiert ist, bist du sicherlich froh, dass du ihn los bist.«

Ich hole Luft, um ihr zu antworten, aber Lisa lässt mich nicht ausreden. »Morgen werde ich zu Leonard zurückgehen. Endlich weiß ich, wo mein Platz ist. Er hat mich sicherlich schrecklich vermisst und jetzt ist er ja wieder frei. Ich habe die Papiere auf dem Küchentisch gesehen. Lange hat er es ja nicht mit dir ausgehalten. Das tut mir leid, Schwesterchen.« Sie streichelt mir die Wange und zieht mich dann in ihre Arme. Ich bleibe stocksteif. Lisas Enthüllung wirft mich noch mehr aus der Bahn. Sie will zu ihm zurückgehen? Meine fröhliche, wunderschöne und perfekte Schwester wird ihren Platz wieder einnehmen, so als hätte es mich nie gegeben. Sie wird an Leos Seite strahlen und er wird sie wieder mit diesem liebevollen Blick ansehen, den auch ich kurze Zeit genießen durfte? Mein Herz zieht sich zusammen. Jeder Schlag schmerzt. Ich schlüpfe unter meine Decke und drehe mich von Lisa weg. Ich will nicht, dass sie meine Tränen sieht.

»Du fragst dich sicher, warum ich nicht eifersüchtig auf dich bin, nicht wahr? Keine Angst, ich hab dich lieb, Schwesterchen. Leo hat auch schon früher immer mal wieder mit einer anderen Frau geschlafen. Das hatte nichts zu bedeuten, genauso wie euer kleines Abenteuer unwichtig ist. Du brauchst dir also keine Sorgen machen, dass ich dir wegen deines kleinen Ausflugs in mein Leben böse bin. Du bist und bleibst meine kleine Schwester.« Sie beugt sich vor und küsst meine Schläfe. »Schlaf noch ein wenig. Du musst dich ausruhen.«

Sie steht auf und schließt die Vorhänge. Dabei summt sie ein Lied vor sich hin. Fast tanzt sie zu meiner Tür. Ich drehe mich nicht um, bin aber unendlich dankbar, als ich das Klicken des Türschlosses höre.

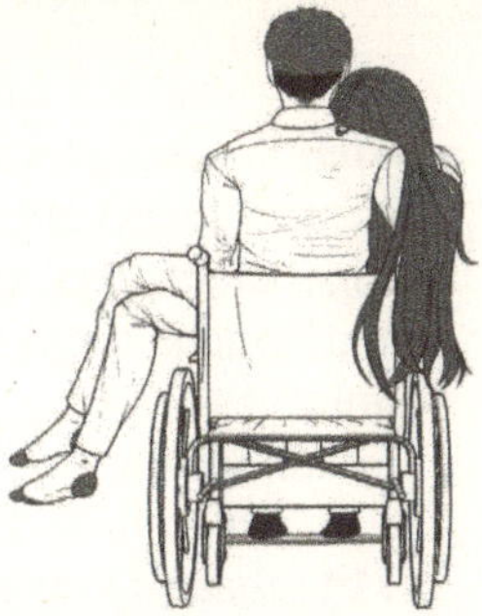

# Kapitel 27

Ich liege in meinem Bett. Inzwischen verlasse ich es nur noch, um zur Toilette zu gehen. Selbst mein Essen bringt Mama in mein Zimmer. Seit sechs Tagen grüble ich darüber nach, wie ich mir Leonards Ehrlichkeit, seine Loyalität und seine Wärme nur eingebildet haben konnte.

Lisas Stimme habe ich seit unserem Gespräch nicht mehr im Haus gehört. Sie ist weg, bei ihm. Die Frau, die er immer geliebt hat, ist wieder an seiner Seite. Ist es nicht das, was er sich immer gewünscht hat? Nun kann er das Gästezimmer wieder verschließen. Lisa kann wieder Farbe und Leben in das Weiß bringen. Ich höre ihr glockenhelles Lachen in meinem Kopf und ziehe mir das Kissen über den Kopf. Ich will, dass alle Erinnerungen an das letzte halbe Jahr aus meinem Kopf verschwinden. Alle Erinnerungen, auch die an Leos Berührungen, seine Küsse und sein atemloses Staunen, wenn er mich angesehen hat. Wie konnte er das alles nur spielen?

Verdammt, wie konnte ich ihn so nah an mich heranlassen? Schließlich hat er mich nie angelogen. Ich wusste, dass nach diesem halben Jahr alles zu Ende ist, und doch habe ich ihm mein Herz geschenkt – mich bis über beide Ohren in Leonard Herzbach verliebt. Wie dumm ich doch bin. Und nun liege ich hier unter meiner Decke und versuche, die Realität auszusperren. Eine Wahrheit, die eiskalt nach mir greift und mein Herz zerquetscht.

Die Türklingel reißt mich aus meiner Selbstmarter. Der Ton ist so schrill, dass er sogar die Watte um meinen Kopf vertreibt. Warum macht Mama denn nicht auf? Wer auch da unten vor der Tür steht, es muss ihm wichtig sein, denn er gibt nicht auf. So sehr ich mir auch das Kissen auf den Kopf presse, das Kreischen der Klingel dringt trotzdem zu mir vor.

»Ich komme ja schon!« Mit Wut werfe ich das Kissen neben mich und stehe auf. Langsam taste ich mich voran, denn das wenige Licht, das zwischen den Vorhängen in mein Zimmer dringt, reicht nicht, um den Raum gefahrlos durchqueren zu können.

Schon wieder kreischt die Klingel.

»Ja, ich komme doch!«

Mit zusammengekniffenen Lidern schleppe ich mich die Treppe hinunter. Die Welt außerhalb meines Zimmers blendet mich. Alles drängt mich dazu, umzukehren und die Decke über mich zu ziehen. Die Realität schmerzt. So wie das Licht in meinen Augen. Schon wieder schrillt es. Ich reiße die Tür auf.

»Was ist denn?«

Erst jetzt erkenne ich den Fahrer der Limousine von Mogula. Sein Blick wandert an mir nach unten. Was soll das? Denkt er, ich schlafe in einem Hosenanzug? Ich trage einen roten Pyjama mit weißen Häschen und flauschige Puschelschuhe. Wenigstens habe ich etwas an.

»Hast du genug gesehen?«, blaffe ich ihn an.

Er räuspert sich und hält mir eine Karte entgegen. Ich seufze. »Wir haben einen Briefkasten. Da schmeißt man Briefe normalerweise rein.«

»Ich habe den Auftrag, Ihnen den Brief persönlich zu überreichen.«

»Das hast du hiermit getan.« Mit spitzen Fingern pflücke ich den Umschlag aus seiner Hand.

»Dann werde ich um 19:00 Uhr wieder vor der Haustür auf Sie warten. Hier, das Kleid und die Schuhe.« Er drückt mir eine riesige Papiertasche in die Hand. Es ist der Aufdruck eines Designers darauf, den ich nicht kennen. Dann dreht er sich um und flüchtet fast. Dadurch lässt er mir auch nicht die Möglichkeit *Nein* zu sagen. Eigentlich will ich nicht aus dem Haus. Einsamkeit tröstet mich. Sie ist für mich da, ohne mich mit Worten weiter zu verletzen. Sie hört einfach zu.

Die Limousine braust davon und ich schließe die Tür hinter mir. Erschöpft lehne ich mich gegen das Türblatt und rutsche daran hinab. Meine Arme um die Knie geschlungen, lege ich das Kinn darauf ab. Der goldene Umschlag schwingt direkt vor meinen Augen. Er fordert mich auf, ihn zu öffnen, und ich kann nicht widerstehen.

***Ich lade Sie herzlich zu unserer besonderen Kunstausstellung in die Heitsch-Galerie ein. Erleben Sie die Werke einer besonderen Künstlerin und erleben Sie die Liebe, die in jedem ihrer Pinselstriche erkennbar ist.***

Sollte ich in meinem Zustand zu einer Ausstellung gehen? Ich schaffe es ja nicht einmal auf den Dachboden zu meinen eigenen Werken. Aber vielleicht ist es etwas anderes, wenn ich die Bilder von jemand anders betrachte. Sie sind neutral. Erinnern mich nicht an meine Liebe zu ihm. Von meinen eigenen Leinwänden schaut mir zu oft Leonards Gesicht entgegen. Leonards Lächeln, seine freundlichen Augen, sein weicher Mund. Schon wieder muss ich die Tränen zurückdrängen und schlucke sie an dem Kloß vorbei, der meinen Hals verstopft.

Ich muss mich auf andere Gedanken bringen und was wäre da besser geeignet, als mich mit dem zu beschäftigen, was ich am liebsten getan habe, bevor meine Welt aus den Fugen geraten ist – dem Zeichnen. Vielleicht werden mir strahlende Farben und gekonnte Pinselführung dabei helfen, ihn für eine kurze Zeit zu vergessen – oder zumindest, hinter ein wenig Freude verblassen zu lassen. Ich will ihn zusammen mit dem Schmerz verbannen, den Mann, der sich einer Kugel in den Weg gestellt hat, aber seitdem nichts mehr von sich hören lässt. Wir sind geschieden. Jeder wieder in seiner eigenen Welt. Er mit Lisa und ich allein. Der Gedanke frisst mich auf. War ich nie mehr als ein Spiel für ihn? Ich weiß nicht, ob er noch Platz für Freude in mir gelassen hat. Aber ich will es versuchen.

Schnell eile ich die Stufen nach oben und stelle die Dusche im Badezimmer an. Es dauert eine Weile, bis das Wasser eine angenehme Temperatur hat. Zeit genug, um aus meinen stinkenden Sachen zu schlüpfen. Das heiße Wasser tut mir gut. Es prasselt auf meine Haut und erweckt mich zum Leben. Ich lehne den Kopf an die kühlen Fließen und schließe die Augen.

Ein Whirlpool in einem Hotelzimmer, heißes Prickeln auf meiner Haut, seine Lippen überall auf mir. Ich balle meine Hand zur Faust und schlage gegen die Wand. Warum foltern mich diese Erinnerungen so sehr? Sollten sie nicht eigentlich Glück in mir hervorrufen – ein Glück, wie ich es in dem Augenblick empfunden habe, als seine Hände über mich glitten und seine Augen mich hungrig angesehen haben? Ich will diese Erinnerungen wie einen Schatz bei mir tragen, aber sie verwandeln sich in Dämonen, die mich verhöhnen.

Wütend über mich selbst, schrubbe ich mich fester ab, als nötig. Dabei lasse ich alle Wut aus mir heraus. Ich bestrafe mich dafür, dass ich trotz der Ehrlichkeit von Leonard mein Herz nicht geschützt habe. Er hat mir nie etwas vorgemacht, wollte nicht einmal mit mir schlafen, weil er mich nie wirklich als seine Ehefrau gesehen hat. Ich war so dumm!

Wütend werfe ich den Schwamm in die Ecke und schlage fester auf den Wasserregler, als es sein muss.

*Reiß dich gefälligst zusammen!*, zische ich meinem Spiegelbild entgegen, das kaum zu erkennen ist, weil sich der Dampf am Glas abgesetzt hat. Mit dem Handtuch wische ich darüber. *Heute wird ein wundervoller Abend, Maria. Mach dir das nicht kaputt.*

In der Tasche finde ich ein rotes Seidenkleid im japanischen Stil. Die goldenen Stickereien sind ein Kunstwerk für sich. Drachen und Kraniche fliegen durch filigrane Wolkenkonstruktionen. Es ist wunderschön. Ehrfürchtig streiche ich mit den Fingerspitzen darüber. Was soll das denn für eine Veranstaltung sein? Beim letzten Besuch in der Galerie habe ich mich nicht so sehr herausgeputzt. Aber was kann es schaden, wenn ich mich nach so langer Zeit mal wieder schön fühle? Ein weiterer Blick in den Spiegel zeigt mir, dass es aufwändiger wird, als erwartet, meine roten Augen und die dicken Tränensäcke zu kaschieren. In diesem Moment wünsche ich mir das Team herbei, das mich zu meiner Hochzeit auf Hochglanz getrimmt hat. Ohne sie muss ich improvisieren und hoffen, dass der billige Concealer aus meinem Schminktäschchen ausreicht.

Punkt 19:00 Uhr ziehe ich die Haustür hinter mir ins Schloss.

Die weiße Kunstfelljacke wärmt mich, aber die roten Pumps sind nicht für die Schneewehen gemacht, die in unserer Auffahrt herumwirbeln. Meine Haare liegen in einem dicken Zopf über meiner Schulter. Ich fühle mich hübsch und trotzdem klammere ich mich an meiner Handtasche fest, als würde ich in den Krieg ziehen. Von der Hand zu weisen ist diese Vorstellung aber auch nicht. Ich schippere auf einem Minenfeld dahin. Der Anblick glücklicher Pärchen könnte meine mühsam geflickte Fassade sofort zum Einsturz bringen. Trotzdem will ich zu dieser Ausstellung. Mein Leben muss wieder weitergehen. Ich kann mich nicht länger unter einer Bettdecke verkriechen.

Der Fahrer lächelt mich an und hält mir die Tür auf. »Wenn Sie erlauben, Frau Herzbach, Sie sehen heute ganz zauberhaft aus.« Der erste Stich. Ich bin nicht länger Frau Herzbach. Selbst der Name ist mir nicht geblieben. Maria Müller, unscheinbar und einsam, ist zurückgeblieben. Das alles passiert in meinen Gedanken. Den Fahrer lächle ich angestrengt an und bedanke mich für seine netten Worte. Er kann nichts dafür.

Kaum fährt der Wagen los, frage ich mich, ob ich einen Fehler gemacht habe. Wenn mich schon ein freundliches Kompliment so aus der Bahn wirft, was soll dann werden, wenn jemand mich auf Leonard anspricht? Wenn ich über ihn sprechen muss, um mein Gesicht zu wahren? Panik steigt in mir hoch.

»Lass mich raus. Sofort!« Ich klammere mich am Lederpolster fest. Der Wagen bremst und ich atme erleichtert aus. Doch bevor ich den Fahrer bitten kann, mich wieder nach Hause zu bringen, ist er schon ausgestiegen und öffnet meine Tür. Wir sind bereits an der Galerie angekommen. Sie ist hell erleuchtet. Nadja und Miriam stürmen auf mich zu. Sie umarmen mich und ich merke, wie sehr ich sie vermisst habe. Dann sehe ich Claire mit ihrem Daniel vor der Eingangstür stehen. Beide lächeln strahlend.

»Was ist hier los?« Eingehakt schieben mich meine früheren Arbeitskolleginnen vorwärts. »Das wirst du gleich sehen.«

»Hey Superstar«, ruft mir Claire entgegen, als ich an ihr vorbeigehe. Ich runzle die Stirn. Das ist so surreal. Ich verstehe gar nichts.

Ein Page öffnet die Tür und ich bleibe wie angewurzelt stehen. Miriam und Nadja lassen mich los und sofort schlage ich mir die Hand auf den Mund. Die Bilder strahlen mich in allen Farben an. Ich sehe grün für überbordende Freude, rot für Leidenschaft und Wildheit, blau steht für Sehnsucht. Rechts an der Wand hängt ein Bild in Gelb, dass reines Glück symbolisiert und dazwischen immer wieder Bilder in Schwarz und Grau – Einsamkeit und Leere.

Es sind meine Bilder vom Dachboden. Selbst die mit Leonards Gesicht hängen an den weißen Wänden und werden von Strahlern in Szene gesetzt. Meine Knie werden weich und Tränen steigen mir in die Augen. Ich kann es nicht verhindern, dass sie über meine Wangen rinnen. Nie hätte ich geglaubt, sie irgendwann einmal in einer Galerie zu sehen. Und das hier ist die schönste Galerie Münchens. Der Traum eines jeden Kunstschaffenden.

Meine Eltern treten hinter einer der Wände hervor. Mutter zieht mich in eine feste Umarmung und Vater streichelt liebevoll meine Schulter. »Wir sind so stolz auf dich.« Seine Worte kommen kaum bei mir an, so überwältigend ist diese Situation. »Wie habt ihr ... und warum ...?«

Ich bringe gerade keinen Satz zustande.

»Komm Maria. Die Überraschungen sind noch nicht vorbei.« Mutter zieht mich zu einer verdeckten Leinwand, die auf einer Staffelei in der Mitte des Raumes steht. Vater folgt uns und zieht das Tuch herunter. Ich sehe das Bild, das ich versehentlich mit zu Leonard genommen habe. Die Zeichnung, bei der er ihr den Ring an den Finger steckt. Aber jemand hat es verändert. Aus der schmalen Hand mit den langen rotlackierten Fingernägeln ist die einer einfachen Frau geworden. Kurze Nägel und kein Geschmeide am Handgelenk. Auch der Ring hat sich verändert. Es ist ein einfacher silberner Reif, den Leonard der Frau über den Finger schiebt. Nur ein winziger Stein funkelt dem Betrachter entgegen.

»Wer hat mein Bild verändert? Warum ist es verändert?« Ich mache einen Schritt nach vorn und erstarre, als Leonard hinter der Leinwand hervorrollt. Er sieht mich mit einem unsicheren Lächeln an. »Hallo.«

Ich schüttele einfach nur den Kopf, kann nicht antworten. Die Gefühle sind zu viel. Alles, was ich in den letzten Tagen unter meiner Bettdecke verborgen habe, bricht jetzt über mich herein. Meine Hände zittern und ich schluchze leise.

Leonard schiebt sich vom Sitz seines Rollstuhls und landet auf den Knien. Ich sehe ihn, begreife aber nichts. Nur dass er hier ist – zwischen meinen Bildern. Ich bin wie festgenagelt. Es ist sichtlich anstrengend und doch stemmt er sich hoch. Einen Fuß stellt er auf den Boden. Daniel nimmt seinen Arm und hilft ihm, bis Leo in der richtigen Position verharrt. Dann legt mein Vater seine Hand auf Leonards Schulter und stützt ihn. Sind denn alle eingeweiht? Ich sehe von einem grinsenden Gesicht zum nächsten. Was habe ich verpasst?

Leonard räuspert sich und sobald mein Blick sich mit seinen Augen verhakt, verschwindet alles um ihn herum im Schatten. Er ist meine Welt. »Ich knie hier, weil ich ein Träumer bin. Du hast mir gezeigt, dass ich noch immer träumen darf. Auch wenn meine Beine mich nicht mehr tragen, tut es doch mein Herz. Es ruft mich immer in eine Richtung – hin zu dir. Auch wenn du mir mehr als einmal zu verstehen gegeben hast, dass ich nicht der Mann bin, mit dem du länger als sechs Monate zusammenbleiben willst, muss ich es doch wagen. Du liebst mich, das weiß ich und trotzdem hast du dein Herz vor mir verschlossen, weil ich mich dir gegenüber verhalten habe wie ein Idiot. Aber Maria, ich kann dieser Liebe wert sein. Das verspreche ich dir. Gib mir die Chance, es dir zu beweisen.«

Claire reicht ihm etwas. Ich erkenne es nicht sofort, aber dann stockt mir der Atem. Wie kann es möglich sein, dass ich immer noch mehr fühlen kann? Mein Herz explodiert bestimmt jeden Augenblick.

Leonard hält mir mein Hochzeitsalbum entgegen. »Ich habe es gelesen und mir jeden deiner Wünsche eingeprägt. Du hast dir genau die Hochzeit verdient, die du dir mit Claire zusammen erträumt hast.« Er schlägt das Album auf der letzten Seite auf. Sie ist nicht länger leer. Mit großen Buchstaben steht dort: Doppelhochzeit mit meiner besten Freundin. Es ist Claires Schrift.

Nun schluchze ich haltlos. Meine Mutter muss mich stützen,

damit ich mich auf den Beinen halten kann.

»Ich wäre der glücklichste Mann der Welt, wenn du, Maria Müller, für den Rest meines Lebens an meiner Seiten bleiben würdest. Ich liebe dich und habe hoffentlich nicht zu spät bemerkt, dass ich ohne dich nicht mehr leben kann und es auch nicht will.« Er legt das Album neben sich auf den Boden und zieht eine graue Samtschatulle aus seinem Anzug. Als er den Deckel aufklappt, ist darin genau der Ring, der auch auf dem Bild neben Leonard zu sehen ist. Er beißt sich auf die Unterlippe. »Willst du mich heiraten?«

Meine Mutter lässt mich los und ich sinke vor Leonard auf die Knie. Meine Hände umfassen sein Gesicht. Ich brauche diese Berührung, um mich davon zu überzeugen, dass er kein Traum ist, denn das hier ist mehr, als ich mir jemals hätte vorstellen können.

»Was ist mit Lisa?«, hauche ich ihm entgegen.

»Sie ist schon lange nicht mehr in meinem Herzen. Vielleicht war sie es nie. Ich weiß es nicht. Aber was ich mit Sicherheit weiß ist, dass du es vollkommen ausfüllst, dass du mein Zuhause bist und mich glücklich machst. Bitte, sag ja.«

Ich sehe die nickende Claire hinter Leo stehen und Mama, die sich eine Träne aus dem Augenwinkel wischt. Wenn ich schon träume, dann werde ich auch alles mitnehmen, bevor ich erwache. »Ich liebe dich schon so lange, Leonard. Mein Herz gehört dir. Ich habe es geliebt, Frau Herzbach zu sein, mit dir die Tage zu verbringen, zu lachen, zu verzweifeln, aber nie aufzugeben.« Meine Daumen streichen über seine Wangenknochen. »Ja, Leo. Ich war, bin und bleibe deine Frau.«

Er zieht mich in seine Arme. Mein Vater muss ihn nicht länger stützen, denn ich halte ihn. Wir stützen uns gegenseitig, so wie wir es sechs Monate lang getan haben. Seine Nase streicht zärtlich über meinen Hals und er atmet tief ein. »Wie ich deinen Geruch vermisst habe. Die Wochen im Krankenhaus, als ich mir sicher war, dass ich dich verloren habe ... So etwas will ich nie wieder erleben.«

»Nie wieder!«, verspreche ich ihm, während mein Herz zur Ruhe kommt, weil es genau dort ist, wo es hingehört – ganz nah an seinem.

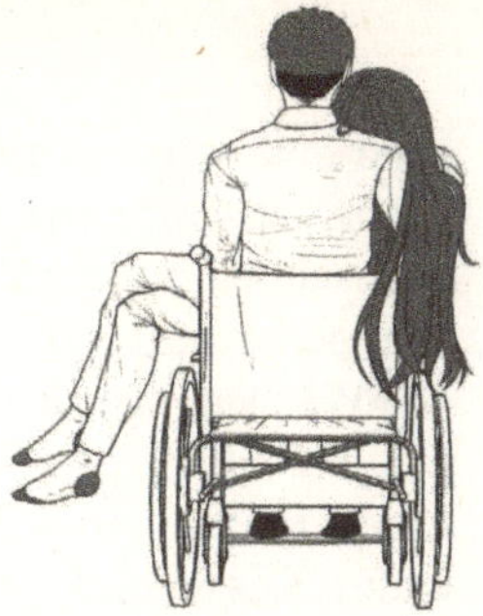

# Epilog

**Leonard**

Maria liegt auf dem ausladenden Doppelbett. Sie hält ihr Kopfkissen in den Armen und ein sanftes Lächeln umspielt ihre Lippen. Ich genieße es, sie zu beobachten. Sie ist meine Frau. Nicht wegen eines Vertrages, sondern weil sie es so will, weil sie mich gewählt hat. Das ist ein Geschenk, das ich immer in Ehren halten werde. Ich freue mich auf unser gemeinsames Leben. Vielleicht werden wir auch eines Tages die Kinder haben, die sie sich immer gewünscht hat und die ich mir mit dieser Frau an meiner Seite auch vorstellen kann. Es ist ein Wunder, dass ich erst meine Gehfähigkeit verlieren musste, um zu erkennen, was ich mir wirklich vom Leben wünsche.

Mein Handy vibriert. Ich hebe es auf. Mein Vater. Seit Benedikts Verhaftung versucht er ständig mich zu erreichen, aber ich bin noch nicht bereit mit ihm zu sprechen. Er hat seine Wahl getroffen und nun muss er damit leben. Ich bin raus bei Mogula und es ist mir erstaunlich leicht gefallen. Vielleicht bin ich auch erst mit dieser Entscheidung wirklich erwachsen geworden.

Es klopft an der Tür und ich fahre durch das Zimmer. Ferrie steht davor und hält mir eine Schüssel entgegen. »Meine Frau hat Túróstáska für euch gemacht. Sie sagt, das ist gut für die Liebe.« Er zwinkert mir verschmitzt zu. »Morgen könnt ihr euch das Haus ansehen. Ich freue mich so sehr, dass ihr Ungarn als neue Heimat ausgewählt habt. Maruschka und ich werden euch helfen, damit ihr Deutschland nie vermisst.«

»Danke, mein Freund. Das weiß ich sehr zu schätzen. Aber auch wenn wir Deutschland vermissen, ist es doch nur eine Autofahrt entfernt.«

Er grinst breit. »Ich hole euch morgen früh ab und stelle

euch später noch eine Flasche Wein vor die Tür. Ein weicher Roter, ist sanft, wie eine Umarmung.« Damit dreht er sich um und winkt, während er zwei Stufen auf einmal nehmend die Treppe heruntereilt.

»Wer war das?« Maria reckt den Kopf aus dem Kissen. Ihre wundervollen schwarzen Haare sehen aus wie eine Löwenmähne. Ihre Lippen sind geschwollen von einer Nacht voller Küsse und Leidenschaft. Sie ist so schön, dass ich am liebsten wieder zu ihr ins Bett will. Aber ich beherrsche mich – für den Moment.

»Morgen können wir das Haus besichtigen und dann nimmt das Projekt Werbe- und PR-Agentur Phönix endlich Gestalt an.«

»Was heißt hier Gestalt an? Es fehlt nur noch das richtige Haus. Die Firma ist eingetragen. Du hast die Kundenkartei und sogar die Arbeitsverträge des Teams sind bereits unter Dach und Fach. Leonard, unser Phönix fliegt bereits und niemand kann ihn dir wieder wegnehmen. Diese Firma gehört dir.«

Sie robbt zu mir herüber, legt die Arme um meinen Nacken und schmiegt sich an mich. Ihre Haut fühlt sich weich wie Seide unter meinen Fingern an. Sie ist meine Schicksalsgöttin. Endlich bin ich frei, das zu tun, was ich möchte. Ich muss keiner Norm entsprechen. Und ganz ehrlich, wer mich nicht so nehmen kann, wie ich bin, der soll wegbleiben. Das Einzige, was ich brauche, sind meine Frau und unsere Freunde. Für sie würde ich durch die Hölle rollen. Denn jeder von ihnen hat in der schwersten Zeit zu mir gehalten.

Sie sind die Familie meines Herzens und vielleicht werde ich auch meinem Vater irgendwann verzeihen können. Aber jetzt bin ich noch nicht so weit.

Mehr spannende Bücher
&
Projekte gibt es auf der Webseite
www.Elysion-Books.com

Für mehr Informationen und Spiel,
Spaß und Lese-Überraschungen
abonniert unseren Newsletter
:-)

**Office Escort – Das Sekretärinnenspiel**
Lilly An Parker

978-3-942602-34-1
9,90 Euro

*Grenzenlose Erregung, unvorstellbare Gier, sich immer weiter steigerndes Verlangen. Es ist ein Spiel um Dominanz, Lust und Leidenschaft für diejenigen, die ansonsten alles haben oder haben können: unmoralisch, sexy, der ultimative Kick. Aber wie lange will Mann widerstehen?*

Die gutaussehende Sekretärin Joanna lässt sich von einem exklusiven Office-Escort anwerben, um ihre Fantasien auszuleben und den aktiven Part in erotischen Spielen zu übernehmen. Von nun an wird sie an erfolgreiche Businessmänner vermietet, die sich auf ein verführerisches Dominanzspiel einlassen wollen, und bringt sie an die Grenzen ihrer Lust. Eine schmale, exquisite Gradwanderung, die Joanna an den Rand ihrer eigenen Sinnlichkeit bringt – denn ihr Chef bezahlt sie auf Erfolgsbasis.

**Belisa**

Angelika Monkberg

978-3-96000-157-7

9,90 Euro

Belisa Kinkaid lebt nur für ihr Mode-Atelier. Aber sie steht nach zwei Schicksalsschlägen vor den Scherben ihrer Existenz.

Massimo Torrione, CEO eines kleinen, exklusiven Mode-Labels auf Capri, macht ihr ein Angebot, das all ihre Sorgen lösen würde. Aber Massimo ist ein Dom und er will sie nicht nur für seine Firma, sondern auch privat, in seinem Bett. Es dauert eine Zeit, bis Belisa Vertrauen zu ihm gewinnt.

Doch dann inszeniert eine Braut, für die beide das Hochzeitskleid schneidern sollen, vor der Blauen Grotte spektakulär ihre Flucht vor dem Sohn eines russischen Oligarchen und die Dinge laufen aus dem Ruder.

**Höhenflug & Tiefenrausch**
Ria Karlotti

978-3-96000-196-6
9,90 Euro

Sexbombe Julia versteht es, Männer zu manipulieren und für ihre Zwecke einzusetzen. Selbst der unnahbare Vorstandsvorsitzende Theo Kunnert ist ihren Reizen hilflos ausgeliefert. Unter den neidischen Blicken ihrer Konkurrentinnen steigt Julia innerhalb kürzester Zeit zur Chefsekretärin des Unternehmens auf.

Das Blatt wendet sich, als der IT-Techniker Fabrizio in ihr Leben tritt und sie mit seinem unwiderstehlichen Charme in seinen Bann zieht. Erstmals erlebt Julia die Faszination der Unterwerfung. Mit einem Mal ist nicht mehr klar, wer an wessen Fäden zieht.